타이거 양의

소낙비 그리고
무지개 인생

타이거 양의 소낙비 그리고 무지개 인생

발행일   2018년 10월 12일

지은이   양 성 오
펴낸이   손 형 국
펴낸곳   (주)북랩
편집인   선일영   편집   오경진, 권혁신, 최승헌, 최예은, 김경무
디자인   이현수, 김민하, 한수희, 김윤주, 허지혜   제작   박기성, 황동현, 구성우, 정성배
마케팅   김회란, 박진관, 조하라
출판등록 2004. 12. 1(제2012-000051호)
주소   서울시 금천구 가산디지털 1로 168, 우림라이온스밸리 B동 B113, 114호
홈페이지 www.book.co.kr
전화번호 (02)2026-5777   팩스   (02)2026-5747

ISBN   979-11-6299-373-6 03810 (종이책)   979-11-6299-374-3 05810 (전자책)

이 도서의 국립중앙도서관 출판예정도서목록(CIP)은 서지정보유통지원시스템 홈페이지(http://seoji.nl.go.kr)와
국가자료공동목록시스템(http://www.nl.go.kr/kolisnet)에서 이용하실 수 있습니다.
(CIP제어번호: CIP2018031634)

(주)북랩 성공출판의 파트너

북랩 홈페이지와 패밀리 사이트에서 다양한 출판 솔루션을 만나 보세요!

홈페이지 book.co.kr   •   **블로그** blog.naver.com/essaybook   •   **원고모집** book@book.co.kr

양성오 지음

타이거 양의
소낙비 그리고 무지개 인생

**두 주먹으로 전 세계를 평정한
60년 무도 인생**

홀로 미국에 건너가
세계 정상의 무술 고수가 되기까지
소낙비 같은 인생을 산 '타이거 양' 양성오,
그가 도미渡美 50주년을 앞두고
아메리칸 드림을 꿈꾸는 한국 청년들을 위해
여기 소박한 발자취를 남긴다.

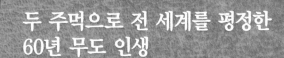

북랩 book Lab

60여 년 무도인으로 살며 영화배우 그리고
동포사회를 위하여 봉사하면서
부끄러움 없는 삶을 살았다고 자부했던 내가
어느 날 주님을 영접하고 나니
주먹 하나를 믿고 겁 없이 이루어냈던 나의 열정들이
얼마나 어리석었는지 깨달아 회개하고 나니
무지개의 아름다운 색깔이 내 앞에 나타났다.
이것은 나에겐 기적이다.
감사합니다, 주님. 찬양드립니다….

목차

김대중 대통령 내외, 이수성 국무총리

로널드 레이건 대통령, 부시 대통령 지역사회 봉사상

평통자문위원 청와대 방문

이종찬 국정원장, 라종일 차장과 함께 태권도 통합 회의를 마치고

▲ 김종필 총리와 아내 양수희
▶ 이만섭 국회의장

▲ 이상득 국회부의장
◀ 캘리포니아주 재무부장관

마틴 루터 킹 퍼레이드(그랜드 마샬) K.T.E와 인터뷰

전경환 새마을회장

이상득 국회부회장

이회창 총리 내외

김명윤 민주평통수석부의장

김득용 한민족공동체 총재

임태희 대통령비서실장

무하마드 알리와 국립묘지 참배

아놀드 슈워제네거 캘리포니아 주지사와 함께

WELCOME MUHAMMAD ALI
HAITAI CONFECTIONERY CO., LTD.

무하마드 알리 1978년 한국 방문

로버트 와그너

▲ 라켈 웰치
▶ 제임스 홍

타타시 야마시타 & 지라도 오꾸루마

피드 루패스

카니 스티븐슨

벤 킹슬리

지미 리, 쟈니 윤, 이민휘, 윤일봉, 필립 리

죤 샥슨, 양시볼로, 슈퍼 풋 빌 왈락스, 그외 친구들과 함께

이준구 총재와 함께 명예의 전당에 입성하다

세계무도 양대 거인으로 권호열 총재와 선임되다

출생

나는 1944년 3월 20일 경북 경주시 효현동 1043번지에서 청주 양씨 경안 공의 20대손으로 태어났다. 아버님은 당대 평양 박치기로 유명하신 청렴결백한 분으로 동네 이장과 경주 읍 산림위원을 지내셨고 선거 때마다 지방에서 영향력을 행사하셨던, 지금은 고인이 되셨지만, 나에겐 무섭고도 자비하신 분이셨다. 어머님은 인근에 소문난 미인인데 무남독녀로 아버님께 시집오셨으나 딸만 낳으시고 아들을 낳지 못하시자 아버님께서 둘째 어머님을 맞아들이셨다. 어머님은 천성이 고우신 분이시라 내색하지 않으셨지만, 마음고생을 많이 하셨다. 어머님께서는 일 년 좋은 날을 택해 남산 아래 있는 미륵보살 돌부처님께 새벽에 가서서 음식을 차려놓고 아들을 낳게 해 달라고 지극정성으로 빌어서 나를 낳으셨다고 한다. 나는 태어날 때부터 몸무게가 많이 나가는 아이로 태어나 보살이라는 별명을 얻을 만큼 큰 아이로 자랐고, 할아버지께서 나를 귀여워하셔서 큰 등에 업고 키우셨다고 한다. 할아버지께서는 양 장군이라는 별명을 얻으셨는데, 몸이 크시고 기운이 장사이셨기 때문이다. 나는 작은 어머니 질투의 대상이 되어 아버님에게 혹독한 기합과 매도 맞곤 했다. 우리 집과 작은집은 한 집 건너 뒷집이었는데 한번은 작은 어머님 댁에서 국수를 만들었으니 와서 먹으라는 전달을 받았지만 가지 않았다. 무슨 말씀을 어떻게 들으셨는지 아버님께서 갑자기 화를 내시며 오시길래 겁이 나서 집 앞을 도망치는 데 따라오셔서 도망가다 언덕에 걸려 넘어지고 떨어져서 혼절한 일도 있었다.

나는 어릴 적부터 아버님으로부터 혹독한 훈련을 받았다. 바깥에서 아이들과 싸우다 지고 들어오면 아버님은 추운 겨울에 나의 웃통을 벗기고 우물가에서 찬물을 끼얹으시며 호통을 치셨다. 내가 약해서 졌으니 정신과 몸이 튼튼해야 한다고 기합을 주신 후 아버님께서 슬그머니 나가시면 어머님께서는 차가워진 나를 끌어안고 안쓰러워 쩔쩔매시며 따뜻한 체온으로 녹여 주시곤 하셨다.

집이 불타다

내가 여섯 살 때쯤 우리 집에 불이 나는 사고가 있었다. 우리 집은 겹집으로 되어 있는 사랑채로, 집 뒤편은 땔감을 쌓아 두었고 그 옆으로는 소 마구간이 있었다. 마구간은 보통 머슴이 기거하는 방에 붙어 있었고 소 죽을 끓이는 가마솥이 있었는데 어머님께서 건너마을 국수 공장에 국수를 빼러 가고 안 계신 사이 머슴이 어린 나를 보고 자기 좀 바쁘니 잠시 소 죽 가마솥에 불을 봐 달라고 하여 불을 아궁이에 지피고 있었다. 그러다 어머님이 오시나 궁금해 밖에 잠시 나왔는데, 그 사이 불이 아궁이 밖으로 나와 소 마구간에 깔아둔 짚에 불이 붙어 삽시간 불꽃이 환기구로 나와 바깥 땔감 더미에 불이 붙었다. 동네 사람들이 불길을 잡았으나 삼 분의 일을 태우고 진압이 된 사건인데 그 불은 성오가 감자를 구워 먹으려고 땔감 속에 감자를 넣고 굽다가 낸 불이라는 엉뚱한 소문이 나 나는 아버지께 정말 호되게 얻어맞았고 그래도 분이 풀리지 않으신 아버님께서 밤에도 혼을 내셨다. 이에 겁을 먹은 나는 밤만 되면 집 뒤에 있는 삼밭에 숨어서 여름 모기들에게 뜯기며 웅크리고 밤을 새웠고, 이후 어머님은 나를 찾아 끌어안고 모기에게 물린 상처를 침을 발라 주시면서 눈시울을 적시며 혼자 서럽게 우셨다.

어린 나였지만 그 어머님이 얼마나 고맙고 포근하던지 나도 어머님 품 안에서 "엄마 그 불은 내가 감자 구워 먹으려 낸 불이 아니고 머슴이 시켜 불을 때려고 했는데 어머님이 오시나 보고 싶어 나갔다 일어난 불입니다."라고 했더니 어머님은 그런 나의 등을 쓰다듬으시며 얼마나 우시던지…. 그러나 한번 화가 난 아버님은 나의 말을 귀담아듣지 않으셨는데 그 뒤에는 작은 어머님이 계셨기 때문이었다. 오랜 세월이 지난 후 내가 아버님께 그때의 진실을 말씀드렸을 때 아버님께서는 나의 손을 잡고 그때를 회상하시면서 한없이 눈물을 흘리셨다.

억울한 누명을 쓰다

일곱 살 때쯤 6.25 사변으로 임시공민학교가 우리 마을 앞 광명이란 곳에 설립이 되어 다니게 되었다. 그때 또 나는 억울한 누명을 썼다. 공작 시간에 공작물을 만들어 오는 숙제였는데 한 여학생이 꽃 주머니를 만들어 왔다가 그걸 잃어버렸다. 그것을 내가 가져갔다는 심증을 가진 선생님께 호되게 혼나고 바보가 되어 상처받은 일이 있었는데 어릴 때 나는 장난을 좋아하고 싸움 잘하는 개구쟁이였기 때문이다. 다른 아이들은 얌전하고 나는 말썽꾸러기 학생이니 나를 지목해 어린 나는 큰 상처를 받았다. 그 누명을 벗지 못하고 있다가 고등학교 3학년 때 그 담임 선생님을 만나 뵙고 그때를 설명하고 누명을 벗었다. 그 선생님이 물증도 없이 너에게 혼을 낸 것을 참 미안하게 생각한다며 사과를 하셨고 그 이후로 나는 마음 편히 지낼 수 있었다.

과학 기술대회에서 입상

그 학교에서 나는 손재주가 좋아 무엇이든 만드는 것을 좋아했는데 4-H 그룹에서 어린아이들의 창의력 발굴을 위해 도 단위로 과학기술 경연 대회를 열었다. 나는 어린 과학도로 뽑혀 선생님과 같이 내가 만든 스팀으로 움직이는 피스톤 발전기를 가지고 새벽 열차를 타고 대구 4-H 본부에서 열린 대회에 참석했다. 각 지방에서 온 학생들과 겨루어 3등을 해 학교의 명예를 높이고 나 개인으로서도 자랑스러웠던 일이었는데 그때 특히 아버님과 어머님께서 기뻐하셨던 것이 기억이 난다. 이후 공민학교 3학년에서 경주 국민학교로 편입해 하루 20리 길을 걸어 다녔다. 5학년 때 나는 전교 학생을 휘어잡은 힘이 센 학생이었는데 감히 나에게 도전하려는 학생은 없었다. 또한 그 당시 6학년 담임(최재봉) 선생님이 나를 무척 아끼고 좋아하셨다.

그분은 '성오, 너는 성장하면 훌륭한 지도자가 될 것이니 꼭 그렇게 되길 바란다'라고 격려해 주시곤 하셨다.

6학년 때 배금원이라는 친구가 있었는데 그 아이도 몸집이 컸으며 나에게 라이벌 의식이 있었다. 한번은 휴식 시간에 나에게 실컷 얻어맞자 수업시간에 내 뒤에 와서 뒤통수를 내려치는 복수를 해서 한바탕 야단법석이 일어났고 우리 두 사람은 일주일 동안 긴 골마루를 반짝거리게 닦는 벌을 서면서 더욱 가까운 친구가 된 일도 있었다.

한번은 우리 동네에서 학교 중간 동네에 살며 항상 같이 다니는 아이들 여섯 명(최병필, 이상수, 최병곤, 이일수 등) 중 한 명이 나에게 잘못 걸려 맞았던 일이 있었다. 하루는 방과 후 책가방을 둘러매고 집으로 가는 길이었다. 여섯 명이 뒤따라와 왕릉 옆에서 싸움이 붙어서, 나는 여섯 명에게 코피가 터지도록 몰매를 맞고 집에 돌아가 아버님께 맞고 다닌다고 호되게 벌을 받았다. 그 후 그 아이들은 나와 화해하기 전 혼자 다니는 일이 없었다. 내가 늘 노리고 있으니 결국 얼마 안 가 그들이 건빵을 사주면서 사과하길래 그 뒤로 친하게 지냈다.

국민학교 때 나는 학교 대항 체육 대회 때 모래 가마니를 어깨에 매고 백미터 경주를 하는 종목의 선수로 활약했다. 아마 내가 힘이 센 덕분인 것 같다. 학교 성적은 늘 10등 이내였다. 그래서 경주 중학교에 성적순대로 추천제로 합격했다. 경주 중학교는 경주에서는 가장 좋은 학교였다. 경주 변두리 촌놈이 학교 다니자니 토박이 놈들이 텃세를 부리는 터라 나의 힘으로 제압할 수밖에 없어 처음부터 내 주먹을 과시했다. 그렇게 그들과 친해질 수 있었다. 그들은 경주에서 내로라하는 집안들의 귀공자들이었다. 나는 지금도 그중 한 친구(김병천)와 친하게 지내고 있다

당수도 무덕관 입문

나는 중학교에 입학하면서 본격적으로 당수도 무덕관에 입문해 배우기 시작했다. 나의 사범님은 장전오 관장님이었는데 사범님께서는 장대한 분이시며 그분의 격파는 타의 추종을 불허하는 실력이었고 항상 바른 자세를 하고, 단련된 큰 주먹을 가지신 분이셔서 수련에 평생을 바치다 작고하셨다. 그때는 당수도 하는 사람이 극소수였으며 당수도 하는 사람은 깡패로 취급하는 이들이 많아 무도를 잘 이해하지 못할 때 시작한 운동이라 나는 다른 아이들에겐 겁이 나는 존재였다. 그러다 보니 자연스레 싸우게 된 일이 많았는데 2학년 때 이종렬이라는 친한 친구와 다른 아이들과 패싸움이 일어나 실컷 상대편 아이들을 두들겨 팬 벌로 종렬이와 나는 학교에서 퇴학을 당하며 부모님께 호되게 혼이 나고 실망을 안겨 드린 일이 있었다. 그것이 지금도 후회스럽다. 그때 아버님께서 학교에 불려가시면서 실망하신 모습을 지금도 잊을 수 없다. 아버님께서는 교무실을 나오시면서 이런 말씀을 하셨다.

"성오야. 사람은 누구나 다 잘못을 저지른다. 이번에 너의 큰 잘못으로 학교에서 퇴학당하는 불운을 겪는 것을 계기로 뉘우치고 앞으로는 절대 주먹을 쓰지 말고 자제하며 그 주먹은 오직 정의에만 써야 한다. 알겠지, 아버지

하고 약속하겠나?"

라고 말씀하시면서 자장면을 사주시는데 아버님이 인자하시고 큰 분으로 보였다. 나에게 아버님은 늘 잘못하면 혼만 내시는 무서운 분이셨는데 그날 나는 아버님께 울면서 얼마나 용서를 빌었는지….

여기서 아버님에 대해 언급하고 싶다. 그분은 젊은 시절에 일본에 가서서 가라데를 배우셨고 일본 공사관에서도 무서운 분이셨는데 특히 아버님의 평양 박치기에는 다 겁을 먹었다고 한 사례가 있다. 우리 동네에서 경주읍내로 가려면 항상 강을 건너야 하는데 나무로 만든 긴 나무 다리를 놓고 요금을 받았다고 한다. 그 일을 읍내 주먹 분들이 했는데 아버님께서 그 다리를 건너야 했다. 하지만 돈이 부족해 사정을 하고 다리를 건너는데 그들이 아버님께 시비를 걸자 아버님께서는 다리 위에서 밑으로 뛰어내리시면서 박치기로 한 사람을 기절시키고 다른 두 사람을 다시 헤딩으로 제압한 일로 아주 유명해지셨다. 그래서 그 다리는 큰 다리가 생길 때까지 우리 가족 다 공짜로 건넜다. 그렇게 우리 아버님은 몸이 날쌔고 의지가 강한 의리파셨다.

경주 중학교를 퇴학당한 나는 경주 문화 중학에 편입해 악기부에 들어가 색소폰을 배웠는데 그때 만난 친구가 권영문이다. 그는 나중에 태권도 챔피언도 하고 최초의 한국 태권도 영화에 출연했으며 동남아, 남미, 미주의 태권도 보급에 많은 공헌을 했다. 김성문이란 친구는 고아원에서 자란 강인한 학생이었는데 당수도를 같이 하여 같은 클럽에서 재미있게 지냈다.

그 해는 참 슬픈 해였다. 그렇게 마음 고생하시며 지내셨던 어머님. 나를 많이 사랑해주셨던 어머님께서 갑자기 고혈압으로 내 이름을 부르시면서 나의 손을 잡고 돌아가셨다. 허겁지겁 의사를 부르러 갔다 오니 이미 어머님은 운명하신 뒤였다. 어린 나는 하늘이 무너지는 것 같은 충격을 받았다. 장례식 행상 뒤를 어린 내가 상주가 되어 가니 어른들이나 아주머님들이 얼마나 우시는지, 다 어머님의 친절하고 착한 심성을 아서서 더욱 그랬던 것 같다.

어머님이 떠나신 후 나는 고아가 된 기분이었다. 어린 성해는 작은 어머님이 키우셨다. 나는 학교 가까운 곳 형산강 옆에 자취방을 얻어 학교에 다녔다. 어머님이 돌아가신 후 작은 집과 합쳐 큰 집, 작은 집 식구들이 한 집에 기거하게 되었으며 작은 엄마라 부르던 호칭을 어머니라 부르게 되었다. 그 어머님은 매주 반찬을 만들어 가져다주시곤 하셨다. 추운 겨울날 지내기가 힘이 들었지만, 이불을 둘러쓰고 체온으로 따뜻하게 몸을 녹이면서 지냈다. 잊지 못할 추억은 친구 영문이가 자주 와서 같이 주산 공부도 하고 자곤 했던 것이다. 그가 올 땐 꼭 큰 단무지(다꽝)를 사가지고 와서 밥을 같이 지어먹고 강가에서 무술을 연마했다. 옆방에는 신혼부부가 살았는데 그들은 밤마다 소리를 지르며 부부 관계를 했다. 한창 사춘기 때인 영문이와 나는 그때마다 밖에 나가 문구멍을 뚫어 들여다보곤 했는데 하루 저녁은 문구멍을 뚫고 서로 들여다보려고 밀치다 그만 창문이 무너지는 소동이 일어나 그날 우린 집 주인에게 호되게 혼이 났고 그 젊은 부부에게 사과했는데 얼마 후 학교에서 돌아오니 그들은 딴 곳으로 이사를 하고 없었다. 한편으론 미안하고 섭섭하기도 했다.

소낙비 그룹 그리고 영문이와 나

중학교 2학년 때쯤인가 사라 호라는 태풍이 불어와 나라 전체가 엄청난 피해를 입었다. 그 이름을 인용해 사라 호라는 클럽의 조직이 있었다. 그때 경주 극장, 대왕 주장을 중심으로 세를 가졌던 무관, 허환, 김정식 등이었다. 양원대, 서병진, 권영문, 김성문 김도수, 한병호 등은 나와 같이 이를 견제하기 위해 소낙비라는 그룹을 만들었다. 경주에 기존해 있는 주먹세력을 견제하기 위함이었다. 소낙비는 무술을 하는 유단자들이었다. 리더는 경주 아래

시장에서 식당 하는 어머님 밑에서 일을 하며 아래 시장을 장악하는 터줏대감으로 나보다 선배인 양원대를 형이라 불렀는데, 나도 그 형의 힘으로 학교에서도 겁이 없는 아이였다. 우리들은 차츰 그 세력을 넓혀 나갔다. 선배들이 후배들을 못살게 굴면 우리들의 리더인 원대가 와서 그들을 몇 번 혼낸 후론 2학년 학교생활이 무난했고 3학년 땐 규율부장을 맡으면서 학교 기강 확립에 힘썼다. 3학년 때 최해완이라는 친구와 같은 반이었는데 권투를 하는 학생이었다.

어느 날 시비가 붙어 격투하기로 하고 여러 친구들과 같이 형산강 모래밭에 가서 붙었는데 내가 모래밭이라 발차기를 하다 중심을 잃자 그가 번개같이 나의 얼굴을 강타해 제압하려 했다. 이에 다른 친구들이 말려 끝이 났던 일이 있었는데 그 후로 나는 깨끗이 승복하고 그 친구와 친해졌다.

영문이 집에서 학교를 다니다

그때 나는 은행에 취직해 장래에 은행장이 되는 것이 꿈이었다. 그래서 나는 경주상고에 입학해 열심히 주산공부를 하여 주산 문교부 검정고시 1급, 대한 실업협회 1급을 땄다. 그땐 1급이 최고였다. 대구상고에서 경북 주산대회에 참가해 호산가감산에 일등을 하는 기쁨도 얻었다.

나는 고교 시절에 주산 공부와 당수도 수련을 열심히 하고 율동 기차역에서 통학을 했다. 율동과 경주역은 한 정거장 거리인데 집에서 기차역까지 거리가 2킬로 정도였고 중간에 강물이 흘렀다. 요즘은 그림 같은 풍경이지만 그때는 모량역(율동역과 한 정거장)에서 기차가 출발하는 것을 보고 숨차게 역으로 달려가 기차를 타고 통학을 하곤 했었다. 그때 같이 다닌 동무가 한영준, 박철남(15년 전 교통사고로 운명)이었다. 세월이 흘러도 잊지 못할 수많은 추억들을 같이 한 친구들이다. 일일이 나열할 수 없어 생략하겠다.

나는 고2 때부터 웅변대회에 나가 많은 상도 탔고 또 경주 문화제(신라 문화제)의 연극에 나가게 되었다. 영문이 어머님이 다정다감하신 분이라 참 좋았고 그 누님도 좋은 분이었다. 영문이 집은 경주 안압지 옆에 있었는데 공기 좋고 꽤 넓은 마당과 아래채, 본채로 되어 있어 우리들은 본채 옆 방에 기거하면서 주산 공부와 운동에 전념했다. 평행봉이 옆 마당에 있었는데 영문이는 평행봉을 꽤 잘했다. 그때 영문이와 나는 키가 비슷했는데 우리는 몸이 큰 편이었다. 우리 둘은 키를 재면서 늘 경쟁을 하는 형제와 같은 친구였다. 영문이 큰 형님께서는 중학교 물리선생님이었는데 학생들에게 최고 인기가 있었고 집에 들어오시면 우리 둘을 챙겨 주시곤 했다. 주산을 연습할 때 영문이는 조금 급한 성미라서 그런지 쉬~ 하는 소리를 내 신경이 쓰일 때도 있었는데 그때가 그리워진다. 그 어릴 때 동무인 영문이와 나는 운동, 영화배우의 같은 길을 걸어오면서 수십 년이 지난 지금도 서로가 그리워하는 유일한 친구로 남아 있다.

신라 문화제 연극제에서 나는 사육신 성삼문으로 분해 열연도 했다. 그리고 학교 점심 시간 학교 방송을 통해 삼국지를 낭독하기도 했다. 고 2학년 때부터 명절 때마다 열리는 노래자랑 대회를 찾아다니면서 일등도 하고 등수에 들도록 힘으로 로비한 일도 있었다.

나의 별명은 벌통이었다

고 3 때 교감 선생님이 국어를 가르치셨는데 나의 별명을 벌통이라 지어주시면서 너는 콧구멍이 큰데 그것이 벌통과 같다 하셨다. 벌이 꿀을 생산해 많은 사람들에게 건강과 에너지를 주고 자기를 해치려면 거침없이 쏘아대는 것과 같은데 바로 너야 하시곤 싱긋이 웃으시며 벌통이라 부르셨다. 지금도 가끔 그분이 생각난다. 하지만 다른 아이들은 아무도 나에게 그 별명을 부르지 못했다. 부르면 나에게 한 방 먹었을 테니까. 오직 그 교감 선생님만 부르시는 별명이었다. 또 고 2 때부터 씨름부에서 운동을 하고 학교 대항 씨름 대회 선수로도 참가도 했다.

규율부장이 되다

고 3 때 운영위원장과 규율부장 선거가 있었는데 나는 운영위원장으로 출마해 휴식 시간마다 각 교실을 돌면서 찍어 달라고 선거 운동을 했다. 나는 그때 이렇게 열변을 토했다. 우리 학교의 공익과 우리 학생들의 권리를 위해 모든 것을 바쳐 봉사하고 어느 학교 대항에서도 반드시 우수한 우리들의 모습을 선전하겠다고, 나는 반드시 여러분을 대표하는 학생회장이 되겠다고 연설했고 나의 당선은 확정적이었다.

그때 나의 친한 친구인 김수남이 규율부장에 출마했는데 하루는 그가 국화빵을 사면서 나에게 학생회장을 양보해 달라는 간곡한 부탁을 했다. 이유는 본인이 삼촌 집에 살기 때문에 학비 부담에 힘이 들고 너희 집은 부자이니 괜찮지 않느냐며 눈물을 흘리는데 의리를 중시하고 마음 약한 나는 여러 참모들과 상의 없이 허락했다. 그것을 안 내 참모들이 국화빵에 양보했다고 날뛰면서 야단인 것을 나는 그 친구들에게 찐빵을 몇 번이나 사주어 가면서 달랜 후 나는 규율부장에, 그 친구는 학생회장에 당선되어 학비를 면제받았다. 그 친구는 서울에서 경찰관으로 공무원 생활을 한 태권도 고단자였는데 지금은 어떻게 지내는지 모른다.

　나는 항상 교복을 깨끗이 입고 다녔다. 항상 잠잘 때 요 밑에 바지를 깔고 자며 날을 세웠고 운동화는 항상 깨끗이 했다.

통학 열차 대빵이 되다

　나는 변두리 촌놈이었지만 인기가 있었다. 대통(대구 구간 열차)을 휘어잡아서 비좁은 통학 열차 안에 내가 들어가면 모두가 내 자리를 내주곤 했다. 포항에서 오는 열차(포통), 울산에서 오는 열차(울통) 대빵들의 싸움이 경주역 옆 광장에서 벌어졌는데 나는 그들을 제압하고 단연 오야봉이 되었다. 그땐 자전거 줄을 허리에 감고 다니면서 상대방에게 공포감을 조성하기도 했다. 패싸움 때 불리하면 여지없이 자전거 줄을 둘러 겁을 주곤 했다.

　안강에서 당수도를 하는 최정범이라는 친한 학교 친구가 있었는데 가끔은 그의 집에 가서 놀다 오곤 했다. 한 번은 김수남과 같이 갔는데 저녁에 안강 주먹들이 우리 둘이 왔다는 얘기를 듣고 몰려와서 밤새도록 쫓기고 쫓기는 패싸움을 벌였다. 포항 고등학교 학생 그리고 경주 고등학교 학생들이었는데 경주상고 두 주먹이 왔다니까 시비를 걸었다. 열여섯 명쯤이 둘러싸인 우리 둘과 정범이는 그때 - 수남이는 당수도 3단, 정범이 2단, 내가 3단이었는데 - 서로 눈빛만 봐도 알고 한 놈씩 차고 같이 뛰었다. 그들은 손에 몽둥이를 들고 따라왔다.

　우리는 양면으로 갈라져 따라오는 한 놈씩을 발로 차 거꾸로 떨어뜨리는 작전을 세우고 몇 명을 제압하고 몸을 숨기고 또 싸우고 새벽까지 도망 다니다 정범이 누님 집 미장원에 들어가 숨어 밤을 새운 일이 있었다. 우리 둘은 15명 몽둥이를 피해 제끼고 무사히 이튿날 경주행 열차를 탈 수 있었다. 그 뒤로 그들은 겁이 나서 나만 보면 슬금슬금 피해 다녔다. 자연히 입소문이 나 우리 둘은 무서운 존재가 되어 버렸다. 인기를 얻은 나는 교문에 찾아오는 여학생들 때문에 골치를 앓게 되고 바람둥이로 소문이 났다. 선생님들은 애인이 몇 명이냐는 농담도 하시곤 하셨다.

나는 학교에서 주산 잘하고 웅변, 씨름, 방송, 당수도, 연극, 그리고 노래 등 다방면에 뛰어난 기량을 발휘해 팔방미인으로 각광을 받았다. 지금 생각해보면 부지런하고 남에게 지기 싫어한 성격 덕분에 타고난 소질을 노력으로 인정받았던 것 같다. 그때가 그립다. 그 친구들은 지금 어디서 무엇을 하는지 궁금하다. 언젠가 다시 만나 그 시절을 회상하며 옛정을 나눌 수 있을까?

붉은 세 줄에 규율부장이라고 쓴 완장을 두르고 교문에 서서 등교 학생들 복장을 점검할 때 친한 친구들은 적당히, 미운 친구들에게 엄한 벌을 주었고, 마치 영웅이라도 된 것처럼 어깨에 힘을 주며 으스대던 그 시절, 전체 조회 때 큰 목소리로 구령을 붙여 통솔하면서 좋은 때도 있었지만, 친구를 잃는 불행도 있었다.

나와 같이 통학하던 달호는 깔끔하고 잘생긴 친구였다. 몇 번이나 그의 집(아화)에 놀러 가 밤을 새웠다. 지금도 기억에 남는 것은 그의 방에 아주 큰 벽걸이 시계가 있었는데 시간을 가리킬 때마다 땡~ 하는 소리가 어찌나 큰지 50여 년이 지난 지금도 그 소리가 잊히지 않는다. 우리는 그렇게 지내면서 서로가 아껴주는 친구였는데 아침 통학열차를 타고 학교 가다 그는 영영 돌아오지 못하는 곳으로 가고 만 충격적인 사건이 있었다. 그때 기차칸은 요즘같이 승객 안전을 위해 만들어진 열차가 아니어서 화물칸에도 사람들이 탔는데 그 화물칸은 양쪽으로 문이 없고 의자도 없는 빈칸이었다. 사람들이 주로 바닥에 앉거나 서서 가는데 그 친구가 입구에서 서서 가다가 기차가 커브 길을 도는데 큰 흔들림으로 떨어진 것이다. 그것도 기차 터널에서. 꿈 많은 어린 시절 고교생인 내 친구 달호가 그렇게 갔다.

나는 한없이 서러워서 엉엉 울었으며 한동안 기차 타고 통학하는 것을 삼가고 아침 일찍 20리 길을 다니면서 그 친구에 대한 상념을 어느 정도 잊었을 때에야 다시 기차를 타고 통학했다. 친구의 그리움으로 가슴앓이했던 고3 때 일어난 일이었다. 지금 달호는 하늘나라에서 나를 보고 있겠지….

유도 3단에게 도전받은 나

어느 여름 경주고 3학년에 다니는 유도 3단의 문길이라는 학생이 나에게 도전장을 냈다. 이 친구는 당수도와 유도가 실전에서 어떻게 다른지 알아보기 위해 도전했다는 후문이었는데…. 내 친구들 김도수, 김수남, 최정범 등과 같이 한 판 붙을 장소인 고승 숲에 갔다. 방과 후 5시였다. 그의 친구들도 몇 명 같이 왔다. 우리 둘은 양쪽 친구들에게 약속했다. 어떠한 상처가 생겨도 책임을 상대에 돌리지 않는다는 데 동의했다. 나는 몹시 긴장했다. 유도는 상대의 움직임을 이용해 응용하는 기술이다. 나에겐 흥분했어도 싸움으로 다져진 뚝심이 있었고, '갈고 닦은 당수도 3단이 아닌가.' 하며 일단 자신감을 가졌다. 그러자 마음이 평온했다. 그 친구(나중에 좋은 사이가 되었다)도 나와 같은 마음이었다고 나중에 고백했다.

우리 둘은 친구들이 둘러선 가운데 도복을 입고 상대와 예를 갖추고 대치했다. 우리는 그 당시 보기 드문 무도의 고수들이었다. 유도 3단과 당수도 3단의 대결이 시작되었다. 나는 거리를 유지하고 주먹을 날리면서 탐색전을 폈다. 그도 역시 거리를 재며 맴돌았다. 내가 먼저 복부에 앞차기로 찔렀는데 그는 살짝 옆으로 피하면서 나의 어깨를 잡으려고 했고 이에 나는 뒤를 돌아 수도로 그의 머리 밑을 내리치고 한 발 뒤로 빼면서 옆차기를 찼다. 그가 비틀거리는 것을 보고 뒤 후리기로 공격한 것이 그의 노련한 어깨에 걸려 땅에 떨어지면서 순간 왼쪽 다리를 휘두른 것이 그의 얼굴에 맞았지만, 나는 그의 태클에 걸려 한쪽 다리에 쥐가 나서 꼼짝할 수가 없었다.

그의 얼굴에도 피가 나고 친구들이 말려 우리는 승부 없이 끝을 냈었다. 그는 코피가 터져 윗옷을 다 적셨고 나는 며칠 동안 절름발이가 된 신세였다. 나중에 그 친구가 하는 얘기가 앞차기는 용케 피해 어깨를 잡고 허리치기를 시도하려 했는데 복부에 터지는 통증을 느껴 다리를 어깨에 걸어 밀쳤는데 얼굴에 번쩍함을 느꼈고 무의식적으로 다리를 잡고 꺾은 것밖에 기억이 나지 않았는데 한참 후에 정신을 차리고 보니 친구들에게 둘러싸여 둘 다 누워있었음을 알았다고 했다.

나는 그것이 계기가 되어 그 친구와 친해졌고 나의 부탁으로 그가 다니는 유도관에 가서 유도를 시작해 군에 가기 전까지 2단을 땄다.

나는 유도를 시작하면서 새로운 도전을 했다. 유도는 당수도와 달리 기초 낙법부터 시작해 자전거 튜브를 100번 당기는 것을 끝으로 수련을 마치고 집에 돌아오면 파김치가 되곤 했다. 개인적으론 당수도 고난도의 수련보다 유도 기초훈련 수련이 더욱 힘들었다. 당수도는 신체 부분의 단련이 많다면 유도는 몸 전체를 내던지는 훈련이라 그랬던 것 같다. 나는 유도를 하면서 문길이 이외에도 여러 친구를 사귀어 미국에 올 때까지 가까이 지냈는데 지금 그들은 어디서 무엇을 하는지 궁금하고 보고 싶기도 하다.

고교 시절을 다 열거할 수는 없지만 그중에도 생각나는 것이 김원대라는 친구 집에 잠시 같이 기거하면서 많은 추억을 만든 것이다. 원대는 하모니카를 잘 불어 친구들에게는 인기가 있었다. 집은 서악 김춘추 무열왕 옆 도로변 큰 기와집으로 부유한 집안이었다. 할아버지는 경주시 산림 조합장이라 우리 아버님이 조합원이니 가까운 사이였다. 그런 관계로 우리는 더욱 친한 관계가 되었고 지금도 한국을 방문할 때 그 친구를 만나고 있다. 황중금과 나는 학교 바로 뒤편에서 자취를 했다. 그는 경주에서 포항 가는 쪽으로 사방 근처에서 아버님이 사과밭을 경영했는데 매일 같이 다니는 기차 통학이 힘들어 나와 같이 몇 달 자취를 했다. 나이에 비해 꽤 점잖고 행동이 매사 조심하는 좋은 친구로 기억이 난다. 지금은 무엇을 하는지 궁금하고 보고 싶다. 한영준, 그도 나와 같이 통학하다 지쳐 둘이 학교 뒤 북천동에 방을 얻어 자취한 기억도 난다. 그때 신훈이라는 친구가 가끔 놀러 와 같이 지내곤 했다. 지금 생각하니 그는 양성애자였던 것 같다. 가끔 그 친구가 영준에게 불편한 짓을 한다고 화를 내는 것을 본 기억이 난다. 참 나에게 좋은 추억이 있는 친구들인데 지금은 무엇을 하는지 궁금하고 보고 싶다.

고 3 때 나는 경주여고에 다니는 이순희라는 여고생을 알게 되었다. 순희는 2학년생이었는데 참 예뻤다. 그는 나에겐 첫사랑이었다. 학교 졸업식 날 나는 가장 많은 상장을 받았다. 개근상, 3년 개근상, 웅변상, 방문 문화상, 체육 특별상, 주산상, 학생 지도자상, 우등상을 빼곤 거의 다 내가 받았던 것이 기억이 난다. 표창자를 호명할 때 내 이름이 불리고 강단으로 나가니 이런 소리가 들렸다. "팔방미인이더먼.", "상복이 터져 약국에 감초네."

좋은 말인지 나쁜 말인지 몰라도 나는 좋기만 했던 기억이 난다.

대학에 입학하다

나는 대학에 1차를 포기하고 2차로 가기로 하고 원서를 대구 청구 대학에 냈다. (지금은 대구 대학과 합명이 되어 영남 대학이다) 합격 통지를 받고 대구에서 꿈에 그리던 사각모와 학생복을 맞추어 집에 가져오니 동생, 누나들이 좋아했고 특히 6촌형(갑춘)이 부러워하며 좋아했다. 그 형은 얼마 후 동네 앞 강가에서 다이너마이트로 고기를 잡는다고 물에 들어가 심장마비로 죽었다.

정말 좋은 형이고 친구여서 내가 얼마나 울고 서러워했는지 지금도 그때가 선하게 떠오른다. 나는 그 사각모를 벽에 걸어두고 하루에도 몇 번씩 보기도 했다. 비록 일류대학은 아니고 이류대학이지만 힘들게 입학금을 마련해 주신 아버님께 너무나 감사했다. 나는 율동에서 대구까지 통학하기로 했다. 입학 후엔 철남(대구 대학)이와 같이 다녔다. 신입생 환영회 때 사회를 맡았는데 그때는 카키색 바바리코트를 입었다. 그 후 나의 별명은 바바리코트가 되었었다. 대학생이 되니 다방에도 출입하고 학교 근처 학사 주점 막걸리 집에서 친구들과 어울려 매운 낙지와 막걸리를 마시며 대학생의 자유를 누린 기억이 난다. 나는 대학 시절에도 인기가 있었다. 그때 생각이 많이 난다.

나에겐 돈모라는 덩치 큰 친구가 있어서 우린 제법 가까이 지냈지만, 지금은 소식을 모른다. 나는 가끔 그 친구가 그립다. 또 전 아무개라고 이름은 기억이 안 나는 친구는 우리 중에 제일 나이가 많았는데 대구 방송국에서 전속 가수도 했고 특히 남인수 노래를 똑같이 불렀다. 그의 집은 대구에서 떨어진 청도였는데 그도 역시 통학을 해서 친구들과 그 집에 가서 놀았던 기억이 난다. 대학 1, 2학년 때 나는 주말이면 광명에 사는 친구, 문기해, 문성문(부산 교육 대학)과 같이 어울렸는데 인근 마을, 광명, 화천, 고란, 효현, 울동, 서악, 화천 등지로 다니면서 그 동네 주먹들을 불러내어 주로 유도로 메치고 겁을 주면서 오야붕 노릇을 했고 내가 가는 곳은 항상 많은 사람들이 따랐다. 명절 때 노래자랑을 하면 나에게 항상 일, 이등은 떼 놓은 당상이었고 야외 영화 상영이나 쇼는 항상 내 친구들과 같이 무사통과였다. 그리고 나의 둘째 어머님은 술을 좋아하셨는데 어디든지 가서 성오가 내 아들이라고 큰소리치시면서 술 대접받고 집까지 모셔 드리는 일이 많아 어머님이 항상 좋아하셨던 기억이 난다. 나는 대학 1학년을 정신없이 보냈다. 2학년 때 정치외교학과를 택하고 정치가가 아니면 외교관이 되고 싶었다. 열심히 공부했으나 항상 나의 마음속에 잠재해 있는 것은 나를 놓아주질 않았다. 노래 부르고 영화 보고 연기 공부하면서 그때의 나는 장동휘 씨의 연기를 좋아했다. 그의 역할은 항상 멋진 폼으로 악당을 처부순 후 털고 일어나는 것으로 멋있는 그의 인상이 좋아 나는 그를 흉내 내어 연기해 보기도 하면서 언젠가 나도 그와 같은 연기자가 되겠다고 다짐하곤 했다.

꿈 많은 대학 2년, 나는 그해 여름방학에 무작정 서울에 올라가 연기자 모집에 응모해 당선되었다.

연기자로 입문

그땐 열악하기 그지없는 시설에서 교육 훈련을 받았고 힘들고 고달팠다. 나의 출연작은 서울 조계사에서 후원한 비구승과 대처승에 관한 연극으로, 즉 두 파의 싸움이 내용이었다. 도금봉 씨와 이엽동 씨가 주연으로 출연하는 연극에 나는 옥사장 역할을 하기 위해 도봉산 장수

원에 방을 얻어 1개월간 단체로 연기, 대사 연습을 했다. 아침 일찍 일어나 산 위 골짜기에 올라가 소금물을 머금고 발성 연습부터 시작해 큰 소리로 대사 연습을 했다. 아침에는 주로 시금칫국에 밥과 김치고, 점심 때도 똑같은 메뉴였다. 한창 성장할 때라 주로 간식으로 허기진 배를 채우곤 했다. 그때 같이 연습한 동료 중 최희준 씨 노래를 똑같이 부르는 친구가 있었는데

이름은 장영록으로 그는 인천에서 왔다고 했다. 장수원에서 한 달 연습 후 조계사에 내려와 며칠 전체 공연 연습을 하고 시민회관에서 첫 공연을 했는데 대성공이었다. 그것은 도금봉 씨와 이엽동 씨의 인기 덕분이기도 했다. 그다음 서대문 화양 극장에서의 공연을 끝으로 공연은 막을 내렸다. 아쉽지만, 참 고되고 어려워서 나에게는 좋은 경험이 되었던 큰 무대였다. 그 당시의 사진들이 있었는데 미국 시카고에 와서 시카고 체육관 화재로 다 타버려 아쉽기만 하다.

이후 화춘 영화사에서 만드는 영화 《암살자 063》에 형사로 출연했다. 고인이 되신 황해 씨와 문정숙 씨가 주연하는 영화였는데 장충단 공원에서 범인을 쫓는 신으로 시작해 며칠 야간 촬영으로 끝났다. 나는 마치 배우가 된 것처럼 우쭐대기도 했던 기억이 난다. 그 영화가 계기가 되어 나는 충무로 3가 명보극장 옆 스카라 다방, 대림 다방, 스카라 극장 앞 신카나리아 다방 등을 많이 돌아다녔다. 그때 많은 연기자, 그리고 연예인들을 만났다. 최봉 씨를 만나 형님이라 했는데 그는 그때 마약을 할 때라 다방에서 만나면 커피 대신 돈을 주면 고맙겠다고 하여 돈을 주면 금방 나갔다 들어와 기분이 좋아지는 것을 많이 보았다. 그때 그는 가수 송민도 씨와 동거할 때였다. 나는 그때 알았던 박혜란이란 친구가 생각난다. 그는 유명한 가수 박재란 씨의 동생이었다. 그 이후 나는 최봉 씨와 김왕국 씨, 박혜란이와 같이 단막극을 쇼 무대에서 공연하기도 했다.

최연소 쇼단 단장이 되다

나는 하인호 씨를 만났다. 그는 무대 연기자인데 예총 연기분과 위원회 사무총장이기도 했다. 그때 나는 그와 의형제를 맺어 형님이라 불렀는데 그는 나를 많이 도와주고 나는 그를 많이 따랐다. 그는 어느 날 나에게 쇼단을 구성해 공연을 하면 돈을 많이 벌 수 있고 또 무대 경험을 얻어 앞으로 연기자로서 성공하는 데도 큰 도움이 된다고 했다. 만약 20만 원이 있으면 쇼단을 구성해 단장으로 이끌 수 있다는 얘기했다. 몇 번 그 이야기를 들은 나는 경주에 가서 아버님께 말씀드렸더니 처음에는 하라는 공부는 안 하고 무슨 쇼 사업이냐고 호통을 치셨다. 내가 너무나도 간곡히 말씀을 드려도 거절하시길래 만약 돈을 안 주시면 죽겠다고 아버님께 불효를 했더니 아버님은 돈과 아들은 바꿀 수 없으시다면서 땅을 저당잡아 20만 원을 마련해서 나와 같이 서울에 올라오셨다.

추운 겨울이라 청계천에 들러 외투를 사 입으시고 충무로 스카라 다방에 하인호 씨를 만나 돈을 건넸다. 그때 가수 배호 씨를 만났다. 아버님께서 좋아하시던 가수를 직접 만나 퍽 기뻐하셨던 것이 기억난다. 아버님은 몇 번이나 이것이 마지막이니 매사에 조심하고 사회를 배우는 데 게을리하지 말라는 부탁을 당부하시고 청량리역에서 기차를 타고 경주로 돌아가셨다. 나는 그때 아버님의 모습을 잊을 수가 없다.

아버님께서는 비록 농촌에 계시지만 일본에 일찍 가서서 많은 경험을 하셔서 그런지 통이 크신 분이셨다. 그때 20만 원은 요즘 돈으로는 2억이 넘는 금액이다. 아버님께서는 그 돈으로 사회를 배우라 하셨다. 돈을 벌 수 없다는 것은 아버님도 짐작하시면서 역에서 나의 등을 두드리고 돌아가셨던 그 모습이 지금도 눈에 선하다. 그 후 나를 단장으로 하는 쇼단을 하인호 씨와 구성했다.

하인호 씨는 총지휘를 맡으셨다. 그때 최고 인기였던 박재란, 도미, 신카나리아, 최갑성, 코미디에는 복 선생, 단막극에는 김왕국, 이혜성. 그때로는 호화 멤버였다. 쇼 포스터를 만들었는데 그때 나는 멋진 모자를 쓰고 양대성이란 예명을 썼다. 첫 공연 지역이 영등포 구로극장이었다. 우리들은 여관에 숙소를 정하고 그날 1회 공연을 했다. 사회는 나와 복 선생이 같이 했는데 쇼 무대라 떨리기도 했지만, 연극 무대에 많이 서 본 경험으로 무대에 섰다. 첫 쇼가 생각난다. 무대 위에서 나의 차례를 기다렸다. 정각 6시 복 선생의 목소리가 울려 퍼졌다.

"장내에 계시는 신사숙녀 여러분 지루한 시간 오랫동안 기다리셨습니다. 지금으로부터 오늘의 화려한 쇼를 진행하는 명사회자 양대성을 소개합니다."

그와 동시에 빵빠레가 울려 퍼지고 무대가 (막) 올라가는데 카본(서치 라이트)이 무대 입구에 있는 나에게 조준되었다. 나는 숨을 몰아쉬고 빠른 걸음으로 무대 중앙 앞에 나와 마이크를 잡고 "여러분 안녕하십니까. 양대성 인사드립니다."를 시작으로 외워둔 대사를 줄줄이 외워 나갔다.

첫 출연자를 소개하고 무대 뒤로 퇴장했는데 나는 도대체 뭐가 뭔지 멍한 기분이었는데 복 선생께서 "대성아, 잘했어. 넌 명사회자야." 하시면서 나의 등을 두들겨 주셨다. 복 선생님은 원로배우 복혜숙 씨의 친동생이셨는데 연기, 코미디 무대의 달인이셨다. 나는 그날 쇼 진행 도중 나그네 설움이라는 노래도 불렀다. 성공리에 쇼를 끝내고 하인호 씨와 나는 극장 측과 계산을 했는데 또이또이, 우리말로 현상유지를 했다. 그날 쇼는 겨울 부슬비의 영향을 받은 것이라 거진 속초, 주문진, 강릉, 철암 등지의 강원선 공연을 했다. 우리는 춘천에서 무사히 공연을 마치고 화천, 양구, 거진 속초까지 갔는데 강릉에서 공연은 소낙비로 엉망이 되어 버렸고 우리 단원 20명은 여관에 이 노꼬리로 잡힌 신세가 되었다.

쇼단 실패

공연을 해야 현금이 돌고 모든 것이 진행되는데 진행비가 얼마 남지 않은 것 가지곤 밥값밖에 안 되었다. 그래서 우린 오도 가도 못하고 잡힌 신세가 되었고 단원들은 아우성인데 나는 단장이니 그 책임을 져야 했다. 나는 결심을 하고 아버님께 가서 자초지종을 말씀드리고 도움을 청했다. 그래 이것으로 네놈 인생을 공부했다 생각해라 하고 끝내는 조건으로 여관비를 얻어 돌아와 돈을 갚고 거기서 해산했다. 난 서울에 올라와 청계천에 조그마한 하숙방을 얻어 지내면서 청계천을 무대로 활동하는 주먹 억이를 만났고 또 명동 신상사도 억이를 통해 만났다.

그때 나는 다른 이들로부터 내가 하인호 씨에게 당했다는 얘기를 구체적으로 들었다. 20만 원의 쇼단 구성에 반은 선불하고 반은 후불로 지불하기로 했으니 현금은 출연료밖에 지출되지 않았고 쇼단이 해체되었으니 그 책임은 내게 없다고 했다. 그때 나는 하인호를 죽이겠다고 결심해 고향에 내려가지도 않고 찾아다녔는데 나를 피해 만나지 못하고 배는 고프고 해서 청계천 꿀꿀이 죽으로 지내면서 동대문에서 시민회관이 있는 광화문까지 몇 번이나 왔다 갔다 했다. 충무로에서도 찾아 헤매다 마침 예총 연기분과에 갔는데 거기에서 만났다.

그때 이종철 원로 배우도 계셨는데 나는 다짜고짜 하인호의 멱살을 부여잡고 사기꾼 새끼 내 돈 안 돌려주면 죽여버리겠다고 멱살을 잡아 조였다. 이에 하인호는 얼굴이 창백해지면서 "대성아, 왜 이래 말로 하자."라고 했다. 그때 이종철 선생님이 말리고 직원들이 말려도 나는 그를 책상 위에 내동댕이쳤다. 사태를 심각히 받아들인 직원이 종로 경찰서에 연락해 경찰이 들이닥쳤고 우리 둘은 연행되었다. 백차를 타고 종로를 달리면서 나의 어리석음에 이를 깨물고 후회했지만 때는 늦어 버렸다. 남의 말을 진실로 고지식하게 듣는 것이 나의 장점이고 단점인 것 같다.

종로 경찰서에 도착해서 수사과에 조사를 받는데 수사과장이 경주상고 변재엽 선배였다. 그도 놀라고 나도 놀라고 부끄러웠다. 그러나 그 선배는 나를 자기 사무실에 불러놓고 자초지종 얘기를 듣고 하인호 씨를 사기로 구금했다. 나는 거기서 진술서를 썼다. 나의 합의서가 없으면 그는 구속되는 것이다. 그리고 나는 하인호 씨가 "대성아, 잘못했으니 살려다오." 하는 말을 뒤로하고 경찰서를 나왔다. 나는 솔직히 그가 영창을 가는 것보다 몇 푼이라도 돈을 받고 싶었다. 종로 경찰서에서 걸어서 동대문 청계천까지 걸어왔다. 나는 여관비가 없어 양복을 잡히고 시계도 전당포에 잡혀 근근이 지냈는데 그 돈도 다 떨어져가니 돈이 필요했다.

그 이튿날 임호 형님과 몇 분이 나를 찾아와서 밥도 사주고 다방에서 차를 사주면서 고소를 취하해 주라고 간곡히 부탁했다. 그래서 나는 조건을 걸었다. 내 모든 여관비와 전당포에 잡힌 물건을 찾고 고향에 내려갈 여비가 당장 필요하니 2만 원을 가져오면 합의를 하겠다고 했다. 그간의 관계를 생각하더라도 경찰서에 같이 가서 취하서류에 지장을 찍어달라 부탁하는 것을 나는 거절하지 못하고 그 형님들과 같이 종로 경찰서 수사과 변재엽 과장님을 만나 자초지종을 말씀드린 후 취하하겠다고 했더니 네가 원하는 것이 무엇이냐고 하길래 2만 원을 요구했는데 만 오천 원밖에 못 받았다고 하니 선배님이 그들을 불러 이 경우는 2년 이상 징역형의 공금 횡령 그리고 사기 사건이니 대성이가 원하는 돈을 다 주어라, 아니면 구속은 하지 않더라도 재조사하겠다고 으름장을 놓으니 임호 형님이 오후 2시에 오겠다고 약속한 후 헤어졌다.

다시 만나 오천 원을 건네받고 수사관 앞에서 취하 지장을 찍었다. 곧바로 하인호 씨가 초췌한 모습으로 유치장에서 나왔다. 나와 악수하고 경찰서 앞 식당에서 만나기로 하고 나는 수사과장인 선배를 찾아가 "형님이 돈 오천 원을 받아 주셨으니 드리겠습니다." 하고 내놓았더니 그분이 나를 쳐다보면서 "야, 성오야. 나도 객지고 너도 객지지만 나는 여기서 직장을 가진 사람이고 너는 객지에서 당했으니 내가 당연히 너를 돕는 것이거늘 너는 나를 부끄러운 사람으로 만들지 말라."며 나의 어깨를 감싸 안으면서 말했다.

"성오야, 세상은 네 마음과는 다른 요지경이니 매사에 신중해야 한다." "모든 것을 첫 공부했다 생각하고 고향으로 내려가 공부 열심히 해라." 하시면서 경찰서 앞 식당까지 같이 오셨다. 우리 일행들과 일일이 악수하시면서 성오는 내가 아끼는 학교 후배이니 이후부턴 그런 일들이 생기지 않도록 부탁한다면서 우리 모두에게 설렁탕을 사주셔서 나는 지금도 그 선배님을 잊지 못하고 있다.

다방에서 격투

이 사건은 충무로 스카라 다방에서 최봉 형님과 김왕국 선배 그리고 박혜란이를 만나 커피를 마시고 있는데 옆 좌석에 앉은 안면이 있는 세 사람이 혜란이에게 빈정대면서 시비를 걸었다.

참다못한 내가 "야, 너 왜 그래? 무슨 일인데? 나하고 얘기 좀 하자"고 했더니 그중 한 명이 "야, 나는 부산에서 케스투어 하는 김상준 사범인데, 너는 상관하지 마라" 했다. 나는 케스투어가 레슬링과 복싱을 혼합해서 만든 무술이라는 것을 어느 잡지에서 본 기억이 나서 "나는 당수도 삼 단인데, 어때 우리 한번 붙어볼까?" 했더니 그 친구가 벌떡 일어서는 것이었다.

그때 최봉 형님이 "야, 대성아 참거라, 왜 이래." 하시면서 일어서시는데 - 그때는 겨울이라 다방에 연통이 있는 연탄을 태울 때였다. 우린 그 주위를 동그랗게 앉아있었고 그 친구와 형님 그리고 내가 동시에 일어서니 난로 연통을 중앙에 두고 있는 모습이었다 - 최봉 형님 뒤편에 있던 김상준이가 어깨너머로 나에게 정면으로 주먹을 날렸고, 내가 피하며 "형님 비키세요!" 하면서 싸움은 시작되었다. 다방에 있던 모든 사람들이 놀라 일어섰고 마담이 말리려고 뛰어오는데 우리는 연통을 가운데에 두고 돌았고 그때 나는 우리 일행에게 피하라고 소리를 질렀다. 혜란이는 "대성아, 참아." 하며 나를 가로막았는데 김상준이가 혜란이를 잡았다.

내가 순간적으로 그들에게 겁을 주기 위해 - 그들은 셋이고 우리 중 무도를 하는 사람은 나뿐이었다 - 수도로 연통을 치니 연통이 부서지면서 연기와 재로 방 내부는 아수라장이 되었다. 그와 나는 땅바닥에 뒹굴면서 치고 맞아 둘 다 코피가 터졌고 엉망이 되었다. 경찰들이 호루라기를 불며 소리를 지르고 발길에 차여 떨어졌는데 둘 다 얼굴이 피범벅이 되어 바로 옆 중부 경찰서로 연행이 되었다. 그때 최봉 형님과 왕국 형님이 경찰서까지 찾아와 자초지종을 설명하고 나에게 유리한 증언을 해주셨는데 그 당시 두 분은 알려진 배우라 그들의 체면을 보시고는 우리는 그냥 경찰서를 나오게 되었다. - 다방 기물파손에 대해서는 쌍방 합의하에 수리해주기로 합의했다. - 명보다방 옆 술집에서 혜란이가 사주는 막걸리를 마셨다. 그 후 혜란이와 더 친한 사이가 되었다.

그 얼마 후 원수는 외나무다리에서 만난다는 옛말과 같이 동대문 반공청년단 사무실에 김덕봉 형님을 찾아갔는데(그때 덕봉이 형님은 쇼단을 이끄는 단장이셨고 극단에서는 알아주는 주먹이셨다) 그분이 동대문 반공청년단 지부를 맡고 있다는 얘기를 듣고 하인호 형님 소식을 알아보려고 갔다. 사무실은 기와집 이층으로 올라가는 복도가 가파르고 좁았다. 이층의 꽤 큰 사무실에 젊은 어깨들이 여럿 있었다. 나는 덕봉 형님께 인사를 드리고 인호 형님 소식을 물었더니 "요즘 만난 지 오래다." 하시면서 주시는 50원을 받아 복도를 내려오는데 누군가 뒤에서 야! 하고 불러 돌아보니 지난번 다방에서 격투를 벌였던 그 친구였다.

내가 "야, 너 여기는 어떻게 왔야?" 하니 위에서 나의 얼굴을 발로 차는 것을 피해 그의 다리를 잡고 아래로 잡아당기면서 복도 아래로 굴렀고 그도 중심을 잃고 같이 굴렀다. 일어서려고 하는데 덕봉이 형님이 야구 배트를 들고 내려오면서 이놈들, 작살을 내야겠군! 하셨고 우리들은 뛰어서 동대문 옆 골목으로 가(골목길에서 그의 일행과 나의 친구 조자룡이도 있었다) 거기서 싸움이 붙었다. 기와 담장으로 이어진 골목길에서 나는 수도로 기왓장을 깨부수면서 오기를 부렸다. 그 친구가 약간 움츠리는 것 같아 나의 특기인 옆차기로 그의 복부를 찼는데 그는 맞고 넘어지면서 나의 발목을 잡았다. 나도 중심을 잃어버리면서 그를 덮쳤는데 그는 케스투어 고단자라 잡는 것이 달랐다. 그렇지만 이미 복부를 강타당한 그는 힘을 쓰지 못했다. 나는 주먹을 얼굴에 갖다 대면서 죽여버린다고 소리를 질렀는데, 그는 미안하다고 사과를 했고 나는 일어났다. 그 두 번의 사건으로 우리 둘은 화해 술을 마시면서 친구가 되었고 몇 년 후 부산에서 만나 오랫동안 우정을 나누는 친구 사이가 되었다.

광주 보병학교에 입학

나는 아버님이 마련해주신 20만 원을 고스란히 날리고 고향에 내려와 그해 봄 아버님 뵙기가 너무 죄송스러워 학교에 휴학을 내고 간보후보생시험에 합격해 아무도 모르게 광주 보병학교에 입학했다.

고된 훈련을 받던 중 내가 태권도 고단자인 것을 안 구대장이 몇 번이나 향도인 나를 이유 없이 괴롭히는 데도 참고 견뎠다. 그러던 중 어느 날 나를 불러서 술을 사달라고 하여 나는 비상금을 털어 휴게실에서 건빵과 술을 같이 마셨지만 영 기분이 내키지 않았다. 구대장이 나의 과거를 솔직히 얘기해 달라고, 이건 명령이라고 하길래 술 한잔한 기분에 서울에서 쇼 단장을 한 것과 흥행 얘기를 했다. 그러자 구대장이 갑자기 "이 새끼, 딴따라 깡패 새끼

구먼!" 하고 야유를 하면서 쥐고 있던 술병을 테이블 위에 탁 놓았다. 순간 분개한 나는 정면으로 그를 받아버렸다. 그는 코가 부러지고 얼굴이 피범벅이 되었다. 그 직후 나는 몹시 후회했지만, 이미 늦어버려서 헌병대에 끌려가 두들겨 맞고 하극상으로 훈련 6개월을 넘기지 못하고 3개월 만에 퇴학을 당해 육군 장교의 꿈을 접고 집으로 돌아오고 얼마 후 육군에 지원했다.

  집을 떠날 때 어린 성해와 헤어질 때 어린 것이 나를 따라오면서 형님, 형님 하면서 얼마나 서럽게 우는지 가슴이 메는 것만 같았다. 아버지께서도 내 손을 꼭 잡으시며 "성오야, 몸조심하고 무사히 군 의무를 다 마치고 다시 만나자." 하시면서 눈시울을 적시는 아버님을 뒤로하고 나는 고향을 떠났다. 경주 고승 숲 운동장에서 집합해 대구행 입영열차를 타고 몇백 명이 입영노래를 부르면서 율동 역을 넘어 내가 살던 마을 앞을 지날 때 우리 마을 사람들과 내 가족들이 나와 하얀 수건을 흔들어 주었다. 어머님 산소를 보니 목이 메었다. 무사히 군복무를 마치고 돌아와 성해를 돌보겠다고 어머님께 약속드렸다. 나는 열차에서 인술 하사관으로부터 향도로 임명받아 열차 한 칸을 통솔했다. 논산훈련소에 도착하니 환영입소식이 열렸다. 각 지역에서 온 약 1,500명의 입소자들을 연병장에 집합시켜놓고 군악대 환영 연주와 훈련소 소장의 환영 훈시가 있었다. 나는 훈련병 입소 대표로 뽑혀나가 '나그네 설움, 비 내리는 고모령'을 불렀다. 나는 그 일을 계기로 훈련소에서 유명인이 되었다. 고된 훈련이었지만 견딜 만했고 늘 그곳에서는 나를 배려해주었다. 회식 때면 항상 내가 불려 나가 노래도 부르고 단막극도 했다. 주제는 어머니였다.

논산 훈련소를 일등으로 졸업하다

어느 날 서울에서 올라와 입대한 태권도 5단 고단자와 많은 훈련병들이 둘러싼 가운데 그와 나의 기 싸움이 벌어졌다. 내가 얘기를 걸면서 그의 정신 집중력을 흐트리며 머리를 날렸고 그는 재빨리 피했다. 대련이 시작됐다. 우리 둘은 무술에 있어 고수들이라 상대의 공격을 잘 알고 막아냈고 또 쉽게 공격을 할 수 있는 틈이 생기지 않아 나는 유도 기술을 써보기로 작전을 세웠다. 상대가 뒤 후려차기를 유도했는데 그는 나의 작전에 걸려 뒤 후려차기를 한 나는 한 스텝 앞으로 나가면서 상대의 허벅지를 어깨에 걸고 왼쪽 다리를 걸었고 그는 땅바닥에 내동댕이 쳐졌다. 마침 분대장이 말려 싸움은 끝났지만, 우리 둘은 하사관 막사에 끌려가 피 터지도록 몽둥이로 엉덩이를 맞았다.

나는 지금도 생각이 난다. 배가 고파 밤에 몰래 취사장에 숨어 들어가 밥을 훔쳐 먹다가 걸려 두들겨 맞은 일, 선임들이 나중에는 몰래 나를 불러 때린 게 미안하다면서 국밥을 얻어먹었던 일 등등. 이런 일들을 다 기록할 수가 없고 훈련을 마치고 퇴소식 하는 날 나는 영광스럽게도 1,500명 훈련병 중 일등으로 졸업하는 영예를 안았다.

그것에는 그럴만한 이유가 있었다. 그 전날 밤 상을 받는 훈련병 15명이 하사관 사무실에 모여 소장님께 상 받는 예행연습을 하기 위한 모임을 했는데 나의 전 훈련 점수가 이등이었다. 일등이 대표로 구령을 붙이고 사열대 높은 곳에 올라가 소장님께 상장을 받아야 하는데 일등을 한 친구의 구령이 약해 내가 이등에서 일등으로 바뀌었기에 나는 수많은 병사들이 정렬해 있는 사열대 앞에 나가 "전체 차렷, 소장님 각하께 경례!"를 힘차게 구령했다. "차렷." 한 뒤 높은 당상에 계시는 소장님의 사열대에 속보로 올라가 경례를 한 후 차렷 자세로 섰다. 소장님은 상장을 낭독하셨고 나는 수여하시는 상장을 받아 경례를 힘차게 붙이고 돌아서 내려와 "전체 열중 쉬엇." 한 후 소장님의 훈시를 들은 것을 마지막으로 행사는 끝이 났다. 우리들은 막사로 돌아왔다. 그날 저녁은 많은 친구들이 나에게 매실주와 건빵을 가져와 축하를 해줬다. 특히 영문이가 많이 기뻐해주었다. 훈련 기간 동안 영문이와 나는 가끔 휴식 시간이면 운동을 하면서 지냈다.

어느 날 영문이가 내게 와서 모자를 잃어버렸다고 고민한 적이 있었다. 걱정하지 말고 잠시만 기다려라, 내가 구해줄 테니 하며 나는 변소에 갔다. 훈련소 변소는 지붕이 없고 벽이 낮았다. 모자를 벗지 않으면 잃어버리기 쉬운 곳이라 주의를 해야 하는데 한 훈련병이 모자를 쓰고 변소에 앉아있었다. 나는 잽싸게 모자를 벗겨 뛰었고 그는 뒤에서 내 모자! 하며 소리를 질렀지만 나는 그것을 영문이에게 주었다. 영문이도 나와 같이 훈련소장 표창장도 받았다. 퇴소하는 날 회식을 전 훈련병들이 같이하니 마치 축제장과도 같은 분위기에 우리는 그동안 정들었던 전우들과 헤어지게 되어 서운했다.

헌병 병과를 받다

그 이튿날 우리는 훈련소 보충대에 집합해 병과를 받았는데 나는 헌병 병과를 받았다. 아마도 그땐 오늘날과 같이 정보 산업이 발달하지 않았기 때문에 광주 보병학교에서 일어난 일을 몰랐던 것 같다. 나는 혹시나 하는 마음에 조급해 했는데 다행히 무사히 지나간 것 같다. 그 이튿날 영천헌병학교로 가는 열차 안에서 마치 헌병이라도 된 것처럼 으스대기도 했다. 열차 안에서 헌병들의 검문이 있었는데 헌병 병과병들은 특별히 대우해주고 후배들에게 반갑다면서 빵도 사주었다. 그때 헌병들이 어깨에 흰 휘장을 두르고 헌병 버클이 반짝이는 군복 바지에 링을 넣어 걸을 때마다 찰랑찰랑하는 소리가 났는데 헌병 하이바를 쓰고 권총을 찬 모습이 멋있었다. 군인들이 꼼짝

없이 대하는 것을 보니 나도 어깨가 으쓱해졌다. 우리 일행은 영천헌병학교에 도착했다. 영천은 경주에서 팔십 리 거리니 마치 고향에 온 것 같아 기분이 좋았다. 나는 1구대 1소대 향도를 맡았다. 소대 인원 오십 명이 훈련을 갈 때나 막사 안에서나 소대원을 통솔해야 하는 임무를 받은 것이 향도다. 또 소대가 문제가 생기면 향도가 대신 벌을 받아야 하기 때문에 내가 벌을 받지 않기 위해 최선을 다해야 했다.

훈련장에 갈 때는 구령을 붙이고 구호를 선창하는 것이 나의 일. 나는 그런 것은 누구보다 잘한다. 중학교, 고등학교, 대학 시절 늘 그렇게 해왔으니 그런 것이 몸에 배어있어 익숙해져 있다. 지금도 가끔은 구대장이었던 양 하사가 생각난다. 그는 직업군인인데 조그마한 체격에 꽤 까다로운 성격이어서 마치 군인을 훈련시키기 위해 태어난 존재 같았고 우리들에게는 하늘과도 같은 존재였다.

나는 점심시간이면 방송실에 가서 노래를 불렀다. 나는 가요를 부르고, 강주훈, 안주현은 팝송을 불렀다. 그때 주로 '빨간 구두 아가씨', '비 내리는 고모령', '맨발로 뛰어라'를 불러 학교에서 유명해졌다.

그때 교장(최 대령)님이 서울에 있는 현대 건설 본사에서 주최하는 합창 대회에 옵서버로 참석해 배우고 오라는 명령을 내렸다. 처음으로 헌병 휘장을 하니 잘 어울리는 것 같았다. 나는 열차도 무임 승차를 했다. 헌병이니 아무도 제재하지 않았다. 서울에 도착해 광화문에 있는 현대 건설 본사에 도착해 정주영 사장님께 인사드리고 헌병학교 최 대령님이 보내서 왔다고 하니 연락을 받았다면서 퍽 반가워하시고 옆에 앉아있던 가수 김세레나를 소개시켜주셨다. 그날 합창단 공연은 특이했다.

그냥 서서 노래하는 것이 아니라 노래 소절마다 손과 몸동작으로 노래와 몸이 하나가 되어 공연하니 생동감이 살아 있었다. 나는 학교로 돌아와 보고드린 후 이십 명을 차출해 합창단을 만들어 지도를 했는데 한 번 본 것이라 감이 잘 잡히지 않아 생각을 많이 가미시켜서 군가에 동작을 덧붙이니 마치 군무와도 같았다. 아무튼 박력 있는 새로운 합창단을 창설시켜 환영을 받았다. 나는 또 교통 정리 동작을 잘해 학교에서 시범도 하고 또 교장 선생님의 배려로 장교 반에 들어가 유도를 지도하기도 했다. 삼 개월의 훈련기간 동안 많은 것을 배우고 훈련을 했다.

월남 파병에 지원하다

나는 월남 파병에 지원하고 싶었다. 그 당시 맹호부대가 일차로 파병된 후라 이차 파병기회가 있다는 얘기를 들었다. 내가 지원서를 내니 학교에서 받아주지를 않았다.

이미 학교에서는 훈련이 끝나면 학교에 좌천시켜 조교로 근무하도록 인사과에서 교장의 명령을 하달받았기 때문이라는 이유였다. 그래서 나는 극단적인 방법을 택하기로 결심하고 면도칼로 새끼손가락을 그어 피를 내어 파월 지원 양성오 일병이라 쓰고 손에 붕대를 감아 그 혈서를 인사과에 제출했다. 그러자 붕대 감고 있는 손을 보고 손가락을 잘랐다는 소문이 퍼졌고 최 대령님께 보고가 되어 나를 불렀다. 하시는 말씀이 "너는 학교가 필요한 조교인데 네가 정 그렇게 가고 싶어한다면 허락하겠다. 무공을 세우고 무사히 잘 다녀와라." 하시면서 못내 아쉬워하셨다. 지금도 그분이 눈에 선하게 떠오른다.

나는 그날 인사과에서 며칠까지 강원도 옴리훈련장에 도착하라는 명령서를 받았고 그동안 정들었던 양 하사님 그리고 유도부 장교님들, 친했던 동료들과 인사를 하고 떠나려니 아쉽고 서운하기도 했다. 헌병 비복장이었지만 좋았다. 경주 집에 도착해 아버님께 인사드린 후 어머님 산소에 성묘하고 오랜만에 친구들과 만나 막걸리를 마셨다.

다음날 순희를 만나 월남 간다고 인사를 했는데 나에게 몸조심하고 무사히 잘 다녀오라고 하면서 울었다. 나도 같이 부둥켜안고 울었던 기억이 난다. 순희는 나의 첫사랑이었다.

떠나기 전날 아버님께 "월남 갑니다." 하고 말씀을 드렸더니 "너는 우리 양씨 가문 종친인데 왜 월남에 가냐?" 하시면서 나는 허락할 수가 없다고 호통을 치셨다. 나는 아버님께서 늘 숨겨두시는 비밀함을 열어 얼마의 돈을 가지고 가면서 '아버님 죄송합니다. 이 돈은 꼭 갚아드리겠습니다. 불효소생 성오.'라는 쪽지를 남겼다. 앞산 어머님 산소에 가서 하직 인사를 드리면서 얼마나 울었는지…. 그때 코흘리개 어린 동생 성해를 두고 떠나는 것이 너무나 가슴이 아파 동생을 안고 말없이 이별의 눈물을 흘리고 "성해야, 형님 올 때까지 엄마 말씀 잘 듣고 있어라." 하니 "형님 빨리 오세요." 하는데 가슴이 미어지는 것 같았다. 담 밑에 웅크리고 앉아 울고 있는 동생을 뒤로하고 나는 율동 역으로 뛰었다.

역에서 기차를 타고 우리 마을을 지날 때 어머님 산소 그리고 내가 자라던 집을 지나면서 나는 반드시 무사히 돌아와 내가 하고 싶은 일, 그리고 아버님께 효도하고 동생을 훌륭히 키우겠다고 다짐했다.

나는 강원도 옴리파월장병훈련소에 도착해 신고하고 훈련을 받기 시작했는데 헌병이라 그런지 대우가 달랐다. 그곳에서도 나를 아는 친구가 있었다. 나는 회식이 있을 때면 노래를 부르며 장병 위문 역할까지 했다. 잊지 못하는 추억은 부산항으로 떠나기 하루 전날 저녁 전장병송별회를 연병장에서 했는데 '비 내리는 고모령'을 부르면서 《어머니》라는 단막극을 한 것이다. 어머니를 그리는 모든 장병들의 마음이 나의 대사와 일치가 되어 마지막 대사 어머니를 목이 터져라 불렀을 때 모든 장병들이 목놓아 어머니를 부르며 울음바다가 되었다. 그것이 인연이 되어 파월이 되어서도 많은 도움을 받았다. 같이 파월된 성 대위님이 참모님 부관으로 발령을 받았는데 부대에 도착하자 바로 나는 성 대위 당번이 되어 같은 막사에서 지냈다.

월남으로 떠나다

나는 아버님께 '언제 어디서 월남으로 떠납니다'라는 편지를 드렸다. 그러나 나는 부산에 아버님께서 오시리라 기대를 못 했다. 장병들을 실어갈 배는 엄청 컸다. 많은 환송객들이 부두를 꽉 매웠다. 나는 그때 아버님을 발견해서 인솔자에게 양해를 구해 아버님을 만나 볼 수 있었다. 아버지는 나를 붙잡고 "니가 정말 가는구나. 이럴 줄 알았다면 식구들하고 식사라도 같이 할걸." 하시면서 미안하다며 나를 안고 우셨다. 가슴이 멘 나는 "아버지, 미안합니다. 만수무강하십시오. 도착하면 곧 편지 드리겠습니다." 하고 돌아서는데 아버님이 나에게 쥐어주시는 조그마한 가방이 있었다. 그걸 받아 가지고 배에 승선하고 얼마 후 배는 군악대의 연주 속에 서서히 떠나는데 아버님이 보이지 않을 때까지 손을 흔들었다. 떠나는 나보다 전쟁터로 떠나보내는 아버님의 마음은 어땠겠는가?

큰 고동을 여러 번 울리며 떠난 배는 월남으로 향해 힘차게 파도를 헤치며 달려갔다. 그때 나의 심정은 그동안 서울에서 보냈던 일들로 아버님에겐 죄송스럽고 내가 무사히 임무를 마치고 돌아온다면 효도를 해야지 그리고 어린 동생 성해를 잘 돌봐야지 하는 착잡한 심정이었다. 그러나 나는 곧 상념을 버리고 군인으로서의 일상생활에 적응하려고 노력했다. 배 안에서는 특이한 냄새가 났다. 말로 표현하기 어려운 그 냄새는 그리 나쁘지만은 않기도 했다. 처음으로 미군과 같은 양식의 식사가 배급되었다. 양철 냄비에 소시지, 계란, 빵, 닭고기 등의 음식을 받았다. 처음 먹어보는 음식이었지만 좋았다. 지루한 일주일의 항해였다.

월남에 도착하다

전쟁터인 월남 퀴논 항에 배가 접근하니 멀리서 들려오는 포성 그리고 헬리콥터 소리가 들렸다. 멀리서 솟아오르는 검은 연기들이 우리 모두를 긴장하게 만들었다. 배는 천천히 접근했고, 부두 가까이는 수심이 얕아 상륙정으로 차례차례 부두에 상륙했다.

그때 내가 제일 먼저 본 것은 멀리서 흰옷을 입은 사람이 뒤로 돌아앉아 궁둥이를 내밀고 용변을 보는 것이었다. 하도 이상해 인솔자에게 물어보니 여기 월남은 어디서나 남녀노소 막론하고 저렇게 용변을 본다고 했다. 도착해 첫 번째로 본 것이 여자가 궁둥이를 내밀고 용변을 보는 것이었다니 기분이 참 묘했다. 우리들은 트럭을 타고 내륙으로 깊숙이 달리고 있었다. 긴장이 되었지만 사탕수수밭과 삐쩍 마른 월남 사람들과 그리고 자전거와 오토바이를 타고 다니는 수많은 사람들, 퀴논 시를 통과할 때 터진 하얀 옷을 입고 둥근 모자를 쓴 예쁜 아가씨들을 보면서 여기가 월남이구나 실감했다. 그러나 한편으로는 두려웠다.

베트콩은 표가 나지 않는 같은 월남 사람들이니 조심해야 된다고 교육을 받았기 때문이었다. 약 한 시간가량 달려 맹호부대사단본부에 도착했다. 우리는 헌병중대 중대장에게 신고를 하고 배치가 될 때까지 대기 명령을 받았다. 밤에는 대포 소리 총 소리가 들려오고 멀리서는 불빛이 번쩍였다.

중대 바로 옆에는 포로수용소가 있어 헌병들이 감시하고 있었다. 나는 성

대위님 당번으로 임무를 부여받았고 성 대위님은 헌병 참모 보좌관으로 보직을 받았다. 옴리에서부터 인연이 있는 성 대위님은 인품이 좋고 푸근한 사람이었다.

당시 유병헌 사단장님이 귀국하시고 정순민 소장께서 사단장으로 부임하셨다.

사단장님은 꽤 마르고 까무잡잡한 의지가 강해 보이신 장군님이셨다.

훈시를 하실 땐 가끔 아랫입술을 훔치곤 하셨는데 전방을 순시하시고 장병들의 안전을 위해 많은 시간을 보내시는 분이셨다. 가끔 영외로 순시하실 땐 우리 헌병대가 경호를 하기 때문에 장군님을 가까이서 볼 수 있었다.

위문공연단의 공연(가수 김세레나, 코미디언 이해성과의 만남)

한국에서 위문공연단이 왔다. 김세레나 외 가수 몇 명과 코미디언 이해성 씨가 왔는데 서울에서 쇼를 할 때 같이 무대에 선 선배 형님이라 우리는 무척이나 반가웠다. 해성이 형과 김세레나를 태운 헌병 지프차로 사단 연병장 공연 무대까지 가는데 월남에서 유명 인기 가수와 같이 비좁은 차에서 밀착이 되어 달리니 묘한 기분이었다.

해성이 형이 김세레나에게 서울에서 같이 활동하던 후배라 소개를 하니 그녀는 퍽 반가워했다(사실 그녀와 나는 구면이었다). 많은 장병들이 연병장에 모였다. 그녀는 폭발적인 인기 가수였다. 해성이 형의 순서가 되어 그가 특유의 입담으로 폭소의 도가니로 만든 후 갑자기 나의 이름을 부르면서 "서울에서 같이 연예인으로 활동하던 내 후배가 여러분 속에 있습니다. 대성이를 소개합니다, 무대 위로 올라오세요." 하니 장병들은 "와." 하고 환호했다.

나는 무대에 올라 맹호를 복창하고 "여러분 반갑습니다." 인사를 했더니 해성이 형이 즉석에서 노래를 청해 '월남의 달밤'을 부르고 재청을 받아 '비 내리는 고모령'을 부르며 나도 모르게 눈물이 흐르고 목이 메었다. 오랜만에 무대에 서서 노래하니 감개무량했고 이역만리 월남 땅 전쟁터라 장병들과 하나가 되어 감정이 북받쳤다. 나는 그날 이후 맹호부대에서 이름을 알리게 되었고 장교들과 선배들에게 사랑을 받게 되었다.

성 대위님의 보좌관

나는 헌병 참모 보좌관이신 성 대위님의 당번을 하라는 명령을 받았다. 파월훈련소에서의 인연으로 성 대위님이 나를 추천하셨다. 난생처음으로 해 보는 일이지만 군에서는 명령에 따를 뿐이지 일에 불만을 갖거나 거역할 수는 없다. 무엇이든 맡은 일은 충실히 수행하는 성실성과 책임감 그리고 충실함을 나 스스로가 인정하기에 잘해나갈 것이라 생각하고 막사 청소 그리고 침구가 잘 정돈되어 있도록 했다. 사령부 내에 있는 헌병대지만 전쟁터라 들려오는 포 소리, 헬리콥터 소리로 늘 불안했다.

지프차를 타고 가끔 보좌관님을 수행하면서 경호도 했다. 한번은 밤늦게 참모부 장교와 보좌관님을 모시고 영외로 나갔다. 월남 도로 주변은 사탕수수밭이라 좌우를 경계하기가 쉬운 일이 아니었다. 베트콩이 어디에서 나타날지 몰라 더욱 불안했다. 부대에서 20분 거리인 월남 도로변 상가촌에 들렀는데 그곳은 월남 아가씨가 몸을 파는 곳이었다. 꽁까이들은 한국 여인들과는 달리 피부가 까무잡잡한 사람 또는 피부가 우유 빛깔같이 하얗고 빛이나는 꽁까이도 있었고 허리는 잘록하고 가냘팠다.

장교들은 꽁까이들을 데리고 밀실로 데려오고 운전수는 밖에서 보초를 섰다. 나는 슬그머니 호기심이 발동해 안으로 들어와 보니 예쁜 꽁까이들이 나를 보고 뭐라 하는데 알아들을 수가 없었다. 아마 같이 놀자고 하는 것 같아 호기심이 무척 동했으나 그럴 수가 없는 처지여서 슬쩍 꽁까이의 어깨를 안아보았더니 나에게 찰싹 안겨오면서 뭐라뭐라 하며 바라보는데 열일곱 살 정도 되어보였다. 나는 한국말로 미안하다 다음에 꼭 올게 하면서 밖으로 나왔는데 참으로 힘든 순간이었다. 아가씨들은 우리가 헌병이니 더욱 좋아하는 것 같았다. 전시라 헌병이 무섭고 헌병 빽이면 모든 문제들이 해결될 정도였다. 그때 내 나이 스물세 살 젊은 혈기에 그 순간을 모면하기란 솔직히 힘이 들었다. 하지만 나는 그것으로 만족해야 하는 월남에서 처음 겪어보는 월남 꽁까이와의 만남이었다. 가끔은 밤이 되면 포로 수용소에서 근무를 했다. 큰 막사가 둘 있었는데 한 막사에 약 오십 명 정도 남녀노소를 막론하고 같이 수용했다.

포로들은 민간인으로 베트콩 용의자들이었고 또 베트콩도 있었다. 부상자는 병원으로 후송하고 건강한 포로들만 남았지만 그들이 수용된 막사에서는 그들만의 특이한 냄새가 났다. 그들은 거의가 검은 월남옷 아오자이를 입은 사람들이라 분위기는 어두웠고 몹시 불안, 초조했던 모습들이 지금도 눈에 선하다. 헌병들이 밤에 근무하면서 꽁까이들을 성추행했다고 항의도 했으나 전쟁터라 아무 소용이 없었다. 어느 날 포로들을 풋까이 다른 수용소로 호송하는데 보좌관님이 호송 책임자라 호송차 앞에 기관총이 장착된 호송차 뒤에 헌병 경호차 그리고 보좌관차가 갔다. 그리고 우리 뒤로 네 대의 트럭으로 포로 호송차, 그 뒤로 헌병 백차가 엄호하고 그 뒤 트럭에는 완전무장한 헌병들이 경계하면서 두 시간가량을 마을 산길을 따라 이동하는데 곳곳에서 포 소리가 들리고 화염이 솟아오르니 불안했다. 나는 권총과 수류탄을 허리에 차고 기관단총을 들고 경계했다. 풋캇 수용소에 무사히 도착해 포로들을 인수인계할 때 얼마간의 수용 기간 동안 우리 헌병들과 정이

들었는지 헤어지기 섭섭해 하는 포로들도 있었다. 전쟁이기에 죄없이 끌려가는 억울한 사람도 있을 테니 전쟁이 비극을 낳는다.

월남 교육대에 입학하다

나는 짧은 시간 동안 보좌관님을 모시다 그분을 떠나게 되었다. 보좌관님께서 내가 태권도 고단자이며 많은 탤런트가 있다는 것을 참모님께 말씀드려 일단 나를 월남 교육대에 보내라고 발령하셨다. 성 대위님은 참으로 나에겐 고마우신 은인이었다. 사단 내 교육대에는 각 부대에서 차출된 인원이 30명이었다. 월남어 기초 교육부터 시작해 오후에는 민간 촌에 나가 월남인들과 대화하는 실습시간을 주로 가졌다. 어렵지만 다른 나라 말을 배운다는 것이 나 자신을 기쁘게 했고 또 도전이 되었다. 그래서 나는 누구보다 더 열심히 밤낮으로 공부했다. 그때 나에게 처음으로 말을 가르쳐준 이엔이라는 어린 예쁜 중학생이 생각난다. 이엔은 사단과 접해있는 마을의 학생인데 내가 처음 실습을 나가 만난 그 아이는 나를 처음 본 순간 겁을 먹은 얼굴이었다.

내가 헌병 마크와 어깨 휘장을 하고 있으니 꾼깐(헌병)이냐고 물었다. 그 말은 헌병대에서 많이 듣던 말이라 고개를 끄덕였더니 이엔은 경계태세를 풀고 나에게 친절을 베풀어 바나나와 월남차도 내어다 주면서 부모님도 인사 시켜주고 자기들끼리 무슨 말인지 알아들을 수는 말을 했다. 아무튼 나로서는 참 고마웠다. 그다음 실습을 나갈 땐 시레이션을 가져다주고 필요한 물품도 가져다주기도 했다.

아무튼 이엔은 나의 월남어 개인교사였다. 나는 오랫동안 이엔의 사진을 가지고 있었는데 시카고 체육관 화제 때 불타버려 아쉽다. 그리고 교육대에서 김홍수라는 친구를 만났다. 그는 좋은 군인이었고 나에겐 참 좋은 친구였다. 우리 둘은 항상 같이 붙어 다니면서 공부를 했다. 홍수는 전투부대 소속이라 아쉽게 3개월의 교육을 마치고 헤어졌는데 그 후로 월남에서 근무하면서 자주 연락을 하고 지냈다.

사이공 대학에 월남어 연수를 가다

부대의 명령으로 사이공에 있는 사이공 대학으로 월남어 연수차 떠났다. 사이공에 도착해 보니 전시지만 거리에는 온통 붉은 꽃들이 거리에 만발한 참으로 아름다운 도시였다. 인상적인 것은 젊은 남녀가 탄 오토바이가 물결을 이루고 남부레타라는 삼륜차 지붕에까지 사람들이 올라타 수없이 거리를 질주하는 것이었다. 나는 사단작전 지역에서 몇 달을 지냈기 때문에 월남수도이며 최대 도시인 사이공의 풍경, 모든 것이 새롭게 보였다.

그때는 어느 정도 월남인들과 쉬운 대화를 할 수 있어 큰 불편은 없었다. 난 언어에 소질을 타고 난 것 같았지만 무조건 말을 시작하고 통하지 않으면 손짓 발짓을 하고, 사전을 찾아가면서 의사를 교환하는 적극성이 있었다.

사이공대학에는 특수부대인 정보기관에서 나를 포함한 10명이 연수를 받았다. 월남인들의 국민성과 대민 사업에 관해 집중적으로 월남인 교수가 강의를 했는데 어려운 말은 통역관이 통역을 했다. 일 개월의 교육을 마치고 퀴논맹호부대로 돌아온 나는 헌병포로수용소 포로 관리를 하고 대민 사업으로 학교에서 태권도를 가르치라는 명령을 하달받고 인근 고등학교에 가서 태권도를 지도했다. 며칠 동안은 태권도 소개를 하는 시범으로 기왓장을 구해와 격파하고 발차기 동작과 도수 방어, 그리고 형을 소개하면서 배운 월남어로 그들과 대화하며 지도하니 반응이 참 좋았다. 그래서 부대에서 대민사업을 위해 특수교육을 시킨 것 같다.

태권도 지도시간 외에는 대민사업지원을 하며 포로수용소에 근무를 했는데 헌병포로수용소에서는 일반 포로들이 아니고 특수성분으로 분리된 포로를 감시, 수용하고 있었다.

월남전 최고위급 포로인 월맹군 중령 외에 장교 몇 명이었다. 중령은 키가 작고 나이는 중년이 되어 보였는데 가끔 짓궂은 헌병이 월남말 몇 마디로 기분 나쁜 말을 해도 그는 품위를 잃지 않았다. 적군이지만 군인으로서 존경심이 갔다.

사단장(윤필용)의 통역을 하다

하루는 순찰을 하는데 급히 귀대하라는 무전을 받고 급히 부대로 돌아오니 사단장(윤필용)께서 포로 수용소를 방문하시니 준비하고 대기하라는 명령이었다.

잠시 후 사단장께서 헌병들의 경호를 받으며 도착하셨다. 나는 대민 사업의 임무를 띠고 근무하기에 계급장은 달고 있지 않았다. 항상 월남인 경찰과 합동순찰을 하기에 월남어 교육대 졸업 후 부대 참모님 지시로 특수업무 수행 중이었다. 힘차게 경례를 하면서 "월남어 통역관 양성오입니다."라고 관등성명 한 후 사단장님 맞은편에 걸터앉아 포로인 류엔 중령을 통역하기 시작했다.

사단장님 옆에는 이태인 헌병 참모님과 사단장님 부관인 김 중위가 부동자세로 서 있었다. 사단장님께서 물은 "불편한 곳은 없느냐?"는 질문을 그대로 중령에게 통역하자 류엔 중령은 헌병들은 목욕시간도 잘 주지 않고 물과 식사를 제때 주지도 않으며 가끔 자기를 조롱하는 언사를 하기도 하는데 이 것은 파리평화협정에 위배되는 처사이므로 정식으로 이 문제를 각하께 엄중 히 항의하니 시정해달라는 내용을 말하면서 얼굴이 붉으락푸르락했다.

　나는 각하께 "우리 헌병들이 언어가 통하지 않아 불편은 하지만 잘해주고 있으니 각하께 감사하며 부탁 말씀은 다른 포로들에게도 나와 같이 잘해주 도록 말씀드린다."고 통역했더니 "그래 그런데 저 친구 얼굴 표정이 왜 저런 거야?" 하셨다. 그래서 "각하 저 사람들의 표정은 오랜 정글 생활과 찌든 전 쟁 때문에 생긴 저들만의 표정입니다." 하고 말씀드렸더니 "그래, 앞으로도 그대 말과 같이 평화협정에 위배됨이 없이 계속 잘 보호할 테니 아무 염려 말고 건강히 잘 지내다 돌아가기를 바란다."고 말씀하셨다. 이에 나는 중령 에게 "각하께서 당신이 건의하시는 사항을 잘 검토해 엄중히 처벌하고 시정 하겠으니 그렇게 알고 건강히 잘 지내라 하신다."고 했다.

　그랬더니 "깜웅티우뜽, 깜웅티우뜽."을 연발하면서 각하께 감사드린다는 말로 통역은 끝이 났다. 각하께서 떠나시려는데 부관인 김 중위가 나를 쿡 찌르면서 "잘했어." 하면서 씨익 웃었다. 김 중위와 나는 월남어 특수교육 동 기생이었다. 사단장님께서 떠나신 후 참모님께서 "야 양성오 이리 와!" 소리 치시길래 참모실에 갔더니 "야 이놈아, 너 영창 가고 싶어? 통역하면서 자세 가 왜 그래? 각하 앞에 걸터앉아서 야, 임마. 부동자세가 뭔지 몰라!" 하시며 호통을 치셨다. 그래서 "참모님, 제가 경직이 되면 말이 잘 안 나오니 편안한 자세여야 합니다."라고 말했다. 참모님은 몸집이 크시고 키가 크신 멋있으신 분이라 평소에 존경했던 분이었고 또 나를 아껴주시던 분이었는데 그날은 무척 화가 나셨다.

　그래서 내가 통역 내용을 자초지종 설명드린 후 "만약 내용 그대로를 말 씀드렸다면 참모님께서 큰 문책을 받으실 것 같아 내용을 달리 통역했다."고 하니 "참 잘했어." 하면서 좋아하시던 그분의 모습을 지금도 잊을 수가 없다.

그런 일이 있은 후 참모님과 나는 특별한 관계로 발전해나갔다.

풋갓 1연대 작전 지역에는 포로수용소가 있었다. 채명신 주월 사령관이 시찰 오신다는 통보를 받고 참모님과 보좌관 그리고 사단장을 경호하며 수용소에 도착해 사전 안전 점검을 했다. 그때 군의실에 갔더니 군의병이 월남 처녀 옷을 벗기고 서 있는 상태에서 치료를 하고 있는데 그 처녀는 부끄러워 가슴을 가리며 불안해 했다. 무척이나 몸이 아름다운 아가씨였다. 군위병이 옥도정기를 솜에 묻혀 온몸에 발라주고 있었는데 내가 보니 성추행 같아 보여서 아가씨에게 어디 아프냐고 물어보니 아픈 데가 없다고 했다.

그래서 여자에게 옷을 입히라고 하고 군의병에게 "당장 너를 영창 보낼 수 있지만 다시는 우리 따이한을 욕되게 하지 말라. 우리가 여기 와서 싸우는 것도 아무 의미 없지 않겠느냐."라고 호통을 쳤다. 그러자 용서를 빌길래 월남 여자에게 걱정하지 말라며 말이 통하지 않아 네가 몸이 아픈 줄 알고 약을 발라준 것이니 그렇게 알라고 설명을 하고 양해를 구했다.

만약 사령관이 도착해 포로들과 만났을 때 그 여자가 보고를 했다면 그 군의병은 어떻게 되었을까?

채명신 주월 사령관 통역

사령관님이 도착해 운필용 사단장의 영접을 받으며 포로수용소에 가서 포로들을 만나보고 그들을 위로하셨다. 거기에 있는 이들은 대개 베트콩이라기보다 용의자들인 민간인들이었다. 나는 사령관님의 말씀이 기억난다. "우리는 당신들을 도우러 여기에 와서 전쟁을 한다. 잃어버린 당신들의 자유와 평화를 찾아주기 위해 우리도 많은 희생을 하고 있다. 우리 모두는 하루 속히 이 땅에 전쟁 없는 평화가 왔으면 한다. 빠른 시일 내에 여러분들도 혐의를 벗고 고향으로 돌아가 생업에 종사하고 우리 따이한을 친구로 믿기 바란다."라는 말씀을 통역하니 의사가 잘 전달되었는지 박수를 치고 "깜언, 깜언. 쭝떵." 했다. 그들은 우리 말로 "정말 감사합니다. 중장님." 하고 외친 것이다. 사령관님은 무사히 방문을 끝마친 후 헬리콥터를 타고 나트랑으로 떠나셨고 우리는 사단장님을 경호하면서 부대로 돌아오는데 내 눈앞에 그 월남 아가씨의 벗은 아름다운 몸이 아른거렸다.

한동안 그 아가씨를 지울 수가 없었다.

월남 시골은 참 아름답고 경치가 좋았다. 특히 야자수가 어우러져 있는 풍경은 그야말로 한 폭의 그림인데 여기저기에서 폭탄 소리 포연이 피어오르니 긴장이 되어 감정에만 사로잡혀 있을 수가 없다. 우리는 100년 전 프랑스군과 영국군의 최후 격전지였던 곳을 통과했는데 그곳은 들판과 첩첩이 솟아오른 산세로 지형이 매우 험악한 곳이었다. 지명은 생각 나지가 않는다.

베트콩 공격받다

어느 날 나는 1연대 통역을 위해 며칠 파견되었는데 그날 저녁 우리는 박격포 공격을 받았다. 마침 잠을 자는데 뻥 하는 소리와 함께 막사가 심하게 흔들리자 우리는 마룻바닥 밑으로 머리만 처박았다가 다시 정신을 차리고 총을 찾아 바깥으로 뛰어나가 방공호에 엎드려 포복하고 상황을 살피니 사방이 조용했다. 캄캄한 밤중이었는데 상황 끝이라는 소대장의 소리에 인원 점검을 하고 보았더니 막사 오른편 큰 나무들이 있던 곳에 박격포탄이 나무에 맞아 폭발했다. 그 나무가 없었다면 폭탄이 막사에 떨어졌을 것이다. 그 나무가 우리 장병들을 살린 것이었다.

지금도 생각하면 아찔한 생각이 든다. 그 이튿날 막사 앞 임시 헬리콥터장에는 다친 병사들을 실어 나르고, 병사들은 앰뷸런스에 실려 후송되고, 종일 그랬다. 나는 전쟁의 비참함을 실감했다. 어느 병사의 얘긴데, 같이 잠자고 일어나 출전하고 돌아와 옆자리가 비어있을 땐 정말 괴롭고 슬펐다며 그로 인해 장병들은 악에 바쳐 전쟁터에서 군인을 잡으면 그냥 죽이지 않고 칼로 찔러 도려내는 만행도 서슴없이 저지른다고 했다. 그리고 여자들을 잡으면 벌거벗겨 나무에 매달아 놓고 유방을 도려내고 음부를 도려낸다는 얘기도 들었다. 전쟁의 비참함. 그리고 살아남기 위해 몸부림치고 다른 동료들에 대한 짐승 같은 보복. 전쟁터에서는 인간이 아닌 짐승으로 변해 버린다는 얘기를 들었다.

그날도 종일 작전 지역에서 부상병을 실어와 앰뷸런스를 후송 병원으로 보냈다. 나는 그 지역에서 대민 접촉을 목적으로 그들의 민심을 파악하는 작전을 했는데 동리를 순찰하면서 경계심을 놓치지 않았다. 그들은 누가 적인지를 모른다. 왜냐하면 베트콩은 민간인과 똑같이 옷을 입고 농군으로 변장해 일하다가 밤이 되면 적이 되어 공격해오니 선량한 농민으로 생각할 수도 없고, 대민 사업은 퍽 어려운 작전이었다. 나는 그 사실을 헌병 참모에게 보고했다.

이세호 주월 사령관 시찰

어느 날 이세호 주월 사령관이 전방 풋갓을 시찰 오신다는 지침을 하달받고 우리 헌병 경호대는 사단장님을 경호하며 떠났다. 작전 지역이라 포성이 들리고 화염도 피어오르곤 했다.

지역은 야자수로 뒤덮인 곳도 많았고 농촌은 그야말로 전원 같았다. 어떤 곳은 한 폭의 그림 같았다. 작전 지역에 도착해 사령관이 착륙하는 주위를 경계하고 헬리콥터가 상공을 선회할 때 연막탄을 쏘아 올려 지점을 알렸다. 사령관과 사단장 연대장 및 작전 참모들이 참가한 야전 작전회의장이었다. 회의를 끝마친 후 곧바로 사령관은 헬리콥터로 떠나고 우리는 사단장님을 경호하며 사단 본부로 귀대했다. 작전 수행이 없을 땐 매일 대민 사업으로 태권도를 가르쳤다. 태권도를 배우는 부라는 여고생이 나를 무척 좋아하고 따랐다. 그의 집에 가서 월남국수도 먹었고 그 외 음식도 맛보았는데 생선은 우리의 요리법과 달라 비위에 맞지 않았다.

부는 키가 크고 눈도 크고 예쁜 학생이었는데 태권도도 잘했다. 나는 부에게 제자가 아닌 남녀로서의 감정에 사로잡힐 때도 있었다. 하지만 우린 그 이상도 이하도 아닌 좋은 관계로 오랫동안 지냈다.

그는 나의 두 번째 월남어 선생이기도 했다.

삼거리에 파견 나가다

얼마 후 나는 퀴논 사단 중간 지점 삼거리에 파견을 나갔다. 삼거리는 아주 중요한 지점이었다. 모든 차량들이 퀴논으로 가려면 그곳을 통과해야 하는 군사적인 요충지이기도 했다. 우리 분대는 교량 밑에 숙소를 만들어 기거하며 낮에는 삼거리에 나가 교통정리도 하고 차량을 검문하고 수상한 이들을 발견하면 연행, 월남 경찰에 넘겼다. 그리고 아군을 체포, 연행하는 임무도 맡은 막중한 검문소였다. 거기는 대체로 자유롭고 사단 외 근무라 빽 있는 군인들이 주로 근무했다. 나는 보좌관님의 참모장님 빽이라 검문소 소장이 현 중사였는데 나에게는 각별했다. 나는 밤만 되면 몰래 지프차를 몰고 나가 운전 연습을 하곤 했는데 여러 번 기어 변속을 잘못해서 시동이 꺼져

애를 먹은 일이 많았다. 한 번은 현 중사가 차를 찾는데 없어서 야단법석이 났었다. 내가 운전연습하고 갔다 오니 기합을 못 주고 씩씩대던 모습이 생각난다.

새벽만 되면 기이한 현상이 일어난다. 거기는 강가인데 하나둘 사람들이 냇가에 나와 궁둥이를 까고 용변을 보는데 남녀노소가 없이 미개인 같은 생활이었다. 그들 집에는 대개가 변소가 없어 바깥에서 하는 것이 흉이 아닌 생활화되어 있어 그 사람들은 궁둥이는 내놓고 얼굴만 가렸다. 그것도 자주 보니 호기심이 없어졌다. 가끔 베트콩들이 밤에 출몰하니 우리들은 경계를 하면서 매사에 신경 써야 했다. 다리 밑이라 위에서 수류탄 투척도 가능하니 더욱 세심히 주위를 기울여야 했다.

우리 군인들 중에 외화벌이를 하는 병사도 있었다. 주로 부대로 배급되는 시레이션 박스나, 아니면 담배 박스 장사였는데 시레이션은 먹는 음식이고 담배 박스는 생필품, 주로 담배 외에 군인들이 필요한 일상품인데 시레이션보다 가격은 훨씬 높았다. 윤필용 사단장이 부임하고부터 음성적으로 외화벌이가 활발했다.

그분께서 말씀하시길 우리 대한민국은 외화가 필요하니 우리 군대에 지급되는 물품 이외에 외화 획득을 하는 데 어떤 수단과 방법을 가리지 말라고 하셨다.

그만큼 우리 조국에는 외화가 필요했기 때문이다. 주로 보급창에 근무하는 병사들이나 보급운송병 그리고 병참부에 근무하는 군인들이 시레이션 박스를 들고 나와 월남 아가씨 집에 갖다주고 재미들을 보곤 했다. 그것을 안 우리 헌병들은 순찰을 돌면서 적발하고 연행하려 하면 시레이션 몇 박스를 차에 실어 주면서 봐달라고들 해서 그냥 돌려보내기도 했다. 새카맣게 그을린 그들, 전쟁터에서 적과 싸우다 모처럼 휴일에 나와 스트레스를 풀려는데 너무 가혹한 것 같아서 큰 잘못이 없는 한 눈 감아 주기도 했다.

특히 나는 삼거리에서 교통정리 할 때 인기가 좋았다. 미군, 월남인들이 신기한 듯 쳐다보고 구경하기도 했다. 하얀 장갑 낀 손으로 호루라기 소리에 맞추어 수신호를 보내는 절도 있는 동작이 멋있었다. 나는 헌병학교에서도 늘 조교로 시범했으니 몸에 밴 동작이라 다른 나라 사람들에게 멋있게 보였던 것 같다. 지금도 그때 생각하면 그곳이 그리워진다. 밤이면 지프차를 몰래 타고 먼 길까지 운전하면서 운전을 익혔다. 그것이 얼마나 위험한 짓이었는지….

베트콩 저격을 받다

어느 날 밤 내가 운전한 지프차가 사탕수수밭이 있는 도로를 달렸는데 갑자기 총소리가 들리면서 쌩 하며 총알 스치는 소리와 앞 윈도우가 깨지는 소리가 동시에 들렸다. 이제 죽었구나 하는 생각이 번개같이 스치면서 상체를 숙이고 액셀을 힘껏 밟았다. 나머지 두 서너 발 총성이 울리고 조용했다. 어떻게 부대까지 왔는지 알 수 없었다.

처음 당해본 베트콩 기습이라 혼비백산했다. 배짱 있기로 유명한 난데 총알 앞엔 무기력해진 나였다. 아무튼 앞유리는 구멍이 뚫렸고 그 외에는 괜찮았다. 정말 다행이었다.

아침에 운전병 김 상병을 살짝 불러 내가 한 일이니 모른 척해 달라는 부탁을 하고 담배 한 보루를 주고 입을 막았다. 가능한 것이 어디서든 총알은 날라오니 어디서 날라와 맞았는지 모른다면 되니까. 아무튼 나는 한번 죽을 고비를 넘겼다. 그 뒤로는 삼거리에 근무하는 동안 밤에 차 운전은 하지 않았다.

나는 삼거리 검문소에 근무하면서 병참수령병을 많이 알았다. 왜냐하면 병참보급 수령은 퀴논 미군 보급창에서 수령해야 하기 때문에 모든 사단 수속 예하 부대 차량은 다 검문소를 통과하고 검사를 받아야 하기 때문에 가끔 그들로부터 시레이션 O.B박스도 얻곤 했다. 우린 그것을 가지고 맥주와 바꾸어 먹기도 했다.

3개월 파견소 근무를 하면서 민병대 병사들에게 태권도를 가르쳤다. 월남인들은 몸이 가늘고 키가 작은 편이라 태권도 배우기에는 아주 좋은 체질이었고 아주 좋아했으며 열심히 배웠다.

그들은 도수 방어, 칼 싸움 그리고 막대기 싸움 방어 법 배우기를 좋아했다. 이유는 그들이 살아가는, 즉 생존 수단이기에 더욱 필요했던 것 같다. 나는 그들에게 급수를 따지지 않고 필요한 기술을 빠른 시일 내에 가르쳐 실전에 쓸 수 있도록 지도했다. 아가씨들도 운동을 배우러 왔다. 그중 예쁘고 똑똑한 아가씨를 골라 특별히 운동을 가르쳐 주는 대신 월남 말을 배우기도 했다.

나는 가끔 시레이션 박스를 가져다 주고 인심을 얻는 대민 사업도 했다. 필요한 물품은 사단에서 배급받아 오기도 하고 삼거리를 통과하는 병참병들에게 협조를 받기도 했다. 인기 있는 나는 정들자 바로 이별이었다.

퀴논 헌병대로 파견

퀴논 헌병대로 발령이 났다. 나는 삼거리에 근무하면서도 본부에서 필요하면 곧바로 귀대해 대민 봉사에 통역을 하는 임무 수행도 했다. 퀴논은 맹호사단 주둔 지역 최고 큰 인근 항구 도시이고 미군 보급창이 있는 군사 보급 요충지로서도 중요한 도시였다.

나는 민간 대민 사업에 필요한 임무를 맡고 파견했다. 주로 통역, 태권도 지도가 나의 주된 임무였다. 그리고 헌병대 뒤편에 사단장 공관이 있어 사단장께서 공관에 오실 때는 나에게 주어진 임무가 있었다. 이 부분은 차차 이야기하기로 하자.

퀴논 파견대의 일층에는 당직대, 뒤편은 주방, 이층은 숙소였는데 15명 정도 근무했다. 파견 대장이 상사였다. 서 상사는 경북 대구분이신데 성격이 화끈하고 좋은 분이셨지만 엄한 규율로 대원들을 다스렸다. 나는 주로 낮에는 월남 경찰들과 같이 백차를 타고 순찰했다. 몇 달 지나고 나니 시내 사람들은 거의 다 나를 알아볼 정도로 꽤 유명인이 되어 있었다.

유일하게 내가 월남 말을 하고 태권도를 가르치니 그랬던 것 같다. 주말이 되면 우리 헌병대로 신고가 많이 들어왔다. 주로 전선에서 주말에 휴가차 나온 병사들인데 우리나라 사람은 대체로 술을 마시면 연거푸 마시는 버릇 때문에 빨리 취하고 그러다 보니 따이한 곤조가 나온다. 총을 가지고 있지 않으니 다행이지 아마 총을 지닌 병사들이라면 그때마다 엄청난 사고가 일어났을 것이다. 우리는 신고를 받고 현장에 가보면 거의 술에 취해 흥분들 해 있었는데 그래도 헌병을 보면 정신이 드는 것 같았다. 될 수 있으면 그들을 자극하는 걸 최소화하기 위해 노력했다.

그들은 전선에서 소총 대원들로서 적들과 싸우는 병사들이니 얼마나 스트레스가 많을까 싶어 나는 매사에 그들의 편에 서서 조심하고 안정을 시켜 연행하기도 했다. 그냥 보내면 또 사고 칠 것 같고 거기 놔두면 클럽이라 자주 오는 미군들과 마찰이 생길까 봐 그랬다. 헌병대로 와서 술이 깬 후 조심하라는 주의를 하고 돌려보내기도 했다.

나는 월남 경찰과 순찰하기 때문에 항상 계급장을 달지 않고 있으니 나의 계급이 무엇인지도 모르고 나를 장교로 생각하는 사람이 대다수였다. 왜냐하면 운전수가 백차를 몰고 뒷좌석에 월남 경찰을 태우고 순찰하니 그랬던 것 같다. 가끔 위장으로 장교계급을 달고 다니기도 했다. 한 번은 순찰 도중 야전 병원 지프차에 여자 장교가 타고 있었는데 그들은 나를 못 보았는지 우리가 미행하는 것을 눈치채지 못했다. 그즈음에는 야전 병원 장교들과 간호 장교들의 문란한 관계를 예의주시하고 있을 때였다. 마침 그 지프차가 그 랬다. 그들이 여관으로 들어간 것을 본 나는 바깥에서 좀 지체하다 여관 사무실에서 경찰이 방 번호를 알아내자 그 방을 노크했다. 말소리가 들렸는데 갑자기 조용해졌다. 경찰이 월남말로 임검 나왔으니 문을 열라 했더니 안에서 쭝따 따이안이라고 했다. 우리는 한국 사람이라고 그래서 내가 한국 헌병대에서 나왔다 하면서 문을 열라 했더니 조금 후 문을 여는데 상기된 군의 장교 소령과 간호 장교 중위의 계급장이 선명히 보였다.

경례를 붙이고 "헌병대까지 가서야 되겠습니다." 했더니 바들바들 떨면서 한 번 용서해달라고 사정해도 나는 못 들은 체 "전시에 이런 행위는 마땅히 처벌받아야 한다며 특히 요즈음 단속 지령이 내려와 어쩔 수 없습니다." 하고 간호 장교를 쳐다보니 얼굴이 뽀얗고 눈이 커서 귀엽게 생긴 장교였는데 내 얼굴을 제대로 쳐다보지도 못하고 떨고 있었다. 그 케이스는 강제 귀국 케이스였다. 나는 헌병대 당직대 뒤 사무실에 두 장교를 앉게 하고 당직 하사가 조서를 꾸미기 위해 왔다. 당직 하사에게 별일 아니니 내가 해결하겠다고 하고 그 장교님께 "오늘은 운이 좋아 그냥 돌아가시게 할 테니 다음에는 용서 없습니다." 하고 그들을 돌려보냈다. 그 얼마 후 그 장교는 몇 박스의 E.M 마이신 약을 보내왔고 간호 장교는 그것이 인연이 되어 주말이면 가끔 들려 나를 만나기도 했고 퀴논 미군 PX 출입도 시켜주곤 했다. 그 이후 나와 좋은 친구로 지냈는데 지금은 할머니가 되었을 텐데 그때의 나를 기억할런지….

퀴논은 항구도시라 필코 회사가 들어왔고 한진 회사가 들어와 부두 하역작업 및 부두 건설을 맡아 일하는 한국 일꾼들이 많았다. 그때 스팀 사우나를 운영하면서 돈을 버는 한국인도 있었다. 작은 나무통에 목만 내고 들어가면 스팀으로 몸을 사우나 하는 것인데 월남 아가씨가 방을 배정받아 들어가면 마사지도 해주고 몸을 씻겨주고 하는 서비스를 했다. 거기서 마음에 들면 관계도 할 수가 있었다. 나는 업주들이 필요로 하는 통역 그리고 헌병이니 나를 퍽 우대해 사우나를 그냥 이용하도록 해줘 가끔 피곤을 풀고 마사지도 받았다. 한번은 그 사장의 부탁으로 밤에 사건을 해결하기 위해 어느 한적한 동리에 갔다. 그 동리 불량배(베트콩)들에게 봉변을 당할 뻔한 이후 그 연 사장은 나에게 퍽 미안해 하면서 잘해주고 가끔 용돈도 주었다. 나도 그분이 사업하면서 월남인들과 마찰, 미군들과의 마찰이 있을 때마다 도와주었다. 나는 퀴논 고등학교에서 태권도를 가르쳤고 또 맹호사단 시범단과 같이 시범도 많이 했다. 주로 시범은 형, 도수 방어(단도, 봉), 격파였다. 나는 주로 주먹으로 기왓장, 수도로 기왓장, 역수도 기왓장, 관수로 기왓장, 이마로 기왓장, 5종 격파를 했다.

파견대에서 당직 하사였던 강대만 하사를 잊을 수가 없다. 그는 키가 크고 멋있는 헌병이었다. 그와 퍽 친해졌다. 나는 본부 중대장(성대위님) 내가 모시던 분 빽이고 참모님이 나를 귀여워해주시니 아무도 나를 건드리지도 않았고 계급을 달지 않아도 나의 직책상 불만이 없었다. 좀 건방진 행동을 해도 그는 나를 감싸주곤 했는데 한 번은 파견 대원 중 누가 잘못이 있어 단체기합을 받는데 곤봉으로 엎드려 뻗쳐 동작에서 다섯 대씩 맞는 단체기합이라 같이 엎드렸다. 그러자 나보고 "일어나. 너는 종일 순찰하고 없었으니 제외, 나가있어" 하여 빠따는 모면했다. 그렇게 그는 나를 아끼고 좋아했고 가끔 그가 달러 만드는 불법을 해도 나도 눈을 감아 주곤 했다.

나는 서 상사님과 강 하사와 잘 지냈고 서 상사가 귀국한 후 사람 좋은 김 상사님이 오셨는데 그는 풍채도 크고 품위 있는 분이었다. 그는 정보 참모님과 동서지간이었다. 정보부와 헌병 참모부 중간 역학을 하시다 파견 나오신 분이었는데 만만치 않은 분이었다. 그분은 술과 여자를 좋아해 가끔 같이 가 안내를 한 일도 있고 같이 술을 마신 일도 많았다. 나는 파견대 근무를 하면서 많은 특권을 누렸다. 시간도 내 마음대로였고 출타도 자유였다. 바로 앞집 가게 아가씨가 참 예뻤는데 35년이 지난 지금도 기억이 난다. 그 아가씨는 나보다 먼저 근무했던 장 통역관이 알고 지냈던 여자라 흥미가 없었지만, 얼굴이 하얗고 허리가 잘록해 아오자이를 입은 모습은 마치 실버들같이 하늘하늘거렸다. 그 아가씨는 월남 말 공부하는 데 나에게 많은 도움을 주었고 나도 그 집 가게 운영에 많은 도움을 준 기억이 난다. 나는 순찰을 하면서 미군 헌병들 그리고 월남 헌병 또 보급기지창 장교들을 알게 되었다.

외화 획득으로 돈을 벌다

또 나는 삼거리 근무소 근무를 할 때 병참 장교들과 수송 장교들을 알았으므로 그들과 외화를 획득하기로 합의를 하고 내가 운반과 판매를 책임졌다. 정식으로 한국 군수부에서 수령한 물품이 미군 보급창 정문을 통과해 나오면 앞에서 그들을 캄보이 했다. 그러면 월남 제 2군수 기지 사령부로 들어가 짐을 창고에 풀게 하고 차를 돌려보내면 그날 저녁 물건은 주로 시레이션과 O.B 박스인데 계산이 되어 샌드백 자루에 월남 피아스타가 가득 들은 것을 인수받아 곧바로 상부에 올라가고 돈을 전달하면 나에게 얼마간의 배당이 돌아왔다.

고작 5프로지만 그것도 나에겐 엄청난 돈이었다. 나는 그렇게 트럭 열 대를 한꺼번에 움직였다. 그때 미군 M.P가 따라오면서 "하 우 아 유, 웨어 아 유 고잉." 하길래 나는 "아임 캄보잉 디즈 트럭." 했더니 M.P가 "웨어." 내가 "오버 데어." 하면서 군수 기지 사령부를 가리켰다. 그 정문에 군수기지 부사령관 준장이 마침 나와 있었고 나는 거수 경례를 붙이고 사령부 안으로 검문을 받은 후 들어가게 했더니 M.P가 "헤이 시 유 레이터." 하면서 가 버렸다. 그때 정문에서 식은땀을 흘렸다.

그 준장인 사령관과 함께 나와 벌인 사업이었다. 그러니 의심할 수가 없었다. 트럭 열 대에 물품을 싣고 군수기지 사령부로 들어가니 누가 의심하겠는가? 그렇게 크게 국제적인 외화 획득을 했다. 그 외 다른 지역에서도 작은 일들도 많았다.

나는 가끔 오토바이를 타고 순찰 다니기도 했다. 주로 밤에는 까만 월남 아오자이를 입고 다녔는데 열대에서 새카맣게 탄 얼굴이라 영락없는 월남인 이었다. 월남말도 유창하게 하니 그럴 만도 했다. 한 번은 오토바이를 타고 사단을 다녀오다 나무로 다리를 만든 사이로 타이어가 끼어 나동그라지면서 뒤에 트럭이 따라오면서 보고 급정거를 했길래 다행이었지 큰 사고가 날 뻔했다. 그때 얼굴에 약간 찰과상과 팔꿈치 상처를 입었는데 지금도 까만 점이 몇 개 남아있다.

운전 사고를 내다

어느 날 대민 사업 지원으로 월남 경찰을 태우고 운전수(박삼광 상병)를 옆에 앉히고 내가 운전을 했다. 그날은 부슬비가 내리는 날이었다, 도로가 꽤 미끄러운 상태였다. 긴 도로 이차선이었고 앞에는 교량이 있었는데 빨리 달리다 앞차들이 서 있길래 급브레이크를 밟은 것이 운전 경험 부족으로 차가 한 바퀴 돌아 왼쪽 차선을 넘어 언덕으로 굴렀는데 차가 도니까 경찰은 뛰어 내렸고 옆 운전병도 뛰어내렸다. 나는 핸들을 잡고 있다 왼쪽으로 튕겨나갔는데 다행히 차들과 반대 방향이라 큰 부상은 없었고 얼굴에 찰과상을 입었다.

지금도 콧수염을 깎으면 그때 상처 흔적이 남아있다. 우리 일행은 미군 M.P가 와 미군 병원으로 후송되었으나 나는 얼굴에 찰과상이라 가벼운 치료를 받고 본부에서 백차가 와서 부대로 돌아갔는데 내가 운전하다 낸 사고라 운전병이 불안해 했다. 그때도 나는 부대 어른들의 배려로 일단락된 일이 있었다. 지금도 그때를 생각하면 아찔한 생각이 든다.

강주훈이라는 친구가 있었다. 헌병 학교에서 노래를 같이 불렀던 그가 파월해 삼거리 검문소에 파견 근무를 하고 있어서 그와 나는 시간만 나면 같이 어울리기도 했는데, 그날은 내가 심심하고 그 친구 생각이 나 무전으로 그 친구를 불러 여자 얘기며 온갖 음담패설을 늘어놓고 있는데 갑자기 "양성오, 너 뭐 하는 거야 당장 안 꺼?" 하길래 들어보니 참모님이 아니신가? 나는 혼비백산했다. 무전 채널의 주파수가 같아 일어난 사건이었고, 그 후 무전으로 잡담하는 일을 일체 삼가했다. 만약 다른 사람이었으면 영창에 갔을 것이다.

외화 획득의 비밀

내가 외화 획득하는 것은 코리아 C.I.D나 정보부에서 공공연히 아는 비밀이었으나 어디서 어떻게 하는지는 몰랐다. 그들은 그 정보를 얻기 위해 내가 귀국하기 전 나를 찾아다니면서 갖은 공을 들였으나 나는 일체 함구하고 귀국했다. 이유는 귀국 후 다른 사람이 잘못되어 탄로가 나서 그 엄청난 수량의 군수 물자가 미군군수기지로부터 영외로 불법으로 빠져나간 것을 알게 된다면 미군과 한국군과의 문제가 생길 것 같아 헌병대에서 나를 보호해주었기 때문에 무사히 귀국할 수가 있었다.

본국 출장 중 간첩으로 오인받다

1968년 여름, 본국 출장 휴가를 받았다. 특별히 나에게 주어진 임무를 수행하기 위해 부대를 떠나기 전 윤필용 사단장을 만나 갈현동 댁에 전해 줄 물건을 건네받았고, 그 밖에 참모 정보 참모, 중대장 등 부탁을 받고 군용기를 타고 떠났다. 1년 반 만에 가보는 조국이라 감개무량했다.

나는 얼굴이 새카맣게 탔고 바짝 마른 얼굴이었다. 헌병 배지를 달고 권총을 찼다. 들고 있던 공공칠 큰 백 안에는 선물들이 가득했다. 주로 일용품, 비타민, 껌 등 그때만 해도 한국은 어려울 때라 모두가 귀한 물건들이었다. 대개가 미군 PX에서 구입한 물건들이었다. 서울 갈현동 윤 장군님 댁에 들러 물건을 전달하고 바로 경부선 열차를 탔는데 대구가 종착역이었다. 늦은 밤이라 일단 여관에 도착해 여장을 푸는데 여관 종업원이 나를 수상히 여겨 경찰에 신고했다. 내가 얼굴도 새카맣고 가방을 열고 돈을 꺼내 지불하려 할 때 그 속에 든 권총을 보고 간첩이라 신고한 것이다. 경찰들이 내 방에 무조건 들이닥쳐 꼼짝 말고 손들라고 했다. 하도 어이가 없어 월남에서 출장 온 헌병인데 경찰 당신들이 아닌 헌병을 불러 달라고 했더니 얼마 후 헌병들이 도착했다. 그들에게 나의 소속을 밝혔더니 헌병대까지 가면 거기서 집까지 차량을 제공하겠다고 해 헌병대에 갔다. 마침 나의 선임 하사였던 서 상사가 당직이어서 그분이 나를 얼마나 반가워하시는지 "야, 양성오. 여기서 만날 줄 몰랐다. 퀴논의 범이야."라면서 나를 소개하고 잠시 회포를 풀다 다음에 만나기로 약속하고 헌병 지프차 편을 이용토록 해 경주 집까지 무사히 갈 수 있었다. 밤중에 집에 도착하니 아버님과 모든 식구들이 놀랐다. 나는 아버님께 큰절을 올리며 그 동안의 불효를 용서 빌고 반가움과 뉘우침에 한없이 울었다. 어린 성해는 커서 벌써 중학생이 되었다.

나는 동생을 안고 어머님 생각에 말없이 눈물을 흘렸다. 이튿날 어머님 산소를 참배하고 그리움에 한없이 눈물을 적셨다. 모든 것이 그대로였는데 사랑하는 나의 어머님이 계시지 않으니 왜 그리 허탈하고 가슴이 아픈지. 어머님 묘소에 앉아있으니 마치 어머님께서 "오야 왔나. 보고 싶었다. 야야 고생 많았제, 밥 잘 먹고 모든 것에 조심해래이, 성오야 니가 잘돼야 어린 성해 돌봐주제. 그래야 내가 마음이 놓인데이." 하시는 목소리가 들려오며 어머님이 앞에 계시면서 내 어깨를 두드려 주시는 환상에 오랫동안 울고 또 울었다. 어머님은 농사지으시느라 너무 고생만 하시고 둘째 어머님 등쌀에 가슴앓이 하시면서 오직 아버님을 위해 참고 견디셨다. 작은 어머님이 아버님과 다투시다 친정에 가시고 안 계시면 가정에 평안을 위해 작은 어머님을 데리고 오셨던 그 착한 어머님. 물레를 타는 동안 나를 무릎에 눕혀 놓고 "오야 오야, 네가 언제 커서 엄마 호강시켜 줄래?" 하시면서 어머님이 들려주시던 심청전 얘기가 지금도 귀에 선하게 들리는 것 같다. 시장에 나를 데리고 가 국수를 사 먹이면서 어머님께서는 배가 고프지 않으시다면서 드시지 않았던 그 어머님. 그 인자하시고 착한 어머님은 전부가 사랑이셨던 분이었다. 나뿐 아니라 어머님을 아시는 모든 분들이 나와 같은 생각이었던 사랑하는 어머님 보고 싶다.

나는 그날 아버님으로부터 기막힌 얘기를 들었다. 내가 월남에서 귀국 박스 몇 개를 보낸 TV판 돈과 그 외 물건들을 다 도난당했다고 하셨다. 나는 심각하게 말씀하시는 아버님을 위로해 드렸다. "아버님, 괜찮습니다. 돈은 또 벌면 되지요. 또 기회가 많으니 상심 마십시오." 했다. 그 때 고맙다며 아버님께서 경주 수사과에 연락해 형사들이 몇 번이나 나와 조사하고 갔으나 범인을 잡지 못했다고 하셨다. 그 후 그것이 누구의 소행인지 불행하게도 알게 되었다. 모든 친척들이나 바로 뒷집에 살고 계시는 5촌 숙부께서도 "작은 어머님이 빼돌렸으니 그리 알고 있으라" 하면서 "아제(아버님)는 모르신다. 절대 그 말은 알아도 안 믿으니 그리 알고 처리하라."고 하셨다. 너무 허탈했다. 그동안 작은 어머님을 위해 밍크 목도리 그 외 좋은 물건도 보내 드리고 매달 월급을 집으로 보내고 했는데 어떻게 만들어서 보낸 물건들인데 그 물건값과 물건들을 모르게 빼돌리고 도둑맞았다고 했다니 기가 막힐 뿐이었다. 그래도 아버님을 위해 입 다물고 조용히 떠나기로 했다. 내게는 시계, 카메라, 돈도 있었다. 그날 저녁 자기 전 식구들께 얘기했다. 아마 오늘 저녁 내가 왔다는 것을 알고 도둑이 들지 모른다. 오늘은 내가 권총을 가지고 있으니 들어오기만 하면 쏘아버리겠다고 은근히 알아들으라고 엄포를 놨는데 그날 밤 통 잠이 오지 않아 뒤척이다 잠시 잠이 들었다. 그런데 뭐가 나의 옆을 스치는 것 같아 눈을 떠보니 어머니 치맛자락이어서 나는 "어머니 안 주무셨어요." 하면서 일어났더니 "그래, 내가 자나 하고 와봤다." 하시길래 "가서 주무세요. 편안합니다." 했다.

만약 내가 깨지 않았으면 그날 밤에도 도둑맞았을지도 모를 일이었다. 나는 아버님께 실망시켜 드리지 않으려고 말씀드리지 않았다. 주위에서 들은 얘기 일체를. 그 이튿날 친구 병호, 영록이, 그 외 친구들과 만나 즐겁게 술도 마시고 놀았다. 형제들과도 재회했다. 내가 사랑했던 막내 예쁜 여동생 끝순이는 부산의 이모님 집에 기거하면서 일을 보살펴 주고 있었다. 그 이모는 참 친절하고 좋은 분이었다.

이모님 딸들로는 수정이와 미라가 있었는데 나를 오빠라고 부르며 잘 따랐다. 짧은 시간이었지만 부산에서 동생들과 즐거운 시간을 보낸 기억이 새롭다.

나는 열흘 동안의 출장을 마치고 김포에서 군용기를 타고 월남으로 돌아갔다.

사단 본부 헌병대 복귀 대민 사업 및 태권도 지도위원

나는 달랏에 있는 월남 육군 사관 학교 태권도 교관으로 임명을 받아 6개월 동안 임무를 마치고 사단 본부 헌병대로 복귀해 대민 사업을 하고 태권도를 가르쳤다. 매번 귀국 장병들께 부탁해 귀국 박스를 보냈다. 전에 보낸 것은 없어졌지만, 다시 보내는 물품은 아버님께 부탁드려 바로 처분해 돈으로 은행에 저축하시기로 했으니 걱정하지 않아도 되었다(나는 전과 같이 미군 PX에서 피코 TV 열 대를 구입, 박스에 채웠다).

나중에 안 일이지만 그 돈은 집 개축하는 데 사용했고 대학 2학년 때 쇼단 흥행으로 없애버린 돈을 갚아드린 셈이 되었다. 나는 아마 다섯 박스 이상을 보내 드렸고 월급도 매달 보내드렸다. 그리고 출장 갔을 때 그동안 모은 돈을 드리고 왔다. 아버님은 만족해 하시면서 "내가 너에게 돈을 돌려받기 위해 준 돈도 아닌데 네가 너무 애쓰는 것 같아 마음이 편하지 않다. 야야, 돈보다도 네 몸 조심해라. 너는 우리 집 장손이다." 하시면서 쓸쓸해 하셨던 그 모습이 지금도 눈에 선하다. 아무튼 마음속에 항상 아버님께 그 돈을 없앤 것이, 미안했던 그 마음이 조금이라도 위안이 되어 아버님과 형제들 보기에 덜 민망하게 되었다.

나는 다시 퀴논 파견대에 파견되었다. 6개월 후였지만 내 자리는 그대로였다. 전과 같이 월남 경찰과 같이 순찰 및 대민 사업 그리고 일주일에 두 번씩은 민병대와 고등학교 학생들에게 태권도를 가르치고 가끔 유도도 가르쳤다. 헌병대 바로 뒷골목은 창녀촌이었다. 주말만 되면 군인들이 많았다. 전시라 사고가 없는 한 우리들은 눈감아 주었고 그것도 군 사기에 도움되기 때문에 위로부터 지침을 하달받고 적절한 조치를 했다. 월남 여자들 중 가끔은 프랑스 혼혈이 있어 그들은 키가 크고, 파란 눈이 예뻐 인기가 많았다.

주로 한국군과 미군, 가끔은 월남 군인들도 있었다. 퀴논 바닷가에는 문둥이촌이라는 아름다운 휴양지가 있었다. 거기에는 군 장교들이 주로 사용하는 곳으로 참으로 아름답고 바닷물은 그야말로 물속이 훤히 들여다보일 정도로 깨끗하고 물고기가 노는 것도 볼 수 있는 전쟁터가 아닌 지상낙원이었다. 이곳을 친구로 사귄 간호 장교였던 김 중위와 같이 와서 수영도 하고 맥주도 마시면서 즐거운 시간을 보내기도 한 기억이 난다. 얼마 후 헌병대에 기습이 있을 것이라는 정보를 입수하고 우리는 잠시 철수해 시내에서 조금 떨어진 외진 곳 언덕 바닷가 막사에서 근무를 했는데 퀴논 시내를 한눈에 볼 수 있는 곳이었다. 얼마 동안 그곳에서 근무하다 기습이 없자 도로 파견대 건물로 옮겼다. 파견대 건물은 2층이었는데 1층은 당직대, 2층은 숙소, 옥상에서 바리게이트를 쌓고 기관단총을 걸고 항상 적의 침입에 대비 경계했다.

정면 입구는 샌드백으로 둥글게 방어벽을 쌓고 늘 헌병이 보초를 섰다. 그 옆으로는 주로 인도인들의 상가가 있었다. 주로 귀국 선물이었는데 머플러, 잠바, 스웨이드 가방, 혁대 같은 물건들로 그들의 상술은 뛰어났다. 한번은 술집의 출동 요청으로 월남 경찰과 같이 출동했는데 한국 군인들과 월남인들과 시비가 일어나 결국 패싸움으로 번져 술집 안이 아수라장이 되어 있었다. 내가 도착하자 한국 군인들 셋이 흥분해 있었다. 그들에게 자초지종을 물었다. 접대부와 농을 걸었는데 그들이 불쾌하게 생각해 시비가 일어나 싸움이 되었다면서 전방 소대 전투병들이라 총을 소지하고 있어 큰 사고가 일어날 뻔했는데 다행히 끝났다. 허나 그쪽 민간인들을 우리 경찰이 연행하려 했으나 그들은 잘못이 없다며 민간인 다수가 군인들을 막아서며 저지해 결국은 돌아서야 했는데 그들의 민족성은 대단했다. 그들은 절대 외국 군인들이 자기 나라 사람들에게 부당한 대우하는 것을 좌시하지 않았고 잘못이 있어도 연행되는 것을 용납하지 않았다. 나는 우리 군인들을 헌병대로 연행한 후 마음을 안정시킨 후 혹시 사고를 저지를까 봐 실탄을 뺏고 부대로 돌려보냈다.

웨스트 모어랜드 주월사령관을 보다

나는 가끔 미군 PX 순찰을 나갔는데 한번은 웨스트 모어랜드 사성 장군 주월 미군 사령관이 오셨다. 그가 병사들과 같이 PX에 들어가기 위해 줄을 서서 입장을 하고 경호원도 없이 부관 한 사람만 대동한 것을 보고 놀라지 않을 수 없었다. 한국군은 별 하나만 달아도 경호차가 따르고 경호가 삼엄하며 그 위엄이 대단한데 최고 사령관이 불평 없이 다른 장병들과 같이 줄을 서서 다른 어떤 특혜도 받지 않고 미군들도 그저 경례만 붙일 뿐 모든 게 자연스러웠고 쇼핑 바구니를 들고 다니시면서 필요한 물건을 구입해 떠나는 광경을 지켜보고 경례를 붙였다. 사령관은 나를 보고 "하우 아 유." 하면서 기수 경례로 답을 했고 별이 네 개인 붉은 별판을 단 지프차가 경호도 없이 떠났다.

나는 사단에서 사단장을 경호했고 주월사령관도 경호했지만 너무나 비교가 되어 내 마음이 혼란스럽기까지 했다. 아마 개인 용무로 PX에 왔기 때문이 아닌가 생각되었다. 그 이후로 나는 가끔 미군 장성들의 에스코트를 보았는데 공식 행차 때는 삼엄한 경호를 하는 것을 많이 보았다. 그들은 공과 사를 분명히 하는 것 같았다.

귀국하다

나는 구정 공세가 끝난 후 2년이라는 월남 파병 생활을 성공리에 마치고 귀국하게 되었다. 일 년 더 연장해 복무하라는 권유도 있었으나 학교 복학을 위해 귀국하기로 결심했다. 점점 정세가 불리해져 위험하기도 했다. 지난 2년 동안 정열을 불살라 봉사한 대민 사업 그리고 부대 교민들의 유익을 위해 통역했고 또 태권도 지도도 했다. 나에게는 잊지 못할 곳이지만 내가 갈 곳은 조국 대한민국이라 더 머무를 수가 없었다. 나는 2년 동안의 계급장 없는 헌병으로 근무하는 동안 많은 장병, 장교들이 나를 알게 되어 유명인이 되었다. 또 고향 경주 친구들도 찾아왔고 귀국 때 도움을 주기도 했는데 그들은 귀국해 나의 소식을 전해 친구들에게 나는 영웅이 되기도 했다.

특히 박무송이라는 친구가 전방에 소총 부대 근무를 했는데 마침 내가 전방 순찰을 하다 아가씨 집에서 군인들이 있길래 검문해 보니 시레이션을 가지고 와 아가씨들과 거래하다 나에게 적발되었다. 그때 사단장 지침이 우리 군인들에게 지급된 어떤 물품도 돈으로 바꾸지 말고 외국 병사들에 지급되는 것들을 수단, 방법 가리지 말고 외화 획득을 하라는 엄명이 내린 후라 보고 넘길 수가 없어 두 명의 병사를 신분조사 하는데 "야, 너 혹시 경주 성오 아니니?" 해서 새카맣게 탄 얼굴을 보니 중학교 동기 중 싸움 잘하던 박무송이가 아닌가? 나는 하도 그 친구가 반가워 "야, 그래. 나다. 무송아, 어떻게 여기서 만나게 되나?" 했다. 어쨌든 우리 둘은 반가워 얼싸안고 기뻐서 같이 맥주도 마시고 그들이 하고자 하는 대로 하게 해주었다. 그 후 무송이가 주말에 휴가 얻어 몇 번 나를 찾아와 즐거운 시간을 보내면서 나의 군생활 하는 것을 보고 먼저 귀국해 부러운 대상이 되었다.

나는 귀국하면서도 모습을 감추었다가 귀국 배를 탔다. 그 이유는 앞에서 설명했다. 포화가 일고 포성이 들리고 전투기 헬리콥터가 날아다니는 퀴논 항에서 월남 도착 때와 똑같이 상륙정을 타고 큰 배에 밧줄을 타고 올라 귀국선에 탔다. 그때 2개의 큰 귀국 박스를 배에 실었다. 그리고 귀국 가방에도 가득히 채웠다. 떠나기 전 마침 미군의 위문 공연이 있었다. 미국 여자 가수가 군장병 공연을 끝내고 장교 클럽에서 노래 부르는데 나는 사단장님을 모시고 참모님, 중대장님, 보좌관님들과 같이 참석했고 많은 미군 장교들도 참석했다. 이름은 기억나지 않지만, 키가 크고 머리가 긴 아주 아름다우며 허스키 보이스의 퍽 섹시한 유명가수였다. 모든 장병들은 잠시 전쟁을 잊어 버리고 노래와 밴드에 맞춰 춤추고 흥겨워했다. 나는 처음 미국 가수의 공연을 옆에서 지켜볼 수 있었다. 그 쇼를 마지막으로 긴 월남 생활을 끝냈다.

2년 동안의 모든 추억들을 가슴에 안고 부산항에 도착했다. 나는 귀국 박스를 찾아 트럭에 실을 때 자칫 잘못으로 저세상 사람이 될 뻔했다. 지금도 가끔 그때를 생각하면 아찔하다. 한 개의 박스가 실려있는 트럭에 올라가 두 번째의 박스를 싣는 것을 도와주기 위해 수신호를 하는데 포크차 운전사가 박스에 가려 있는 나를 못 보고 그냥 박스를 안쪽으로 밀어부쳐 고함을 질러 멈췄다. 하마터면 박스와 박스 사이에 끼어 귀국의 기쁨도 잠시 영 먼 황천길을 갈 뻔했다. 운전사는 가까스로 박스를 뒤로 뺀 후 나를 구했다.

군을 제대하다

나는 이후 부산 보충대에서 대기하다 이 주 후쯤 군 복무를 무사히 마치고 제대해 고향에 돌아왔다.

군 제대 후 대구에 올라가 학교 복학 수속을 하면서 문 교수를 만나 부산 대학으로 편입하기로 하고 모든 절차를 문 교수께서 도와주셨다. 그동안 대구 대명동에서 방을 얻어 몇 달 자취를 했다. 별채로 된 독채가 혼자 기거하기는 아주 좋았다. 방 하나에 부엌이 딸렸다. 나는 월남에서 가져온 아카이 녹음기와 전축 스피커를 장치하고 음악을 즐겨 들었다. 그때는 그것이 회귀품이라 굉장히 좋은 고가품이었다. 한국에 있는 동안 그 기계들을 애지중지했다. 그 집 주인 아들이 나를 무척 따랐다. 그는 곧 얼마 후 군에 입대했는데 내가 그의 뒤를 봐주기도 했다. 주인 집 따님이 여대를 졸업한 아가씨였는데 날씬하고 키가 큰 미인이었다. 옆방 서울 아줌마가 중매를 섰는데 인연이 맞지 않았는지 이루어지지 않았다.

　그리고 그 집 막내딸이 중학생이었는데 나를 잘 따랐다. 나는 중·고등학교 때 주산 공부를 하면서 너무 오랫동안 방바닥에 앉아있었기에 치질이 걸려 대구 병원에서 수술을 하고 며칠 고생했는데 그때 부산 이모 딸 수정이가 올라와 돌봐주었다. 그런 수정이가 고마웠다. 몇 달 있는 동안 친구 문성문이가 결혼식을 올렸다. 나는 경주에 내려가 그리고 그 외 친구 몇과 택시를 대절해 신부집이 있는 합천까지 신랑을 따라 결혼식에 참석해 축하해 주었다. 전학 수속이 끝나 부산 서면에 방을 얻어 이사했다.

부산대학 편입

　중학생이었던 성해와 같이 지내면서 그동안 못다했던 사랑을 마음껏 동생에게 주고 싶었다. 우리 둘은 참으로 오랜만에 행복한 시간을 가졌다.

　성해의 학교 교복은 항상 깨끗했었다. 체육관에 입관시켜 태권도와 유도를 배우게 했다. 나는 건너편 광무 체육관을 택했다. 그곳은 기구 운동을 할 수가 있고 태권도 유도반이 있었다. 나는 관장의 허락으로 태권도와 유도를 한 시간씩 지도하기로 했다. 그동안 군 생활을 하면서 담배와 술을 했기 때문에 몸이 전과 달라 술과 담배를 우선 끊기로 했다. 부산대학 정외과에 편입해 그동안 군 생활에 녹이 슨 머리로 공부에만 전념하자니 여간 힘든 일이 아닐 수 없었다. 그러나 등록금은 내가 조달할 수 있으니 마음이 훨씬 편했다. 후배들 속에 끼여 강의를 듣고 휴식시간과 주말도 학교 도서관에서 보내는 날이 많았다.

야밤의 결투

오랜만에 영문이가 놀러 왔다. 그는 그때 머리를 빡빡 깎고 레슬링과 태권도 수련에 전념할 때였다. 영문이는 동아대학 체육과에 다녔다. 그날 저녁 그와 나는 서면 뒷골목에 막걸리를 마시러 갔었다. 서면 뒷골목은 술집도 많고 창녀들이 많은 지역이었다. 좁은 골목을 지나는데 몇 명이 지나가며 내 어깨를 툭 치면서 시비를 걸었다. 어이가 없어 그냥 가려고 했지만, 그들이 "야." 하며 "어깨를 쳤으면 사과를 하고 가야지" 하면서 길을 막아섰다.

직감적으로 그들은 그곳을 무대로 활동하는 깡패들이란 것을 알았다. 우리는 무도인으로서 자존심이 있어 물러설 수가 없었다. 그들이 욕을 하면서 죽고 싶으냐며 공격해왔다. 우리 둘은 등을 기대고 발로 차고 주먹으로 몇 명을 쓰러뜨렸는데 갑자기 많은 숫자가 몰려와 우리 둘을 둘러쌌다. 우리는 뛰면서 차고 또 지르면서 얻어맞기도 했는데 갑자기 호루라기를 불면서 경찰이 나타났다. 우리 둘은 그들 몇 명과 같이 파출소에 연행되었는데 파출소 소장이 내 친구의 형님이 아니신가? "야, 너 성오 아이가? 맞제? 너 왠 일이냐? 이놈들과 싸웠어?" 우리가 몇 명을 피투성이로 만들어서 큰일이라 생각했는데 얼마나 다행이었는지.

"너희 놈들 오늘 임자 만났구나, 이 친구들은 태권도 고단자들이야. 너희들은 맞아도 돼. 몇 번이나 싸우지 말고 말썽 피우지 말라고 경고했는데 벌써 몇 번째야? 너희들 영창 가고 싶어?" 호통을 치시니까 그들은 무릎을 꿇고 용서를 빌었다.

"형님, 저들만의 잘못도 아닙니다. 저희들이 피했으면 아무 일이 없었을 텐데. 저희들을 봐서라도 한 번 용서해주십시오." 했더니 그는 큰 몸짓으로 한 번 크게 웃으시더니 "이놈들 오늘 운이 좋은 줄 알고 다시는 이런 일이 없도록 해."라고 훈계하시면서 피범벅 된 그들을 석방하셨다.

형님이 우리 둘을 식당으로 데려가 설렁탕을 사주시면서 그런 곳은 항상 위험하니 앞으론 가지 말라고 주의를 주시고 고향 동생들이라 따뜻이 대해 주셨다. 그 형님께서는 경찰 대표 유도 선수로서 시합에 우승도 많이 하신 유도 오단 고단자이셨다. 형님과 헤어진 후 그곳 술집에 가 막걸리를 마시고 있는데 아까 얻어맞은 깡패들이 들어와 우리를 보고 "오늘 형님들을 몰라보고 미안하게 되었으니 사과하겠다."면서 "오늘 술을 우리가 살 테니 마음껏 마셔 봅시다. 앞으로 형님으로 모시겠습니다." 해서 영문이와 나는 졸지에 서면 뒷골목 주먹 오야붕이 되었다.

동생 성해와 나

매일 새벽이면 "제치국 사소." 하면서 아주머니가 외치면서 지나간다. 성해가 뛰어나가 아주머니 "제치국 주이소." 하면 부엌에 들어와 아주머니는 "아이고 부자지간에 사는가 본데 학생 참 잘생겼대이." 하길래 나는 속으로 얼마나 웃었는지. 동생을 나의 아들로 착각한 아주머니의 단골이 되어 아주머니에게 아들이 아니고 동생이라 했더니 "하이고 미안하게 됐심더. 몰랐심니더." 하여 우리는 같이 박장대소했다. 가끔 동생과 같이 버스를 타고 갈 때 자리가 없어 서서 가면 성해보고 "야야, 넘어질라 너 아부지 꼭 붙잡으라." 하시는 분들도 있어 성해가 너무 어린 동생이니 다른 사람들은 아들로 오해를 하는구나 생각하면서 웃음 지은 일이 한두 번이 아니었다.

나는 가끔 광복동에 있는 다방에 들러 커피를 마시면서 그때 한창 유행했던 비틀즈의 '렛 잇 비'를 즐겁게 들었고 또 내가 좋아하는 노래를 신청하면 들려주었는데 얼마 후부턴 내가 그 자리에 앉기만 하면 내가 좋아하는 노래를 들려주었다. 그때 일 하는 아가씨가 나를 좋아했고 나도 키가 크고 늘씬한 그 아가씨가 좋아져서 아가씨가 쉬는 날이면 바닷가로 데이트하기도 했다. 그 아가씨는 아버지 사업실패로 대학을 다니다 중퇴하고 집안을 돕는 사람이었는데 심성이 곱고 조용하고 착한 사람이었다.

서울 갈현동에 하숙하다

나는 갈현동에 살고 있는 친구(강주훈)집 근처에 하숙방을 얻었다. 조용하고 깨끗한 집인데 아주머니와 어린 딸이 살고 있는 집이었다. 250cc 오토바이를 구입했다. 주인집 어린 딸 이름은 진경이었는데 나를 아저씨 하면서 잘 따랐다. 가끔 오토바이 뒤에 태워주기도 했던 기억이 난다. 그 집주인 아주머니 이름이 타향이었는데 가끔 친구인 주훈이가 놀러 와서 큰 목소리로 '타향살이' 노래를 불러 아주머니 심기를 건드렸고 그럴 때마다 민망했다. 그 주인 아주머니는 돈 많은 사람의 둘째라는 얘기를 들었다. 갈현동에서 동대문까지 오토바이를 타고 가려면 버스 매연으로 내 얼굴은 알아볼 수도 없을 정도로 새카맣게 되었다.

동대문 무덕관 수석 사범이 되다

나는 체육관에서 사범으로 있으면서 군대에서 국제연맹 창헌류를 했는데 대한 태권도 협회에서 만든 팔괘품세를 새로 배워야 했고 몸을 가다듬기 위해 김봉철 관장님께 지도받았다. 어느 정도 체계가 잡힌 후 태권도 협회로부터 공인 5단을 받으면서 동대문 무덕관 수석 사범으로 임명되었다. 그때 같이 운동한 사범이 고재득 해군 특무대에 근무하면서 체육관에 나와 학생들을 지도했는데 성격이 원만하고 힘이 넘치는 친구였다. 그리고 조오런 사범은 대구에서 올라온 체격이 작은 사람이었는데 어린이부 지도를 잘하는 사범이었다.

그는 나를 형님이라 부르고 좋은 관계를 유지하면서 잘 지냈다. 그리고 아랫동에서 중국집을 경영하는 화교인 손 사범과도 친하게 지냈다. 또 서울 신림동에 도장을 하고 있던 권호열 사범과 좋은 관계를 유지하며 심사 때마다 교류하면서 시범도 같이 하곤 했는데 지금은 미국 워싱턴 주에서 체육관으로 성공했다. 우리는 지금도 그 인연으로 서로 안부를 묻고 있는 유일하게 친한 무도형제다. 나는 운동을 하면서도 자동차 정비 학원에 다니면서 기술을 배우며 체육관 바로 앞에 있는 병아리 감별도 배웠다. 미국에서 만약을 대비해 도움이 된다는 기술은 배워가고 싶었고 영어 교육도 이태원에서 개인 지도를 받았다. 오토바이를 타고 다니면서 출퇴근 그리고 학원도 다녔는데 체육관 아래층에 세워둔 오토바이를 도난당했다.

6개월을 타다 잃어버린 것이라 얼마나 아깝고 서운한지 그건 나의 잘못이 컸다. 체인을 감아 열쇠를 채워두었다면 안전했을 텐데 후회한들 이미 늦었던 일이었으나 미국에 갈 때 동생에게 주기로 약속했는데 그 약속을 못 지키게 되어 마음이 아팠던 기억이 난다. 태권도 협회 지도자 교육에도 참가해 강습도 받고 심판 교육도 받았다. 한성여고에서 신인 선수권 대회에 참가해 심판도 하고 서울 운동장에서 개최한 전국 체전에 참가해 심판도 했다.

무도인 형제회

그때 알고 지낸 친구가 정진영 사범이었는데 그의 체육관 심사에도 참석하고 태권도 행사 때도 자주 만나 좋은 관계로 발전했다. 그 후 권영문, 박봉서, 정진영, 이진묵, 그리고 나는 무도인 형제로 의를 맺고 오랫동안 많은 시간을 함께했다. 박봉서는 오도관 출신인데 키가 크고 후리한 체격으로 운동도 퍽 잘한 형제였는데 지금은 브라질 상파울로에서 태권도 사업이 아닌 의류사업으로 성공했다는 얘기를 듣고 몇 번 전화 통화를 했다. 정진영 형제는 미국 플로리다에서 성공적으로 태권도 체육관을 잘 운영하고 있다. 이진묵 막내 형제는 키는 그리 크지 않지만 당찬 태권 실력자다.

그의 결혼식에 참석한 기억이 난다. 미국에서 비닐로 쇼핑백 만드는 공장을 운영하고 있을 때 가끔 만났는데 그 이후론 소식이 없다. 그리고 나보다 무덕관 선배이신 최청대 사범님과 백수남 외에 몇 명이 있었는데 좋은 관계를 유지하면서 같은 무덕관이라 끌어주고 밀어주고 했다. 그들과 체육관 행사에 시범도 많이 다녔다. 나는 그때 최대길 차력사로부터 사사를 받았다. 그 무렵 갈현동에서 체육관 근처에 있는 독신자 아파트를 얻어 지냈다.

최대길 차력사에게 차력을 사사하다

나는 차력사에게 아파트 옥상에서 매일 밤 차력을 배웠다. 최대길 차력사는 당대 최고의 차력사인 청산거사와 양대 산맥을 이루었던 영안거사였다. 충청도 분이신데 당시만 해도 자가용 타기가 어려운 시절이었는데 거사님은 검은색 코로나를 타고 다니셨다. 나는 병 따기 격파, 각목 격파, 차돌 깨기 격파, 각목에 대못 박아 이빨로 뽑기, 입 안에 납물 굳히기, 혓바닥에 담 뱃불 끄기, 주먹 위로 차 바퀴 넘기기, 배 위로 차 넘기기, 이빨로 차 물어 끌기, 역기 입으로 물어 올리기, 팔에 육침 꽂아 밧줄 매어 차 끌기, 육침에 물통 걸고 휘돌리기 등 소차, 중차, 대차를 오랜 시간에 걸쳐 전수받았다.

불광동 중앙 본관에는 문 사범님이 수석 사범님으로 계셨고 김일회, 박원직 사범이 있었다. 가끔 나는 중앙 도장에 들러 수련하곤 했다. 그때쯤 영등포 이강익 관장님과 홍종수 관장님 제자들과의 큰 사건도 있었다. 무덕관 총본부 사무실에는 대구에서 올라오신 지상섭 사범님이 사무총장으로 무덕관 업무를 총괄하고 계셨다. 그때 이화여대에서 태권 호신술을 지도하던 김영숙 사범도 미국에서 와서 체육관을 운영하면서 사회 봉사활동도 활발히 하고 있다.

그때 만난 많은 사범들이 해외에 진출해 일선 외교관 역할을 하며 대한민국에 공헌하고 있다고 자부한다. 인천에서 도장을 하던 김복만 사범이 찾아와 얼마 후 독일에 가니 차력을 가르쳐달라 매달렸다. 간단히 할 수 있는 몇 수를 가르쳐준 감사로 인천에 초대되어 하루 저녁 맛있게 대접받고 돌아온 기억이 나는데 지금은 독일에서 독일 부인을 맞아 체육관을 운영하면서 행복하게 잘살고 있다.

서울 시민회관에서 차력시범

나는 여러 사범들 체육관 행사에 차력 시범을 요청받아 역기 160파운드를 물고 걸어가는 시범과 송판에 대못 박기를 주로 했다. 그리고 미국으로 떠나기 전 마지막 시범으로 서울 시민회관에서 리틀 코리아 선발 대회 때 찬조 출연해 승용차 배 위로 지나가기 백인 출역법을 시범해 MBC TV에 방영

되었다. 그러나 시범 후유증이 컸다.

대한 태권도 협회에서 태권도 사범이 태권도가 아닌 차력 시범을 했으니 제명을 해야 한다는 얘기를 전해들은 무덕관 사무총장께서 태권도 협회에 진정서를 내시어 무마시켰다. 참으로 고마우신 분이었다. 하루는 본관 사무실에 들렀더니 차력에 대한 관심을 가지고 몇 종목을 가르쳐 달라기에 쉽게 할 수 있는 몇 가지 기술을 가르쳐 드렸다. 하지만 그 기술들은 정신과 육체를 단련해서만 할 수 있는 것이지 힘으로만 할 수 없는 기술이라고 몇 번이나 설명을 드렸다.

그때는 중앙정보부에서 태권도 사범을 해외 위장파견 시켜 정보 수집하는 케이스가 있었다. 나는 그것을 알고 해외 정보 담당 8국장이 친구의 삼촌이라 부탁했더니 마침 미국에 사범 파견 계획이 있으니 협회 추천을 받아오면 수속은 해외 담당 부서에게 해준다고 약속하셨다. 때마침 미국 워싱턴 미 정보국에서 무도 사범 파견 요청이 있다기에 매달렸다. 그 케이스는 중앙 정보부 추천이 필요해 그것도 해결이 되었다. 3개월의 수속 기간을 요한다기에 부산에 내려가 졸업식에 참석하니 어렵게 복학해 마친 대학이라 감개무량했다.

서울에 올라오니 나의 월남 동지인 강주훈이가 미국으로 떠나고 그 뒤 얼마 후 그 형이 떠났다. 내가 미국에 가면 그들과 만나기로 약속했다. 나는 가끔 나이트클럽에 가서 춤도 추었다. 동대문 나이트클럽에는 친구인 권투 웰트급 동양 챔피언 박조가 매니저로 있었다. 그래서 나는 무상 출입했고 그곳에서 많은 사람들을 사귀기도 했다. 어느 날 클럽에서 친구가 아는 누님을 만났는데 자기 동생을 소개해준다고 약속했다. 며칠 후 체육관으로 전화가 와서 그 동생을 만났는데 이름은 희진, 키도 크고 눈도 크고 머리가 긴 아름다운 처녀였다. 대학에서 디자인을 전공하고 졸업 후 집에서 논다고 했다. 우리는 금방 친해져 나를 오빠라 부르며 잘 따랐다. 나는 친동생같이 아껴주었다. 남들의 오해도 있었지만, 우리 사이는 그 이상도 그 이하도 아니었다.

오래전에 서울에서 공연할 때 친하게 지냈던 연극배우 이해성 형이 동대문에서 살고 있었는데 형님과 나는 희진이와 같이 경복궁으로 놀러 가 사진도 찍고 즐거운 시간을 가지기도 했고 내가 사는 아파트에 와서 청소도 해주곤 했다. 내가 미국으로 뜰 때 공항까지 나와 "오빠, 건강하고 그리고 꼭 성공하시고 동생 잊지 마시고 기억해주세요." 하던 그 착한 동생. 그럽고 생각이 난다. 그 착하고 예쁜 동생이 건강하고 행복하게 살기를 바란다.

미국을 가기 위한 준비

나는 그해 크리스마스 때 같은 아파트에 사는 꼬마 여동생과 친하게 지냈는데 이름은 기억이 안 난다. 나를 친오빠같이 따랐는데 참 예뻤다. 그리고 오랜 친구인 박해란이와 명동에서 셋이 만나 다방에서 크리스마스를 보냈다. 그때 그 다방에서 노래한 듀엣 가수가 어니언스로 기억되는데 그들의 감미로운 노래가 참 좋았다. 나는 권호열 사범과도 친하게 지냈다. 친구 도장이 신림동에 있어 집에 놀러간 기억이 난다. 그 친구는 지금 워싱턴 근처에서 체육관을 성공리에 운영하고 있다. 평생 무도에 바쳐온 무도인이며 정이 많고 이해심이 많아 내가 좋아하는 친구다. 같이 한국을 방문한 기억이 난다.

그는 무엇이든 최고만 고집하는 멋쟁이기도 하다. 가끔 전화하면서 서로를 걱정해주는 오랜 친구다. 그해 여름 나는 병아리 감별사 자격증도 취득하고 자동차 정비공 자격증도 취득했다. 관장님께서 사업 자금이 필요하니 돈을 융통해달라고 부탁하셔서 십만 원을 빌려드렸다. 그 돈으로 사모님이 영등포에 술집을 열어 장사를 시작하셨다. 사범들과 유단자들이 가서 술을 마시고 노래를 불렀는데 정대현이란 교사가 노래를 퍽 잘했다.

그는 양복점에서 재단사로 일을 했는데 내가 미국을 올 때 연두색 홈스방을 맞추어 선물해준 후배로 그 후에 미국에 들어와 도장을 운영하다 몇 년 전 암으로 타계했다. 영등포 그 술집은 사모님이 정리해 돈을 돌려받았다. 그 후 사모님은 체육관 아래층 다방을 인수해 운영하셨는데 도와드렸다. 체육관 옆 동 건물에 건설 회사가 있었는데 이동희 포항 선배님이 사장으로 계셨다. 그는 주먹 세계에서 알아주는 분이셨다. 나는 선배님께 부탁을 드려 고향 친구 박철남이를 취직시켜줬는데 회사 운영이 어려워 자리만 지켰을 뿐 월급은 받지도 못했다. 그 친구는 결혼한 지 얼마 안 된 신혼부부라 부인과 같이 서울에 올라와 영등포 근처에 방을 얻어 생활했는데 가끔 들려 밥도 먹고 소주도 마시면서 지냈다. 나는 좋은 회사에 취직시켜주지 못해 친구 부인에게 미안해서 마음이 항상 편치 못했다.

영문이와 나는 밤마다 아파트 옥상에 올라가 운동을 했다. 주로 장봉, 형연습 그리고 대련이었다. 그 아파트에 사는 동안 꾸준히 수련했다. 영문이는 고집이 대단했다. 나와 사소한 다툼이라도 있으면 내가 먼저 사과하지 않으면 먼저 사과하는 일은 없었다. 언제라도 내가 먼저 전화해 사과하면 불이 나게 뛰어오곤 했다. 그 당시 그는 남대문 초등학교 어린이 시범단을 지도했다. 그것이 기회가 되어 대통령 태권도 지도 대상을 받았다. 나는 그즈음 한진 영화사 한갑진 사장으로부터 홍콩 합작 영화 출연 제의를 받았으나 미국으로 곧 출국해야 하기 때문에 사양했다. 그러나 기회를 놓친 것이 못내 아쉬웠다.

고향에서 영문 그리고 병호와 무술 수련하다

나는 서울의 모든 것을 정리하고 경주에 내려가 미국 비자를 기다리면서 고강도 운동수련 계획을 짰다. 그래서 서울에 있는 영문이를 내려오게 하고 경주에 있는 한병호가 합류했다. 우리 집에 숙소를 정하고 앞산 왕릉, 솔밭 평지와 계곡을 훈련장으로 삼고 아침 일찍부터 우리 셋은 산을 뛰면서 지구력, 그리고 체력 단련을 했고 아침 식사 후 종일 수련장에서 장봉, 그리고 발차기, 작은 나무와 바위 뛰어넘기를 했다. 어머님께서 닭을 삶아서 오시면 점심을 먹고 저녁은 집에서 먹었다.

한 달 동안 어머님께서 운동을 하는 데 불편이 없도록 보살펴 주셔서 우리들은 운동에만 전념할 수 있었다. 여름 한 달을 감포 바다에 가서 수련하기로 계획을 세우고 영문이가 지도하고 있는 서울 남대문 초등학교 어린이 시범단 20명이 합류하기로 했다. 그들을 지도하기로 하고 감포에 갔다. 그곳에서 조금 떨어진 바닷가였다. 바닷가 큰 집을 빌려 숙소를 정하고 우린 매일 바닷모래 위에서 그리고 얕은 물 위에서 강도 높은 수련을 했다. 뜨거운 햇살, 따가운 모래바닥이라 사범들도 힘이 드는데 열한 살 이하의 어린아이들의 수련을 지켜보면 애처로울 때도 있었다. 그래도 그 아이들은 서로 잘해보겠다고 열심히 했다. 그때 운동했던 강용석이는 성인이 되어 영화배우로 활약했고 지금은 많은 극장을 소유하고 있는 사업가로 성공했다.

포항에서 운동하던 그 어느 날 경주에서 알았던 김순애라는 여자친구가 찾아왔다. 준비해온 음식을 우리 친구들과 같이 축대에서 술과 음식을 먹고 마시면서 밤이 새도록 즐겁게 놀았다.

그 얼마 후 소식을 들으니 경주 선배하고 결혼해 살고 있다는 얘기를 듣고 행복을 빌어주었다.

어느날 저녁에는 감포 태권도 도장에서 우리 사범들을 초청했다. 그날은 체육관 심사라 많은 분들이 참석했다. 나는 그 체육관 사범과 대련 시범을 했는데 그가 공격하는 것을 모두 막았다. 왜냐면 나의 방어기술은 태권도가 아닌 중국 무술 중 십팔기류의 하나인 윙천 방어법이라 어떠한 공격도 막아낼 수가 있었다. 나는 관중으로부터 많은 박수갈채를 받았다.

시범이 끝난 후 우리들은 후한 대접을 받았다. 며칠 후 우리 합숙소로 찾아온 사범들에게 윙천방어법을 가르쳐 주었다. 한 달 동안의 합숙 수련을 마치고 나는 경주 집으로 돌아왔다.

부산에서 찾아온 방문객

부산에서 여자분이 나를 찾아왔다고 병호가 전해주었다. 그 사람을 만나보니 부산에서 자취할 때 같은 집에서 세 들어 살던 피아노를 가르치는 선생이었다. 반갑기도 하고 놀라서 무슨 일로 찾아왔느냐고 물었더니 원양어선을 타는 마도로스인 남편이 돌아왔는데 다른 사람의 얘기를 듣고 우리 둘 사이를 의심해 주먹질을 하고 쫓아내 무조건 경주에 올라와 나를 찾는데 마침 세탁소를 하면서 태권도 사범을 하는 병호를 도장에서 만나 찾아왔다고 했다.

미안하지만 부산까지 동행해 오해를 풀어달라고 간청을 하길래 거절할 수가 없었다. 그래도 한 울타리 안에서 일 년이 넘도록 알고 지냈는데 그 집에 있을 때 그 아주머니는 결혼한 지 얼마 안 된 새색시였다. 남편이 출항하면 6개월 정도 걸린다는 얘기를 들었다. 또 같이 만나 막걸리를 마신 기억이 난다. 아줌마는 대학에서 피아노를 전공해서 결혼 후 피아노 개인 지도를 하고 있다고 했다. 성해를 동생같이 귀여워하고 가끔 반찬 만드는 것도 가르쳐주기도 하고 내가 좋은 음악 시스템을 가지고 있어 음악을 같이 듣기도 하고, 주인집 딸과 같이 막걸리를 마신 일이 몇 번 있었던 것이 전부인데 아마 자기 부인이 혼자 떨어져 살았으니 그런 오해를 했을 것이라 생각한 나는 부산에 갈 것을 결심하고 병호와 동행해 그 사람을 만나 자초지종을 얘기하고 오해가 있으면 풀어달라고 말했더니 술을 한잔한 그는 한참 후 다른 사람의 말을 듣고 오해를 해서 미안하다면서 맥주를 샀다. 병호와 난 맥주를 마시고 떠나면서 그 부부의 오해를 풀어주게 되어 기뻤다. 그는 정류장까지 따라와 버스표를 사주었다.

술에 취해 사고를 내다

나는 버스를 타면서 매실주 두 병을 샀다. 우리는 뒷좌석에서 그 두 병을 다 마시고 너무 취해 버스 뒷좌석에서 소변도 하고 소리를 지르기도 해 버스 손님들을 겁주고 그들은 아무 말도 못 했다. 경주 버스 종점에 내려 안압지에 가서 또 매실주를 사서 마시고 인사불성이 되어 시내로 들어와 택시조합 사무실로 갔다. 그 사무실은 경주 건달들이 운영하는 곳인데, 그곳으로 가니 정식이 형이 돈을 세고 있었다. 나는 돈을 뺏으며 "이게 뭐야?" 하면서 사무실에 던져버렸고 사무실은 돈벼락이 났다.

놀란 정식이 형이 "야, 성오야 너 많이 취했구나. 취했으면 가서 자야지 왜 여기 와서 행패를 부리냐?"며 소리를 질렀다. "야, 너 선배면 선배지 나 술 한 잔 사주라."면서 벽을 질러 구멍을 내고 야단법석을 떠니 그 형이 자기 똘마니들을 불렀다. 동생들이 말리는 것을 "야 까불면 다 죽여버린다."면서 소리소리 질러대니 동생들이 각목으로 내려치는 것을 내가 술이 취해 비틀거리면서도 팔이 올라가 방어를 하고 그놈을 발로 차 꺼꾸러트리니 병호가 뒤에서 나를 안고 동생들이 나를 꼼짝 못 하게 들쳐업고 바로 여관으로 데리고 가서 나는 곯아떨어졌다. 그 이튿날 일어나니 왼팔이 욱신거리고 부어올랐다. 내 옷을 세탁소에서 깨끗이 세탁을 해서 정식이 형이 가지고 왔다. "야, 성오야. 니가 술이 취해 그 큰 주먹으로 벽에 구멍을 내고 솥뚜껑 같은 손바닥으로 내려치고 야단법석이니 동생들이 각목을 사용해 너 팔이 부러졌다니 미안하다."고 사과를 했다. 그래서 "형, 내가 술에 너무 취해 벌인 일이니 내 팔 부러진 것을 너무 마음 상해 하지 말아요."라며 도리어 내가 사과를 했다. 나는 가지고 온 붕대를 일단 팔에 감고 아침 식사를 같이 하고 집에 가서 몰래 짐을 챙겨 가지고 서울에 올라가 접골원에 가서 깁스를 했다. 그 때문에 몇 개월 동안 심한 운동을 하지 못했다.

나에게 기쁜 소식이 왔다. 미국으로 가는 자리가 생겼다는 소식이었다. 그래서 태권도협회로부터 사범자격증을 받고 출국 수속을 시작했다. 친구의 매형이 중정 팔국장으로 계셨기 때문에 수속이 가능했는데 그 친구는 포항 청도관 출신 사범으로 중정 팔국에서 요원으로 근무했다. 그 이후에도 나는 몇 번이나 그 친구 도움을 받은 일이 있었다. 박병호라는 친구로 지금은 현직에서 은퇴하고 개인회사 사장으로 지낸다는 얘기를 들었는데 언젠가는 그 친구를 만나 조금이라도 신세를 갚고 싶다.

김두한 씨를 큰 형님으로 모시다

나는 69년도 나의 차력 선생이신 영안 거사로부터 종로3가 2층 빌딩에 사무실을 두고 계시던 김두한 선생을 소개받고 형님으로 모시기로 했다. 당대 최고의 주먹이셨고 국회의원 그리고 독립군 김좌진 장군님의 아드님이시라 평소에 존경하는 분이었는데 형님으로 모시게 되어 영광이었다. 그때 명동 화룡이 형, 상하이 박, 쌍칼, 동대문구야 등이 주축이 되어 형님으로 모시고 경기도 광주에서 개최한 레슬링 경기장에 모셔 가기도 하는 등 두한 형님을 모시는 기회가 많았다. 나는 항상 막내였다. 두한 형님은 나보고 아우님은 골격과 주먹이 커 앞으로 무도인으로 대성할 것이니 수련에 게을리해서는 안 된다고 하시면서 "멋진 오야붕이 되려면 부하들에게 멋지게 속아 넘어가는 재주가 있어야 하니 아우님은 명심하시오." 하신 형님의 그 말씀이 지도자로 살아가는 나에게 큰 힘이 되어주었다. 큰 형님은 아우들을 꼭 아우님이라 부르셨다. 그 형님 눈은 눈꺼풀이 덮여 눈동자가 겨우 보일 만큼 작아 보였다.

특히 그 형님께서는 젊은 여자들이 견뎌내지 못할 만큼의 정력가셨다. 어느 날 젊은 여성이 견디지 못하고 방을 뛰쳐나와 도망간 일도 있었다. 그 형님은 이튿날 허허 웃으면서 "나는 아직도 젊어." 하시며 정력을 과시하시기도 하셨다.

어느 날 체육관에 오셔서 백을 치시는데 그 펀치가 얼마나 센지 큰 백이 뚫릴 것 같은 송곳같이 강한 주먹이었다. 특히 그분의 오른 주먹(닙뽕)은 천하가 다 아는 주먹인데 눈으로 직접 보니 가히 천하제일의 주먹이었다. 내가 미국을 떠나기 전 그 형님께서 대한 청년단 미주지부장 임명장을 주셨다. 형님께서 송별회식을 베풀어 주신 것을 잊을 수가 없다. 그런데 내가 미국에 온 지 얼마 안 되어 그 형님이 타계하셨다는 소식을 듣고 나의 영웅이고 많은 분들에게 희망과 용기를 주셨던 그분의 명복을 빌어드렸다. 미국으로 떠나기 며칠 전 무덕관 사범들이 송별회를 열어주었다. 최청대 사범, 백수남(작고) 사범, 정진영 사범(현재 미국). 그 외 많은 사범들이 나의 새로운 인생길의 장도를 축하해 주었다. 그날 저녁 늦게 이차를 갔는데 그 친구들이 돈이 떨어져 모두가 윗도리와 시계를 잡히고 나를 여관방에 재웠다. 시계와 윗도리를 잡힌 최청대 선배가 고마웠다.

경주에서 동생 부부가 (금순)아버님을 모시고 올라와서 체육관 앞 클럽에서 송별파티를 해주었다. 그리고 미국에 오는 비행기표는 그 동생 부부가 마련해주었다.

미국으로 떠나다

그 이튿날 정들었던 체육관을 뒤로하고 김포공항에 도착하니 체육관 제자들, 무덕관 사범 친구들, 지도관, 청도관 친구들 또 이해성 형과 동생 희진이도 와있었다. 고마운 분들과 아쉬운 작별인사를 하고 노스웨스트 항공기에 올라 그렇게 가고 싶어 했던 미지의 세계로 떠나려고 하니 두려움이 앞섰고 또 마음이 마냥 기쁘지만은 않았다. 체육관 사업에 필요한 상패 및 단증, 메달로 큰 가방에 꽉 찼는데 상패는 놋쇠로 만든 것들이라 여간 무겁지 않았다. 나는 떠날 때 태권도 협회 5단, 무덕관 6단, 중국 18기 6단중을 받았고 무덕관 2대 관장님의 표창장, 3대 홍종수 관장님 표창장, 그 외 태권도 협회 지도자 교육 수료증, 국제 심판관증을 갖고 떠났다.

일본 공항을 경유해 길고 긴 비행을 한 후 알래스카 앵커리지 공항에 도착해 입국 수속을 하고, 워싱턴으로 가는 국내선을 갈아타고 세 시간 반가량의 비행 후 도착하니 모든 것이 낯설고 달라진 환경이라 어리둥절했으나 그나마 월남에서 그리고 한국 미팔군에서 미군들을 상대했기에 미국인들이 크게 낯설지는 않았다.

C.I.A 무도교관이 되다

공항 밖에 나가니 요원이 마중 나와 나를 기다리고 있었다. 그는 양이라고 쓴 피켓을 들고 있었다. 나는 반가워 인사하고 그의 차를 타고 워싱턴 근교에 있는 숙소로 이동했다. 그 숙소는 요원들이 훈련하는 캠프였다. 내 방은 그들과 똑같은 막사에 배정되어 있었다. 나의 담당자 덕을 소개받았다. 그는 교육을 책임지고 있는 총책임자였다. 그 후 그와 가깝게 지내며 좋은 관계를 유지하게 되었다. 이틀을 쉬면서 내가 지도해야 할 기술들을 정리하고 요원들을 덕이 일일이 소개해주었다. 모든 식생활이 미국식이지만 월남에서 같이 군 생활을 했기에 그리 불편한 것은 없었다. 음식은 먹어본 것들이라 좋았고 요원들도 나와 비슷한 젊은 친구들이라 활기가 넘치고 자신감이 흘러넘쳤다. 그래도 운동을 처음 지도하는 날 나는 무척 긴장했다.

도복이 아닌 사복을 입은 수련생들이었고 그들은 운동화와 단화를 신었으며 권총을 찼다.

나는 언어의 장벽으로 내가 하고 싶은 말을 하지 못해 동작에 대한 확실한 설명을 할 수가 없어 마음이 답답했다. 그래서 실기를 보여주는 것이 좋은 방법이었다. 또 그들은 수련생이기 전 이름도 드높은 미국 CIA 요원들이 아닌가? 그들은 어려운 시험을 거치고 혹독한 훈련에 통과한 엘리트들이다. 나에게 배우기 전 대다수 요원들이 각종 무술을 배운 이들이라 몸동작이 무척 민첩하고 이해력이 빨랐다.

나는 그들에게 도수 방어동작과 체포술을 수련생 중 한 사람을 상대로 또는 두세 사람을 상대로 실전과 같은 시범을 보였다. 50여 명의 수련생들은 박수갈채로 좋아했다. 지도는 기본 동작부터 천천히 가르치면서 말이 아닌 동작으로 보여줘야 하므로 힘은 들지만 그들의 반응이 좋으니 피곤한 줄 몰랐다. 그러나 솔직히 쉽지는 않았다. 그들은 우리 동양인과는 달리 힘이 세고 적당히라는 것을 모르는 사람들이라 기를 넣어 순간적으로 제압하지 않으면 어려웠다. 꺾는 기술도 순간적인 기를 사용해야지 보통 시범 동작으로는 어려웠다. 월남 그리고 한국 미 팔군 군인들을 지도한 경험이 큰 도움이 되었다. 내가 정권으로 판자 석 장을 공중에 띄워 격파하니 원더풀을 외치면서 가까이와 나의 정권을 만져보고 정권에 박힌 굳은살을 보고 신기해 하기도 하며 사인을 요청하기까지 했다.

첫날 간단한 시범 및 지도를 성공적으로 끝마치고 나니 기분이 좋았다. 수련이 끝난 후 수련생들이 마련한 환영식에 참석해 그들의 극진한 환대를 받았다. 그로부터 난 육 개월 동안 영어를 배우면서 혼신을 다해 열심히 지도했다. 낯선 미국땅 아는 사람 하나 없는 워싱턴에서의 나의 생활은 오직 내일을 위해 열심히 일하는 것 말고는 없었다. 그동안 많은 사람들이 나의 시범을 보았다. 경찰, F.B.I 요원, 보안관들이었다. 나는 계약대로 하루 다섯 시간을 가르치고 나머지 시간은 내가 활용할 수가 있어 개인지도를 하여 약간의 용돈도 생겼다. 6개월 계약이 끝나고 나는 한국에 돌아가지 않고 미국에서 운동을 가르치고 싶으니 미국에 계속 있을 수 있도록 해주고, 가능하면 시카고에 나의 친한 친구가 있으니 그쪽으로 갈 수 있게 해달라고 부탁했더니, 며칠 후 시카고에 있는 일리노이 경찰 학교에 소개장을 써주었다.

그곳에 가면 비자 연기도 시켜주고 영주권도 신청할 수 있냐고 물었더니 걱정 말고 떠나라 했다. 내가 떠나기 전날 전 요원들이 참석해 식당에서 환송연을 베풀어주고 감사패와 명예시민권도 주었다. 그때 받은 것들이 시카고 화재 때 다 타버려 아쉽다.

시카고로 가다

나는 6개월 전 미국으로 들고 온 큰 가방을 그대로 들고 시카고 오헤라 국제공항에 저녁 6시에 도착했는데 친구가 보이지 않았다. 전화를 해도 받지 않아 공중전화 박스에서 기다리다 택시를 타고 켄모아 거리에 있는 친구 아파트로 찾아갔다. 도로변 꽉 차있는 차들이 보였다. 대개가 붉은 벽돌 이층 아파트였다. 큰 가방을 끌고 아파트 현관으로 들어가 주소를 확인한 후 아무리 초인종을 눌러도 반응이 없어 벽을 발로 차고 두드리다 지쳐 가방을 기대고 누워 잠이 들었다. 가을 날씨라 추위를 느껴 일어나보니 새벽이었다. 현관에서 나와 건물 뒤로 돌아가니 그 뒷방에 친구 주훈이가 부엌에서 음식을 만들고 있었다. 너무나 반가워 창문을 두드리며 불렀더니 그도 깜짝 놀라 "야, 이거 어떻게 된 거야? 우리는 공항에 가서 기다리다 오지 않아 지금 막 왔는데!" 하면서 뛰어나왔다. 친구와 친구 형은 공항에 비행기 도착 시간을 알아보니 한 시간 늦는다고 해서 한 시간을 늦게 나갔는데 내가 탄 비행기는 정시에 도착했기 때문에 엇갈린 것이었다.

아무튼 우리는 반가워 얼싸안고 재회의 기쁨을 나누었다. 2년 6개월 만에 그것도 이역만리 미국에서 다시 만나다니…. 그의 아파트에 들어가 보니 내가 온다고 침대도 마련해두었고 음식과 맥주도 많이 준비해두었다. 우린 그날 토요일이라 마음껏 마시고 그동안 워싱턴 생활 얘기도 하고 주훈이 친구인 이철웅, 맥스 한, 유 대위와 그날 종일 마시고 놀았다. 그때부터 나의 자유로운 미국 생활이 시작되었다.

며칠 후 경찰학교를 찾아가 담당자를 만나 소개장을 전달했더니 지금은 계획이 없으니 6개월 기다리면 새 학기부터 무도반에 나를 기용하겠다고 약속했다. 그때까지 기다리자면 너무 길어 당장 무엇이든 해야겠다고 생각하고 도장 자리를 구하려 며칠 찾아다녀 보았지만 마땅한 장소가 없었다. 그래서 오래전에 배워둔 자동차 정비 기술이 생각나 자동차 정비업소를 찾아

다니다가 일을 구했다. 사장이 내일부터 나와 일하라는 얘기를 듣고 이튿날 정비소를 갔더니 산소용접을 해보라며 테스트를 하는데 오랫동안 하지 않아 잘되지가 않았다. 점심시간 후 사장이 불러서 갔더니 25불을 주면서 오전에 일했던 임금이니 이제 가보라 했다. 나는 잘린 것이다. 나의 실력을 알고 말없이 돌아서 나왔다.

공장에서 일하다

그다음 날 친구가 다니는 쇠로 철판을 만드는 철판 공장에 가서 일하기로 했다. 그 일은 기술이 필요 없고 시키는 일만 하면 되는 일이었다. 첫날부터 열심히 일했다. 하루 여덟 시간 5일간 일하며 받은 주급이 130불 정도였다. 일하면서 영어 공부와 운동을 게을리하지 않았다. 내가 사는 아파트 지하실을 깨끗이 청소한 후 매일 운동을 했다. 주말이면 친구들이 맥주 박스를 들고 와 같이 마시고 노래 부르면서 외로움을 달랬다. 주훈이로부터 소개받은 태권도 사범이 둘이 있었다. 이 사범과 한 사범으로 두 사람은 도장을 가지고 있었다.

사범들과 충돌

어느 토요일 오후 그들이 방문해 맥주를 마시며 재미있는 대화를 나누는데 그 친구들이 내가 하는 차력을 비하하는 발언과 태권도에 관한 여러 가지 질문을 해서 은근히 화가 치밀었다. 미국으로 오기 전까지 태권도 협회

산하 도장에서 운동을 지도했고, 전국체전 태권도 심판과 지도자 교육을 이수했는데 이런 나를 시험하니 은근히 화가 치밀어 올라 하나 제의를 했다.

너희들과 나는 물과 기름 같은 존재인데 우리가 하나가 되려면 해야 될 일이 있으니 지하실로 가자고 했다. 그들은 어안이 벙벙한 얼굴로 "지하실은 왜 가는데?" 물었다. 나는 그 말을 받아 "너희가 궁금한 것을 풀어주겠다."고 했더니 친구 주훈이와 그들이 지하실로 내려왔다.

그곳은 내가 운동하는 곳이라 나에겐 편한 곳이었지만 그들은 처음이라 그런지 주춤하는 모습이었다. 나는 정색을 하면서 "야, 너희들이 나를 시험하면서 나의 자존심을 건드렸어. 그러니 너희들 둘 다 덤벼." 하면서 앞에 있는 이 사범에게 일격을 가하고 돌아서면서 한 사범을 원 허리로 감아 매치고 주먹으로 치려고 하니 주훈이가 뛰어들어 멈추었는데 일어나서 보니 먼저 맞은 그 친구는 정확히 급소를 맞아 쭈그리고 앉아 심호흡을 하고 있었다. 나는 소리쳤다. "야, 이젠 됐어, 너희들 한 번만 더 나의 비위를 건드린다면 용서하지 않겠어. 무도하는 사범들이 무도의 예절을 무시하고 비아냥거리냐?" 하고 방으로 올라와 버렸다. 나 혼자서 맥주를 마시고 있는데 한참 후 그들은 오지 않고 주훈이만 왔다. 내 친구들을 그렇게 대하니 나는 너하고 같이 살고 싶지 않다면서 가방을 챙겨나가는 그를 붙들고 미안하게 됐다고 아무리 사과를 해도 차를 타고 나가버리는 것이었다. 나간 친구는 며칠을 지나도 오지 않아 찾아도 보았지만, 나에겐 모두가 낯선 곳이라 그 이상은 할 수가 없어 기다렸는데 일주일이 되는 날 돌아왔다. 공장에 버스를 타고 다니면서 그런대로 미국에서의 새로운 삶의 시작이라 재미가 있었다.

첫 도장을 열다

3개월 동안 약 천 불을 모았다. 그 돈으로 도장을 열기로 했고 주말에 가게를 보러 다니다 아미테이지에 있는 천 스퀘어파드쯤 되는 조그마한 가게가 바로 도로변에 있어 월 사백 불에 계약을 했다. 들어가는 입구에는 조그마한 방이 한 칸 있어 책상 하나를 놓고 나니 뒷자리가 조금밖에 남지 않았다. 그리고 오른쪽 화장실 문을 열면 뒤뜰이었다. 이층은 아파트라 사람들이 살고 있었다. 우선 페인트를 칠하고 사무실 앞쪽은 유리창이었는데 그곳에 사람들이 볼 수 있도록 판자로 선반을 만들어 상패를 진열했다. 그리고 가라데라고 창문에 썼다. 왜냐하면 그땐 가라데 외에는 다른 무도를 미국인들은 몰랐기 때문이다. 그때 친구 주훈이와 진훈 형, 주훈이 고등학교 선배인 최용원 씨 -최 선배는 그때부터 지금까지 변함없이 형님 동생으로 상부상조하며 오랜 세월 변함없이 지내고 있다- 그들이 도와주어 도장을 열었다. 내가 워싱턴에서 지도할 땐 조직이라 쉬웠지만 혼자 처음 운영하는 사업이라 걱정도 되었다. 하지만 모든 게 자신이 있었고 하면 된다는 나의 신념이 있었기에 즐겁기만 했다. 도장을 수리하면서 단골로 다니던 햄버거집 주인 동생인 스피로스가 미국에서 나의 첫 학생이 되었고 두 번째는 데비라는 여덟 살 난 여학생, 셋째가 태미라는 어린 여중학생, 주훈이 친구였던 죠가 그의 친구인 에디를 데리고 왔다. 그는 신체가 건장한 가라데 초단이었다. 그는 김치도 잘 먹고 한국말도 몇 마디 할 줄 알아 그에게 부사범으로 도와달라 했더니 그는 예의를 갖추어 나에게 충성할 것을 서약하고 나를 많이 도와줬다. 두 번째 학생이었던 데비는 수제자로 성장해 미스 일리노이를 했고 모델활동도 겸한 운동을 열심히 하여 지금은 육단으로 시카고 인근에서 나의 이름을 딴 타이거 도장을 두 개나 하고 있다.

나는 도장에서 잠을 잤다. 그때가 늦은 가을이었는데 시카고의 날씨는 한국과 비슷했다. 조그마한 TV를 하나 구입해 사무실에 두고 운동이 끝나면 청소를 깨끗이 하고, 밖에 나가 식사를 한 후 돌아와 샤워장이 없어 어린아이들 물놀이를 하는 플라스틱 통을 사다두고 화장실에서 물을 받아 몸을 씻는데 위층에 물소리가 들릴까 봐 무척 조심을 했다. 잘 때 조그마한 사무실에 담요를 깔아 덮고 잤다. 그래도 즐겁고 신이 났다. 낯선 미국에서의 나의 노력으로 돈을 벌어 도장을 열었기 때문이었다. 워싱턴에서 벌은 6개월 월급은 계약상으로 한국 부모님께 송금이 되었고 나에게 매달 백 불씩을 주었다.

나는 운동을 가르치면서 영어 공부를 열심히 했다. 나는 영어를 몰라 어처구니없는 망신을 당한 일이 있었다. 피트니스는 체력 단련을 하는 운동이란 뜻인데, 나는 그 단어를 15라고 잘못 이해해서 그보다 많은 20을 가르친다고 하니 그 사람들이 무엇인지 가르쳐달라기에 나는 쿵푸 동작과 유도 동작을 보여주면서 이거다라고 했더니 그들은 고개를 끄덕였다. 하지만 그날 저녁 사전을 찾아보니 내 생각과는 전혀 다른 뜻이라 얼마나 부끄러워했는지 모른다. 그다음부턴 모르는 말은 대답하지 않고 조심했다. 주말이면 가끔 용원 형님과 형수님이 와서 아파트를 돌며 팸플릿을 돌리고 길거리 차에도 꽂아주는 수고를 해주셨다. 또 가끔은 형수님께서 곰탕을 끓일 때면 형님이 차를 가지고 와서 나를 태우고 집에 가서 먹은 일이 많았다. 나는 그때의 고마움을 잊을 수가 없다.

나는 지역공원에서 시범을 많이 했다. 판자, 벽돌 차들을 구해와 깨고, 발차기, 권투와는 다른 빠른 손동작 시범을 보였다. 그래서 그 지역에서 영웅으로 떠올랐다. 많은 이들이 입소문을 듣고 나를 만나보러 왔다.

경찰학교 무도 교관이 되다

몇 개월이 지난 어느 날 경찰학교에서 연락이 왔다. 일주일에 두 번씩 무술을 지도할 수 있느냐고 의견을 물어와 요일과 시간을 상의하기 위해 경찰학교를 방문했다. 오전 8시부터 10시까지 화요일과 목요일 지도하기로 합의하고 일주일 급료는 150불로 계약했다. 경찰학교에서 영주권을 신청해주는 조건이라 나는 더욱더 기분이 좋았다. 며칠 후 출근하면서 필요한 서류를 제출하고 첫 시간을 지도했다. 워싱턴하고는 달랐다. 도복을 착용하기로 해서 필요한 도복은 내가 구입해주고 도복 값을 받기로 했다.

나는 워싱턴에서 지도를 해본 경험이 있어 아무런 어려움 없이 간단한 시범과 기본 동작 수련으로 첫 시간을 마쳤는데 반응이 좋았다.

몇몇 학생들이 아미테지 도장에 와서 개인지도를 받기도 했다. 아무튼 이렇게 시작해 내가 그리며 꿈꾸어 왔던 미국 땅에 정착하게 되었다. 45년 전 아득한 먼 옛날 이야기가 되어버린 것 같지만 그땐 꿈과 희망으로 부풀어 있던 나의 청년 시절이었다. 지금 생각하니 참 감회가 깊다. 이후 프라설 하이스쿨에서 시범 요청을 했다. 전교생 약 500명이 강당에 모였다. 무대가 그리 크지는 않았지만 시범하기엔 좋았다.

나는 약 40분에 걸쳐 장봉술, 팔에 육침을 찔러 물통 들어 돌리기, 배에 큰 칼을 대고 각목으로 치기, 180파운드 역기 물어 들어 올려 걷기 등을 보였는데 태권도와는 다른 기공도법이라 하는 차력술로서 인간이 정신 통일 수련으로 얻은 고도의 기술이라 관중들의 숨을 멈추게 했다. 그날의 시범이 시카고에서 발행하기 시작하는 한국일보에 크게 소개되었다. 그리고 《시카고 데일리뉴스》 신문에 나의 시범이 소개되어 일약 유명해졌다. 입관자도 많아지고 수입도 늘었다.

나는 도장에서 1킬로미터 정도 거리의 같은 길 사거리에 위치한 3,000스퀘어 피드 되는 건물을 계약했다. 지하실이 있는 단독 상가였다. 친구들의 도움으로 운동이 끝나면 버스를 타고 와 밤이 새도록 수리를 하고 페인트를 칠했다. 바닥은 나무 바닥인데 그 위에 장판지 같은 것을 깔았다. 들어가는 입구에는 대기실, 그 앞에는 사무실을 만들었다. 간판도 제법 크게 타이거 가라데라 붙였다. 큰 유리창에는 발차기 그림을 그리고 도장의 면모를 갖추었다. 그렇게 밤낮 없이 일을 했고, 가끔 얼굴과 머리에 묻은 페인트를 지울 시간이 없어 그대로 운동을 가르칠 때도 있었다.

제2도장 오픈

제2도장을 만드는 데에는 친구들과 학생들의 도움이 컸다. 그들은 자기 도장과 같이 시간을 내어 열심히 일을 도왔다. 너무나 고마웠다. 큰 장소에 옮겨 운동을 가르치니 편리했고 학생들도 좋아했다. 도장 사업한 지 일 년 만의 일이라 나로선 더욱 감명이 깊었다. 그해 가을 추수감사절에 나는 데비라는 어린 여학생 집에 초대받았다.

추수감사절 디너

나는 그때 칠면조를 먹는 명절 정도로만 알고 그 집에 갔다. 하지만 온 가족이 TV 앞에 모여 앉아 풋볼 게임을 보고 열띤 자기 팀 응원을 하고 야단이었는데 풋볼 게임 운용을 모르니 눈치껏 박수 치고 했지만, 처음 접하는 미국 명절(한국 추석)이라 어리둥절했고 칠면조를 먹을 줄 몰라 등에서는 식은땀이 흘러서 조금 먹다 속이 좋지 못하다면서 고구마만 먹었다. 그 집 식구들은 배탈이 난 줄 알고 알카샤스약을 물에 타서 가지고 와 그것을 마시기도 하는 곤욕을 치렀으나 처음 초대되어 겪은 경험치곤 나에겐 참 좋은 교육이 되었다. 나는 도장을 옮긴 후 숙소를 윌리라는 학생 개인 집 뒷방으로 옮겼다. 샤워 룸과 화장실이 딸린 깨끗한 집이었으나 도장과 떨어진 거리라 차가 필요했다.

운전면허, 새 차 구입하다

먼저 운전면허를 따기 위해 일주일 필기시험을 공부한 후 시험을 보아 합격했다. 운전은 오래전부터 했지만, 법규가 달라 세심한 주의가 필요했다. 나는 포드, 베이지 색깔의 쿠그를 딜러를 통해 새 차로 구입했다. 일 년 동안 열심히 일해 도장 확장, 아파트도 얻고 새 차도 구입해서 정말 기뻤다. 나도 할 수 있다는 생각에 자신감이 충만했다. 그 집 주인 윌리라는 스페니시 아가씨는 중국인 여배우로 알려져 있던 낸시 관이라는 배우와도 꼭 닮은 사람이었는데 검은 머리가 어깨 뒤까지 길었고 상냥하며 도장에서 운동도 열심히 하는 학생이었으며 시카고 시청 스페니시 교육 담당 국장이었다. 나는 윌리로부터 도장 운영에 많은 도움을 받기도 했다.

새로 확장 이전한 도장에 이사 오기 몇 달 전 그러니까 시범한 사진이 신문에 소개된 후 여럿으로부터 도전을 받았다.

도전을 받다

그때 시카고에는 흑인 지미 존스가 운영하는 가라데 도장이 몇 개 있었고 그들의 세가 제일 컸다. 자동차로 지나가면서 비비건(새나 꿩 잡는 총)을 쏘아 유리창에 구멍이 몇 군데 뚫렸고 한 번은 사무실에서 TV를 보는데 비비건을 쏘아 운 좋게 상처는 없었지만, 유리창을 뚫고 나온 조그마한 실탄이 TV를 맞춘 일도 있었다. 그런 일들이 일어난 얼마 후 신입생이 들어왔는데 흰 띠를 매었지만 도복은 오래된 도복이고 내가 보기엔 운동을 많이 한 사람이었다. 대련 시간에 초보자는 좌정해 선배들 대련하는 것과 지도하는 것을 보고 배우는 것이 나의 가르침의 방법이었고 대련하기 전 한 명 한 명씩 불러내어 대련 기술을 가르쳐 주는데 그가 손을 들고 나에게 직접 대련을 가르침 받고 싶다고 했다. 나는 그가 도전해 오는 줄 알면서 그 제의를 받아주었다.

영어가 잘 통하지는 않았지만, 예를 갖춘 후 네가 챌린지(도전)한 줄 안다. 나는 O.K다. 자 마음대로 공격해라 하면서 받아 차기 자세로 노려보았다. 학생들도 긴장했다. 나는 받아 차기가 특기다. 상대를 움직이게 한 후 틈이 생기면 허를 찔러 공격하는 것과 공격해 오면 발로 팔을 방어하면서 찔러 나가는 것이다. 그가 공격을 하지 않아 내가 한 발짝 앞으로 내디딤과 동시에 그의 번개 같은 주먹이 날라왔다. 얼굴을 뒤로 빼면서 왼 앞다리 후리기로 연속 공격하면서 밀고 나가니 그가 펀칭 백 옆에 붙어서는 것을 오른발로 백을 후려 차면서 주먹으로 공격하려고 하니 그는 무릎을 꿇으면서 "돈 킬 미,

돈 킬 미." 했다. 그러자 공격을 멈추고 그를 일으켰다. 그리고 그의 백 피스트(등 주먹 공격), 우리는 압권이라 하고, 팔을 쭉 뻗쳐 공격하는데 그들은 등으로 치고 번개같이 되돌렸다. 즉 스프링 작용을 하는데 내가 처음 보는 펀치였다.

처음 보는 기술이라 다시 해보라 하고 그 동작을 익힌 나는 그를 칭찬한 후 사무실에 불러 그 경위를 물었다. 조교 에디가 통역을 했다. 그는 지미 존스 가라데 도장의 사범이었다. 내가 신문에 소개되면서 새로운 강자로 떠올라 그 실력을 테스트하기 위해 지미 존스가 보냈다고 고백했다. 나는 그의 용기를 칭찬하고 태권도는 백 피스트를 쓰는 너의 가라데와 다르다고 소개하면서 좋은 기술은 좋다고 칭찬했다. 그는 무릎을 꿇고 마스터같이 빠른 발을 쓰는 사람은 처음 보았다, 그러니 자기를 학생으로 받아주면 열심히 배우겠다고 간청하길래 돌아가서 너희 마스터인 지미 존스의 허락을 받아오면 받아주겠다고 하고 돌려 보냈는데 며칠 후 그 콧대가 높다던 지미 존스와 같이 밥이 찾아왔다. 우린 서로 예를 갖추고 인사를 나누었다. 그를 만나보니 듣기보다 부드럽고 좋은 인상이었다. 그는 1965년도부터 도장을 열어 지금은 시카고 지역에 열 개의 지관을 가지고 있으며, 명실공히 제일 규모가 큰 협회를 가지고 있었다.

맥코맥 플레이스에서 시범

그는 나에게 맥코맥 플레이스 마샬아트 엑스포에서 시범할 것을 요청해 나는 흔쾌히 허락했다. 그 행사는 매년 하는 큰 행사이며 미국에 유명한 무도인들의 시범이 있고 관람객도 몇천 명 모이는데 자동차 쇼와 같이한다. 그후 지미 존스와 퍽 친하게 지냈으며 상부상조하기로 했다. 그 후 밥은 나의 수제자가 되어 나를 많이 도와주었고 지미 존스에게 태권도 발차기를 소개했으며 가라데와 태권도 발차기를 접목하는 역할도 했다.

나는 5월 맥코맥 플레이스에서 미국의 척 노리스, 밥 위어, 빌 왈락스, 병유, 권부길과 같이 시범을 했다. 나의 특기인 통나무에 대못 박기, 역기 물고 걷기, 백인 출력법(양쪽 팔에 뱃줄을 걸고 좌우편에서 잡아당김)을 하여 시카고 TV나 신문에서 나의 시범을 신기라 소개하고 나의 인터뷰 기사도 실리는 영광을 얻었다. 그때 만나 시범한 몇 친구들은 지금도 가까이 지내고 있다.

자동차 가스에 중독되다

그해 겨울 큰 사고가 날 뻔했다. 도장 뒤 가정집 차고를 세내어 쓰고 있었는데, 하루는 차고에서 차고 문을 닫고 추워서 시동을 끄지 않은 채 차 안에 앉아있었는데 나도 모르게 잠이 들었다가 순간적으로 놀라 잠을 깼고 차문을 연 후 정신이 몽롱한 상태에서 차고 문을 열고 뛰쳐나가 목숨을 건졌다. 만약 조금만 더 오래 있었다면 가스 중독으로 목숨을 잃었을 것이다. 지금도 그 생각하면 가슴이 뛴다. 참 목숨이란 하늘이 정해준 것인가 보다. 월남에서 베트콩의 공격에도 살았고, 귀국 박스 사이에 끼어도 살았고, 가스 중독에 살아났으니 얼마나 질긴 생명인가.

나는 그날 주훈이를 불렀다. 사범 에디가 해독약을 구해와 먹고 간신히 정신을 회복했다.

그 후유증에 며칠 고생을 했다. 나는 윌리의 집에서 나가 도장과 가까운 곳에 아파트를 유광신이란 친구와 같이 얻었다. 그는 공병 중위 출신으로 음성이 털털하고 가슴이 넓은 좋은 친구였다.

그는 깔끔하고 요리도 잘했다. 나와는 잘 맞았다. 군대에서 익힌 태권도 기술도 괜찮아 도장에 나와 같이 운동을 하면서 학생들 지도하는 걸 도와주기도 했다. 그 친구는 생선 가공 공장에서 일을 했다. 주말 어느 날 나는 이철웅 사범 집에 가서 놀다 어린 9살 조카가 아저씨 따라 집에 가서 놀겠다고 졸라 그냥 한국 풍습대로 차에 태워 와 좋아하는 빵 그리고 과자도 사다 주고 TV를 보고 있는데 철웅이가 전화로 조카 있느냐고 해서 그렇다 했더니 집에서 야단났다는 것이다. 아이가 없어져 유괴되었는지 아니면 사고가 났는지 데리고 가면 얘길 해야지, 하며 화를 냈다.

그래서 나는 애가 이야기한 줄 알았는데 미안하다고 우선 사과하고 내가 데리고 있으니 안심하라 했더니 너 미국을 몰라서 그러는데 여기는 특히 여자아이를 허락 없이 데리고 있으면 큰일이 난다는 것이었다. 처음엔 이해 못 했는데 미국에 살면서 풍습을 알게 되어 그 뒤론 한번도 그런 일은 없었다. 나는 새로운 땅에 살면서 매일 조금씩 배워갔다. 얼마 후 경찰학교에서 신청한 영주권을 받았다. 그날 저녁 친구들이 모여 축하 파티를 해주었다.

영주권을 받다

이제 미국에 거주할 수 있는 신분을 보장받았으니 내가 할 수 있는 모든 것을 아낌없이 발휘하고 노력해 염원하는 나의 꿈을 이루고자 노력, 성실, 정직을 나의 신조로 삼았다. 고향에 계시는 부모 형제들에게 성공해 금의환향하는 꿈을 그리며 살아가기로 한 나는 모든 힘든 일들이 즐겁고 신나기만 했다. 시카고에는 행복원이라는 한국 식당이 클락가에 있었다. 음식도 맛있고 꽤 규모가 컸으며 나이트 클럽도 운영했다.

이민 생활에 지친 우리 동포들이 외식하고 또 즐겁게 춤추는 유일한 공간이었다. 주말에 그 클럽에서 파트 타임으로 노래를 불렀다. 비록 프로는 아니지만, 쇼 무대에서 부른 경험을 살려 피아노와 색소폰을 연주하시는 장경환 씨와 같이 호흡을 맞췄다. 주로 흘러간 노래, '비 내리는 고모령', '짝사랑', '맨발로 뛰어라', '빨간 구두 아가씨', '고향 무정', '첫사랑 마도로스' 등의 레퍼토리를 노래했다. 한 번은 영화배우 최무룡 씨가 방문해서 같이 노래 부르면서 즐거운 시간을 가지기도 했다. 그때 최무룡 씨는 자기 쇼단을 만들어 교민 사회 위문 공연을 위해 순회 중이었다.

시카고 한국 주먹들과 충돌

어느 날 나와 친구 주훈이가 한국 사람들이 잘가는 중국 식당에서 식사하고 있는데 옆자리에서 식사하던 사람들이 시비를 걸어왔다. 그들은 독일 광부로 갔다 시카고로 온 사람들인데 그들 그룹이 활개를 치고 있다는 얘기를 들었지만 나는 첫 대면이었다. 술에 취한 그들 중 한 명이 나에게 시비를 걸었다. "야, 너 얘기 들었는데 오늘 한 번 붙어보자." 하면서 나를 노려보는데 그때만 해도 참을성이 그리 많지 않던 나라 "야, 너 뭐야 그래 그럼 한 번 붙어보자. 나와." 하면서 먼저 앞장서서 건물 뒤 도로변에 나갔는데 그때는 새벽 1시경이라 차도 없었다. 우리 둘과 그들 다섯이 따라 나왔다. 그는 술에 취한 것 같고 싸우면 사고가 날 것 같아 "야, 너 술 취했는데 술 깨면 나 찾아와 언제든지 상대해 주겠어." 라고 했더니 "야, 이 새끼 무슨 소리야? 죽여버린다." 하면서 내 양복 윗도리를 잡아 업어치기를 시도하자 나의 윗옷 단추가 떨어져 나갔다.

그 옷은 미국에 올 때 내 후배가 맞추어 준 선물이라 참을 수가 없어 앞차기로 복부를 차니 그는 그대로 뒤로 나자빠져 기절하고 말았다. 그의 친구들이 인공호흡을 하고 야단법석을 떨다 깨어나는 그를 업고 가는데 김경수라는 사람이 나에게 와서 "정말 미안하게 되었소. 내 친구가 술에 취해 그러니 용서하고 우리 앞으로 잘 지내 봅시다. 가까운 시일 언제 한 번 찾아가겠소." 했다. 그 사람은 독일에서 온 사람이 아니고 미국에 유학 와서 공부한 사람인데 나보다 몇 살 위인 선배였다.

그는 영어도 유창한 사람이었다. 그와 오랫동안 우정을 나누었고 나의 도장도 많이 도와주었다. 그 후 독일 팀 중 주먹을 제일 잘 쓰며 안하무인 격이었던 사람을 녹 아웃시켰다는 소문이 나 나는 일약 주먹으로 유명세를 얻었다. 그때 시카고에는 3만의 교포가 인근에 살고 있었다. 하루가 다르게 교포 상가가 생기고 식당도 여럿 생겼다.

그래서 시카고 한인회가 동포들의 구심점 역할을 하고 있었다. 한인회에서 나에게 보좌관으로 도와달라 부탁을 해 왔다. 직책은 체육분과와 섭외분과를 관장하는 회장 보좌관이었다. 나는 승낙하고 한인회와 인연을 맺었다. 권무근이라는 사범과 친하게 지냈다. 그는 키도 크고 체력도 좋으며 운동과 영어도 잘하는 친구였는데 부인은 의사였다. 그 친구는 시카고 외곽에서 도장을 했는데 심사 때마다 가서 심사도 하고 나의 심사 때도 그가 와서 심사도 봐주면서 우린 가깝게 지냈다. 그는 매년 시합을 열었다. 고등학교 체육관을 빌려 개최했는데 나는 영어도 썩 잘 못하면서 늘 코디네이션을 맡아 시합을 진행하고 시범을 하곤 했다. 지금 그는 모든 사업 일선에서 물러나 쉬고 있다는 얘기를 몇 년 전 들었다. 나의 도장에서 제일 나이가 많은 80세의 준이라는 학생이 운동을 하면서 나를 많이 도와주었다. 나에겐 고마운 분이었는데 일 년 후 그가 운명을 달리했다는 얘기를 듣고 무척 상심하고 슬퍼했던 기억이 난다. 지금도 그의 선한 얼굴이 떠오른다.

제3의 도장 개관

　일 년 후 나는 체육관을 로렌스와 풀라스키가 만나는 곳에 지상 5,000스퀘어 피트, 지하 3,000스퀘어 피트를 계약하고 입구 넓은 유리창에는 호랑이 2점을 그린 다음 타이거 가라데 간판을 쓰고 입구에 안내실 그리고 대기실 내 사무실을 만들었다.

　아미태지 도장에는 월, 수, 금, 로렌스 도장에는 화, 목, 토 스케줄을 만들고 양쪽 도장에 일하는 비서를 채용했다.

　당시에는 도장이 많이 없을 때라 몇 군데 도장 운영이 가능했다. 로렌스 도장 개관 때는 시의원 그리고 많은 무도인 교민들이 와서 축하해줬다. 명실공히 시카고에서 제일 규모가 큰 도장이었다. 많은 학생들이 다른 도장에서 입관하러 왔다. 그때 온 학생들이 루빈 네토, 애디 하너, 리차드 우드, 지미, 가르시아였다. 루빈 네토는 헤비급으로 미 중서부 챔피언을 몇 번이나 한 선수로 키웠고 리처드 우드는 라이트 헤비급, 애디 하너는 미들급 최고의 선수로 키웠다. 애디 하너는 팬암 태권도 대회 우승도 했다.

　이들과 시합에 참가해 그들의 사기를 돋아주었지만, 나의 제자들에겐 부정 심판이 없었다. 만약 부정 심판을 발견 시 나는 재시합을 요구했고 이루어지지 않았을 때 본부석을 뒤엎는 소동도 여러 번 있었다. 부정한 그들의 심판이 무도 발전에 저해를 가져온다고 생각했기 때문에 용서할 수가 없었다.

　한번은 졸리아라는 곳에서 시합이 있었는데 심판의 부정을 보고 항의했더니 반박하는 사범(홍)을 밖으로 데리고 나와 따귀를 몇 대 때렸더니 죽는다고 소리소리 지르며 경찰을 부르고 소동을 부려 다른 사범이 나에게 피하는 게 좋겠다, 만약 경찰이 오면 연행된다고 하길래 나는 슬그머니 염치불구하고 차를 타고 도망쳤다. 그 이튿날 홍 사범이 고소한다고 하길래 그럼 만나자는 약속을 하고 나갔더니 손바닥으로 맞은 볼이랑 얼굴은 좀 부어있었다. 너 따귀 맞고 내가 고소당한다면 너무 억울하니 실컷 때리고 고소당하겠다면서 때리려면 너도 사범인데 덤벼 하면서 자세를 잡았더니 그는 미안하다고 사과해 없던 것으로 하고 그 뒤로 친하게 지낸 일도 있었다.

나는 한인 사회 행사 때마다 사회를 하면서 분위기 조성에 애썼고 특별행사(설, 추석) 때는 사회 겸 노래도 부르고 하여 시카고에서 유명인이 되었다. 내가 미혼 때니까 아가씨들과 데이트할 수 있는 기회도 많았다. 그중 미스 오리엔탈 출신이며 노스웨스트 비행기 스튜어디스를 하는 아가씨를 알게 되어 데이트했다. 미주에 오래 산 사람이라 모든 것이 자연스럽고 영어도 유창히 잘하는 동양 미인이었다. 비행기 스케줄로 시카고에 올 때면 만났다. 그때 나는 한국에서 연수 온 닥터 리를 알게 되었는데 닥터 리는 한국에서 아버님이 종합병원을 하는 분이어서 모든 조건이 좋았지만 결혼하게 되면 한국에 나가 병원 운영을 해야 한다는 조건이라 나의 꿈이 있어서 그 건은 거절했다.

아버님을 초청하다

그즈음 아버님이 보고 싶어 초청했다. 아버님께서는 모든 것이 새로워 불편해하셨지만, 자식이 열심히 하고 있는 것에 만족해하시면서 장하게 생각하셨다.

그때 나의 차는 쉐보레 승용차였다. 아버님 기쁘게 해드리기 위해 새로 장만해 모셨는데 무척 좋아하셨다. 문제는 아버님 식사였다. 나는 한국 요리를 할 줄 모르니 아버님께 늘 죄송스러웠다. 미국 식당에서 식사도 하시고 한국 식당에도 모시고 갔지만, 아버님께서 불편해 하시면서 국을 끓일 수 있는 큰 냄비를 사시고 몇 개의 부엌 용품을 구입하셨다. 또 식품점에서 닭 몇 마리를 사서 집에서 아버님께서 손수 삶아 소금에 찍어 드시기도 하셨다. 그것도 매 끼니 먹다 보니 식욕이 없어졌다. 어느 날 아버님께서 불고기를 사서 판에 구우셨는데 고춧가루를 뿌려서 구우니 다 타버려 먹지도 못하는 일이 있었다.

기름과 간장 양념에 재워 둔 후 판에 기름을 칠하고 약한 불에 구워야 하는데 아버님과 나는 조리법을 모르니 타는 것이 당연했다.

어느 날 양경석 형이 아버님을 모시고 스트립 쇼를 구경시켜 드렸다. 아버님은 놀란 표정이었다. 미국 아가씨들이 반나체로 요상한 춤을 추니 아버님은 민망스러워 "야야, 가자. 됐다. 다 봤다." 하시면서 밖으로 나가셨다. 형님과 나는 아버님을 모시고 미국 클럽에 모시고 가서 맥주를 대접하면서 젊은 이들이 춤추고 밴드 연주하는 것을 구경시켜 드렸다.

물론 아버님께서는 모든 것이 새롭고 처음 보시는 것들이라 좋아하시면서도 이해하시기가 쉽지 않았다. 젊은이들이 춤추면서 서로 끌어안고 진한 입맞춤을 하고 애정 표시를 하니 아버님에겐 모든 게 이상하게 보였을 것이다.

하지만 형님과 나는 아버님을 그런 곳으로 모시고 가서 새로운 것을 보여드린 것을 잘한 일이라 생각이 되었다. 나는 아버님을 모시고 내가 시범하는 대회장으로 모시고 갔다. 은상기 사범이 주최하는 시범대회였는데 그때 최광조 사범, 은상기 사범, 최창해 사범, 고성목 사범과 같이 시범을 했다. 그런데 아버님께서는 너무 위험한 시범을 내가 하니깐 염려도 하시고 자랑스러워하셨다. 그때 울산 친구인 정춘식(우진)이가 아버님을 모시고 잘 해드려 그때의 감사함을 지금도 잊지 않고 나와 그 친구는 무도인으로서 가장 가까운 동지 중에 한 사람이다. 그 울산 촌놈이 사업에 성공해 우뚝 선 친구가 나의 친구라는 것이 자랑스럽고 지금도 한 달에 두서너 번씩 안부를 묻고 우정을 나눈다.

시카고에는 오대호 중에 하나인 미시간 호수가 있다. 나는 처음 그것이 바다인 줄 알았는데 호수여서 깜짝 놀라기도 했다. 수평선이 멀리 보이는 그야말로 바다와 같았다. 짐을 나르는 화물선이 호수 위에 떠 있어 더욱 그랬던 것 같다. 나도 마찬가지였지만 이민 온 누구나가 괴롭거나 슬프거나 고향 생각 날 때 이 호숫가에 나와 눈물을 흘렸고 즐거울 때 호수에서 기쁨의 소릴 지르고 또 친구끼리 모여 바비큐 파티를 하면서 즐겼던 호수다. 아마 누구나 시카고 하면 생각나는 것이 미시간 호수가 아닐까 생각이 든다. 또 시카고의 명물로 1970년대 세계제일의 110층 고층인 시얼스 타워가 있다. 고속 엘리베이터를 타고 옥상에 위치한 전망대에 올라가 내려다보는 전경이야말로 가슴이 탁 트이고 기분을 상쾌하기도 해 미래의 꿈을 생각할 수 있는 희망봉이기도 했다.

아버님은 두 달을 못 채우시고 지내기가 적적하시어 돌아가셨다. 오래 모시고 싶었지만, 아버님께서 지내실 수 있는 여건이 갖추어져 있지 않았기 때문에 더욱 그랬다.

영화에 출연하다

어느 날 한국 합동 영화사 이두용 감독에게서 전화가 왔다. LA에서 올 로케하는 영화 촬영차 왔으니 만나고 싶다고 하면서 가능하면 출연하면 어떻겠냐는 제의를 해왔다. 그동안 연예계를 잊어버리고 열심히 도장 사업과 한인회 일에 열중해왔는데 너무 갑작스러운 제안이라 결정하기가 어려웠다. 며칠 동안 생각 끝에 출연하기로 하고 체육관 운영은 사범들에게 맡기고 링컨 컨티넨탈 마크 포를 운전해 대륙 횡단으로 LA에 갔다.

촬영하면 차가 필요할 것 같아 비행기보다 차를 이용했는데 가면서 미국의 엄청난 큰 땅에 새삼 놀랐다. 시카고는 거의 평지이고 산이 없는 반면 일리노이 주를 지나 딴 주로 접어드니 한국과 같이 큰 산이 있고 울창한 산림이 우거져 있으며 또 끝없이 펼쳐지는 평야와 사막지대, 가끔은 비가 내리고 또 큰 산을 넘을 땐 눈이 내리는 등 너무도 큰 땅이라 같은 미국 땅 안에서도 계절의 변화가 있었다.

나는 하루 11시간 이상을 운전해 3일 만에 도착했다. LA는 도로가 넓고 대체로 깨끗한 인상을 주었다. 큰 산(빅 베어) 밑에 깔려있는 도시라는 표현이라면 어떨까. 또 멀리 보이는 바다는 아무튼 시카고와는 다른 도시였다. 나는 이두용 감독을 만났다. 그는 마른 체격에 눈이 날카로운 분이었고 나보단 몇 살 위로 보였다. 그의 촬영 팀과도 만났다. 그때 같이 온 배우가 김문주, 촬영 기사 안창복, 조명기사 김동포, 감독 겸 시나리오 작가 홍의봉, 배우 윤여정 씨와 고은아, 한소룡, 강대희는 나중에 합류했다. 합동 영화사 곽정환 사장의 야심적인 LA 올로케 작품이라 심혈을 기울이고 있었다.

두 작품을 찍기로 했는데 첫 작품이 《뉴욕 44번지》라는 액션물이었다. 이두용 감독은 한국에서 태권도 영화를 제일 먼저 만든 한국의 명실공히 최고의 액션 감독으로 유명했다. 현지에 사는 교민이 마약 사건에 휘말려 마약 집단의 미국인들을 일망타진하고 잃어버린 가정을 되찾는 액션 드라마였다. 한국에서 액션 배우로 활동하는 한소룡, 그리고 미국 현지에서 캐스팅한 미국 배우들과 공연했다. 나는 비밀 수사관 역할을 맡았는데 나의 무술 실력을 한껏 발휘하는 계기가 되었다. 그때는 요즘같이 와이어 액션이 아닌 실제 기술을 영상으로 담았던 시절이라 실감나는 액션이었으나 화려하진 못했다. 감독이 최대한 파워 있는 발차기와 펀치를 주문했다.

펀치가 너무 빠르면 화면에 그림이 보이지 않으니 적당한 속도 조절이 동작과 표정에 담겨있어야 하는데 처음에는 쉽지 않았으나 많은 연습 후 카메라 앞에 서니 좋아졌다. 우리는 여러 곳에서 촬영했다. 건물 안, 거리, 바닷가, 식당 등등 미국에는 사람이 모이는 곳이면 촬영 시 허가를 얻어야 하기 때문에 쉬운 일은 아니었다. 촬영 규모는 미국 영화 촬영 팀에 비교한다면 학생들 실습 촬영 규모와 다를 바가 없지만 우리는 햄버거, 핫도그를 먹어가면서 강행하는 촬영이라 차질이 생기면 그만큼 제작비 부담이 커지니 제작부에선 많은 신경을 써야 했다. 어쨌든 한 달가량의 일정을 끝내고 한소룡이와 같이 시카고로 차를 타고 돌아가면서 웃지 못할 일도 있었다.

　나는 운전하다 너무 피곤해 소룡이에게 운전을 하게 하고 잠이 들었는데 갑자기 덜커덕하는 소리에 놀라 잠을 깨는 순간 차는 중앙분리를 벗어나 분지에서 도로를 올라가는데 갑자기 뒤에서 큰 트럭이 빽~ 하면서 멈추는 소리가 났다. 이제 죽었구나 하는 생각이 번개같이 스쳐 지나갔다. 다행히도 우리 차는 멈추었고 그 트럭도 우리 차 바로 뒤에 간발로 정지했다. 그때부터 그렇게 오던 졸음도 싹 사라지고 말똥말똥한 정신으로 운전했다. 텍사스를 지날 때 잠시 운전을 소룡에게 맡겼는데 경찰차가 번쩍이며 따라와 차를 세웠다. 경찰이 운전면허 제시를 요구했는데 소룡이는 한국식으로 우리는 배우인데 영화 촬영 후 가는 길이라면서 브로큰 잉글리시로 손짓, 발짓을 하면서 떠들어대는데 경찰이 권총을 겨누니 사태를 직감한 그는 차문을 열어 두 손을 들고 밖으로 나갔다. 다른 경찰관이 팔을 뒤로하고 손목에 수갑을 채우고 경찰차에 태우고 나를 따라오게 하여 나는 차를 몰고 경찰차 뒤를 따라 경찰서에 갔다. 거기서 촬영한 사진 영화 장면과 내가 가지고 있던 재료들을 보이고 또 내가 가라데 사범이라고 소개하면서 이 친구는 한국에서 와서 영어를 몰라서 그러니 풀어 달라고 했다. 그러자 그들은 나의 사진과 주먹 정권을 보고 자기도 운동을 한다면서 앞으론 주의를 시키라는 말을 하고 풀어주었다.

소룡이는 미국에 와서 좋은 경험을 했다. 그 뒤 가끔 그를 만날 때면 그때의 얘기를 하면서 웃곤 했다. 한소룡이는 매우 잘생긴 배우다. 이두용 감독의 《경찰관》으로 대종상 신인상을 받았고 그때 많은 영화에 출연하다 비디오 영화 제작자로 변신. 《젖소 부인 바람 났네》가 히트하며 그 외 그와 비슷한 비디오를 찍어 돈을 벌었으나 여배우와의 스캔들로 스튜어디스 출신의 부인과 이혼하는 아픔을 겪으며 설상가상으로 회사도 어려워져 한때는 힘들었으나 현재는 잘하고 있다는 소식을 들었다.

제4도장 개관 기념 시범

로렌스 도장 개관 기념 무술 시범을 300여 관중이 지켜보는 가운데 성대히 치렀다. 닛뽄도를 손바닥에 감싸쥐고 끈으로 관중이 동여맨 채 뽑아냈다. 또 185파운드 역기를 이빨로 물고 걷고 작두를 복부에 대고 각목으로 후려쳐도 끄떡없는 묘기를 펼쳤다. 그리고 예상외로 많이 몰려든 관중들을 위해 순서에도 없던 주먹 위로 자동차 앞바퀴가 넘어가는 시범을 보였는데 운전자가 겁을 먹고 액셀러레이터를 너무 천천히 밟아 손등을 넘기지 못하고 주먹이 시멘트 바닥을 밀고 나갔었다. 내가 소리를 지르니 그 친구가 놀라 액셀러레이터를 밟아 위기를 모면했는데 손마디 살점이 떨어져 나가는 부상을 입었다.

차를 운전한 친구는 강주훈이었는데 그는 너무 떨어 액셀러레이터를 제대로 밟지 못하고 있다가 소리 치는 것을 듣고 자기도 모르게 밟았다고 했다. 아무튼 그날 시범은 대성공이었고 《한국 일보》에 영인거사 양씨 태권도 무술 시범이라는 제목으로 소개되었으며 185파운드 역기를 이빨로 물고 서는 사진을 실었다.

미 중서부 태권도 연합회 창설

내가 도장을 연 지 3년쯤 뒤 많은 도장이 생겼다. 나는 협회의 필요성을 느껴 조직하기로 결심하고 여러 사범들과 상의해 발기위원회를 구성하였다. 내가 위원장을 맡아 발기인총회를 나의 도장에서 열었다. 약 60명의 사범들이 중서부 지방에서 참석해 정관을 검토한 후 통과시켰고 회장으로 남태희 관장님을 추대하고 부회장에는 한차교, 안성기, 조영래 사범님 그리고 사무총장에는 내가 선출되었고 협회명은 미 중서부 태권도 연합회라 했다. 나는 그 후 사무총장으로서의 임무를 3년간 충실히 하다 영화 촬영 관계로 홍콩으로 떠나면서 차장이었던 도재선 사범에게 넘기었다.

단성사 영화 개봉 무대 인사

나는《뉴욕 44번지》촬영을 끝내고 돌아온 지 한 달쯤 후 다시 LA로 촬영을 떠났다. 다음 영화는 홍의봉 감독의 영화《코메리칸의 낮과 밤》이었다. 홍의봉 감독의 소설이 한국에서 베스트 셀러가 된 것을 합동 영화사에서 영화로 만드는 작품이었다. 나는 윤여정 씨와 같이 주연을 맡았다. 내용은 보험사기에 얽혀 패가망신해 어려움을 겪고 있는 교포가 나오고 비밀 수사관으로 변한 내가 사기꾼 일당을 일망타진해 교포에게 새 삶을 찾아주는 내용인데 내용 전개가 흥미진진하고 홍 감독의 날카로운 사건 전개의 흐름이 돋보이는 작품으로 한국 단성사에서 개봉했다. 개봉일 나는 영화사 초청으로 한국에 단성사 극장 무대에 나가고 홍보하는 데도 일조했다.

나는 시카고에 돌아왔다. 그때까지만 하더라도 체육관 운영방법이 요즘같이 체계가 갖추어져 있지 않고 주먹구구식이라 학생들은 많은데 체육관 임대료 지불하고 일하는 아가씨들 주급과 사범들 주급에 꽤 많은 돈이 필요했다.

캐나다에서 시범

나는 캐나다 박종수 사범 초청으로 시범을 갔다. 박 사범은 캐나다에서 최고 태권도 사범으로 자리 잡고 있었고 그의 태권도 기술은 뛰어나 국제연맹이 인정했다. 수많은 관중이 운집한 큰 체육관에서 각지에서 온 사범들의 시범이 있었다. 최광조, 한삼수, 박정태, 정호영과 그 외에도 많은 사범이 참가한 시범 대회였다. 시범을 잘 끝내고 옷을 갈아입기 위해 라커룸으로 가는데 사람들이 몰려들어 사진을 찍고 사인을 해 달라고 해서 나는 오도그래프가 무슨 말인지 몰랐다. 그 말이 사진인 줄 알고 사진은 없다고 하니 계속 여자아이가 따라오라면서 오도그래프라 외쳤다.

그 뒤에 안 일이지만 우리나라 말로 사인 해달라는 말이 오토그래프란 걸 알고 얼마나 창피했는지 지금도 그 생각하면 웃음이 절로 나고 그 학생들에게 얼마나 내가 촌놈으로 보였을까 싶다. 그것도 모르고 사진이 없다고 했다. 얼마 후 디트로이트 미시간에 있는 정호영 사범이 주최한 사범대회에 참가했다. 대회는 코보홀에서 열었는데 대단했다. 태권도와 권투의 대결을 시도했고 그때 한창 흑인 액션 배우로 《용-쟁호투》에 브루스 리와 나와 인기를 얻었던 짐 켈리가 참석한(그 뒤 홍콩에서 짐 켈리와 운동도 같이 하고 가깝게 지냈다. 그는 영화 촬영차 홍콩에 왔다) 대단한 시범대회였다. 정호영 사범은 벽돌 격파를 잘했다. 나는 차력 시범과 공중 정권 벽돌 격파를 했다.

나는 남태희 회장님의 동서인 이동회 전 외무부장관을 만났다. 그는 핸섬하고 외교 문제뿐만 아니라 여러 가지 사회 문제로 박식하신 분이어서 배울 점이 참 많았다.

하루는 그분과 남태희 회장님이 같이 시카고 플레이보이 클럽에 들려 칵테일을 마시면서 처음으로 플레이보이 걸들의 서비스를 받아봤다. 그녀들은 비키니에 토끼 꼬리를 달고 머리에는 토끼 귀를 달았다. 그래서 바니 걸이라 불렀다. 나는 이 전 장관으로부터 박정희 대통령 시절 그가 최연소 외무부 장관으로 재직 시 한일 협정에 관한 비화를 들었다. 그 이후 다른 관직을 맡지 않고 지내신 걸로 알고 있다.

시카고 한인회 부회장에 당선

나는 도장 운영 외에 교포사회 봉사에도 깊이 개입했다. 라이온스 클럽 창립 멤버였고 또 한인회 수석 부회장으로 김희배 회장과 출마해 시카고 교민 역사상 최초로 3,000명의 유권자가 고등학교 강당에 모였다. 정견 발표 때 솔직히 유권자들에게 호소했다. 본인은 경험도 풍부하지 못하고, 특별히 뛰어난 사람은 아니지만, 오직 내가 가지고 있는 열정과 솔직 담백한 봉사정신으로 교포사회 발전과 권익 보호를 위해 헌신하겠다고 하여 우뢰와 같은 박수를 받았다. 아마 학창 시절 웅변대회를 통해 몸에 밴 연설이 청중들의 마음을 붙잡을 수 있었던 것 같다. 투표 결과는 나는 수석 부회장으로 압도적인 표차로 당선이 되어 자신 있고 비전 있는 당선 소감을 발표했다.

그날은 시카고 총영사와 다른 많은 단체장도 참석해 축하해주었다. 그때는 한인회 역사가 오래되지 않아 별도 취임식을 하지 않고 선거 후 바로 당선수락 연설이 취임사가 되었다. 그때부터 중서부 체육회장 겸 한인회 수석 부회장 임기 2년을 수행하였다.

그런데 이두용 감독이 LA에서 모든 촬영 및 마무리 작업을 끝냈는데도 귀국하지 않고 시카고로 나를 찾아왔다.

그때 그는 캐나다에 있는 프로듀서 라프맨에게 액션 영화를 찍자는 제안을 받고 시나리오를 가지고 왔다. 이 감독은 나의 아파트에서 같이 지내면서 당장 필요한 운전 면허증을 따기 위해 시험 공부를 하고 매일 내 차로 운전 연습을 했다. 나는 그때 링컨 마크 파이브 흰 색깔의 새 차를 가지고 있었는데 운전 배우기에 편안했던 것 같다. 그는 매일 아침 나보다 먼저 차 앞에서 기다리며 손을 내밀었다. 그가 키를 달라고 그러면 그를 믿고 키를 맡겼다. 물론 처음에는 당황한 일도 많았지만 그는 빨리 배웠다. 그리고 필기 시험합격 후 실기 시험에도 합격했다. 우린 그날 저녁 파티를 열어 축하해주었다. 이 감독은 시나리오 분석도 하고 영어 공부도 했다. 나는 라프맨이 시카고에 이 감독을 만나러 왔을 때 통역도 해 주면서 불편 없도록 그를 도와줬다. 그후 이 감독은 한국에서 문제가 생겼다.

최홍희 국제연맹총재, 엄운규 국기원원장. 김운용 태권도세계연맹총재 3회세계대회에서

일본 가라데 대부 마스 오야마(최영의), 이종우, 홍종수 관장

세계연맹 조정은 총재

조정원 세계태권도연맹 총재에게 무도인을 대표하여 명예 9단증과 띠를 매드리다

태권도 통합을 위한 모임 한국 정부 대표와 최홍희 총재의 만남

한봉수, 권영문, Dr. 한창훈과 함께

남태희, 이준구, 김상수 선배들과 함께　　　　　　　친구 문대원과 같이

이두용 감독과 미국 영화 계획

한국 《일간 스포츠》에 '이두용 감독 미국에 체류'라는 머리기사로 그가 그동안 액션 감독으로 한국에서 얻은 모든 명성을 저버리고 할리우드에 남았다는 기사가 나오자 이 감독은 마음에 혼란이 생겨 무척 고심했다. 할리우드에 진출할 수 있는 기회를 놓치고 싶지 않지만 돌아가지 않으면 그동안 한국 영화계에서 쌓아둔 명성은 사라지고 배신자가 되어버리는 것이다. 그는 나와 매일 저녁 술을 마시면서 괴로워했지만, 곽정환 사장께서는 매일 전화로 호출해서 결국 결정을 내리고 끝내 귀국했다.

다시 기회를 만들어 할리우드에 진출하겠다면서 프로듀서인 라프맨에게 전후 사정을 설명해 양해를 얻었고 가까운 시일 내에 그 작품을 만들겠다는 서로의 약속하에 두 달 동안의 시카고의 생활을 끝내고 한국으로 귀국하였다. 그후 《경찰관》이라는 영화를 만들어 주연한 한소룡은 신인상을 타고 영화는 작품상을 탔다. 이현진 감독(《뉴욕 44번지》, 《코메리칸의 낮과 밤》)은 이두용 감독의 조감독을 한 마음씨 착하고 경험 많은 감독인데 귀국하지 않고 남았다. 그도 나에게 와 얼마 동안 셋이 같이 있다 LA로 돌아가 영화계와 인연을 끊고 스와밋 장사를 시작해 어려움을 겪었으나 산호세에서 기반을 잡고 안정된 생활을 하고 있다는 얘길 들었다.

태권도 미 중서부 연합회 사무총장으로 무도인들의 단합과 사업 발전을 위해 나는 많은 시간을 할애했다. 태권도 시합이 있을 때면 남태희 회장님을 모시고 참석하면서 나는 사무총장으로서 그분께 결례가 되지 않도록 세심한 주의를 기울였다. 남태희 관장님은 국제연맹 최홍희 총재님의 오른팔 역할을 하셨고, 한국군에서 오도관을 창설해 태권도를 보급하신 몇 안 되는 원로 중의 한 분이다. 군 대령 출신으로 소탈하시면서 품위 있는 관장님이셨다. 나는 그분을 가까이서 모신다는 것에 자부심을 가졌다.

국제연맹 최홍희 총재 시카고 방문

어느 해 여름 최홍희 국제연맹 총재님이 시카고를 방문하셨다. 나는 군에서 유단자 심사 때 뵙고 오랜만에 뵙게 되어 감개무량했다. 그때 총재님은 망명해 캐나다에 살면서 각 나라를 다니시면서 태권도 세미나 그리고 행사에 참석해 직접 도복을 입고서 장소를 가리지 않고 태권도를 지도하시는 열정을 보이고 계실 때다. 연합회 회원들 약 30명이 공원에 모여 총재님을 환영하고 그분은 세미나 및 동작에 대해 지도해주셨다. 우리는 태권도 창시자로부터 오랜만에 지도받는 귀한 시간을 가졌다. 오랜 세월이 지난 후에 그분의 태권도 철학을 접하고 세계연맹과 국제연맹통합추진위원회 회장이 되어 활동한 사항을 나중에 소개하겠다.

곽웅쾌 도주와 만남

어느 토요일 안성기 사범님이 지도하는 Y.M.C.A 체육관 심사에 참석했다. 그곳에서 나는 곽웅쾌 사범을 만났다. 그는 수염을 기르고 어깨가 딱 벌어진 범상치 않은 인물이었다. 우리는 인사를 나누었는데 양 사범은 신문에서나 많은 얘기를 들어 만나보고 싶었다면서 반가워했다. 그는 나보다 선배였다. 그와 그 이후 친하게 지냈다. 그와 쌓은 우정, 추억도 많다. 그는 얼마 후 시카고 외곽 지대인 에반스톤에 도장을 열어 운영했고, 나는 심사 때마다 참석했다. 그는 차력, 씨름 선수, 레슬링도 했으며 권투 웰트급 1위까지 했다. 서강일 선수와 같은 체육관 출신이며 내 친구이자 미들급 아시아 챔피언이었던 왕진(권투 선수)과도 가까운 사이로 건설 회사 사장이며 주먹 세계에 군림했던 이동희 형님과도 잘 알는 사이라 우린 급속도로 가까워질 수 있었다.

　도장 운영이 뜻대로 되지 않자 그는 그로서리 스토어 운영도 했고 얼마 후에는 로렌스 도장에서 가까운 곳에 부인과 함께 상록수라는 식당을 운영했다. 한번은 지도관 사범인 정 모 씨가 체육관에 찾아왔다. 그는 종로 3가에서 텃세하던 사람인데 몸집이 크고 운동에 자부심이 대단한 사람으로 나보다 몇 살 위였다. 그는 나에게 "양 사범님 무척 세다던데 나하고 팔씨름 한번 합시다. 지는 사람이 밥 사기로 합시다." 했다. 나도 평소에 그 사범을 좋아했는데 사실 그렇게 힘을 겨루는 도전을 해 올 줄 몰랐다. 하지만 거부할 수도 없어 그의 팔씨름 도전을 받아주었다.

　마침 토요일 오후라 수련생이 없었다. 팔을 걷어붙이고 손을 잡으니 그는 만만치 않은 상대였다. 하지만 손목을 먼저 제압해 자신이 있었다. 자존심을 건 한판 승부 결과는 나의 승리였다.

　그는 얼굴이 벌겋게 달아오르면서 왼팔도 합시다라고 제안했다. 나는 왼팔을 오른팔같이 힘을 쓸 수가 있었다. 각목에 맞아 팔 부러진 후 재활 운동을 열심히 해서 부러지기 전보다 더욱 강한 왼팔을 가지게 되었고 지금도 나의 왼팔 스피드는 그대로 가지고 있다. 결과는 세 번 다 내가 이겼다. 그는 나에게 자기가 졌다는 것을 인정한 후 약속대로 곽응쾌 씨가 운영하는 식당에 가서 식사 및 술을 샀다. 우린 그날 거하게 취했다. 정 사범은 아직까지 내가 팔씨름 져 본 일이 없었는데 임자를 만나 밥을 사게 됐다면서 씁쓸해했다. 그 뒤 그와도 친하게 지냈는데 도장은 그만두고 한방 공부를 해서 한의사가 되어 LA에 내려와 한방원을 했으나 몇 년 전 작고했다는 소식을 들었다.

총영사를 돕다

한인회 부회장 때 회장과 총영사의 알력이 생겼다. 그때 이 총영사는 충청도 분으로 사람 좋고 관대한 분이었다. 그런데 그분이 술을 좋아하시는 분이라 사이가 좋지 못했던 회장은 그것을 약점으로 잡아 청와대로 보낼 투서를 작성하기 위해 임원들 서명을 받으려고 임원회의를 소집한다는 얘기를 듣고 나는 불같이 화가 났다. 적어도 수석 부회장인 나에게도 상의 없이 투서를 청와대로 보내 한 사람의 외교관을 공직 생활에 오점을 남기려 하는 처사가 용납이 안 되는 일이었다.

한인회 사무실에 임원 10여 명이 모였다. 회장이 이 총영사가 품위 없는 행동으로 교민들을 우롱하고 있으니 총영사가 경질되도록 투서에 서명하라는 것이었다. 그래서 내가 "나는 동의할 수가 없다. 왜냐면 적어도 부회장인 나에게는 사전 상의가 있어야 되는 것이 아닌가. 회장이라고 부회장을 무시하느냐. 부회장도 투표로 당선된 직인데 당신 마음대로 할 순 없다."라고 반박하니 회장이 "의견을 존중하지만 반박은 필요하지 않다." 했다. 화가 난 나는 그의 뒤로 가 뒤에서 가랑이 사이로 팔을 뻗어 혁대를 잡고 변소에 끌고 가 변기에 머리를 처박고 물을 내리면서 고개를 들지 못하도록 한 손으로 눌렀는데 임원들이 말리는 것을 가까이 오면 똑같이 하겠다고 소리 질렀더니 그들이 멈칫했다. 그러고 난 후 작성해 간 사표를 책상에 놓고 나와버렸다. 그날 밤 한숨도 잠을 이룰 수가 없었다. 내가 한 행동이 정당화는 될 수가 없었고 또 그가 나를 무시했다는 것에 대한 분노 표출이었지만 '그래도 회장인데.'라고 자책도 하다 보니 날이 밝아 도장에 갔더니 회장이 사표를 들고 찾아와있지 않은가. 회장이 정말 미안하게 되었다고 사과했다. 나는 부회장 입장을 고려치 않고 일방적인 자기 생각으로 처리하려 했던 과오를 인정하니 사표는 철회해달라고 했다. 그도 나를 몰랐기 때문에 일어났던 해프닝이었는데 그 뒤 잘 마무리가 되었고 이 총영사를 내가 살렸다.

나중에 그것을 알게 된 총영사는 나를 극진히 대우해주었다. 그 후 그분은 외무부 차관을 지냈고 독일 대사도 역임했다. 외무부 차관 때 같이 방문한 내 친한 친구가 비자가 만기된 줄 모르고 출국하러 공항에 나왔다가 제지된 일이 있었다. 외무부 여권과에 가니 3일은 걸린다는 것에 난감했던 우리에게 문득 떠오르는 분이 이 차관님이었다.

여권과에서 전화했더니 들어와 만나자고 반가워하길래 외무부 청사로 가서 만나보니 감회가 깊었다. 그분은 바쁜 외국 손님을 잠시 대기시켜 놓고 나를 만나주었다. 차관께서는 그때의 고마움을 잊지 않았고 나의 부탁에 바로 외무부 여권과장을 전화로 불러 시카고에서 온 양 회장의 부탁을 신속히 처리해주라고 했다. 바쁜 분이라 다음을 기약하고 헤어져 바로 여권과로 가니 조금 전 3일이 걸린다고 했던 그 사람의 태도가 일변해 극진히 대우해 주며 그 자리에서 연장 도장을 받았다. 역시 백이 통하는 한국이니 나로선 다행이었다. 공항에 도착해 법무부 직원들에게 여권을 제시했더니 그들은 깜짝 놀랐다. 또 중앙정보부 8국장실에 근무하고 있는 박병호가 전화하니 나를 대하는 것이 오전과는 전혀 달랐다. 아무튼 나는 차관의 도움으로 무사히 친구와 같이 미국으로 돌아왔다.

내가 만약 그 일(투서)을 물리적으로 제지하지 않았던들 그분은 그 자리에 없었을 것은 틀림없는 일이었다. 임원들이 보기엔 너무 폭력적이었지만 해결할 수 있는 방법은 그 길밖에 없었다는 것을 그 뒤에 안 그들은 그 상황을 이해하고 나의 대처에 박수를 보냈다.

왜냐면 총영사관과 한인회와의 갈등을 원치 않았기 때문이었다. 지금도 나는 그분들의 이해에 감사해 하고 있다.

다섯 번째 도장을 인수하다

나는 로렌스 제3도장에 이어 네 번째 도장으로 안대섭 사범이 운영하던 것을 인수받았다. 안대섭 사범은 국가대표 태권도 선수로 활약했고 서울시경 태권도 교관으로 근무하다 아르헨티나로 갔다가 몇 년 후 시카고로 온 사범이며 그의 부인은 국가대표 탁구 선수였다. 우리는 퍽 가깝게 지내는 사이가 되었다. 한국에서부터 알았으니 그랬는지도 모른다. 그런데 문제가 생겼다. 내가 인수받았다는 소문이 나니 다른 태권도 사범들이 반대했다. 이유는 시카고를 샀느냐? 왜 혼자서 도장을 여러 개 운영하느냐? 딴 사람이면 몰라도 타이거 양은 안 된다는 것이었다. 어느 날 저녁 밤늦게 집으로 김옥형 사범의 전화가 왔다. 그때 김옥형 사범은 A.T.F 협회 사무총장이었다. "양 사범, 우린 지금 회의를 하고 있는데 얘기 좀 하자." 그래서 내가 무슨 일이냐고 물었더니 양 사범 도장에 관한 문제인데 우리 협회 회원 모두가 양 사범이 인수한 도장 운영을 반대하니 도장을 포기하면 좋겠다고 하는 것이다. 나의 반론은 그 도장과 당신들 협회 회원인 홍 사범 도장과 스무 블록이 떨어져 있는데 무슨 소리 하느냐 했더니 너무 가깝다는 것이다.

아니 안 사범이 2년 동안 할 때는 왜 말이 없다가 내가 하니까 안 된다는 건지, 나는 당신네들이 뭐라 해도 그대로 운영할 테니 그렇게 알라고 하고 전화를 끊었다. 그 이튿날 아침 홍만호 씨와 그 동료 한 분이 내 체육관에 찾아왔다. 홍만호 관장은 나보다 훨씬 연배가 있으시고 그 동생 나호가 내 친구였다. 그는 퍽 점잖았고 영어도 잘하는 유도 및 태권도 사범이었다. 그런 분이 나에게 찾아와 그 도장 문을 닫지 않으면 바로 길 건너 건물을 구입해 도장을 열고 매일 그 앞에서 시범을 하여 나를 망하게 하겠다고 협박하는 것을 나는 단호히 말했다. "문을 닫게 하려면 내가 투자한 돈을 달라, 그렇지 않으면 무슨 자격으로 그런 소릴 하느냐. 나는 미국에 빈손으로 와 여기까지 온 것은 나의 노력으로 얻은 결실이고 나는 공갈 협박에 무너질 사람이 아니다는 걸 당신들이 알지 않느냐. 그러니 돌아가 당신들이 원하는 대로 해라." 하여 서로 좋지 않은 감정으로 헤어졌다.

그 후 오클라호마에서 도장을 하고 있는 잭 황 선배가 올라와 식당에서 나를 보자고 연락을 했다. 그때 잭 선배는 A.T.F 회장이었다. 나는 평소에 친하게 지내는 사이라 그를 만났다. 양사범은 도장을 여러 개 하니 지금 인수한 그 도장의 문을 닫아 달라고 했다. 회원들의 부탁으로 비행기 타고 와서 자기 체면을 세우려 하는 입장을 모르는 것은 아니지만 투자한 돈이 있는데 포기할 수는 없진 않는가. 나도 이해를 한다. 하지만 나의 경제손실도 막아줘야지 무조건은 안 된다. 그래서 내가 도장 인수 때 3,000불을 지불했으니 그 돈만 주면 그 뒤에 들어간 돈은 감수하겠다고 했더니 그냥 깨끗이 닫아 달라는 얘기를 되풀이하길래 나는 일어서면서 "이제 우리 두 사람의 관계는 이것으로 끝이 났으니 다시는 나에게 연락하지 마시오." 하면서 나와 버렸다. 지금 생각해봐도 그때 그 사람들이 나 한 사람을 견제하기 위해 너무 오버를 했던 것 같다. 그들이 나를 더 크게 만들어준 것밖에 그들의 소득은 아무것도 없었다. 만약 그때 그들이 공갈협박이 아닌 인간적인 협상을 했더라면 나는 그들의 청을 받아들였을 것이다. 불같은 가슴으로 일을 처리하지 말고 머리로 냉철히 판단해 협상했다면 좋은 결과가 있다는 것을 나는 그 후에야 알게 되었다. 아마 그들도 같은 생각이었을 것이다.

《쟈니 칼슨쇼》 출연

나는 채널 5, 채널 9에 가끔 출연해 시범을 하고 뉴스 시간에 나와 시범하는 영광도 가졌다 얼마 후《쟈니 칼슨 쇼》에 출연 초청을 받고 뉴욕에 갔다. 스튜디오에서 유명하던 쟈니 칼슨을 만났다. 그는 나의 주먹을 만져 보고 와우 하면서 퍽 신기해 했다. 나의 주먹은 정권이 크고 수도도 큼직했는데 그는 악수를 하면서도 손을 흔들면서 주먹이 강하다는 표현을 하기도 했다. 나는 그 유명한 쇼에 출연해 역기를 200파운드를 물고 일어서서 걸었고 판자를 공중에 날려 한 장부터 네 장을 깼다. 또 입에 담배 물리고 머리 위에 사과를 얹어둔 다음 뒤돌려 차기로 담배를 끊고 다시 점프 뒤돌려 차기로 사과를 날렸다. 이에 칼슨이 일어서서 원더풀을 연발하고 나의 손을 만져보며 신기해 하고 나의 이빨이 그렇게 세니 밴드 마스터를 가리키며 저 친구를 물어서 던질 수도 있지 않겠냐며 조크를 했다. 나는 그렇게 하겠다며 일어서니 일어서 만류하면서 만약 그렇게 되면 저 친구 와이프가 나를 가만 두지 않을 거라면서 조크를 해 장내는 웃음바다가 되었다. 안타깝게도 그때 사진들이 화재로 인해 다 타버렸다. 그 얼마 뒤《댓츠 인크레디블》이라는 프로에 출연했다. 세상에 기이한 사람들을 취재해 소개하는 프로인데 나는 8톤 트럭에 사람 50명을 태우고 이빨로 끄는 시범, 그리고 주먹 위로 트럭 앞바퀴 넘기기를 시범해 전국 방송망을 탔다. 나는 한 해에 유명한 두 프로의 쇼에 출연하며 전국에 알려지는 영광을 얻었다.

불평자를 힘으로 제압

나는 연합회 사무총장 일을 열심히 했다. 중서부 사범 80명 회원의 관리 및 운영이 쉽지는 않았다. 단체 일이라 아무리 일을 잘해도 잡음이 있게 마련이다. 모든 회원들의 이해와 협조란 어려운 것이다. 나는 협회에 대한 불평을 누가 한다는 것을 언제나 듣고 있었다. 하지만 일일이 대처할 필요는 없고 그중에서 협회 운영에 대해 불평하는 회원들을 찾아가 담판을 지었다.

그중 제일 말이 많다는 회원에게 전화를 걸어 도장 끝나면 커피 한잔 같이 하자고 했다. 자기가 오겠다고 하면 아니다, 내가 그곳으로 가겠다고 하여 도장을 찾아가 단둘이서 만나서 도장 문을 잠그고 일대일 격투를 요청한 후 주저하는 (이름은 밝히지 않겠다) 그를 한방으로 기선을 제압하면 대개가 무릎을 꿇고 용서를 빈다. 나는 그렇게 비겁하게 뒤에서 말 많은 회원들의 입을 막았다. 그들은 나에게 당한 것이 창피하니 함구했기 때문에 말을 나지 않았지만 그래도 소문이 났던 것은 사실이다.

누가 흘린 것인지는 모르지만, 아무튼 사무총장을 하면서 나 개인보다 대의명분을 중시했기 때문에 협회를 위해선 못 할 일이 없었다. 물론 그중에는 나에게 은근히 불평이 있었던 것도 안다. 너무 독선적이라고 하지만 무도하는 사범들은 모두가 개성이 강하다. 그들만의 철학이 있고 그들 도장에선 절대 권위자로 대우를 받고 있다. 하기에 단합이란 그리 쉽지가 않다. 화합이란 서로가 마음을 비운 상태로 상대를 인정해야 내가 인정을 받는 것이다. 그래서 힘있는 조직으로 끌어가야 한다는 것이 나의 지론이었다. 지금도 후회 없다.

미국 독립 200주년 행사 참석/이준구 씨를 만나다

　나는 1974년 한인회 수석 부회장 때 뉴욕에서 통일교 문선명 교주가 주최하는 미국 200주년 독립 기념행사에 시카고 교민 대표로 참석하게 되었다. 모든 여비는 행사 주최 측에서 부담해주었다. 나는 뉴욕에 도착해 공항에 영접 나온 인사와 리무진을 타고 호텔에 여장을 풀고 이준구 씨와 문대원, 김상수 씨를 만났다. 우린 한 팀이 되어 행사가 끝나는 3박 4일 동안 행동을 같이했다. 그것이 계기가 되어 우린 오랫동안 관계를 유지하게 되었다. 이튿날 뉴욕 양키 스타디움에서 행사가 열렸다. 미 전국 한인 사회 대표들과 남미 대표들 그리고 미국 통일교 교인들 등 수많은 사람들이 스타디움을 꽉 메웠다. 이만오천 명이라는 통계가 나왔다. 헬리콥터를 타고 도착한 문선명 교주가 자랑스러웠다. 한국인으로 이런 미국 독립을 기념하는 큰 행사를 주관한다는 것에 참 뿌듯한 자부심과 긍지도 생겼다. 박보희 씨의 유창한 통역은 문 목사의 매끄럽지 못한 설교 부분도 감싸주는 역할을 하여 훌륭하게 행사를 치렀다.

　그 이튿날 우리 일행 몇 사람은 특별히 이준구 씨의 주선으로 문 목사님 자택을 방문해 점심을 같이하기로 약속이 되어 허드슨 강을 옆으로 돌아갔다. 자택으로 들어가는 개인 도로에 두 군데 경비소가 있었다. 우리가 그곳을 통과해 자택에 도착해 보니 흰 벽돌로 견고하게 지은 저택이었는데 바로 앞에는 요트 선착장이 있었다. 그 일대 산이 정원이었다.

문선명 목사를 만나다

　우린 큰 식탁에 앉기 전 이준구 씨와 문대원 씨는 문 목사님께 무릎 꿇어

예를 올렸지만, 김상수 씨와 나는 경례로 예를 갖추었다. 직접 만나 뵈니 몸도 키도 크신 분이셨고 사모님께서는 계란형 미인이셨는데 배가 크게 불어오른 임신 중이셨다. 문 목사님의 식사 기도로 우린 만찬 후 정원에 나와 기념 촬영을 목사님, 사모님과 했다. 퍽 영광스러운 순간이었다. 1970년도에 미국 시내버스에 문선명 목사의 큰 사진과 목회 선전 플래카드를 붙이고 다니는 것을 봤을 때 가슴이 뭉클했는데 이렇게 직접 만나 뵈니 나로선 매우 기뻤다. 다음 날도 같이 참석한 소니아 석 여사님, 그 외 분들과 주최 측에서 만들어 온 일정대로 관광도 하고 통일교 본부 견학도 하고 우린 자유의 여신상 관람 등 전세 낸 배를 타고 관람한 후 시카고로 돌아왔다. 그런 일이 인연이 되어 이준구 사범님을 형님이라 부르게 됐다. 그분은 성경책을 다 외우고 있었다. 누가 성경 내용을 지적하면 그는 마치 요술을 하는 것과 같이 한두 번에 그 장을 딱 폈다. 그분은 통일교에 심취해 문 목사님과 가까운 사이였다. 또 그분은 태권도를 미국에 제일 먼저 보급해 태권도의 아버지라 부른다. 어느 날 시카고에 오신 형님이 나를 찾았다.

무하마드 알리를 만나다

그는 무하마드 알리를 만나러 가니 같이 가자고 했다. 나는 형님과 만나 알리가 운동하는 체육관에 갔다. 태권도 이준구 챔피언이고 영화 액터라고 나를 소개했다. 그를 직접 만나보니 멋있고 잘생겼다. 하지만 그의 손은 무척이나 컸다. 나도 큰 주먹이지만 그의 손은 내 손을 감싸는 것 같았다. 알리는 나에게 발차기를 보고 싶다고 요청해 나는 특유의 부드러운 동작, 그리고 힘 있고 빠른 동작을 반복해 보였다. 그는 나에게 권투 자세로 서면서 원투 주먹으로 공격하면 발차기로 어떻게 공격하느냐고 물었다. 나는 그래서 주먹을 뻗어 보라고 했더니 천천히 질렀다. 천천히 주먹을 뻗음과 동시에 받아 옆차기로 가슴을 공격했다. 그러자 그는 그렇게 발을 빨리 찰 수 있느냐며 놀랐다. 나는 상대가 주먹으로 공격하는 것을 미리 알았을 때만 가능하다고 설명하니 그는 고개를 끄덕이며 나의 어깨를 두드리며 "베리 굿." 했다. 그때 알리는 일본 레슬링 세계 챔피언 이노키와 일본에서 시합하기로 계약이 되어 있을 때라 발차기 동작에 퍽 민감해 있을 때였는데 나에게 호감을 가지고 이준구 씨와 같이 팀이 되어 자기를 도와달라고 했다. 나는 무엇보다 영웅을 곁에서 볼 수 있고 또 그를 도와줄 수 있다니 그 영광이야 어디에 비할 수 없었다. 시카고 실내체육관에서 있을 알리와 레슬링 선수들과 시범 경기에 참석시키기 위해 알리 체육관으로 준구 형님과 같이 가서 알리 오픈카 뒤를 우리 일행이 따랐다.

알리가 직접 브라운 컬러 벤스 오픈카를 타고 달리니 염두에 있던 사람들이 알리를 알아보고 손을 흔들면 그도 손을 들어 답례했다. 체육관에 도착한 일행을 보도진들과 관중들이 모여 있어 우린 알리를 경호하면서 탈의

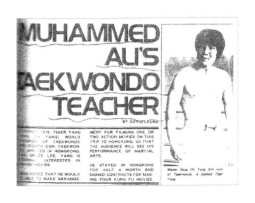

장으로 들어가 알리는 몸을 풀면서 대기했다.

시범 시합이라 많은 관중은 없었지만 약 1,000명은 되는 것 같았다. 나는 준구 형님과 같이 알리 좌우에서 링으로 갔다. 환호성 속에 열린 레슬러와 시범 게임인데 레슬러는 알리의 펀치에 겁을 먹고 공격을 하지 못했다. 잡으려고 하면 알리가 빠른 스텝으로 빠지고 머리를 치니 잡지를 못했다. 게임이 싱겁게 알리의 일방적인 승리로 끝나고 준구 형님이 링에 올라가 빠른 백 피스트를 시범하고 나를 불러 올려 발차기를 시범하게 하니 알리가 자기에게

공격하라고 했다. 우린 탈의실에서 연습했기에 알리와 공격하면 내가 받아 찼다. 왜냐하면 그때 상체는 뒤로 젖혀진 채 그의 팔이 너무 길어 그럴 수밖에 없었다.

그렇게 몇 번 오가니 관중들이 소리를 질러 환호했다. 타이거 하면서 나를 불렀다. 그것을 사인으로 받아 찬 나를 빠른 스텝으로 피하면서 큰 글러브로 내 머리를 탁탁 치면서 나의 어깨를 안고 나의 팔을 들어주었다. 관중들은 와 하면서 환호했다. 내가 발을 세게 찼더라면 그도 그러지는 못했을 것이다. 아무튼 난 즐거운 순간이었다. 나는 세계적인 영웅인 알리와 같이 있다는 것만도 기쁜 일인데 그의 곁에서 그의 일을 도와주며 무대 위에서 상대가 되어 줄 수 있다니 영광이 아닐 수 없었다. 나를 알리에게 소개해 준 준리 형님께 지금도 감사함을 잊지 않고 있다. 그 뒤 몇 차례 이벤트가 있었고, 일본 시합, 한국, 필리핀 방문에 대해선 나중에 상세히 소개하겠다.

미 중서부 태권도 챔피언 대회

나는 한인회 주최로 미 중서부 태권도 챔피언 대회를 열었다. 기금 모금이 목적이었다. 시카고 시장(데일리)과 경찰국장이 참석해 격려해 주었고 시장에게 받은 트로피를 아직도 가지고 있다. 그날 시합은 시카고 대학 체육관에서 벌어졌는데 많은 한인들과 선수들이 참석해 성황을 이루었다. 나는 항상 시합 시작 전 포인트 시스템을 시범했다. 사복을 입고 흰 구두를 신고 슬로 모션으로 그리고 빠른 동작으로 보이며 득점과 경고 그리고 퇴장을 설명했다. 그렇게 포인트 시스템 시범으로 많은 무도인들에게 퍽 좋은 인상을 주었고 그 뒤 많은 학생들이 체육관에 입관하기도 했다.

나는 나름대로 그 동작들을 잘하기 위해 꾸준히 스트레칭과 발차기를 연습했다. 나는 어떤 일이 주어지면 그 일을 완벽하게 소화하기 위해 열심히 공부하고 노력을 한다.

나의 시범을 TV에 방영하다

어느 날 시범 대회를 로렌스 고교 체육관에서 열었는데 재학생들과 학부형 그리고 일반 참관인들 등 수많은 관중들이 나의 발차기와 차력 시범을 보기 위해 운집했고 시카고 텔레비전도 《메스트》라는 제목으로 방영하기 위해 왔다.

나는 특유의 몸짓으로 언제나 관중들을 웃기고 손에 땀을 쥐게 하는 연기를 한다. 나에겐 그런 카리스마가 있다. 만약 실수를 하더라도 나는 그것을 자연스레 커버하며 다음 동작으로 연결하곤 했다. 예를 들자면 각목에 대못을 수도로 쳐서 박아 이빨로 뽑으려는데 한두 번 그것이 빠지지 않으면 나는 그 대못을 수도로 다시 쳐 내리고 각목을 이마 격파로 동강 내어 버린다. 순발력으로 위기를 모면하지만, 관중들은 박수를 치며 환호한다.

두 물통에 물을 가득 담고 그 밧줄을 팔에 꽂혀 있는 육침으로 연결해 양쪽 팔로 물통을 휘두르는 시범을 할 때면 내가 만든 화려한 동작으로 호흡을 하고, 윗 도복을 벗으면 근육질이 삼각 티셔츠로 나타나 관중들은 휘파람을 불고 소리친다. 그러면 육침을 특유의 동작으로 소리를 지르면서 팔에 찌르고 팔을 들여 보이면 박수 그리고 양쪽 물통을 걸고 돌리면 박수, 육침을 빼면 박수, 모든 동작이 끝나면 환호하는 박수, 나는 이런 식으로 시범을 하는 동작을 연구해 관중들에게 많은 박수를 받을 수 있도록 연습했다.

그날은 종이도 자르는 작두를 맨 배 위에 대고 각목으로 치는 시험인데 나는 관중석에 있는 사람 중에 누구든지 나와서 치라 했더니 한 사람이 나왔다. 나는 치는 방법을 가르쳐 주고 정신 통일하고 호흡을 멈추면 치라 했는데 그는 나의 낭심을 내리쳤다. 나는 아찔한 순간 호흡을 멈추고 고통을 참았다. 만약 정신 통일이 없었다면 나는 쓰러졌을 것이다. 나중에 안 일이지만 그는 가라데 수련하는 유단자였는데 나를 시험하기 위해 계획적으로 저지른 행동이었다. 마지막으로 픽업 트럭이 배 위로 넘어가는 시범을 보였다. 타이어가 배 위로 올라갈 수 있도록 통나무를 긴 삼각형으로 잘라 보조대를 만들었다. 나는 심호흡을 하고 차 바퀴 앞에 누웠다. 보조대는 나의 배보다 약간 낮게 했다. 왜냐면 차의 무게로 덜컹하면서 지나갈 때의 충격을 막기 위해 나는 만반의 준비를 했다. 차력은 정신과 육체의 일치다. 그러나 정신의 힘이 육체를 지배하기 때문에 그런 경지에 올라 있지 않으면 할 수 없는 목숨과 바꾸는 위험한 시범이다.

나의 기합 소리와 함께 차는 서서히 보조대를 올라와 순간적으로 배를 넘었다. 그 순간은 나의 기합과 동시에 중량을 느꼈을 뿐이다. 나는 성공했다. 차 밑에서 일어서 나오니 숨을 죽이고 있던 관중들이 환호성을 지르며 야단이었고 TV 아나운서가 놀란 표정으로 인터뷰를 했다.

괜찮으냐, 겁나지 않았느냐, 지금 기분은 어떠냐, 당신은 슈퍼맨이다, 대단한 챔피언이다, 대충 이런 내용의 간단한 인터뷰였다. 나는 그날 무사히 시범을 끝내고 며칠간 그 후유증으로 고생했다. 지금도 낭심을 각목으로 맞은 것을 생각하면 아찔한 기분이다.

어느 날 필리핀 젊은 친구가 입관 문의를 하러 왔다. 그런데 얼마 후 체육관 옆 큰 길거리 이백 미터에 도장이 생겼다는 얘기를 듣고 그 도장에 가보니 지난번 입관하러 온 그 젊은 친구였다. 나를 보고 깜짝 놀라면서 인사를 했다. 여기 도장을 하는 것은 자유지만 너 자리를 잘못 잡은 것 같다. 곧 후회하게 될 거다, 아무튼 열심히 하라고 내키지 않았지만, 어깨를 토닥거려 주면서 격려하고 나왔다. 조그마한 도장을 열어 나의 체면을 구겼으니 마땅히 혼을 내야 하지만 나는 그가 오히려 안쓰럽게 보여 아량을 베풀어 주었는데

6개월도 안 되어 문을 닫고 말았다.

어느 날 이준구 사범이 도장을 방문하셔서 학생들을 기쁘게 해주었고 유창한 영어로 내가 말 못한 태권도에 관한 설명을 해주시니 더욱 좋았다. 그분께서 학생들과 대화하시는 또 다른 모습을 본 나는 많은 것을 배웠다.

일리노이 헤비급 권투 챔피언의 도전

어느 날 미스트 일리노이며 헤비급 권투 선수 한 명이 찾아와 나에게 도전을 했다. 그날 저녁 클래스는 마침 대련하는 날이라 타이거 도장의 선수들이 거의 다 모였다. 헤비급 루빈 네토, 라이트 헤비웨이트 리처드 우드, 미들급에 디하너, 지미, 힐라 여자 챔피언 데비 구미때, 태미 등등. 나는 그전에 알리의 시범 시합 파트너도 했기 때문에 알리 아닌 다른 선수는 자신이 있었다. 나는 좋다 했는데 사범들이 아닙니다, 자기들에게 먼저 기회를 달라고 간청했으나 거절하고 내가 상대해줬다. 그때 나는 발을 주먹같이 빨리 썼기 때문에 침착하게 공격해 들어오길 기다렸지만, 그도 나의 기에 눌렸는지 공격하지 못했다. 내가 한 발 뒤로 빼면서 허점을 보이니 그가 잽으로 공격하면서 원투 스트레이트를 뽑으려는 동시 기다렸던 앞차기로 그의 팔 밑에 꽂아 휘청거림을 보고 순간 나의 장기인 왼발 후리기로 그의 옆 머리를 강타, 그가 옆으로 피하면서 어깨에 맞아 주저앉고 말았다. 나는 공격을 멈추고 그를 일으켰다.

제자들의 박수 소리가 들렸다. 그 이후 그는 나의 수제자가 되어 열심히 수련했다. 나의 체육관에서 서남쪽으로 3마일가량 떨어진 곳에서 도장을 하고 있는 이우복 사범은 나보다 높은 연배이시며 운동도 꽤 잘하는 분이었는데 지금 어디 무얼 하는지 궁금하다. 그리고 최창해 사범, 그분은 착실하며 열심히 두 개의 도장을 운영하시던 알찬 분이었다. 은상기 사범은 락포드에서 도장을 하며 그는 유창한 영어로 다른 사범들의 부러움을 사기도 했는데 그의 심사에 초대되어 가면 가스비 명목으로 20불씩 봉투에 넣어서 주기도 했다. 그 도장에서 사범으로 있던 이종문 사범과 가깝게 지내며 같이 정우진 사범 심사에도 가기도 했다. 그는 키도 크고 부드러운 몸이어서 운동을 잘했다. 지금은 무도계를 떠나 목사가 되어 부흥사 겸 종교 방송 TV를 운영하고 있다. 나는 안대섭 사범 가족, 오 사범 가족과 가깝게 지냈다. 주말이면 가끔 야외 피크닉도 가고 집에서 음식을 만들어 먹기도 했다. 특히 안 사범 부인의 요리 솜씨가 좋아 국수, 만두는 일품이었다. 특히 안 사범과 부인은 금실이 좋았다. 그리고 오 사범은 딸부자였다. 큰딸 아이가 초등학교 학생이었는데 키도 크고 예뻤다. 그 아이는 나를 좋아해 엄마, 아빠에게 양 사범님께 시집간다고 하여 얼마나 폭소했는지. 나는 그때 그 아이가 보고 싶어진다. 곽웅쾌 사범 가족과 우리는 참 가깝게 지냈다. 피크닉도 같이 가고 남다른 우정을 나누었다.

알리와 일본과 한국을 방문하다

일본에서 알리와 이노키의 시합 참석을 위해 일본에 도착해 알리 캠프에 합류했다. 일본 도쿄 체육관에서 열린 그날 저녁 시합은 세계 헤비급 권투 챔피언과 레슬링 세계 헤비급 챔피언과의 결투라 전 세계에 방영되었다. 그래서 도쿄 체육관은 기자들로 법석이었다. 시합은 답답했다. 이노키는 링 바닥에 누워 발로 공격하며 일어나지를 않았다. 일어나면 알리가 주먹을 뻗을 테니 아예 누워서 관중들이 소리를 지르며 야유를 해도 일어나지 않고 계속 알리 허벅지를 발로 찼다. 천하에 알리도 어쩔 수가 없었고 코너에 있던 나와 준리 형님도 다른 작전이 없었다. 나의 개인적인 의견으로 볼 때 이노키 측에선 작전을 잘 짰다고 본다. 만약 그렇게 하지 않고 그가 일어섰다면 발빠른 알리가 이노키가 잡을 겨를도 없이 녹아웃 시켰을 것이다. 무승부로 싱겁게 끝난 시합, 관중들은 허탈했고 전 세계 TV를 보았던 시청자들도 같은 기분이었을 거다. 한 방이 나오고 잡혀 꺾이고 난장판이 될 것이라 기대했는데 세기의 대결은 그렇게 끝이 나고 말았다.

시합이 끝나고 호텔 온 알리는 허벅지가 부어올라 얼음으로 마사지를 하고 야단법석이었다. 왜냐면 그 이튿날 아침 한국 방문 일정이었는데 다리가 불편해 취소할 것 같다 하니 준구 형님은 큰 걱정을 하며 알리 방을 들락거렸다. 뜨거운 물수건 찜질과 얼음 찜질을 교대로 하니 붓기가 가라앉았다. 한국 방문을 정상적인 일정대로 하겠다는 약속을 받고 우린 방에 돌아와 잠이 들었다.

이튿날 호텔 밖에도 많은 알리 팬들이 알리를 보기 위해 운집해 있었다. 환호하는 팬들에게 손을 흔들며 차를 타고 공항으로 이동해 비행기를 탔다. 비행기를 내릴 때 키가 큰 나는 알리의 지팡이가 되었다. 그는 나의 어깨를 잡고 움직였다. 나는 본의 아니게 항상 그의 곁에 있으니까 뉴스에 비치게 되었다. 공항에 많은 환영 인파가 운집해 있었다. 우린 오픈카를 타고 알리 차를 따랐다.

에스코트하는 모토사이클, 경찰차도 따랐다. 연도에는 환호하는 시민들도 참 대단히 많아 보였다. 조선 호텔에 도착하니 입구에 수많은 환영 인파가 나와 있었다. 우리는 여장을 풀고 연회장에서 (연회장에는 서울시장 그리고 종로 경찰서 서장 김덕형 총경도 알리 일행 치안을 담당한 구역 총수라 참석했는데 그것이 인연이 되어 그 후 나의 장인 어른이 되셨다) 서울시장이 베푸는 만찬에 참석한 후 우리 일행은 곧바로 국립 묘지 참배를 갔다. 묘지 참배 앞줄에 알리, 준리, 시장, 내가 서고 뒤에는 상수 형님, 문대원, 그 외 수행원들이 따랐다.

앞에는 기자들 그리고 TV가 취재하고 있는데 나는 권영문이가 옆에 따라

오는 것을 (그것도 내가 주최 측의 양해를 구하고 그에게 일행표를 달아줬다) 내가 살짝 빠지면서 내 자리에서 사진을 찍게 해줬다. 그래서 참배가 끝난 후 준구 형님에게 호된 꾸중을 들었다. 수많은 사람들이 TV를 시청하고 있을 텐데 그런 짓을 하느냐고 하셔서 나는 무조건 사과드렸다. 그래도 그는 화가 풀리지 않아 그날 저녁 MBC TV에 출연, 시범하기로 했는데 나에겐 통보도 하지 않아 문 사범이 통보해 같이 갔다. 준구 형님은 스튜디오에서도 화가 안 풀려 나와는 시범을 안 해 나는 오히려 단독으로 《코메리카 낮과 밤》, 《뉴욕 44번지》에 주연을 맡았던 배우가 이번 알리 수행원으로 고국을 방문했다고 소개하고 부드러운 발동작과 담배 입에 물리고 점프로 뒤돌아 차기, 담배 끊기, 머리에 사과 올려놓고 점프로 뒤돌려 차기, 사과 날려 보내기, 판자 한 장, 두 장, 세 장씩 한 손으로 들고 오른 주먹으로 공중 격파해 방청객들에게 열렬한 박수를 받았다. 친구의 우정이 무엇인지 형제와도 같은 친구 영문에게 베풀어 준 나의 배려로 나는 많은 질책을 받았고 후회한들 이미 늦어버렸던 일이었다.

시범이 끝나고 알리가 출연하는 공개홀에 갔다. 입구에 서 있는데 가수 남진 씨가 뛰어오더니 "저 남진입니다. 알리를 만나게 해 주십시오." 하고 부탁하길래 조금만 기다리면 쇼가 끝나니 만나게 해 주겠다고 약속했다. 그때 유명했던 육체파 가수 옥희가 공개 석상에서 알리를 포옹하는 추태를 부려 한때 말썽이 일어나기도 했다. 나는 남진 씨를 알리에게 소개해 주었다.

아마 영문이는 그 사진을 보면 그때 일이 생각 날 것이다. 그날 저녁 장충체육관에서 시범 경기가 있었다. 꽉 찬 관중들이 알리를 환호했다. 당시 세계 챔피언이었던 김기수, 레슬링의 장영철 선수, 그 외 유명한 선수들이 많이 참석했다. 알리가 링 위에 올라가 김기수와 시범 게임을 할 때 알리의 빠른 발동작에 관중들은 알리를 환호했다. 장충체육관 대기실에서 알리에게 영문이를 소개했다. 그리고 코리아 액션 스타라고 사진을 찍어주라고 부탁했다. 아마 지금도 영문이는 그 사진 두 장을 간직하고 있을 것이다. 그 이튿날 우리는 미2사단을 방문해 장병들을 위문하고 시범 게임을 한 후 사단장실에서 다과 및 커피를 마시고 국기원에 오면서 김운용 총재와 같은 차를 탔는데 김 총재는 못내 이준구 형님이 불만이었다. 검둥이 하나 데리고 와 안하무인격으로 설쳐대니 꼴불견이라면서…. 두 분이 도착해 알리는 나의 어깨를 잡고 귀빈석에 올라가 시범을 관람하고 총재가 주는 명예 단증을 받았다.

우리는 곧바로 한남동에 있는 무슬렘 사원에 들려 참배하고 호텔에 돌아왔다. 알리가 자기 방에 불러 갔더니 300달러를 손에 쥐여주면서 쇼핑을 하고 오라는데 전화벨이 울렸다. 박정희 대통령 각하 전화였다. 그는 자리에서 벌떡 일어나 "땡큐 설, 땡큐 설." 몇 번 한 후 "굿바이 프레지던트." 하면서 전화를 끊었다. 그는 퍽 상기된 표정이었다. 대통령 각하께서 일정이 맞지 않아 청와대 방문이 안 된다니 퍽 실망했는데 전화를 받고 기분이 좋아진 것 같았다.

청운각 국빈 만찬 참석

많은 친구들이 찾아왔다. 태권도 사범들, 그리고 영화계 사람들과 이두용 감독이다. 내가 화려하게 한국을 방문하니 다들 뉴스를 보고 호텔에 찾아왔다. 그날 저녁 마지막 만찬을 청운각에서 열렸다. 나라 귀빈들의 특별한 만찬장인데 말만 듣던 청운각에 도착해보니 큰 기와집으로 마치 조용한 산장 같은 분위기였는데 들어가니 넓은 큰 홀에 큰 무대가 있고 그 옆으로는 작은 연회실들이 있었다. 그날 만찬은 외무부 장관, 부총리들이 주최한 연회로 밴드가 있고 무희들이 춤을 추고 우리들에게 시중드는 한복 입은 기생들이 배정되어 흥을 돋구었다. 모두가 배우 이상의 미인들이었고 서비스도 좋았다. 나는 술도 마시고 무대에 올라가 알리를 환영하는 노래를 부르고 또

'그린 그린 그라스 오브 홈'을 부르니 알리가 '원더풀' 하여 또 아리랑을 불렀다. 우린 다 같이 아리랑을 부르면서 흥에 취했다.

알리는 세 사람의 아가씨가 시중을 들었다. 아마 그날 모든 기생들이 수청을 들기 원했으리라. 그들은 조금 후 딴 방으로 가 특별 서비스를 하고 돌아왔다. 그날 저녁 나는 미국에 있는 사범으로부터 청천벽력 같은 소리를 들었다. 땀 흘려 일구어 놓은 체육관에 불이 나 다 타버렸다는 말에 나는 정신이 혼미했다.

로렌스 본관이 불타다

화재는 왜 일어났는지는 소방서에서 조사하고 있다고 했다. 그날 저녁은 뜬눈으로 밤을 새웠다. 그렇다고 일정이 있는데 당장 갈 수도 없는 일. 언론이 말하는 알리는 떠버리였지만 내가 곁에서 본 알리는 그 모든 것들을 계산하고 처세하는 것이었다. 나는 그에게 많은 것을 보고 배웠고 꿈을 키웠다. 그를 만난 후 운동을 더욱 열심히 했고 꿈을 더욱 크게 가지며 나도 할 수 있다는 신념으로 알리가 섰던 그 자리에 내가 서 있는 꿈을 꾸었다. 공항에서 알리 일행을 환송한 후 양해를 얻어 서울에 남았다. 고향에 내려가 아버님을 뵈었다. 아버님은 텔레비전을 보셨다면서 기뻐했다. 온 가족 친지들이 모였고 저녁에는 병호, 영록이, 원대, 정남, 홍재 등 친구들과 클럽에 가 실컷 마시고 춤추었다. 거기서 병천, 정수 친구들을 만나 모처럼 회포를 풀었고 나와 알리의 고국 방문을 환영해 주었다. 그들은 내가 가져간 사진을 보고 즐거워했고 달라고 하길래 같은 사진은 몇 장 뺏겼다. 그 이튿날 바로 서울로 올라가 공항에 전송 나온 서울 친구들과 아쉬운 이별을 하고 시카고 공항에 도착하니 사범들이 마중 나와 있었다.

체육관에 와 보니 판자로 막아두었고 소방서 허락 없이는 들어갈 수 없다는 경고문이 붙어 있었다. 눈물이 핑 돌았다. 공들여 만든 도장이고 그 안에 나의 모든 것이 다 있는데 타버렸으니… 트로피, 앨범, 가족사진. 그리고 받은 표창장, 감사장, 단증 등등 가슴이 멍하게 아려왔다. 화재현장을 본 나의 마음이 걷잡을 수 없이 혼란스러웠다. 미국에서 흘린 5년 동안의 땀이 고스란히 사라졌기 때문이었다. 우선 학생들은 가까운 두 개의 도장에 가서 운동하게 했다. 화재의 원인은 전기 누전이 아닌 방화였다. 어떤 이가 내가 너무 고속으로 성장하고 또 세기의 철권 무하마드 알리와의 세계 여행에 동행하니 질투로 방화했다는 소문도 들렸다.

며칠 후 소방서 허락을 받고 판자를 뜯고 들어가 보니 퀴퀴한 탄 냄새가 코를 찌르고 나와 제자들이 흘린 땀 냄새는 없었다. 타다 남은 단증 2개의 액자 유리가 깨진 채 물이 묻어 뒹굴고 있었다. 제자들이 가져다 전시해 둔 값진 트로피는 다 타버려 새카맣게 되었다. 소중히 간직해 왔던 사진첩도 다 타버리고 벽에 걸려있던 사진들도 다 바닥에 떨어져 짓밟히고 깨어져 있었다, 지하실 샤워룸이나 탈의실은 그대로였다. 내 도복은 그대로 있었다. 나는 도복을 보는 순간 또 눈물이 확 솟구쳤다. 이 큰 도장을 만들기 위해 얼마나 많은 친구들의 도움과 나의 땀이 묻었는데 이렇게 허무하게 잿더미가 되어 버리다니 그러나 비참한 나의 현실에만 젖어 있을 수 없었다. 연합회에서는 성금을 모아 남태희 회장님과 임원들이 방문했고 세계연맹 김운용 총재께서도 금일봉을 전해 오셨다.

신문에도 나의 도장 화재 소식이 실려 많은 교민들 중 지인들이 화재 복구비를 전달해 왔다. 어쨌든 난 행복한 사람이었다. 내가 교민회를 위해 봉사활동을 하고 태권도 연합회 사무총장으로서 해 온 모든 일들이 헛되진 않은 봉사였다고 생각하니 그래도 위안이 되었다.

이철웅 사범이 화재 난 나의 도장으로부터 몇 블록 떨어지지 않는 곳에 도장을 하고 있었는데 내가 도장을 개관하고 타격을 받고 있다는 얘기를 들었다며 제의해왔다. 도장을 그냥 인계할 테니 운영하라는 것이었다. 도장은 조그마한 규모였는데 나는 우선 본관이 없어졌으니 그 주위에 학생들에게 수련할 수 있는 도장이 급히 필요하므로 그 도장을 인수받았다. 도장이 적어 많은 학생을 수용하기는 어려웠지만, 수련 시간을 많이 만들어 소화했다.

캐나다 위니펙에서 시범

나는 캐나다 위니펙 박정태 사범(작고)의 초청으로 시범을 갔다. 박 사범은 매년 큰 시범 대회를 열어 캐나다에선 꽤 유명했다. 시범 장소는 아이스 하이키 스타디움인데 바닥은 시멘트였다. 관중이 꽉 찼다. 내 시범은 180파운드 역기를 물고 걷고, 8톤 트럭에 사람을 싣고 밧줄로 물고 끄는 시범인데 포스터로 크게 선전했고, TV도 취재 나왔다. 나는 역기를 물어 올리고 걸어가 많은 박수 갈채를 받은 후 트럭에 가득 사람들을 태우고 밧줄을 걸었다. 단전에 힘을 모은 후 밧줄을 입에 물고 두 손으로 밧줄을 잡고 뒤로 힘을 모아 제치는데 트럭은 움직이지 않고 갑자기 뒷골과 뒷몸 전체에 마비가 오는 걸

느꼈다. 직감적으로 신체 이상을 느끼고 발가락을 뒤로 젖히면서 몸을 푸니 쥐가 사라졌다. 자동차 타이어를 보니 바람이 적어 거의 바닥에 붙어 있었다. 내가 준비 측에 바람을 채우라는 부탁을 했는데 잊은 것 같았다.

나는 다시 줄을 물고 앞뒤로 몇 번 롤링을 하면서 출발시켜 차가 서서히 움직일 때 입에 밧줄을 물고 힘차게 출발했다. 그것을 차력에선 공기 압축법이라 한다. 약 5미터 끌고 갔다. 관중들의 기립 박수를 받았고 TV인터뷰를 할때 나는 타이어를 가리키면서 설명해 시청자들의 이해를 구했다. 아무튼 대단한 시범을 했고 그 이튿날 캐나다 신문에서는 대서특필해 차 끄는 나를 소개했다. 지칠 줄 모르는 나의 몸도 피곤함을 느꼈다. 그래도 매일 새벽에 조깅하는 것을 잊지 않고 몸을 단련했다. 알리와 여행하고 난 후 더더욱 수련에 열중했다. 언젠가는 반드시 찾아올 찬스를 잡고 그 꿈을 실현키 위해 노력했다. 내가 한인회 부회장 때 보좌관을 했던 최용원 씨는 그때부터 오늘까지 서로 의지하고 허물없이 지내며 항상 나에게는 좋은 형님이시다. 그리고 상공위원장을 맡아 활동하셨던 김창범 씨는 그 뒤 시카고 한인회장과 미주 총연 이사장을 지내셨다.

그분도 이제 일선에서 은퇴하고 여행하며 지내신다는 소식을 얼마 전 만났을 때 들었다.

한인회장에 출마, 세계 태권도 대회

수석 부회장 임기가 얼마 남지 않았을 때 차기 회장 선거에 출마하라는 권고를 듣고 고민했다. 3만 교포한인회장이면 할 일도 많고 보람 있는 일일 것 같았다. 그때만 해도 한국에 다시 나가 정치한다는 계획이었기에 수락했는데 선거참모가 당시 한인회 임원진이었다. 그 중에도 양경석, 최용원, 장경환, 김창범 씨가 핵심이었다. 선거 2개월 전에 우리는 팸플릿을 만들고 포스터를 만들고 상점마다 붙이고 다른 팀들이 포기하도록 세 과시에 열을 올렸다. 마침 세계 태권도 대회를 시카고에서 9월 26일 개최하게 되어 나는 연합회 사무총장으로 바빴다. 2개월 전 김운용 총장님, 조 하임스 부총재가 대회 준비차 시카고를 방문했다. 나는 한인회 부회장 사무총장 자격으로 그분들을 남태희 회장님과 같이 한국 식당에서 회원들과 기자들을 초청하고 환영회를 주최했다.

어느 날 도장에 곽 사범이 찾아왔다. 알리와의 여행 얘기며 그의 시범 경기 얘기를 나누다 발 기술이 권투의 빠른 주먹을 능가할 수가 없었다는 얘기로 나의 심기를 건드려 내가 발의 유리한 공격을 설명하다 그럼 실제로 해 보자며 우리는 실제로 겨루어 보기로 하고 아무도 없는 도장에서 우린 마주쳤다. 그때 나는 추운 눈보라 치는 겨울에 콧물이 고드름이 되는 때도 한결같이 새벽 조깅을 하며 단련해 내 몸은 최상의 상태였다. 그야말로 고수들의 한판 승부였다. 그는 권투 웰터급 한국 1위까지 했던 선수였다. 나는 그의 눈을 보면서 찬스를 기다렸다. 그러나 우리는 움직이지 못하고 대치하다 그가 움찔할 때 먼저 선제 공격을 해 돌려차기로 얼굴을 찍었다. 순간적인 일격이 그의 미간에 피가 나는 상처를 내고 말았다. 그는 얼굴 미간이 찢어져 피가 나는 것을 손으로 확인하고 양 사범 내가 많은 사범들과 해봤지만 이렇게 발 빠른 공격은 처음이라면서 놀라워했다.

그리고 그는 씨름을 해 보자고 제의했다. 그는 레슬링과 씨름을 한 선수였고 나도 고등학교 때 씨름 선수였기에 흔쾌히 승낙하고 둘이 샅바를 띠로 만들어 메고 씨름을 했는데 승부가 나지 않았다. 그날 저녁 우리 둘은 술을 취하도록 마시고 서로를 더 잘 아는 사이로 발전하였고 그 후 곽 사범은 나의 발차기의 빠름을 이야기하고 다녔다. 그 후 우리 두 사람은 LA에서 만나 각자 도장을 운영하며 많은 세월을 같이 지냈다. 태권도 대회 총조직위원장은 신경선 관장님이 맡았고 나는 공동준비위원장 겸 총재 수행비서를 맡았다. 드디어 1977년 9월 25일 총재님 일행이 공항에 도착, 우리 일행은 총재님을 영접하고 호텔에 모셨다. 나는 그날부터 총재님을 수행했다. 대회 전날 호텔 컨벤션 홀에서 전 세계 지도자 회의를 총재님이 주최하셨다. 각 나라에서 온 임원들, 특히 미국 대표로는 AA 회장 켄 민, 양동자 사범이 왔다. 이 두 분은 유도 하시는 분들인데 미국에 일찍이 건너와 공부도 한 분들로 영어를 유창하게 하는 분들이었다. 그때만 해도 태권도 하는 분들이 주류 사회와의 연관은 별로 없었던 것 같다. 회의를 진행하면서 독일 대표가 독일어로 발언하면 독일어로, 또 스페니시, 그리고 영어로 유창하게 답변하시는 총재님이 존경스러웠다. 무사히 총회를 마친 후 나는 각국에서 온 많은 사범들을 만나 볼 수가 있었다. 그 이튿날부터 3일간의 대회가 시작되는 개막식이다.

로열박스에는 김운용 총재, 총영사 한인회장, 부총재 남태희 회장 시의원들 등의 귀빈들이 참석하고 항상 총재 옆에는 내가 앉았다. 나는 그때만 해도 젊은 나이라 로열박스에 앉는 것이 권위를 내세우려는 것이 아니라 총재님 수행하기 위해 옆에 앉았을 뿐인데 밑에 있는 사범 중에 한 명이 내려오라 소리쳤다. 그는 텍사스에서 온 유도 사범 김대식 박사였다. 나는 조용히 내려가서 엄격히 따졌다. "여보시오. 당신들 왜 불만이오? 나는 총재님을 보필하는 수행 비서요. 그리고 총재님이 원하셔서 옆에 항상 있는데 당신들이 나의 임무를 대신하겠소?"라고 말했더니 미안하다고 사과하길래 다시 로열박스에 올라가 앉았던 해프닝도 있었다. 우리나라에 사촌이 땅 사면 배가 아프다는 속담도 있다지만 누구나 그 임무를 맡으면 수행해야 할 일인데 내가 아니면 안 된다는 속성을 버려야 한다는 것을 나는 절실히 느끼고 그 후 누가 나와 같은 입장이 있을 땐 나는 그를 배려하고 항상 옹호하려 노력했다.

그 대회에 반가운 친구 권영문 사범이 남미에서 와서 대회 심판원으로 참석했다. 나는 오랜만에 만나보는 친구라 반가웠다. 일정이 끝나고 영문이는 나의 집에서 같이 지냈다.

김운용 총재 총괄 보좌관

　나는 아침 일찍 호텔에 출근해 총재님 옆방에서 일정을 검토하고 면담 시간을 조절해 불필요한 일들은 나의 판단으로 제외시키곤 했다. 거기에 참석한 이종우 관장님, 엄운규 관장님, 홍중수 관장님께서도 나에게 일정을 묻고 협조를 구했다. 지도관 이종우 관장님께서 무덕관 사범인 내가 못마땅해 자기 사범을 내 자리와 교체하려 한다는 얘기를 들었다. 그때 이종우 관장님은 총재님 다음 실질적인 실력자이시니 가능했다. 그날은 접견실에서 엄 관장님도 계시는데 이 관장님이 "양 사범은 한인회 부회장이고 연합회 사무총장이라 바쁠 텐데 여기는 딴 사람한테 맡기고 밖에 나가 일 보는 것이 훨씬 도움이 될 것 같은데 그렇게 하지." 하시길래 내가 즉시 "관장님, 그럴 필요 없습니다. 저는 이 전화로 한인회 교민 동원 지시하고 또 보고받으며, 연합회도 마찬가지입니다. 차장이 매일 와 저에게 보고하니 아무런 지장이 없습니다." 하고 관장님 의견을 정면으로 거부했다. 마침 총재님 나오시다 그 얘길 들으시고 "아닙니다. 양 사범은 내가 필요하니 다른 곳으로 보내면 안 됩니다." 하셔서 이종우 관장님의 제안은 거절당했다. 엄 관장이 영문이에게 "야, 성오 배짱 좋더라. 이종우 관장을 거절하는 그 말솜씨가 대단해." 하시더라면서 영문이가 나를 만나서 숨 가쁘게 얘기했다.

　나는 어느 날 저녁 총재님을 모시고 시내 구경과 미시간 호수 그리고 다운타운에 가서 물건 구입도 도와드렸다. 대회 3일 동안 많은 친구들을 만났다. 멕시코 문대원, 독일 고의연 사범, 프랑스 이관영, 브라질 박봉수, 그 외에도 많았다. 우리는 지도자 교육을 받았고 시험도 보고 자격증도 받았다.

　마지막 저녁 나는 일정을 마치고 전 총장님과 유 국장을 모시고 백인 아가씨 구경을 갔다. 당연 내가 시카고에 사니 안내를 했다. 그런데 구경하고 밖에 나온 총장께서 "내 돈이 없어졌다. 야 1,000불인데 큰일인데." 하시길래 내가 "너희들 돈을 훔쳤는데 내놓지 않으면 경찰 부른다."라고 으름장을 놓고 벽을 주먹으로 통통 치고 했더니 방 안에서 돈 찾았다 소리 지르길래 들어가 보니 침대 옆에 돈 뭉치가 떨어져 있었다. 주워서 보니 1,000불이었다. 아마도 경찰 부른다고 아우성치니 겁이 나서 돈을 던져 둔 듯한데 우린 그곳에서 잃어버린 돈을 찾았으니 기분이 좋았고 그때 나는 시카고 마피아라는 별명이 붙었다. 우린 그날 술을 취하게 마시고 숙소에서 헤어져 집에 왔다. 그 이튿날 마지막 시합을 무사히 끝내고 이틀 후 총재님 일행이 떠나는데 나보고 누구에게도 일정을 알려주지 말아 달라고 부탁하셨다.

조용히 떠나시겠다고 해서 공항에 모셔 드렸다. 대회 조직 위원회에서 몇 분이 나오셨고 남태희 회장님노 나오셨다. 총재님이 나를 보자고 하길래 갔더니 사람 없는 곳으로 나를 데려가서 손에 무엇을 쥐어 주시면서 "그동안 수고 많았다." 하셨다. 나는 그때 조그마한 것에도 감사할 줄 알고 베풀어주시는 그 마음에, 돈의 액수를 떠나 감격했다. 나는 그때 그분의 따뜻한 마음을 지금도 잊지 않고 있다. 총재께서 사무총장 지상섭 씨와 같이 있는 자리에서 양 사범이 무도 고단자 협회를 고단자들 30명 이상 서명을 받아 만들면 국기원에서 단증을 고단자 협회로 위임, 발행하도록 할 테니 양 사범이 책임지고 협회 구성을 하라는 지시를 하시고 한국으로 떠나셨다.

나는 총재님을 일주일 동안 모시면서 많은 것을 배울 수 있었고 또 보았고 전 세계 태권도, 무도 지도자들을 만날 수 있는 기회가 되었고 또 그전에 내가 무하마드 알리와 함께하며 몇 개 주 순방에 수행한 것이 많은 사범들에게 어필이 된 것 같다. 아무튼 나는 바쁜 일정을 보냈지만 일생에 한 번밖에 없었던 좋은 기회였다.

태권도지도자연합회. 세계무도인연합회. 무덕관형제회. 김운용 총재.

3회 세계태권도대회 로열박스. 그 외 친구들. 황가달, 담도량

에드 로이스 국회외교분과의원장(오른쪽), 플러톤 시장(왼쪽)에게 명예 단증 수여

각 도시 시장들과 고위인사들에게 명예 단증 수여

MOO YEA-DO

THE WAY OF DISCIPLINE ART

남석훈, 이일목 감독

홍콩 골든 하베스트 영화사에 초청받다

나는 영문이와 같이 박우상 감독이 살고 있다는 미주리로 차를 타고 세 시간 넘게 달려가 그를 만났다. 그는 영주권 문제로 미국 여성과 살고 있었다.

그는 영문이와는 많은 작품을 같이한 감독이었는데 나는 처음 만났다. 우리는 오랜 친한 친구처럼 마음이 통했다. 그도 외롭게 지내다 오랜만에 우릴 만나니 들떠 있었다. 우린 맥주를 마시며 회포를 풀었고 나중에 시카고에 와서 작품 준비하기로 하고 헤어졌다. 얼마 후 박 감독이 시카고에 와서 나와 같이 우리집 시하실에서 운농도 하며 작품에 대해 많은 얘기를 나누었다.

그 후 나는 메디슨에 있는 백상기 관장에게 권영문이와 박 감독을 같이 소개해 나중에 영문이는 백 관장 도움으로 영주권을 받았다. 박 감독은 체육관 기숙사에 기거하면서 시나리오 작업을 했고 박 감독과 백 관장은 작품을 같이는 못 했으나 박 감독은 그 후 내가 홍콩에서 활동할 때 LA에서 정준 사범과 같이 영화를 만들었고 필립 리도 처음 영화에 출연시켰다. 필립 리는 나중에는 《베스트 오브 베스트》라는 할리우드 영화에 주연으로 출연해 성공했다. 박 감독은 한인 최초 감독으로 미국 영화를 만들어 극장에 상영한 감독 1호가 되었다. 지금은 한국에서 작품 활동을 하며 중국에 진출했다는 얘기를 들었다.

홍콩 골든 하베스트사에서 연락이 왔다. 빠른 시일 내에 방문해 주길 바란다며 이두용 감독과 찍은 영화 《뉴욕 44번지》에서 나의 액션 신들을 검토한 결과라고 했다. 나는 마음이 들떴다. 잠재하고 있었던 나의 끼가 발동하고 알리를 곁에서 보고 꿈을 키운 열정이 솟구쳐 올랐다. 나도 스타가 될 수 있다. 내가 하고픈 액션 연기를 무술과 조화시켜 멋지게 예술로 승화시킬 수 있다는 자신감이 나를 흥분하게 하여 출마하기로 한 한인회장을 포기하고 홍콩으로 가기로 결심했다. 한인회는 내가 정치하겠다고 생각했기에 하고 싶었던 일, 아버님이나 고국에 친구들이 바라던 일이었기에 더욱더 나를 힘들게 했다. 브루스 리가 동양인으로서 세계의 영웅이 된 것은 그가 무술을 했기 때문인데 나도 브루스 리같이 될 수도 있다. 내가 홍콩에서 인정받는 스타가 되면 나는 다시 할리우드로 돌아와 영화를 할 수 있다. 나는 미국에 살기 때문에 더욱더 가능하다. 그러니 정치보다 세계적으로 이름을 떨칠 수 있는 길은 영화다.

나도 무하마드 알리같이 영웅이 될 수 있다. 나의 큰 키, 큰 동작을 잘만 영화에 접목한다면 성공할 수 있다는 것을 확신한 나는 그 길을 택하기로 했다. 나는 우선 사범들에게 양해를 구하고 나의 선거 참모들에게 나의 의지와 결심을 밝히고 어려운 양해를 구했다. 그들도 섭섭해했지만, 나의 생각이 너무 확고하니 성공을 빌어 주었다. 지금도 그분들에게 감사한 마음을 잊지 않고 있다.

나는 도장을 친구 권영문 사범에게 맡기고 영문이의 소개장도 가지고 홍콩으로 떠났다. 홍콩에 도착하니 골든 하베스트에 감독으로 일하던 화교 펑 감독이 마중 나왔다. 나는 일단 숙소를 할리데이 호텔로 정하고 골든 하베스트에 들러 정창화 감독님을 만나 뵙고 하관창 그리고 레먼차우 사장에 인사드렸다.

황가달을 만나다

그 이튿날 펑 감독이 황가달을 소개했다. 그는 대만, 홍콩에서 잘나가는 액션 스타였다. 한국에서는 《소림사 십팔동인》으로 이름이 알려진 참 멋있는 배우였다. 그의 보좌관 스티브 첸과 같이 만났는데 내가 알리의 보좌관이라는 사실을 사진을 보고 안 그는 반가워했고, 내가 태권도 8단 챔피언이라니 더욱더 좋아했다. 그의 요청으로 우린 의형제 결의를 맺었는데 내가 그

보다 나이가 위라 형이 되었다. 그는 바로 기자들에게 연락해 기자회견을 하기로 했다. 우린 많은 기자들이 모인 곳에서 의형제라 발표하고 간단한 시범을 하며 골든 하베스트사 초청으로 촬영하러 왔다는 회견을 하여 그 이튿날 홍콩 신문마다 대서특필이 되었다. 알리와 나의 사진 그리고 시범 사진, 가달이와 나의 사진이 크게 실렸다. 나는 홍콩 도착 이틀 만에 유명인이 되었다. 특히 그들은 나의 주먹 정권이 큰 것을 부각했다. 정창화 감독님께서 오사원 감독을 소개시켜주었다. (당시 최고의 감독으로 연출작은 재키 챈의 영화《스낵 쉐도우》) 그런데 오사원 감독의 전속 배우로 있는 황정리가 한국에서 온 대권도 사범이었고 이미 취권에 성룡의 상대역으로 출연해 유명하게 되었다. 그런 그가 내가 오 감독 만나는 것을 꺼려했다. 내가 그의 라이벌이 될까 봐 그랬던 것 같다. 오 감독을 만나 좋은 얘기를 많이 나누었고 앞으로 같이 일할 수 있는 기회를 만들겠다고 약속했는데 그 이후 소식이 없었다.

골든 하베스트사와 계약

며칠 후 펑 감독과 매니저 계약을 맺은 후 홍금보 감독을 소개시켜 주었다. 그는 홍콩에서 인기 있는 배우로 무술감독인데 감독으로 데뷔하였다. 그 작품이 《잔진상과 전진화》라는 제목의 무술영화였다. 골든 하베스트사 제작 영화라 규모도 크며 촬영은 홍콩, 대만, 한국에서 하는 작품이었다. 한국에서 온 왕호라는 배우가 같이 출연하기로 했다. 그는 내가 계약을 끝마친 며칠 후 홍콩에 왔다. 우리는 한국인이라 금방 친해졌고 그는 나보다 아래이니 깍듯이 대해줬고 나도 잘 대해줬다. 아무튼 우리는 홍콩에서 작품을 같이 하는 인연이니 단연 남달라야 할 것이기에 더욱 그랬다. 회사에서 정해준 그랜드 호텔에서 우리 둘은 같은 방을 쓰며 식사도 호텔에서 주로 했다. 나는 매일 아침 새벽에 조깅을 하면서 몸 단련을 게을리하지 않았다. 홍 감독 부인은 한국 분이신데 홍콩 말도 유창해서 홍콩인이라 착각할 정도였다. 그 부인은 가끔 감독과 나를 통역해 주기도 했다. 영화사에서 드디어 출연자들이 함께 모여 분장을 하고 작품 선전 기자회견을 했다.

나는 홍콩에서 내가 꿈꾸던 영화를 하게 되어 나는 꿈만 같았다. 나의 역할은 주인공 상대역이었다.

무술 영화는 좋은 사람, 나쁜 사람, 두 배우가 영화를 끌어가는 주인공 역할을 맡을 때라 아무튼 나는 선한 역할은 아니지만, 마음에 드는 작품이었다. 분장을 끝내고 홍금보, 양가얀, 왕호, 이해상과 같이 사진 촬영을 했다. 그 이튿날 신문에 소개되었다. 홍콩에서 첫 공식 영화로 촬영으로 인한 기자회견 사진이 실린 것이라 기뻤다.

한국으로 촬영 떠나다

며칠 후 한국으로 촬영을 떠났다. 나는 조국 한국에서 홍콩 영화에 출연하는 배우가 되어 촬영한다는 것이 기분이 좋았다. 남산에 있는 리버사이드 호텔에 여장을 풀은 촬영 팀은 그 이튿날부터 바쁘게 움직였다. 첫 촬영이 경기도 광릉 근처 산속에서 여러 적과 싸우는 장면이었는데 중국 무술과 태권도는 다르기에 무척 신경이 쓰였다.

발과 주먹의 속도가 너무 빨라도 영상에 동작이 보이지 않기 때문에 타이밍을 맞출

줄 알아야 했다.

처음엔 내가 고집을 하니 감독이 그러면 두 가지로 찍어 내일 아침 필름을 보면 이해가 간다고 하여 그렇게 하기로 하고 두 가지로 찍었다.

촬영 도중 언덕에서 밑으로 떨어지는 장면이 있는데 마침 성룡이 촬영장에 놀러 왔다가 나 대신 나의 옷과 가발을 쓰고 떨어지는 대역을 해 주었다. 그때도 성룡은 스타였는데 감독과 의형제들이니 그들은 작품을 위해 서슴없이 몸을 내던져 도와주는 것이 참 보기가 좋았고 그들의 의리는 대단했다. 어릴 때 무대에서 살고 배고픔을 움켜쥐고 고생고생 하면서 이뤄낸 사이라 서로 아끼고 도와주는 그들이었다. 그 이후 그들 성룡, 홍금보, 원표, 우명차이는 홍콩, 동남아 영화계 획을 긋는 인물들이 되었다. 이튿날 광릉에서 말을 타고 숲 속으로 달리는 장면이었는데 나는 말을 타 본 경험이 없어 망설이고 있으니 홍 감독이 나 대신 대역을 해주었다. 그러나 말을 올라타고 있는 모습을 찍어야 되므로 나는 말 위에 올라타보니 생각과는 달리 굉장히 높아 보이고 불안정했다. 그러나 나는 소리 한번 못 내고 촬영했다. 나는 마음속으로 반드시 말 타는 것을 배워야겠다고 생각했다.

그 다음날은 광릉에서 촬영했고 그다음은 경복궁에서 말 타고 달리는 장면이었는데 주의사항을 듣고 타보니 탈 만한 것 같았다.

경복궁 뒷켠에 옛날 장터를 만들어 두고 장터 사이를 말을 타고 달려 건물 옆으로 돌아가는 것인데 나와 셋이서 달리는 장면이었다. 경복궁에는 많은 학생들과 구경꾼들이 모여들었다. 나는 말 타고 달리는 것이 속으론 겁이 났지만, 표현 못 하고 레디 고만 기다렸다. 감독의 사인에 따라 우린 달렸다. 나는 무조건 말 등 위에 얹어 달렸다. 하나 건물을 도는 순간 중심을 잃고 말 등에서 떨어지려는 것을 나는 말 안장을 잡고 말 등 옆에 붙어 큰 사고를 면했다.

시멘트 바닥이라 아찔했다. 다행히 건물을 돈 후 자세가 무너져 스크린에는 포착이 안 되었다. 감독과 조감독들이 달려와 나의 등을 두드렸고 나는 안도의 숨을 쉬었다. 만약 내가 말 잔등에서 콘크리트 바닥에 떨어졌다면 크게 다쳤을 것이다. 나의 운동 신경이 나를 위험에서 구했던 것이다.

서울에 있는 동안 연예 잡지사 기자와 인터뷰도 했고 《일간 스포츠》 이상벽 기자와 인터뷰도 했다. 나는 틈을 내어 강원도에서 군 복무를 하고 있는 성해를 만나러 갔다. 군부대에 도착해 책임자에게 면회를 신청해 성해를 만난 후 부대 인사과에 외출 허가를 받아 서울에 데리고 와서 내가 묵고 있는 호텔에서 하룻밤을 같이 지냈다. 그때 왕호도 만나고 홍금보와 몇 명의 홍콩 배우들을 만나 같이 식사를 하고 맥주도 한잔 하고 즐겁게 보냈다.

그 이튿날 성해를 부대로 귀대시켰다. 나는 김양호도 만났다. 그는 나의 유일한 서울 친구였다. 양호가 소개해준 가수 진보라도 만났다. 그리고 영화 잡지사 사장 친구의 소개로 그때 한창 잘나가던 배우 유정회를 만났다. 그는 명동에서 의상실을 경영했고 아버님은 세무서 간부로 계셨다. 정회는 나를 오빠라고 불렀고 나는 정회를 동생같이 좋아했다. 집에 초대되어 가족과 같이 식사도 했다. 그 후 한국에 들릴 때마다 연락도 하며 지내다 소식이 끊겼는데 미국 LA에서 1999년 내가 영화인협회 회장을 할 때 우연히 연말 송년회에서 만났다. 그 후 연극도 하고 글을 쓴다는 얘기를 들었는데 지금은 소식이 없다.

대만으로 가다

한국에서 로케이션이 끝나고 우리 일행은 대만으로 갔다. 대만 호텔에 여장 푼 우리는 그 다음날부터 국립 촬영소에서 촬영을 시작하였다. 나는 스케줄이 없을 때 대만 사람들의 소개를 받아 승마 배우는 학교에 등록을 하고 말 타기를 배우기 시작했다. 말은 영리해서 팀이 움직이지 않으면 아무리

채찍을 해도 움직이지 않았고 발로 배를 차는 것도 생각과 같이 되질 않았다. 그래도 나는 말을 타는 것을 배운다는 것이 좋았다. 다섯 번 정도 교육을 받고 난 후 나는 말을 달릴 수 있었다.

그 후 나는 미국에 와서도 말리부 비치에서 말을 타기도 했다.

스튜디오 안에서 액션 촬영을 할 때 그야말로 지옥이었다. 동시녹음 때문에 에어컨을 작동시키지 않아 닫힌 창문 사람들의 열기, 그리고 조명, 가발, 겹겹이 입은 중국 의상… 그야말로 고통스러웠다. 한 신이 끝나면 곧바로 보조들이 옷을 벗기고 타올로 몸에 땀을 닦아주며 선풍기와 부채로 바람을 만들어 주곤 했다. 대만의 바깥 더위도 말이 아닌데 모든 촬영 팀이 그렇게 고생해서 만들어가는 것이 영화였다.

대만에서 보름가량 스튜디오 안팎에서 촬영을 끝내고 홍콩에 돌아가 마무리 촬영을 했다. 대만 호텔 안에서 나는 지진을 겪었다. 온통 빌딩이 좌우로 흔들려 정신이 아찔한 경험을 했다. 그리고 홍 감독이 자기 팀 원표, 쟁닝 등에게 새벽마다 타이거가 조깅을 하며 발차기 연습을 하니 따라다니면서 발차기를 배우라고 지시했다면서 호텔 정문으로 나가면 그들은 나를 기다리고 있다 같이 뛰었고 또 발차기를 따라 하는 열성을 보였다. 그 후 그들은 홍콩의 스타가 되었다. 우리는 가끔 촬영이 끝난 후 회식을 했다. 물론 회사에서 부담하지만 특별한 회식은 홍금보 감독이 돈을 지불했다. 그는 쾌활하고 통이 큰 사람이었다.

어렵게 자라서 그런지 모르지만, 돈을 쓰기 좋아했고 또 마작을 좋아해 많은 돈을 잃기도 한다는데 그래도 호탕하고 좋은 감독이었다.

홍콩에 돌아오다

홍콩에 돌아가 나는 회사에서 출연료를 받아 매푸산천에 아파트를 임대했다. 그 단지에는 홍 감독도 살고 있었고 그 외에도 않은 영화인이 거주했다. 홍콩 시내에서 떨어진 새로운 아파트 단지라 인기가 좋은 곳이었다. 나는 저녁에 시간이 날 때마다 아파트 단지의 사람 없는 곳으로 가 운동을 하고 시멘트 바닥을 치며 정권 단련을 했다.

홍 감독은 얼마 전까지만 하더라도 아버지, 부인 등 온 가족이 작은 단칸방에서 어렵게 생활하다 영화가 주목받자 돈을 벌게 되어 푸조 승용차를 구입해 타고 다녔다. 한번은 촬영 끝난 후 홍 감독 차를 타게 되었는데 날씨도 덥고 촬영 후라 더워 웃통을 벗고 타려 하니 그가 "미스터 양, 서츠 입어요. 시트가 가죽인데 땀이 배요." 하여 나는 미안하다고 하면서 서츠를 입고 탔다. 그는 자기 소유물을 아끼는 만큼 다른 사람도 배려하는 인간적인 감독이며 연기자였다.

홍콩 14K 보스를 만나다

어느 날 황가달이가 대만에서 촬영을 끝내고 홍콩에 돌아왔다. 그는 나에게 "형 홍콩, 대만에서 영화 하려면 홍콩, 마카오, 대만에서 활약하는 대부들과 의를 맺는 것이 좋은데 내가 주선할 테니 그렇게 해요." 하여 나는 동의했다. 며칠 후 저녁 가달이와 나는 홍콩 스타 진외민이 운영하는 클럽 지하실에 있는 회의실로 갔다.

조금은 두려웠다. 얼마 전 성룡도 해외 촬영 나가려다 그들에게 제지당해 많은 돈을 지불했다는 얘기를 들어서 알고 있고 그들의 말을 듣지 않으면 촬영하는 데 여러 가지 어려움이 있다는 것을 알았다. 나는 홍콩에서 신문 지상을 통해 뜨는 스타로 소개되었으니 그들의 타깃이 된 것은 사실이었다. 그들과 의를 맺으러 지금 삐걱거리는 계단을 밟고 내려가 문을 들어서고 있다. 별로 밝지 않은 실내조명인데 긴 테이블에 검은 전통 중국 옷을 입은 10명 가까운 대부들이 앉아 있다. 내가 들어가니 일어서면서 박수로 환영했다.

가달이가 나를 그들에게 소개하면서 간단한 약력을 소개하고 곧바로 포도주가 담긴 작은 잔에 바늘로 새끼 손가락을 찔러 피를 뽑는 의식을 하여 나는 제일 마지막 피를 뽑았다. 그 후 제일 큰 대부부터 순서대로 조금씩 마신 후 마지막에 내가 마셨다. 박수를 치면서 다들 일어나 중국식 예로 오른 주먹 위에 왼손을 감싸는 경례를 하며 의식을 끝냈다. 생전 처음 해 본 중국식 의식이라 긴장도 되었지만 멋있는 것 같았다. 사나이들의 행위, 즉 주먹 세계의 예절 있는 상견례 및 결의 행위였다. 그날 저녁 우리는 형제가 되어 그들이 나를 환영하기 위해 베풀어 준 만찬에 참석해 즐겁고 잊을 수 없는 시간을 가졌다. 그 결과 그 결의 형제는 홍콩에서의 활동에 큰 도움이 되었다.

여러 영화사에서 출연 제의를 받다

《잔진상과 전진화》가 골든 하베스트사 작품으로 소개가 나간 후 여러 영화사에서 섭외가 들어왔다. 나는 로버트 첸을 매니저로 두고 일을 했다. 두 번째 작품이 《망퀸 꽈이샤우》(영문명 《아이언 피스트 오버 부르스》)였다.

육봉 영화사에서 제작하고 육봉이 감독이었다. 그때 최고의 취권 배우였던 연소텐과 브루스 라이 그리고 나 세 사람이 주인공으로 계약되어 촬영에 들어갔다. 이 영화는 미국에서 쿵푸 극장 블랙 벨트 극장 프로그램으로 TV에서 많이 방송된 작품이고 지금도 가끔 상영하는 영화다.

브루스 라이는 브루스 리가 죽은 후 브루스와 닮은 얼굴로 브루스 리 생애를 영화화할 때 주연을 했는데 브루스 리와 영화에서 잘 분별하기 어려울 정도여서 인기 있던 배우였다. 그는 나와 호흡이 잘 맞고 좋은 친구였다. 원래 집은 대만인데 촬영 때마다 홍콩에 와서 지내고 있었다. 한 여름 홍콩 바닷가 숲 속 그리고 언덕에서 촬영하기란 그리 쉬운 일이 아니었다.

뙤약볕이 내리쬐는 한낮, 그야말로 등에 땀이 흘러내리는 불볕 더위에 합을 맞추어 촬영에 임하기란 그리 쉬운 일이 아니었다. 그러나 우린 최선을 다해 연기했다. 특히 브루스 라이와 촬영은 재미가 있었다. 그의 무술 솜씨는 특별하지 않았지만, 타이밍을 알고 합을 맞출 줄 아는 배우였으며 특히 얼굴 표정 연기가 좋았다.

처음 그와 나의 합은 기 싸움이었다. 하지만 그는 나의 무술 실력을 보고 높이 평가했다.

그 후 그는 나에게 무술 동작 합에 관해 이야기해주어 촬영하는 데 도움이 되었다. 나는 처음 무술 영화 촬영 땐 나의 진짜 무술 실력을 보이려 애를 썼지만, 나중에 터득한 것이 결코 진짜 실력을 스크린에 멋있고 화려하게 보일 수 있도록 동작을 하려면 부드럽고 타이밍도 조절이 되어야 깨끗하고 분명한 동작을 화면에 담을 수 있다는 것을 깨달았다. 그래서 두 번째 작품 때부턴 많이 좋아졌다.

여러 작품 겹치기 출연

이후 나는 제일 영화사에서 제작하는 작품 《따미후여 소까세이》《리틀 매드 가이》를 계약했다. 그 작품에도 연소텐과 우명차이가 나와 같이 출연하기로 하고 촬영에 들어가 나는 두 작품을 한꺼번에 찍게 되었다. 스케줄이 겹치는 날에는 다른 작품 제작팀 일원이 차를 가지고 와 기다리고 있다가 끝나면 바로 차에 태워 그쪽 촬영장으로 떠났다. 차 안에서 분장사가 분장을 지우고 다른 분장을 한 후 도착하면 바로 촬영에 임하곤 했다. 정말 피곤하고 바쁜 나날의 연속이었다. 하지만 나는 홍콩에서 출발이 좋게 작품을 하는 것이 기뻤으며 즐거웠다. 나는 가끔 기자회견도 하고 기자들이 촬영 현장에 찾아와 사진을 찍어 신문에 내보내기도 했다. 촬영 없는 날 홍콩 시내 호텔 커피숍에 나가면 많은 영화인들을 만나고 또 사람들이 알아봤다.

이제 홍콩의 스타인데 차가 없으니 불편해 혼다를 구입했다. 촬영 스케줄이 없을 땐 황가달, 쇼 브라더스사 배우 류용, 렁가얀 등과 주로 어울려 식사도 하고 또 특별행사에 참석하기도 했다.

차 사고를 내다

어느 날 나는 차를 몰고 촬영 현장으로 가다 교통사고를 냈다. 미국에서는 가는 차가 오른쪽 차선인데 홍콩은 그 반대였다. 시골 고갯길을 달리는데 앞에서 버스가 내가 가는 차선에서 내려왔다. 나는 '저 친구가 차선을 위반해' 하는 순간 속도를 서로 줄였지만 정면 충돌했다. 착각을 한 것이었다. 경찰이 사고 현장에 나와 사고 경위를 조사하고 내가 현장에 연락해 제작부장이 경찰서에 와서 보증하여 나는 촬영 현장에 도착해 무사히 촬영을 끝마쳤다. 경찰서에서도 나를 알아보고 사진 같이 찍고 사인해 주었다.

차선 얘기를 듣고 그들도 수긍했다. 아무튼 나는 무처리되었다. 나는 촬영 시 무사들이 가끔 "띠우니우람"이라는 말을 하는 걸 들었다. 나는 그 말이 무엇인지 몰랐는데 나중에 그 의미를 알게 되어 무척 화를 냈다. 그 말은 "야, 이 바보 같은 놈아."와 비슷한 말인데 그들은 쉽게 그 말을 했다. 내가 싫어하는 줄 알고 나중에 나에겐 하지 않았다. 나는 열심히 홍콩 말도 배웠다. 홍콩 사람들은 아침은 대체로 식당에 나가 먹는다. 그들은 "얌차."라고 하면 간단한 아침 겸 차를 마시러 가자는 얘기다. 여럿이 한 테이블에 앉아 차를 마시고 간단한 딤섬을 먹는다. 그들의 음식문화가 다정다감하고 또 친구들과 더욱 가까워지며 우정을 나누는 좋은 시간을 만들어 주는 것 같아 좋았다.

그 당시 미국에서 홍콩 영화 촬영차 짐 캐리가 왔다. 그는 우연히 내가 기구 운동하는 침사추이에 있는 2층 집에 와 만났다. 그 체육관에는 양시(볼로 양), 그 외 연기자도 많이 와 운동을 했다. 짐 캐리와 나는 다시 재회해 우린 기구 운동도 같이 하고, 새벽 조깅도 같이 했다. 짐은 홍콩 팀과 촬영하면서 마찰이 있어 어려워했다. 내가 무술 지도에게 얘기해 같이 협조해 촬영을 마칠 수 있도록 주선해 주었다. 그 이후 짐과는 할리우드의 『엔터 더 드래곤』 후속작 시사회 때 워너 브라더스사에서 만났다. 그는 골든 하베스트사에서 제작하는 브루스 리 유작 《사망유희 파트 2》에 특별 게스트로 출연했다.

영화의 마지막 장면은 브루스 리가 하나씩 고수들을 제압해 가는 것이다. 브루스 리 대역은 한국에서 온 김태정인데 홍콩 이름은 탕룡이라 했다. 그는 브루스 리와 용모가 닮았고 흉내도 잘 냈다. 그를 한국에서 데려와 홍콩 호텔에 묵게 하고 언론에는 노출시키지 않았다. 나는 탕룡과 같이 호텔에서 룸메이트를 했다. 그는 노래도 잘 부르고 연기도 잘하는 만능 엔터테이너였다. 그와 같이 호텔에 묵으면서 생긴 에피소드도 많다. 그중 한 가지로 탕룡이는 회사에 불평이 많았다. 그를 브루스 리 대역으로 데려왔는데 언론에는 한 번도 소개도 하지 않고 외부에 전혀 노출시키지 않는 데 불만을 갖고 있던 탕릉이는 호텔에서 자살 소동을 벌였다. 경찰이 출동해 경찰차에 신고가 경찰서 유치장에 감금시켰다. 연락을 받고 달려갔더니 그는 발가벗긴 채로 제정신이 아니었다. 아마 그는 신문 기자가 오길 원한 거 같은데 골든 하베스트사 펑 감독이 달려왔고 아무도 나타나질 않았다. 그의 자살소동 쇼는 아무 소득 없이 끝나고 말았다.

신상옥 감독과 재회

어느 날 신상옥 감독님에게서 전화가 걸려왔다. 촬영이 없으면 점심 같이 하자 말씀하시길래 감독님을 만나 홍콩 침사추이를 같이 걸었다. 감독님은 항상 버버리코트를 입으시고 선글라스를 끼신 멋진 분이셨다. 식사하고 감독님이 계시는 침사추이 사무실에 들려 많은 영화 얘기를 나누었다. 감독님은 내가 홍콩에 오고 난 뒤 시카고에 가서서 나를 찾았으나 만나지 못하고 대신 사범들이 안내해 드리고 잘 모셔 드려서 그에 대한 감사함을 말씀하시면서 언젠가 미국에 들어가 영화를 할 테니 그때 같이 일하자고 당부하셨다. 얼마 후 내가 한국에 KBS 방송 출연을 위해 간다고 했더니 신 감독이 떠나는 아침 군용 백에 짐을 잔뜩 채워 가지고 호텔로 오셨다. 이 짐을 오수미 여사에게 전달해 달라고 부탁하셨다. 그땐 최은희 여사께서 이북으로 납치되신 후였다. 그 짐을 가지고 호텔로 가 신 감독님 동생에게 전화했다. 얼마 후 낯선 두 사람이 찾아왔다. 그들은 중정에서 나왔다면서 어떻게 이 짐을 가지고 왔는지에 대해 질문을 했다. 나는 있는 그대로 얘기했다. 나도 놀랐다.

왜 어떻게 중정에서 내가 오는 줄 알고 나왔을까. 전화 도청이었다. 나는 섬뜩함을 느꼈다. 조금 후 신 감독 동생과 오수미 씨가 찾아와 백을 인계했고, 그들과 같이 식사 후 헤어졌다. 그 뒤론 나도 모른다. KBS에 출연해 홍콩에서의 촬영 활동 사항과 미국에서 활동 그리고 격파 및 《그린그린 그래스 오버 홈》과 홍콩가요 《솔리피토》를 불렀다. 태창 영화사 김태수 사장을 만나 세 편의 영화를 계약해 일간 신문에 '홍콩의 백만 불의 한국 사나이'라고 기사가 났다. 그후 홍콩으로 돌아갔다. 공항에 기자들이 나와 나의 귀국을 취재했다. 어느새 나는 홍콩에서 유명 스타가 되어 있었다. 출국 때, 귀국 때 기자들이 나와 취재했다. 가끔 귀국할 때면 황가달, 그 외 친구들 보좌관이 마중 나오고 또 환송 나오기도 했다.

첫 작품 상영

골든 하베스트사에서 제작한 나의 첫 작품이 상영되는 날 나는 무척 흥분했다. 출연 배우들과 개봉 날 참석했다. 많은 관객들이 몰려와 대성황을 이루었다. 나의 연기는 물론 감독의 코치로 한 것이기에 다시 홍금보 감독에게 감사했다.

그래도 어색한 점이 많았다. 나는 몇 번이나 그 영화를 보면서 잘못한 연기를 기록해 다음 작품은 잘해 보도록 애쓰며 자문을 받기도 했다. 아무래도 내가 처음 해 본 중국 무술 영화라 단연 어색함이 있었으나 많은 사람들이 잘했다고 칭찬해 주었다. 그들은 하나같이 타이거가 가지고 있는 특별한 개성이 돋보인다, 앞으로 대성할 것이라고 말하는데 나는 고무되기도 했다.

남석훈 씨를 만나다

나는 태정이와 같이 홍콩에 일찍이 건너와서 영화계에 종사하며 기념품 백화점을 운영하고 있던 남석훈 씨를 그의 가게에서 만났다. 그는 사업에만 전념하며 영화 출연은 하지 않고 있었다. 얼마 전 《파이브 핑글 오버 댓》이라는 영화가 미국에서 상영되어 극장에서 봤다. 그때만 하더라도 극장에서 흔히 볼 수 없는 중국 무술영화였는데 그 영화는 좋은 반응을 얻었다. 감독은 정창화 감독이었다. 그 후 남 선배와 가끔 만나 미국에 건너가 같이 영화 만들자는 얘기로 시간을 보내며 많은 얘기를 나누었다. 그때 남석훈 씨는 홍콩에 많이 알려져 있었다.

나는 가끔 황가달, 류용, 진와민 등과 나이트 클럽에 가기도 하고 사업가들이 초청한 모임에 참석해 노래를 부르기도 했다. 모임에 참석 때마다 감사비로 홍콩 달러로 3만 원(3,000달러)을 받았다. 골든 하베스트의 3번째 영화에 게스트로 출연했다.

그 영화는 코미디 배우로 유명했던 허 씨 형제가 출연하는 폭소영화였다. 촬영 후 차 키를 안에다 두고 잠겨 애를 먹은 기억이 난다. 나는 항상 제일 먼저 촬영장에 도착했다. 그리고 충분히 준비 운동을 하고 그날 촬영신을 연습했다. 하지만 아무래도 언어가 통하지 않으니 불편한 점이 많았다. 그래도 몇 작품을 찍다 보니 무사들과도 친해졌고 그들은 나를 잘 도와주고 좋아했다.

나와 같이 일했던 무사들은 브루스 리와 같이했던 사람들이라 경험도 많고 브루스 리에 대해 많은 얘기를 들려줬다. 브루스는 성격이 급해 자기 자신을 컨트롤을 못 해 불이익이 많았다고 했다.

예를 들어 TV에 출연하면서 쿵푸 고수들을 초빙한 자리에서 누구든지 나보다 주먹을 빨리 날릴 수 있는가 대결하자면서 고수를 불러내어 대결 자세에서 신호에 따라 치기로 했는데 브루스는 백 피스트(갑권)로 번개같이 상대 얼굴을 쳐 망신을 주기도 해 많은 무술인들로부터 나쁜 평판을 받았다고 한다. 무술인은 겸손하며 상대의 인격과 기술을 존중해야 하는데 그는 성격이 급하고 자기 자신이 최고라는 것을 나타내는 방법이 보통 무도인들과는 달랐던 것 같다.

촬영 시 내가 할 수 없는 동작들은 무사들이 대역을 해 주었다. 제작자나 감독은 배우들이 몸이 상할까 봐 각별히 신경을 썼다. 만약 몸을 다치면 스케줄이 바뀌어 촬영 일정이 밀려 막대한 제작비가 손실되기 때문에 그들은 세심히 배려했다. 어느 날 시골에서 내가 여자로 분장해 촬영하고 있는데 황정리가 찾아왔다. 그는 뜨는 배우였기 때문에 고마웠다. 하지만 어느덧 그는 나에게 라이벌 의식을 느낀 듯했다. 왜냐면 자기가 영화에서 맡는 역할과 나의 역할이 같았기 때문이다. 그때만 하더라도 우린 한국 사람이니 홍콩에서나 대만에선 선역 주인공은 주지 않고 상대역인 악역 주인공을 맡겼기 때문이다. 어쨌든 그가 찾아와 준 것은 고맙고 모든 팀들에게 즐거운 일이었다.

홍콩에 있는 동안 나는 그의 결혼식에도 성룡과 같이 참석했고 좋은 시간들을 가졌다.

홍콩 TV에 특별 출연해 실수하다

홍콩 TV 연예 프로에서 출연해 달라는 섭외가 들어왔다. 나에게 트럭을 끌고 맥주병을 수도로 깨달라는 주문을 했다. 얼마 전 홍콩 무술 영웅 잡지에 실린 나의 기사와 사진을 보았다고 했다. 야외 촬영장에는 TV 탤런트들과 많은 인원이 대기하고 있었다. 트럭에 연기자들을 태우고 트럭을 끌어 무사히 시범을 끝마쳤다. 하지만 한 손으로 맥주병을 쥐고 오른 수도로 병을 깨다가 깨진 병 조각이 오른손 수도 뒷부분을 파고 들어가 18바늘을 꿰매는 불상사가 생겨 그 이튿날 신문 첫 페이지에 양성오가 시범하다 손에 열여덟 바늘 꿰매는 부상을 입었다는 것을 사진과 함께 대서특필했다. 녹화된 것은 이틀 후 방영했다. 나는 영화 촬영을 하면서 틈나는 대로, 아니면 호텔 방에서 회사에서 보내준 사범에게 중국 무술을 배웠다.

중국 무술을 배우다

나는 태권도 7단이었지만 중국 무술 사범 앞에 예를 갖추어 초보자가 되어 수련했다. 사범은 나에게 극구 고수로서 다만 다른 수를 배울 뿐이라고 했지만 나는 모르는 무술을 배우는 자로서 선생에게 예를 갖추는 것이 당연한 일이니 괘념치 말고 받아 달라고 오히려 청을 했다. 태권도는 단순한 기술이지만 중국 무술은 그 기술이 무궁무진했다. 태권도 합은 단순하지만 파워가 있고 중국 무술은 유연한 동작이지만 그 합이 길었다. 그러므로 중국 영화를 하기 위해선 중국 무술은 반드시 배워야 하는 기술이었다.

나는 중국 무술에 심취했다. 물론 태권도는 파워 있고 빠른 발차기로 상대를 제압하는 위력이 있지만, 중국 무술 고단자와 합을 위해 자세를 잡고 상대를 보면 공격할 틈이 생기지 않는다. 나는 중국 무술을 연마하고 그 기술을 태권도와 접목해 스크린에 그려내면서 생각했다. 태권도와 중국 무술이 조화를 이루어 하나의 새로운 류를 개발한다면 어떨까? 브루스도 윙천과 태권도, 복싱을 종합해 절권도를 창의했는데 나도 가능한 일이다 생각하고 촬영이 없을 때마다 세트장에 앉아 하나둘 기술을 생각하고 적어가기 시작했다. 거기다 합기도의 꺾고 던지는 기술을 합한다면 차고, 찌르고, 꺾고, 던지는 공격, 중국 무술의 빠른 손동작으로 상대의 공격을 막아내고 안정된 자세로 상대를 제압할 수 있는 이 기술은 종합 무술로 각기 다른 류 무술의 단점을 보완하고 장점을 모아 하나로 만든 류인 만큼 반드시 좋은 반응이 일어나리라 확신하고 나는 하나둘 만들어 가기 시작했다. 왕싱로이 감독 영화 《따미후여 소까세이》 촬영을 할 때 제일 힘든 신이 많았다. 엔딩 신은 산허리 평지에서 3일을 찍었는데 합도 길었다. 나는 뱀이었고 두꺼비와 싸웠다. 나는 뱀형으로 공격하고 나의 상대는 두꺼비형이라 일어선다는 게 약간의 허리를 폈을 뿐이라 합하기가 쉽지 않은 형태였다. 나는 크고 그는 지면에서 툭툭 튀어 오르면서 공격하니 힘든 싸움이었는데 나중에는 내가 죽인 줄 알았던 그의 선생이 살아서 같이 공격하니 나는 이대 일로 가위 발차기도 하고, 장봉 공격에 맞서 최선을 다해 싸우다 최후를 맞는 내용이었다. 나는 원 없이 싸웠고 또 할 수 있는 동작은 다 보여줬던 것 같아 후회는 없었다. 그 영화가 동남아에서 히트해서 오늘의 내가 있게 해 주었다.

영화가 히트하다

특히 대만, 싱가포르, 태국에서 큰 반응을 얻어 태국, 싱가포르에 무대 인사차 다녀오기도 했다.

태국에 가서 팬으로부터 받은 호랑이 어금니 금 목걸이를 선물받아 지금도 그것을 간직하고 있다.

나는 처음에는 주먹과 발차기가 너무 파워가 있어 상대가 놀라기도 해 컨트롤하기 어려웠지만 몇 작품 계속 찍으니 모든 것이 부드럽고 좋아졌다. 렁꽁 감독 회사 영화와 계약해 촬영에 들어갔다. 배우였던 감독은 영어도 잘하고 활달한 사람이라 작업하기가 좋았고 많은 것을 배려해 준 감독이었다. 중국의 전설적인 여자 무사들과 싸우는 귀신 영화라 조심스러우면서도 재미있는 작품이었다. 당시 홍콩의 TV 스타 황한수도 출연했다.

출연 거부한 사건 지금도 후회한다

룩첸이 제작하는 영화와 계약하고 여소령, 거룡, 장일도, 강도 등과 같이 출연했다. 마음에 드는 작품이었는데 사고가 생겨 작품을 끝내지도 못하고 내가 그만두었다. 사정은 이러했다. 야간 촬영을 위해 현장에 갔을 때, 지붕 위에 조명을 설치하고 촬영 준비가 거진 끝나갈 때쯤 나는 제작자에게 출연료를 약속된 오늘이니 지불해 달라고 했는데, 그의 대답이 나를 불쾌하게 했다.

그는 돈이 없다고 했나. 배우에게 출연료를 약속한 날 지불 못 하면 사정을 얘기하고 양해를 얻어야 하는데 그렇게 하지 않고 돈이 없으니 못 준다고 말했다. 그 말에 나는 격분해 차를 타고 호텔로 돌아와 버려 그날 촬영은 펑크가 났다. 그 이튿날 아침 나의 매니저가 찾아와 나를 질책했다. 그러나 내 말을 듣고 그도 수긍하고 회사로 달려가 왜 말을 그렇게 해서 화를 내게 했느냐고 따졌으나 이미 때는 늦었다. 왜냐하면 그날 저녁 제작비를 나 때문에 손해를 보았기 때문에 퍽 곤란하다는 입장을 나타냈다. 나는 모든 중도금을 포기하고 그 영화엔 출연하지 않았다. 그 영화를 내가 미국에 왔을 때 TV에서 가끔 상영할 때마다 그때 내가 한 처사가 잘못이었다는 것을 후회하곤 했다. 《3 엔터 더 드래곤》이라는 그 영화는 지금도 가끔 방영한다. 나는 그 영화에서 멋있는 역할이었는데 내가 찍은 스토리를 엮어가다 나중에 나를 대사로 사고 처리해 버렸다. 그때의 참지 못한 실수를 생각하며 매사에 그런 실수가 다시는 없도록 조심 또 조심하고 있다. 한 번의 실수가 다른 이에게 큰 손실을 주고 나에겐 치명적인 타격을 가져다주었다. 그래서 옛사람들의 얘기처럼 인생은 경륜이라는 말은 명언이었다.

원표의 제의를 거절하다

골든 하베스트사 작품을 끝낸 뒤 원표가 나에게 자기 아파트에 같이 살자고 청을 하여 집에 가보았는데 깨끗하고 좋은 아파트였다. 그러나 그 제의를 거절했다. 나 혼자서 생활하는 것이 편해서였다. 그는 나와 같이 있으면서 나의 모든 무술을 전수받을 생각이었다. 그 얼마 후 원표는 홍콩에 스타가 되어 한국에도 잘 알려졌다. 예쁘장한 얼굴에 깨끗한 무술 동작이 좋았고 홍금보 감독이 수제자로 키워 출세한 것이었다. 가끔 촬영 없는 날이면 패나셀라 호텔 커피숍에서 보좌관과 만나 쉬면서 비즈니스 얘기, 스케줄 점검을 하기도 했다.

나는 열흘 일정을 만들어 미국으로 갔다 오기도 했다. 목적은 미국 여권을 받기 위해서였다. 한국 여권으로 여행하기란 여러 가지 불편한 일이 많았기 때문에 결정했다. 미국에 돌아가 여권을 신청하니 3일 만에 갱신받았다. 체육관에 들려 사범들을 교육시키고 여러 개 도장을 순회하면서 격려했다. 나는 홍콩으로 떠나면서 도장운영권을 사범들에게 맡기고 순이익의 30%를 받기로 했기 때문에 사정이 어려웠지만 돈보다 운영하고 있다는 것이 감사했다.

태권도 김운용 총재와 담판

나는 다시 한국으로 가기 위해 세계연맹 현 총장에게 전화했더니 공항에 차를 보냈다. 호텔에서 자고 그 이튿날 총재가 차를 보내 타고 총재님이 계시는 한강변 맨션으로 갔다. 반갑게 맞아 주시는 총재님이 고마웠다. 나는 홍콩 영화 촬영차 가는 길에 들렸다면서 지난번 말씀하신 무도협회 조직을 위해 30명 원로들의 찬성 서명서를 받아 왔다고 내어놓으니 정색을 하시면서 "양 사범 좀 더 스터디합시다." 하면서 담배만 피우시니 그 담배 연기가 괴로웠다. "이유를 말씀해 주십시오. 총재님 지시로 1개월에 걸쳐 서명을 받았는데 지금 와서 안 된다면 저의 입장은 어떻게 되겠습니까? 말씀하신 것은 약속을 지키셔야 됩니다." 하고 내가 후퇴하지 않으니 "미국 AAU 민경오, 양동자 회장이 양 사범이 서명받는 목적을 알고 그렇게 되면 미국은 두 개의 단체로 나누어지니 허락해서는 안 된다고 계속 전화를 하니 우리 좀더 시간을 갖고 연구해 보자는 거야." 나는 세 시간 동안 밀고 당기다 안 된다는 것을 알고는 빌떡 일어서면서 "오늘 이 시간부터 나는 태권도를 그만둡니다. 총재님의 지시를 받들어 어렵게 만든 일들을 소홀히 대하니 어찌 옳은 태권도의 길이라 하고 따르겠습니까." 하면서 그 서류를 찢어 버리고 방을 뛰쳐나와 엘리베이터를 타러 하니 "양 사범." 하고 부르면서 뛰쳐나오는 것을 그대로 외면하고 엘리베이터를 타버렸다.

호텔에 돌아오니 현 총장께서 국기원 7단증을 호텔 로비에 맡겨두었다. 나는 그것으로 태권도와 인연을 끊고 내가 계획하고 있는 새로운 류를 창시하기로 결심하게 되었다. 그런 후 홍콩에 간 어느 날 저녁 김 총재로부터 전화가 왔다.

김운용 총재의 전화

그는 다음 날 아침을 같이 하자며 나를 홍콩 호텔에 초청했다. 나는 황가달이가 총재를 만나고 싶어 하길래 데리고 가 총재를 만났다. 홍콩에서 태권도를 지도하고 있는 김복만 사범 외 몇 사람이 있었다. 나는 총재께 가달이를 소개하고 사진을 찍으며 총재님께서 지난 일은 없는 걸로 하자고 하서서 그동안 불편한 마음은 해소되었으나 그래도 개운치는 못했다. 이미 마음 속에서 태권도를 그만두기로 했으니 마음은 홀가분했다. 며칠 후 홍콩 체육 관에서 아시아 태권도 대회가 열리니 꼭 참석해 달라는 부탁을 하면서 대회 본부 전화번호를 주고 오늘 현 총장이 전화할 테니 만나 보라고 했다. 그렇 게 하겠다고 약속하고 우린 호텔로 돌아왔다. 내가 출연한 영화 두 작품이 홍콩에서 상영이 되었고 나에 대한 홍보도 많이 되어 있었다. 내가 길거리에 나서면 알아보는 사람들이 많아졌고 그들은 한결같이 나의 정권을 훔쳐 보 곤 했다. 나는 현 총장을 반갑게 만났다.

식사를 대접하고 그 이튿날 홍콩 체육관에서 열리는 대회에 참석하겠다고 약속하고 헤어졌다.

아시아 태권도 대회 참석

그 이튿날 황가달, 띠롱(유명한 쇼브라더스사 배우)과 같이 체육관에 들어가 니 한창 시합 중이었는데 관중들이 와 하면서 소리를 지르고 우리 주위를 둘러싸고 카메라 플래시를 터트렸다. 심판관들 중에도 나를 아는 친구들이 있었다. 그 친구들이 사진 찍자고 해 사진을 찍어 주고 본부석에 가서 총재 님께 친구들 소개시키고 총재님 옆에 앉아 시합이 다시 진행되는 것을 보았 다. 우리는 총재님께 말씀드리고 소동을 피하기 위해 뒷문을 통해 체육관을 나왔다. 그때 총재님 이 "양 사범 이젠 멋있는 태권도 사범이 아니라 액션 스 타가 되었어요. 축하해."라고 하셨다. 그 말씀이 지금도 생생하다. 우리 그룹 들은 침사추이에 있는 딩호 레스토랑에 가 자주 얌차를 했다. 그곳에 가면 많은 사람들이 사진도 찍자 하고 사인을 해 달라 했다. 홍콩 사람들은 국제 도시라 그런지 보편적으로 냉정하며 다른 사람들에게 별로 관심이 없는 편이라 돈 없으면 말을 안 하는(노 머니 노 톡) 사람들이라 알려질 정도로 이기주의자들이다. 물론 다 그런 것은 아니지만 일반적으로 그렇게 알려져 있는 게 홍콩 도시 사람들이다. 길거리에선 유명 스타들을 봐도 힐끗힐끗 쳐다볼 뿐이고 성가시게 굴지는 않는다.

재키 챈(성룡)과 로레이 감독을 만나다

어느 날 내가 길을 걷는데 갑자기 부릉 하는 차 소리가 나고 "타이거." 하며 부르는 소리에 옆을 보니 재키 챈이 나를 불렀다. 나보고 "어디 가세요? 타세요" 하길래 생각 없이 차를 탔더니 뒷좌석에 여배우 둘이 타고 있었다. 그들과 인사하고 어디 가느냐 했더니 로레이 감독 사무실에 간다고 같이 가자길래 마침 나도 그분을 만나보고 싶어서 같이 갔다.

그가 차를 인도 아무 데나 세워두고 우린 이층 사무실에 가 감독을 만났다. 로레이 감독은 브루스 리의 홍콩 영화를 만들어서 유명해진 감독이었다. 그는 몸이 뚱뚱하고 세계 100대 감독으로 대우받는 노감독이었다. 그는 나에게도 관심을 보였다. 그래서 기회가 있으면 같이 영화 해 보자고 했다. 우리 일행은 같이 저녁 식사를 하고 헤어졌다. 재키 챈은 길거리에 차를 세워둬도 경찰들이 그의 차를 알아 티켓을 뗀다든지 법에 저촉시키지 않는다고 했다. 브루스 리 사후 재키 챈은 그들의 자부심이 되었기에 특혜를 베풀어 주고 있었다. 그때 그의 차는 지엠에서 만든 카메로였는데 머플러를 방방 소리 나게 한 그의 차는 특별했다.

원숭이 골을 대접받다

어느 날 저녁 홍콩 사업가들의 저녁 초대를 받아 중국의 최고의 요리로 대접받고 자리를 옮겨 최고급 술집에 갔다. 우리 일행은 둥근 테이블에 둘러 앉았고 가운데는 큰 통 같은 것이 놓여 있었는데 뚜껑이 덮여 있었다. 접대하는 아가씨들이 있고 술이 몇 순배 돌았는데 그날 저녁 호스트가 조용하라면서 뚜껑을 열자 무언가 하얀 액체 같은 것이 뛰고 있었다. 그것은 원숭이 골이었다. 잡은 지가 얼마 안 되어 아직도 골이 살아 움직인다고 했는데 나는 생전 처음 보는 것이라 비위가 확 상했다. 최고의 귀빈에게 대접하는 최고의 특미라 했다. 말은 들었지만 보기는 그날이 처음이었다. 스푼으로 떠서 먹으라고 했는데 나는 비위가 약한지 자신이 없었다. 그러나 나를 위한 것인데 비싼 특미를 마다할 수가 없어 스푼으로 떠 먹어 보니 고소한 맛이 났다. 술과 같이 먹으니 비위 상하는 것이 없어졌다. 생전 처음 맛본 원숭이 골. 지금도 그 생각을 하면 참 사람은 잔인하다는 것을 부인할 수가 없었다. 나는 홍콩에서 활동할 때 두세 작품씩 겹치기 출연하며 인기를 누렸다.

정창화 감독의 출연 제의

정창화 감독이 어느 날 부탁을 해왔다. 자기가 제작하고 감독하는 영화에 출연해 달라는 것이었다. 그것도 한국에서 2주일의 동안 로케이션인데 나는 그때 두 작품 겹치기 출연할 때라 보좌관과 스케줄을 점검해 봐도 도저히 맞지가 않았다. 정 감독님이 홍콩에 시작할 때 많이 도움을 주신 분이라 거절하기가 어려웠지만, 감독님께서 양해해 주실 줄 알았으나 감독님은 퍽 불쾌하게 생각하셨다는 얘기를 듣고 마음 아팠다. 나 대신 나의 친구인 권영문이가 출연했다는 얘기를 나중에 들었다.

출연료도 그때 홍콩 돈으로 10만 불을 받았다. 미화로 만 불이었다. 70년대에는 큰돈이었다. 골든 하베스트사 작품이 끝난 후 다른 작품 할 때엔 프리랜서기 때문에 모든 생활비를 내가 부담해야 했다. 호텔비, 식사, 차량운용비 등등이 들었다. 그래도 직업 배우로서 출연료를 받아 홍콩 생활을 하면서 미국과 한국을 왔다 갔다 하니 약간의 여윳돈밖에 없었다.

쇼 킬린을 만나다

나는 브루스 리의 친한 친구였던 쇼 킬린과 친해 많은 시간을 같이 보내기도 했는데 그는 브루스 리 얘기를 나에게 많이 들려주었고 참 마음씨가 좋은 배우였다. 나중에 대만에서 그와 같이 TV 연속극에 출연하기도 했다. 몇 년 전 그가 젊은 나이에 교통사고로 운명을 달리했다는 얘기를 듣고 슬퍼하며 친구의 명복을 빌었다. 나는 장우량과 양판판과 같이 출연했는데 장우량은 홍콩에서 한창 인기 있는 체격도 좋고 잘생긴 배우였고 양판판은 무술을 잘하는 예쁜 여배우였다. 양판판이 시집가는 것을 돈 많고 권력 있는 내가 강제로 납치해 첩으로 만드는 줄거리인데 나는 무술의 고수라 다른 어떤 이들도 나를 제압할 수가 없었다. 라스트 신에 가마에 실려 시집가는 양판판 뒤를 신랑인 장우량과 많은 젊은이들이 따라가는데 신부를 뺏기 위해 가신들을 보냈으나 실패하고 돌아오자 내가 직접 나서서 신부를 납치하려 하는데 워낙 완강히 저항해 졸개들을 다 쓰러뜨리고 마지막 나와 신부, 신랑이 2대1로 싸우게 된다. 이 장면은 양판판의 부드러운 무술동작이 돋보인다. 나는 둘을 앞에 두고 뛰어오르면서 두 발로 신랑을 차고 두 주먹으로 신부를 치는데 이 동작이 슬로모션으로 촬영되어 나는 이 장면 하나로 영화 상

영 후 화제가 되었다. 큰 몸으로 공중에 날아올라 동시에 이루어지는 동작
은 힘 있고 멋있었다. 힘든 촬영이었지만 보람이 있었다. 그 이후 그 장면을
흉내 낸 작품들이 많았다.

대만 TV 방송국 초청

　대만 국영 텔레비전 방송국에서 출연 섭외가 들어왔다. 주말 연속극이었
다. 기간은 3개월. 대우가 좋았다. 대만 웨지윤이라는 배우가 나를 만나러
제작자와 같이 왔다. 웨지윤은 영어도 곧 잘해 의사소통이 되었다. 나는 홍
콩 계약한 영화들이 거의 다 마무리되어 가므로 끝나면 가도록 하겠다고 계
약을 체결했다. 그 이후 새로운 작품은 계약하지 않고 한 달간 계약된 작품
을 다 끝내고 대만으로 매니저와 같이 떠났다. 대만에 도착해 비행기 트랩을
내리니 TV카메라가 취재 나오고 공항 청사 밖에 나가니 '양푸 선생 환영'이
라고 방송인들이 플래카드를 들고나와 있었다. 나는 그들과 손을 흔들어 인
사하고 곧 승용차에 올라 달리는데 앞뒤로 기자들이 취재하며 따라오고 마
치 알리와 같이 한국을 방문했던 그때가 생각났다. 나도 이렇게 환영받는 유
명인이 되었구나. 나 자신도 놀랐다. 방송국에 도착하니 많은 관계자 및 연
기자들이 나와 꽃다발로 환영해주었다. 그날 저녁 뉴스에 내가 대만에 도착
한 소식이 뉴스로 나왔다. 태권도 8단이며 세계 챔피언 알리의 태권도 지도
선생이며 지금 홍콩에서 뜨고 있는 스타가 대만 TV방송국 《퇴세장서》란 연
속극 출연차 도착했다는 소식이 그 이튿날 각 신문에 크게 보도되었다.
　대만 힐튼 호텔에 숙소를 정해주었고 촬영이 끝날 때까지 숙식을 제공받
기로 했다. 그 이튿날 연속극 홍보를 위해 나는 방송국 8톤 트럭에 연기자
들을 가득 싣고 이빨로 물어 끄는 대차력시범을 한 후 유명사회자 장소연의

《종이이빠이쇼》에 출연했다. 홍콩에서 나를 섭외해 온 웨지윤을 출연시켜 얘기 나누도록 했다. 팡파레 속에 무대에 등장해 관람석에 손을 흔들어 환영에 답하고 좌우에 선 두 사람과 차를 이빨로 물고 끄는데 쇠로 만든 이빨이 아닌가 보여줄 수 없는가 하고 장소연이 조크를 던져 내가 그렇지 않다는 제스처를 했더니 앞으로 TV 프로그램에 좋은 연기 및 무술을 보여 주기를 우리 모두가 바란다고 했다. 웨지윤이 우리 시청자들을 위해 한마디 부탁한다고 했을 때 거침없이 "나를 초청해 준 방송국과 공항까지 나와 열렬히 환영해 준 여러분들에게 감사하며 특히 나는 대만 국민 여러분들을 존경하고 사랑합니다."라고 했다. 사회자 장소연이 쿵푸를 보여달라면서 자기 팔을 본다. 그러면 내가 쿵푸 o.k 하면서 뒤로 돌아가 그를 내 팔에 끼워 번쩍 들어 올리는 즉흥 연출도 했다.

대만 TV에서 '아리랑'을 부르다

양푸 선생의 쿵푸도 보았으니 노래를 들어 보자면서 무슨 노래 하겠느냐 물었다. 나는 '아리랑'을 청하고 밴드들이 '아리랑'을 연주해 '아리랑'을 불렀다. 그때부터 홍콩이 아닌 대만에서의 새로운 연기자 생활이 시작되었다. 시작은 만족이었다. 나의 일거수일투족이 신문에 실렸다. 내가 출연하는《퇴세짱서(철권)》라는 주말 연속극 연출자는 제일 실력 있는 분이었고 출연진도 대단했다. 나는 그 이튿날 스튜디오에서 선전 타이틀을 찍었다. 텔레비전은 영화와 달라 카메라 스피드 조작도 못 하고 실제 속도 그대로였기 때문에 날카로운 박력은 없었다. 며칠 후부터 프로그램 선전에 내가 차를 끄는 장면과 웨지윤과 회전 발차기하는 장면, 정권으로 벽을 뚫는 영상과 태권도 세계 챔피언 8단이며 알리의 태권도 사범이 펼치는 액션을 놓치지 말라며 선전하니 나는 대만에 일약 스타가 되어 버렸다.

대만 TV 연속극에 출연

영화 촬영과 TV촬영은 달랐다. 영화는 대부분 로케이션에서 이루어지고 TV는 스튜디오에서 거의 다 찍었다. 스튜디오 안이라 답답하기도 했지만 스토리 전개가 빨라 지루함은 없었다. 나는 촬영이 없는 시간에 중국 노래를 배웠다. 처음 배운 노래가 '매화'였다. 대만 국화를 노래한 것이라 우리나라 '아리랑' 같은 노래였다. 여배우가 가르쳐 주는 장면이 잡지 기사로 실리기도 했다. 틈만 나면 내가 무술을 배우들에게 가르쳐 주기도 하고 중국 무술을 연습하기도 했다.

주로 야간 촬영이 많았다. 저녁 늦게까지 촬영하면서 야참을 먹는데 별미에 맛은 있었지만, 건강에 좋지는 않았다. 매주 금, 토, 일 촬영 끝나면 대만 돈 만 원짜리가 가득한 봉투를 받았다. 나는 주급 이외 호텔비 숙식비를 방송국에서 지불하는 특별대우를 받았다. 연속극에 출연하면서 여러 번 쇼 프로로 나가 '아리랑', '매화', '솔리핏도' 등의 노래도 부르고 얼음 격파, 송판 격파를 한 후 인터뷰하는 《양푸 트비엔(타이거 양 스페셜)》프로를 만들어 출연하며 내가 좋아하는 배우 한두 명을 초대해 대담도 했다. 시간은 20분이었다. 반응이 좋아 매주 토요일 방송 스케줄이 나에게 배정되었다. 몇 차례 쇼에서 '아리랑'을 부르고 한국을 소개했더니 대만에 거주하시는 교포들이 김치를 가지고 방송극에 찾아오셔서 격려해 주셔서 너무 감격하기도 했다. 그때 대만에는 교포가 약 500명이 살고 있다 했다.

대만에서 스타가 되다

나는 어느 날 황가달이와 같이 대만 국립 촬영소에 촬영하고 있는 팀을 격려하기 위해 택시를 타고 촬영소 입구에 내렸더니 수많은 관중들이 입장을 하기 위해 기다리고 있다가 우리를 발견하고 와 하고 몰려오는데 내가 아닌 황가달에게 그들이 몰려오는 줄 알았는데 가달이가 아닌 나의 이름 양푸 그리고 우부창(극중 이름)을 부르며 사진 찍어 달라 사인해달라 아우성이라 나는 대만에서 처음 당해 보는 나의 인기세에 지극히 놀랐고 가달이도 놀랐다.

길거리를 다니기도 힘들었고 가게나 쇼핑몰에 들어가면 바깥 창가에 사람들이 몰려 들여다보고 마치 원숭이 구경을 하듯 했다. 처음 대만에 도착해 이발소에 매니저와 같이 가 이발을 했다. 대만 이발소는 70년대 한국 이발소와 달리 여자들이 안마 서비스하던 때였다. 한국의 변태 이발소 문화는 70년대 대만에서 배워온 것이라 했다. 처음 갔을 땐 나를 알아보는 이가 없어 편안하게 이발했는데 얼마 후 나는 그 이발소에 갔더니 이발소 아가씨들이 다나에게 몰려와 서비스하겠다고 야단이니 매니저가 애를 먹고 한 아가씨를 지명해 머리를 감고 마사지를 받았다.

항상 어딜 가나 사람들이 몰려와 조심스럽고 불편했다. 나는 그 이후부터 호텔 방에서 룸 서비스로 식사를 하고 촬영이 없을 땐 친구들 차를 타고 밤에만 외출했다. 사생활 침해를 받으니 모든 것이 불편했다. 어느 날 동남아에서 유명한 진생과 로레이가 찾아왔다. 그들은 홍콩, 대만, 동남아에서 유명한 액션 배우들이다.

그들과 같이 대만 다운 타운을 걸어가는데 그들보다 나에게 더 많은 사람들이 따랐다. 타이샨 호텔에서 식사와 커피를 하며 재미있는 시간을 가지고 그날 저녁 나이트클럽에서 내가 사기로 했는데 나중에 계산은 로레이가 먼저 해 버렸다. 나는 다음으로 기약했다. 그날은 모처럼 사나이들끼리 좋은 시간을 보냈다.

탤런트와 스캔들

나는 방송국에서 손일루라는 키가 크고 멋있는 가수 겸 여자 탤런트를 알게 되었다. 영어도 조금 할 줄 아는 인기 있는 쇼 프로 진행자였다. 그는 내가 홍콩이나 미국으로 떠날 때 나의 매니저와 같이 공항에 환송 나오고 하여 두 사람 사이가 보통 사이가 아니다라는 가십도 신문에 나곤 했지만 우리 관계는 아무 일도 없었던 그저 친구 사이었다.

나는 두 번 최다청 특별 쇼에 출연했다. 최다청은 대만의 미인이고 홍콩, 싱가포르, 말레이시아 쪽에서도 이름있는 탤런트였는데 말도 잘하고 재치가 있었다. 나는 프로 출연 관계로 호텔 커피숍에서 몇 번 만나 대본도 같이 읽고 또 상의를 했다. 그의 쇼에 두 번 출연한 후 이상한 오해가 생겨 신문, 잡지에 가십으로 보도됐다. 최다청은 그 유명한 외팔이 배우 왕유의 여자친구였다. 그래서 그가 나를 오해한 것이다. 최다청과 사귄다는 소문을 듣고 나에게 사람들을 보내 진의를 확인해 보고 주위에 사실을 확인했다는 얘기를 듣고 주위 사람들은 빨리 나보고 대만을 뜨지 않으면 큰일난다라고 했다. 나는 쓴웃음을 지었다. 정말 내가 그와 사귀었다면 나는 그들의 덫에 걸렸을 것이다. 얼마 후 왕유와 만나 오해를 풀고 좋은 관계로 발전했다. 그는 대만에서 유일하게 롤스로이스를 타고 다니며 인기와 부를 과시했다. 그리고 홍콩, 마카오 지하세력들과 연계를 맺고 있는 대부라는 소문이 허다했다. 진위는 나도 모른다. 대만에 지하 조직들은 긴 칼을 신문지에 돌돌 말아 가지고 다니면서 엘리베이터 안에서 공격하기도 하고 여자들에겐 얼굴에 염산가리를 뿌리기도 한다. 홍콩과 대만의 지하 조직은 우리들에겐 무시할 수 없는 존재였고 나는 홍콩에서 그들과 대면했던 것이 활동하는 데 큰 도움이 되었다.

대만에서 내 영화가 히트하다

내가 TV 연속극 출연으로 유명해지니 그때를 이용해 《따이 미후여 쇼까세이》를 상영했고 얼마 뒤 《망퀸콰이샤우》를 상영해 히트를 쳤다. 나는 야외 시범도 하고 무대 인사 겸 시범을 하며 홍보해 영화 히트에 일조했다. 야외 시범 때 너무 많은 관중이 몰려와 많은 경찰들이 경호를 해줬다. 나는 화제 만발의 연속극을 촬영했다. 홍콩에서 브루스 리의 친구 쇼 킬린을 초청해 와 나의 상대로 출연시켜 나는 그를 제압했는데 미안했지만 역할이 그러니 어쩔 수 없었다. 또 중국 거인 쇼깜이 있었다. 그는 천하장사로 등장하는데 나는 그를 1대 1로 맞서 덤벼드는 그가 나의 회전 차기를 맞고 정신이 몽롱한 상태에서 공격하는 것을 나는 오른쪽 검은 가죽 장갑을 서서히 벗고 주먹에 악력을 넣으면서 왼손으로 방어, 살인 주먹인 오른 정권으로 그의 명치를 공격하면 그는 뒤로 밀려 나무에 부딪혀 절명한다. 그 장면을 지켜 보고 나를 쫓던 무사들은 자취를 감춘다. 나의 역할은 명을 받아 공주와 왕자를 비밀리에 그림자같이 그들을 보호하는 데 그들은 내가 누구인지 극이 끝날 때까지도 존재를 몰랐으나 환궁해 왕을 만났을 때, 왕이 나를 소개해 그들은 나의 존재를 알게 된다.

감독은 나의 일격필살의 힘을 연출하려 노력했고 나도 그에 부응하고자 카리스마 있는 연기와 액션을 하려 노력한 결과 반응은 의외로 좋았고 대만 TV 출연은 성공적이었다. 매니저로 수고해 준 양룡에게 감사한다. 그는 나와 같은 종씨로 형제가 만났다면서 기뻐했는데 그의 부친은 대만 경찰서 서장이었다. 그는 몸이 뚱뚱하고 인간성이 좋으며 나를 위해 많은 일을 해준 잊지 못할 친구였다. 그와 팔씨름하는 사진이 잡지에 실리기도 하고 같이 행사 참석 때도 스포트라이트를 받기도 했다. 그는 대만의 최고의 팝 가수 제니왕을 나에게 소개해 같이 TV쇼에 출연해 같이 듀엣을 부르기로 하고 내가 제니에게 무술을 가리켜 주기도 했다. 가끔 양룡과 같이 제니가 노래하는 클럽에 가서 노래를 듣기도 하고 제니의 청에 따라 노래를 부르기도 했다. 그녀의 목소리는 고우면서 파워풀했다. CTS TV에 출연 당시 한국에서 가수 김수희가 왔다. 그녀는 내가 출연하는 쇼에 한복을 입고 출연했으며 내가 아는 흥행 회사를 소개해 주느라 몇 번 만나 식사도 하고 했는데 얼마 후 그녀의 남편이 대만에 와 합류하므로 곧 한국으로 돌아갔다.

대도시 극장 스타 쇼에 출연하다

나는 매니저가 짜준 스케줄에 맞추어 타이중, 타이난, 가오슝 스타의 쇼에 타이틀을 맡아 출연하기로 계약했다. 먼저 가오슝에서 시작했다. 가오슝은 대만의 제2도시이며 항구도시로서 한국의 부산과 같은 곳이다. 나는 가오슝에서 제일 큰 극장에서 2회 쇼를 공연했다. 내가 오후에 매니저와 같이 극장 뒷문에 도착하니 많은 사람들이 기다리고 있었다. 일부러 정문을

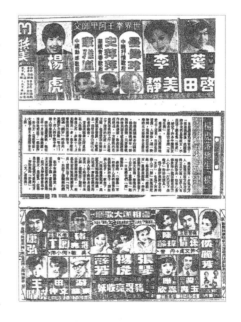

피했는데도 마찬가지였다. 차에서 내리니 양푸, 양푸 하며 환호하며 사인을 요구하고 사진을 찍고 야단법석이었다.

경비원들이 엘리베이터 문을 열어 타고 분장실에 올라가니 땀에 흠뻑 젖

어있었다. 그때 쇼에 내걸기 위해 높이가 6피트 너비 3피트 반 대형 사진을 제작했고 그 외 5장의 포스터 사이즈 사진을 준비해 극장 쇼룸에 내걸었다. 지금도 대형 사진은 나의 체육관에 걸려있다. 가오슝에 있는 희쌍봉 공연 극장에는 5,000관중이 입장했다. 공연 포스터에는 대만 최고 여배우 여방과 나를 중심으로 양옆에 기라성 같은 당대의 최고 가수들과 배우, 코미디언들이었다.

나는 인기를 실감했다. 한국도 미국도 아닌 대만에서 나의 얼굴과 이름이 탑이라니 가슴 뿌듯하며 눈물이 나도록 기뻤다. 요즘 한창 한류 열풍이 불어 우리나라의 연기자들과 가수들이 동남아를 접수했는데 나는 30년 전 한류의 원조라 할 수 있다. 그것을 증명하기 위해 그때의 포스터와 신문 선전물을 기재하겠다. 나는 공연 맨 마지막 순서로 출연해 '솔리피토' 노래를 부르면서 판자를 격파하고 대만의 노래 '매화'를 불러 관중이 환호하면 '그린그린 그래스 오버 홈'을 불렀다. 나는 이 회 쇼가 끝난 후 경호원들의 경호를 받으며 준비된 식당에 가서 식사한 후 피곤해 특별히 초청받은 연회에 불참했다.

그다음 날은 타이중에서의 공연이었다. 타이중은 대구와 같은 도시였고 그 쇼는 그때 한창 쌍검여걸로 한국에서도 알려진 유명한 대만 여배우 상관 링풍이 나와 조인했고 가수로는 사전, 코미디언 장패, 장래, 리미란, 링풍, 장청 등 명실공히 대만을 대표하는 이들이었다. 특히 장패는 나와 친했고 그의 부인을 나에게 소개해 주기도 했는데 어딜 가나 인기 절정이었다. 그의 부인은 화교라 나에게 더욱 관심을 보여 주었다. 나는 그날 쇼를 하면서 정권이 깨어져 나가는 고통을 겪었다. 왜냐하면 제작진들이 참나무로 만든 판자를 모르고 가져 왔으니 참나무는 얇지만 깨어지지 않고 고무같이 수축이 된다. 내가 모르고 무대에 나가 그걸 깨는데 주먹 정권이 다 깨지는 고통이었으나 끝내 그것을 깼고 관중들에게 그 판자를 만져보게 하고 이해를 시켜 그 이튿날 신문에 판자와 같이 나의 주먹을 크게 클로즈업해 보도했다. 나는 상관린풍과 같이 '매화' 노래를 부르고 우린 합을 만들어 무대에서 실기 시범을 보이기도 했다. 상관린풍은 이름에 걸맞는 배우여서 여걸답게 무술을 잘하는 연기자로 같이 공연한 것이 영광이었다. 성황리에 쇼를 마치고 타이베이로 돌아갔다. 한 달 후 다시 타이난(광주와 같은 위치의 도시)에서 타이중에서 공연한 팀들과 같이 이틀 동안 일일 2회 공연을 무사히 끝냄으로 스타 쇼를 마쳤다. 한 달 후 스타 쇼 우리 공연 팀은 싱가포르, 말레이시아로 가서 공연을 끝내고 15일 후 다시 대만에 돌아와 《망퀸 꽈이샤우》 영화 홍보에 앞장섰다. 원래 연소틴과 하종도가 나보다 먼저인데 하종도보다 나의 이름이 선전마다 먼저 나오고 극장 간판에도 마찬가지였다. 선전에는 내 이름 일색이었다. 홍행은 꽤 성공적이었다.

대만 독립 기념일 축하 공연

《장광차우》 TV쇼에 출연해 벽돌을 깨고 무희들이 나의 아리랑 노래에 맞추어 춤을 추는 프로그램에 출연한 후 2월 독립 기념으로 베이강이라는 도시에서 매년 시청 앞 광장에 무대를 만들고 자동차 통행을 막은 후 축하 쇼를 하는 국민적 행사에 내가 무술인 겸 연기자로 초청이 되었다. 낮에는 군병원을 배우들과 같이 위문한 후 오후 늦게 우리 공연단 버스가 경찰차 에스코트를 받으며 도착해 임시 분장실에서 분장을 하고 나는 검은 도복 바지와 붉은색 셔츠와 은색 망토를 걸쳤다. 빌딩 옥상 그리고 광장 및 길거리를 꽉 메운 관중들, 민족 최대 기념 행사라 대단했다. 나는 무대에 올라 환호하는 관중들에게 "따지아하오 워쓰 양푸. 꿍씨꿍씨(나는 타이거 양입니다. 반갑습니다)." 하니 "와." 하고 함성을 질렀다. 나는 여섯 장 높이 쌓아 놓은 얼음을 포효하면서 수도로 자르고 환호에 답한 후 '매화'를 불렀다. 수많은 무도인들

중에 이 행사에는 한 사람만 참석시키는 전통에 따라 내가 대만인이 아닌 한국인으로 초청받았으니 대단한 영광이었다.

시범을 끝내고 우리 일행은 대사원에 가서 참배 행사에 참석하고 사인회를 마치고 그날 저녁 타이베이로 돌아왔다. 여러 영화사에서 섭외가 들어왔고 또 방송국에서 《양푸트비엔(양푸스페셜)》 프로를 가을 프로 편성에 넣을 테니 30분 동안 원하는 가수나 배우를 선별해 한두 명 초청 대담하고 무술쇼 및 노래로 꾸미자고 해 한 달 후에 있을 개편 프로에 사인했다. 그후 나는 《종이 이빠이》 장소연 쇼에 출연해 여섯 장 얼음을 깨고 노래 및 발차기 시범을 했다. 그때 나의 상대로 보조를 해 준 진이라는 여자 코미디언의 인상이 지금도 남는다. 나는 그녀의 입에 담배를 물리고 머리에 사과를 올려놨다. 밴드의 팡파르가 울리는 속에 회전 뒤차기로 입에 물고 있는 담배를 날리니 얼굴이 창백해졌다. 그녀는 겁을 잔뜩 먹고 눈을 크게 뜬 채로 머리 위에 올려둔 사과를 바로 올려놓으면서 오케이 오케이 했다. 나는 "메이꽌시(괜찮다)." 하면서 점프 회전 차기로 360도 돌아 사과를 날렸다. 물론 어려운 기술이며 정확도가 필요한 것인데 실수하면 담배를 물어 설 때는 입을 찰 수도 있고 머리에 사과는 실수로 머리를 찍을 수도 있을 정도로 위험하기 때문에 그녀의 사색이 된 표정을 나는 충분히 이해했고 또 보조를 해줘 정말 고마웠다. 나는 바닥에 완전 다리를 벌려 땅에 배를 붙이고 양 다리를 앞뒤로 벌려 엉덩이를 바닥에 붙이는 시범으로 몸의 유연성을 보인 후 일어나 보조를 세워두고 특유의 부드러움과 스피드를 보여 주는 시범을 했다. 마지막 발을 천천히 들어 돌려차기를 하나둘 옆머리 공격 후 다시 그 발을 왼쪽으로 돌려 오른쪽 공격을 한 후 바꾸어 왼쪽 공격을 하면서 머리에 발을 갖다 대니 그녀는 머리 만진 손을 코에 갖다 대며 냄새가 난다는 표정을 지어 보였다. 코미디언만이 할 수 있는 순간적인 재치로 폭소를 만들어 냈다.

나는 양동생 황가달이의 제안으로 그의 집에서 기거하기로 했다. 그는 깨끗한 주택 앞방을 내게 내어 주었다. 집 앞에는 대만 공설 운동장이 있어 운

동하기도 좋은 환경이었다. 가달이 부인은 사핑이라는 대만 가수였고 장인
어른은 군소장 출신인데 퇴역하셨다. 원래 가달이 집은 마카오인데 대만은
처가집이었다. 나는 약 2주 동안 같이 지내다 가달이가 홍콩으로 촬영 떠나
자 혼자 있기가 불편했는데 대만 거인 쇼깜이 자기 집에 같이 있자고 청해
며칠 같이 지냈다. 그의 부인도 거인이라 그 집은 모든 것이 컸다. 특별한 사
람들과 며칠 지내면서 좋은 경험을 했다. 쇼깜은 인정 많고 무술 연마를 좋
아하는 친구였다. 그 친구의 성의는 고마웠지만, 다시 며칠 후 호텔로 옮겼
다. 쇼깜이 몇 년 전 타계했다는 얘기를 들었다. 모든 것이 인생무상을 느끼
게 했다. 친구의 명복을 빈다.

커피 한 잔에 2천 원을 지불하다

아무튼 나는 대만에서 많은 화제를 뿌렸다. 어느 날 나는 친구(브루스 리
영화 《당산대형》에서 코믹한 연기자) 미스트 위와 같이 다운타운 커피숍에 가서
음악을 들으며 커피를 마셨다. 그때 대만 커피숍은 한국의 카페와 같아 밤
에는 밴드와 가수가 노래를 하고 낮에는 음악을 들려주었는데 시설이 좋고

분위기도 퍽 좋았다. 내가 계산을 하는데 꽤 많은 액수였다. 이유인즉 커피를 마시고 간 나도 모르는 젊은 친구들이 내 앞으로 계산하라면서 갔다는 것이다. 황당했지만 어쩔 수 없이 팬들의 커피값을 계산하고 나왔는데 그 이튿날 신문 스타란에 어제 커피숍에 양푸가 이름값으로 이천 원을 커피값으로 지불했다면서 나의 사진과 함께 기사가 크게 실렸다. 나는 어느 곳에 가도 항상 이목이 집중되고 행동에 제안을 받아 사생활은 없어지고 말았다.

어느 날 대만 잡지사의 격파 시범 및 인터뷰를 하기로 하고 잡지사 특별실에 준비해둔 얼음 7장을 격파하는데 나는 상당한 애를 먹었다. 관중 없이 사진사와 매니저와 일을 도와주는 일꾼뿐이니 기를 모을 수가 없었다. 나는 모든 시범을 수많은 관중 앞에서 할 때 나는 그들의 함성과 기를 받아 힘을 낼 수가 있는데 조그마한 실내에서 일곱 장의 얼음을 깨기란 정말 힘이 들었다. 나는 몇 차례 시도한 끝에 격파를 했지만, 힘이 빠져 몸은 지쳤고 정말 기분이 엉망이었다. 잡지에는 네 페이지를 할애해 컬러로 시작부터 깨어지는 순간을 포착한 사진과 발차기 연속 동작 그리고 인터뷰를 실었다. 나는 솔직히 격파가 힘들었음을 고백했다.

대만에는 한국 부산에서 자란 화교 출신 배우인 담도량이 있었다. 그는 발을 깨끗이 잘 차고 동작이 아름다워 무술 배우로 대만, 홍콩에서 유명했다. 그를 만나 한국말을 하니 마음이 후련해지는 것 같았다. 그와 같이 출연하진 않았지만 좋은 관계를 유지해 미국에 와서도 우린 가깝게 지내고 있다. 그는 중국인이 많이 살고 있는 몬트 데이팍에서 태권도 도장을 하면서 다른 사업도 하여 성공했다는 얘기를 들었다. 대만 태권도 협회 임원들이 나를 찾아와 태권도를 소개해 준 고마움을 표시하면서도 내가 대차력을 시범하고 얼음 격파를 하니 그것은 태권도가 아니잖느냐며 은근히 불만을 토로했다. 그에 나의 대답은 태권도란 발만 차고 주먹만 쓰는 것이 아니라 도의 기본을 바탕으로 발생하는 모든 힘은 무술이라 할 수 있으며 그 무술 기본기의 발생이 나에게는 태권도로부터 나오니 태권도가 아닌가라고 설명했다.

대만 영화 시상식에서 최고 인기상 수상하다

나는 대만에서 1년 가까이 있으면서 TV 출연, 영화 무대 공연 등 바쁜 일정을 보냈다. 3편의 영화가 계약되어 있고 TV에서 나의 특별 프로를 가을부터 하기로 했다. 1979년 12월 대만 영화인협회가 주최하는 금마장 시상식에서 나는 최고의 인기상을 수상했다. 시상식이 끝난 후 휴식을 취하기 위해 홍콩에 갔다. 홍콩에서도 매니저가 연락했는지 기자들이 공항에 나와 사진을 찍었다. 나는 기자들을 침사추이 식당에 초청해 그동안 대만에서의 활동을 소개했다. 홍콩에 있는 매니저 로버트 첸이 미국인 감독을 호텔로 데리고 왔다. 그는 할리우드 영화 감독으로 이름은 테드 마이클인데 제작자 겸 감독으로 홍콩에서 영어도 하고 무술을 잘하는 배우를 찾으러 왔다고 한다. 그러자 골든 하베스트 사에 갔는데 나를 추천하면서 나의 매니저인 로버트 첸을 소개해 나를 찾아왔다고 했다.

할리우드 영화사와 계약

그는 독립 영화사 사장으로 영화를 만드는데 이번 작품은 동양 무술영화라 반드시 동양인이 주연이어야 하는데 내가 키가 크고 우선 영어를 하니 좋다면서 출연한 영화를 보여 달라 했다. 매니저가 육봉 영화사에 연락해 브루스 라이와 촬영한 영화를 보여줬더니 그는 흡족

해 하면서 계약을 체결하자 했다. 내가 동남아에서 활동하는 최종 목적은 할리우드로 가는 것이라 나는 앞뒤 생각할 틈도 없이 계약을 했다. 미국 도착부터 촬영 끝날 때까지 매달 생활비 3,000불, 아파트, 자동차를 제공받고 작품당 출연료 오만 불에 계약했다. 작품 타이틀은《매스트 인크레더블》. 내용을 소개해줬는데 내가 좋아하는 역할이며 작품이었다. 우린 그날 저녁 축하 파티를 했다.

그 이튿날 감독과 같이 기자를 초청해 미국 작품 계약 인터뷰를 했다. 나는 대만으로 돌아가 모든 것을 정리한 후 나에게 꿈을 이루어준 대만을 더 큰 꿈을 실현키 위해 떠나기로 했으나 못내 서운함이 앞섰다. 모든 것을 매니저에게 부탁하고 공항으로 떠났는데 기자들이 나와 사진을 찍었다. 홍콩으로 와 비행기를 갈아타고 LA로 날아왔다.

미국 할리우드에 돌아오다

공항에는 테드 마이클과 로이 감독이 나와있었다. 나는 그들이 얻어준 할리우드의 산 밑에 있는 아파트에 여장을 풀고 그들과 저녁을 하면서 앞으로의 스케줄에 대해 얘기를 나누었다. 영화 줄거리는 나와 있으나 아직 시나리오가 완성되지 않았다고 한다. 시나리오를 다 쓰려면 1개월 반은 걸리니 그동안 대사 공부도 하고 운동을 하면서 무술 감독으로서 합을 연구해 콘티를 만드는 작업을 하라는 것이었다. 그 이튿날 자동차 리스 회사에 가서 마스텡 오픈카를 리스해 주어 오랜만에 운전을 했다. 어딜 가도 아무도 몰라보니 참 편안하고 마음이 자유로웠다. 나는 그 이튿날부터 운동을 시작했다. 내가 사는 아파트는 할리우드 산 바로 아래이니 나는 산 위 정상(할리우드 사인이 있는 뒷편 봉오리)을 목표로 뛰어올라가기로 일차 계획을 세우고 천천히 뛰어서 산길을 따라가는데 산 밑에서 생각한 거리 계산이 오산이었다. 30분 정도면 정상에 오를 줄 알았는데 한 시간이 걸려서 겨우 오를 수가 있었다. 속도는 줄여도 멈추지는 않았지만, 마지막 정상에 오를 땐 기어오르다시피 했다. 정상에 올라 앞을 내려다보니 할리우드, 뒤로 돌아보니 워너 브라더스사, 유니버셜 스튜디오가 보이는 버뱅크였다. 나는 가슴을 펴고 소리를 높여 외쳤다. 할리우드에 이름을 새기겠다고… 만감이 교차했다. 3년 동안 홍콩과 대만에 배우로 이름을 날렸고 이제 여기 최종 목표인 할리우드에 왔다. 성공을 위해 오직 외길로 뛰었다. 그리고 여기까지 왔다. 힘이 솟구치고 불같은 열정이 내 몸을 감싸 나는 하염없는 눈물을 흘렸다. 할리우드 사인이 내려다보이는 정상에서 앞으로 닥쳐올 나의 미래에 대해 많은 생각을 했다. 마지막으로 나무를 타깃으로 발차기 연습을 하다 하산했다. 나는 아파트에 있는 조그마한 실내체육관에서 기구 운동을 끝으로 하루를 시작했다. 그리고 대면 에비뉴에 있는 연기 학교에 가 등록을 하고 대사 코치를 받았다. 동남아에서는 오버 연기가 많았다. 하지만 미국 영화는 있는 그대로 대사를 하고 연기를 하는 것이라 처음에는 부자연스러웠지만, 며칠이 지나니 많이 달라졌고 대사도 좋아졌다.

매일 아침 산을 뛰니 이제는 가뿐히 올라갔다. 주말이면 말을 타는 승마 그룹과 만나기도 하고 등산객들을 만나기도 했다. 지금은 내가 누구인지 모르지만 언젠가는 내가 누구였는지 알게 될 것이다라고 속으로 생각하며 뛰고 또 뛰었다. 며칠 후 한봉수 관장님 도장을 방문했는데 그분은 나를 보고 깜짝 놀랐다. 내 몸이 마치 조각같이 다듬어져 있다면서 찬사를 아끼지 않으셨다. 그분도 영화에 출연했던 분으로 우리는 서로가 서로를 알아봤다. 나를 만나는 사람마다 놀라니 나는 그때가 최고 상태였던 것 같다. 운동을 하면 지칠 줄 모르고 발차기 그리고 몸동작이 내가 뜻하는 대로 되었으니 최상의 컨디션이 아닌가.

어느 날 시카고에 있던 닥터 백이 찾아와 올림픽 가에 있는 나이트클럽에 갔다. 입구에 들어가니 "타이거 양 씨, 어서 오세요." 하면서 밴드 마스터가 나를 알아보고 환영했다. 나는 몇 년 동안 홍콩, 대만에서 미국으로 왔다 갔다 하면서 언론에 많이 소개되어 알려졌다. 마침 그 지난주에 KTV에서 내가 출연한 영화 《코메리칸의 낮과 밤》을 방영한 후라 그날 저녁 많은 사람들이 나를 알아보았다. 나는 밴드의 요청으로 노래도 불렀다. 많은 여자 손님들이 춤을 추자고 신청하고 차례를 기다리기도 했다. 그때 같이 간 닥터 백이 심기가 불편했는지, 질투했는지 나이가 든 선배답지 않게 나에게 "뭐 대단하다고 야단이야. 별것도 아닌데." 하면서 망신을 주길래 거기선 사람들의 이목이 있으니 아무 말도 안 하고 참고 있다가 닥터 백과 같이 아파트로 돌아올 때 중간 정도에서 당신같이 함부로 하는 사람과는 같이 지내고 싶지 않으니 내려라 하면서 도로변에 내려 두고 돌아왔다. 혼자 자고 있는데 문 두드리는 소리에 잠을 깨어 문을 열어보니 그가 2마일 정도를 걸어서 찾아와 "내가 술이 취해 실수했으니 미안하다."라고 사과했다. 내가 너무 했다는 마음에 미안한 생각이 들어 우리는 몇 잔 술을 더 마신 후 잠이 들었다. 닥터 백은 위스컨신 주 에디션에서 고등학교 건물을 불하받아 기숙사도 있는 체육관으로 크게 운영하셨던 분이고 부인도 미 육군 대령이 되어 한국인으로선 최고의 계급에 오른 분이었다. 영화에 심취해 결국 도장도 문을 닫고 LA로 온 그는 얼마 후 중풍에 걸렸으나 강인한 정신으로 재활해 많이 회복되어 이젠 약간 왼쪽만 불편하게 지내고 있다. 그는 태권도 발전에도 많은 기여를 하고 영어도 잘하시는 지혜로운 분으로 완쾌되어 정상적인 활동을 하실 수 있게 되기를 기원한다.

영화사가 문을 닫다

　나는 두 달 후 다음 달 생활비를 받기 위해 센츄리 시티에 있는 영화사를 찾아갔는데 엘리베이터 입구에서 경비원이 몇 층 가느냐고 물었다. 내가 영화사 간다고 했더니 회사 문을 닫았으니 올라가도 아무도 없다고 했지만 믿지 않고 올라가 보았더니 사무실 문마다 붉은 딱지가 붙어 있었다. 그날 저녁 뉴스에 세금 백십만 불을 체납해 세금을 입금할 때까지 모든 것을 차압했다는 소식이었다. 테드 마이클 감독에게서 전화가 와서 프로듀서가 부도가 났으니 해결될 때까지 기다려야 된다고 했다. 어제까지만 하더라도 작가와 만나 시나리오 작업을 했고 말리부 비치에 사장의 집이 있어 가끔 주말에 들려 승마도 하고 그의 포르쉐 오픈카를 타고 즐거운 시간도 보내며 그의 집에서 배우들과 파티도 하고 다음 작품 준비에 열을 올렸는데 나는 기가 막혔다. 당장 어쩔 수가 없었고 또 회사가 정상화가 될 때까지 기다릴 수도 없었다. 아파트와 차는 미리 3개월을 회사에서 지불했는데 계약 완료될 때까지는 아직 한 달이 남았으니 괜찮았다. 나는 우선 비버리 힐즈에 사무실을 갖고 있는 헨리 박 사장을 테드 마이클 감독으로부터 소개받았다.

　그는 영화 제작, 수입 수출입을 하시는 분이었다. 나는 그 이튿날부터 박 사장 사무실에 나가 다른 작품을 찾아보기로 했다. 나는 그분을 형님이라 불렀다. 형님은 인정도 많고 좋으신 분이었다. 웨스트우드에 집도 가지고 있고 기반을 잡으신 분이었다. 가끔은 테드 마이클 집(왕궁, 캐슬이라 불렀다)에서 열리는 파티에 참석하기도 했다. 한번은 한국에서 《팔도 사나이》를 감독한 김효천 감독이 오셔서 그분을 형님으로 모시고 테드 마이클 감독 집에 가서 그가 데리고 사는 일곱 아가씨들과 디너를 하며 즐거운 시간을 가졌다. 테드 감독은 그랜데일 작은 산 위에 캐슬을 가지고 있으면서 영화 제작, 감독을 하는 분인데 《돌스꽃》이라는 영화로 돈을 벌어 캐슬을 구입했다고 했다. 여러 편의 소자본 영화를 만들어 성공한 그는 영화를 위해 살고 영화

밖에 모르는 제작자 겸 감독이었다.

나는 홍콩에 있을 때 할리우드에서 활약하고 있는 중국 배우 제임스 홍을 알게 되었다. 그는 오순택 씨, 일본인 배우 마코와 같이 최고의 동양인 배우로 알려진 배우였다. 나는 그에게 연락해 에이젠트를 소개받았다. 선셋 블루 바드에 있는 가이 리라는 에이젠트였다. 그는 중국 사람으로 오랫동안 일을 한 사람이고 오순택 씨도 속해있는 베이스류 에이젠트였다. 나는 그 뒤 에이젠트의 소개로 유니버셜 스튜디오의 오디션을 갔다. NBC에서 특별 제작하는 영화인데 주인공은 그 유명한 《패튼 대전차 군단》의 조시 C. 스콧이었기에 더욱 관심이 가는 작품이었다. 그날 오디션에서 자니 윤 씨를 만났다. 그도 《데이콜 브루스》라는 영화에 출연했던 연기자라 오디션을 하러 왔다. 어쨌든 감독이 많은 관심을 가지고 나를 테스트했다. 카메라 테스트, 액션 동작 테스트를 몇 번 한 후 2차 테스트를 주문했다.

나는 며칠 후 2차 테스트에 참가해 감독과 카메라맨과 같이 카메라 워킹과 대사를 테스트 했는데 감독은 특히 권투 스텝을 원했다. 내가 하는 스텝은 권투와 꼭 같을 수는 없었다. 역할이 샌프란시스코에서 자란 동양계 암흑가 보스로 권투 선수 출신으로 설정되었다. 그들이 나 혼자를 테스트하는데 많은 시간을 소비했기에 캐스팅 될 거라 자신했으나 며칠 후 에이젠트로부터 촬영이 너무 임박해 나의 영어 악센트 처리를 고치기 어려워 영화사에서 나를 포기했다는 전화를 받았다. 나는 실망했지만 할리우드의 첫 오디션에서 좋은 반응을 얻어 한결 자신감을 얻는 계기가 됐다.

그 이후 조그마한 역할이 많이 에이젠트를 통해 왔지만 모두 거절했다. 그때 할리우드 영화에서 동양인의 역할이란 무술 영화가 아니면 거의가 택시 운전사, 이발사, 정원사, 깡패, 식당보이 등등이었다.

퀸 메리호 선상파티

　나는 유니버설 오디션에서 좋은 사람을 소개받았다. 투어 벅은 《원더우먼》의 린다 카터, 《형사 콜롬보》의 피터 포크의 개인 매니저로 나는 그와 계약을 했다. 그는 내가 홍콩에서 온 동양 스타라 관심이 있었다. 얼마 후 퀸 메리호 볼룸에서 그가 주최하는 파티에 참석했다. 나는 그때 린다 카터, 피터 포크, 카니 스티븐슨, 크리스토퍼 조지를 만나 그들에게 특별히 소개되기도 했다. 그때 나는 하얀 쿵푸 정장을 하고 갔는데 나의 카리스마가 그들에게 좋은 인상을 주었다. 그들과 댄싱도 하고 즐거운 시간을 보냈다.

　나는 에이전트가 마련한 리무진을 이용했다. 그때 나의 기분은 할리우드 스타가 된 것 같았다. 그러나 할리우드 제작자 감독 배우들과 많이 어울렸지만 내가 원하는 역할이 있는 작품은 없었다. 나는 나를 소재로 한 시나리오를 가지고 무술 영화를 제작해 브루스 리 이후의 진정한 액션 스타로 뜨는 것이 꿈이었다. 동남아에서 혹독한 시련을 겪으면서 여기에 오기까지 얼마나 많은 날을 기다려 왔던가. 그러므로 반드시 나를 알아주는 제작자를 찾아야 한다. 그러나 나를 스타로 만들기 위해 투자할 제작자를 찾기란 쉽지가 않았다. 그래서 나는 하루빨리 처음 계약한 유나이티드 영화사가 정상적인 업무를 할 때까지 기다리는 것이 좋겠다는 생각을 했다. 가끔 테드 감독에게 곧 해결될 테니 조금만 기다려 달라는 얘기를 들었으니 기다릴 수밖에 없었다. 그렇다고 다시 홍콩, 대만으로 빈손 들고 돌아갈 수도 없는 일이었다. 진퇴양난의 기로에 서 있었다.

　며칠 생각 끝에 무작정 영화 촬영을 기다릴 것이 아니라 내가 생각하고 연구해왔던 무도를 정리해 지도하며 시간을 버는 것이 좋을 것 같아 도장을 열기로 결심했다.

무예도 창시 도장을 열다

내가 박홍식 형님에게 "도장을 내겠습 니다. 오천 불만 빌려 주시면 두 달 내에 돌려 드리겠습니다." 하고 부탁드렸더니 흔쾌히 도와주셨다. 액수가 적은 돈도 아 닌데 큰돈을 성큼 내어 주시는 형님께 감 사했고 지금 그때 일을 생각하면 나에겐 은인이었다. 그때 자주 나의 아파트에 찾 아왔던 박삼광 사범과 같이 하루는 LA 를 떠나 외곽 지대로 가자고 부탁했다. LA는 복잡해 싫었다. 차를 타고 5번 프 리웨이로 45분가량 달려 내려오니 오렌

지 카운티라 했다. 다시 91번 프리웨이를 타고 조금 가다 내린 곳이 플러튼 이었다.

차를 타고 처음 본 곳이 쇼핑 센터 속에 있는 2,500스퀘어 피드쯤 되는 빈 가게였는데 나는 그곳이 마음에 들어 사무실에 가 계약을 하고자 하니 무 슨 업종 사업이냐고 묻길래 가라데라 했더니 난색을 표했다. 왜냐하면 얼마 전 가라데 도장을 하다 3개월 세를 못 내 내보냈는데 같은 업종은 안 된다 하길래 내가 가지고 간 영화 포스터와 스타 매거진을 보여주면서 나는 동양 에서 유명한 쿵푸 스타니 걱정 마라, 많은 사람들이 당신 센터에 몰릴 것이 다 했다. 그들이 잡지와 포스터를 보고 사인해 달라기에 사인도 해주고 했더 니 믿고 계약을 해줬다. 나는 하루 만에 도장 할 수 있는 자리를 얻었다. 다 른 것보다 조용한 도시라 마음에 들었다. 도장을 어디 내든 자신이 있어 새 로운 도전에 마음이 들떴다. 나는 그 이튿날부터 일을 시작했다.

나는 3년이란 기간 동안 영화 배우로서, 그리고 여러 나라에서 엔터테이

너로서 활약한 스타였다. 근데 막상 도장을 하기 위해 다시 페인트를 칠하고 사무실을 만드는 작업을 하려니 쉬운 일은 아니었다. 하지만 나는 무엇이든 내가 원하는 일을 결정하면 추진해 나가는 힘이 누구보다 크다. 다시 홀로 서려는 작업을 시작하고 보니 착잡한 심정이었지만 나는 도장을 해 크게 성공할 수 있다는 자신감을 가지고 있었기에 온몸이 먼지투성이가 되며 얼굴은 페인트로 얼룩졌지만 웃을 수 있었다. 헐리우드 아파트 생활을 청산하고 바로 도장 뒤 아파트로 옮겼다. 열흘 후 간판 없는 도장을 열고 입관원서를 받기 시작했다. 반응은 좋았다. 가끔 젊은 친구들이 찾아와 "헤이." 하면서 어깨를 툭툭 쳐도 나는 상관치 않고 그들과 가까워지기 위해 노력했다.

일주일 동안 접수받은 관원이 20명이 되었다. 도복을 입으니 만감이 교차했다. 이 길이 내가 가야 하는 길이었던가. 문화가 다른 미국인들에게 우리 고유 무술의 가르침을 위해 내가 이 나라에 왔단 말인가, 그렇다면 무엇을 내가 주저하고 무엇이 나를 방해하겠는가? 주어진 사명을 다하는 것이 나의 아버님과 나의 스승의 가르침이 아니였던가. 원하든 원하지 않든 지금 내가 하는 일에 충실해야 하는 것이 장부가 아니던가. 나는 그날 저녁 많은 것을 반문하고 또 반문했다. 초보자들을 가르치는 것이 어려운 것이나 그들에게 내가 가지고 있는 역량을 보여주기 위해 최선을 다했다. 가라데 유단자가 제자 되기를 원해 그를 받아줬다. 그의 이름은 필립 액서션이라는 학생으로 그 뒤 오랜 세월 동안 도장을 위해, 나를 위해 많은 노력을 했고 또 무예도의 첫 수제자가 되었다. 필립과 그 외 몇 학생들을 보조로 시범 준비를 하고 그랜드 오프닝을 했다. 그날은 할리우드에서 활약하고 있는 배우 제임스 홍, 오순택, 크리스 크리스토퍼 그 외 몇 분들과 많은 학부모들이 참가했다. 나는 판자 공중 격파, 역기 물기, 수련한 학생들을 상대로 실제 영화 액션 무술 동작을 시범했다. 오렌지 카운티 레지스트 신문에서 취재 나와 그 이튿날 프런트 페이지 전면에 사진 기사를 실었다.

'오리엔탈 무술 스타 타이거 양 도장 개관하다'라는 타이틀로 나에 대한 상세한 기사를 실었다. 그 기사 나간 다음 일주일 동안 126명의 관원이 등록했다. 톡톡히 내 이름 덕을 본 것이다. 주중에는 운동을 가르치고 주말에는 할리우드 제작자 감독 배우들과 영화에 대한 일들로 나는 바쁘게 지내야 했다. 도장을 개관한 지 3개월이 된 후 나는 무도의 이름을 무예도라 했다. 무는 모든 무예 기술의 종합을 뜻했고, 예는 동양의 신비로운 예절을 바탕으로 몸을 쓰기 전 먼저 자기의 마음을 가다듬어 상대를 볼 줄 아는 예절과 항상 상대를 인정하고 높이는 존경심, 그리고 내가 한 발 뒤로 물러나 상대를 생각할 줄 아는 양보심을 뜻했고, 도는 자기가 살아가는 바른 길, 즉 인생 진로를 뜻했다.

무예도 간판 달다

나는 무예도라 칭한 후 서슴없이 간판을 만들어 정면에 달았다. 이 세상에 새로운 류의 도가 탄생하는 역사적인 날이었다. 간판을 단 후 몇 번이나 보고 또 보고 무예도가 크게 소개되어 언젠가는 다른 류의 무도와 어깨를 나란히 하는 날이 꼭 올 것이다. 그때까지 나의 모든 것을 바칠 것을 각오하고 또 했다. 그때부터 모든 것이 무예도였다. 물론 처음에는 미약하겠지만 내가 생각하고 연구해온 동작들을 하나둘 가르쳤다. 무예도는 종합 무술이라 태권도의 발차기와 중국 무술의 손동작 합기도의 꺾기, 그리고 상대 응용법의 최고의 장점들을 모아 하나의 류를 창시한 것이다. 그래서 나는 무예도의 도주라 칭했고 태권도 공인 8단, 무예도는 창시자라서 9단으로 각 무도 고단자들에게 추대받았다. 무예도의 초보는 자세, 부드러움, 힘을 바탕으로 하라고 가르쳤고, 중급부터 강함과 부드러운 동작의 조화를 가르쳤으며, 상급은 유연한 동작을 단련토록 도의 흐름을 정하되, 초보부터 상급자까지 예절을 중시했다.

무예도가 곧 예절이고, 예절이 곧 무예도다.

나는 플러튼에 도장을 개관한 후 가끔 친구들과 주말에 어울려 술도 마시고 나이트클럽에도 가서 스트레스 풀기도 했다. LA 피코에서 강철산 씨가 하던 식당 하동관에 가끔 조회일 사범, 권부길 사범, 한봉수 사범님과 식사하고 술집에 가 조니워커 한 병을 마신 때도 있었다. 지금은 없어졌지만, 한번은 대호 나이트 클럽에 조회일 사범, 권부길 사범과 가서 술을 마시고 있는데 조금 떨어진 테이블이 시끄러웠다. 사실 다른 손님들에게 방해가 되어서 화가 난 우리가 "야, 좀 조용해." 하면서 소리를 질렀더니 그쪽 반응이 "뭐야." 하는 대꾸였어. "야." 하면서 우리가 일어서니 그쪽도 일어섰다. 그쪽 한 사람이 "보아하니 무도하시는 분들인데 얘기 좀 합시다." 하면서 걸어 오는 사람이 우릴 보고 "서강일입니다." 하여 보니 권투 세계 챔피언이었던 한국의 돌주먹 서강일 씨였다. 그날 무도의 고수들과 권투 챔피온이 만나 밤새도록 마셨다. 만약 서강일 씨가 자기를 소개하지 않았다면 큰 불상사가 일어났을 것이다. 얼마 후 대호 나이트 클럽에 한국에서 내가 형님이라 부르며 좋아했고 지금은 고인이 되신 가수 현인 선생이 오셔서 재회해 좋은 시간을 보낼 수 있었다. 나는 그분의 노래 '비 내리는 고모령'을 좋아해 형님과 같이 부르기도 했다. 참멋쟁이, 우리들의 영웅이신데 타계하고 안 계시니 더욱 그리워진다.

사범들에게 도전받다

도장을 오픈한 지 3개월 정도 되었을 때 일이다. 동양인 세 사람이 도장에 들어와 구경을 왔다. 중국 사람은 아니고 한국 사람 같은데 자기들끼리 얘기하는 소리가 들려 내가 나가 "예, 나는 한국 사람입니다. 무엇을 도와 드릴까요?" 하면서 사무실로 청했다. 그들의 인상은 보통 이와는 달리 무도하는 사람 같았다. 그래서 내가 어느 도장에서 오셨냐고 물었더니 그중 연장자가 나는 이 브라더, 제일 큰 형인데 여기서 약 2마일 떨어진 곳에 도장을 하고 있고, 다른 한 분은 조 사범이라는 분인데 플러튼 서쪽 끝 애너하임에서 도장을 한다고 소개했다. 이 사범이란 분이 말하길, 물론 우리들도 양 사범에 대한 얘기를 많이 들었다. 시카고에서 태권도 하고 영화 하다 여기 왔다는데 왜 영화 하시지 여기 와서 도장을 내느냐? 유명한 사람이 도장 내면 우리가 불리하지 않느냐. 그러니 문을 닫아 달라는 것이었다. 이분들은 자기들 소개를 위해 온 것이 아니라 협박하러 온 것이었다. 나는 화가 났지만 참으면서 도장 내기 전 엘로 페이지를 뒤져 봤는데 이 근처에 도장은 없었다. 있었으면 여기에 내지를 않았을 것이다. 했더니 자기도 연 지 오래되지가 않아 등록을 못 했다고 했다.

그래서 그런 얘기하려면 잘 못 찾아왔으니 나가 달라고 하며 쫓아내 버렸다. 내가 당신들 협박을 받아줄 그런 사람으로 보았다면 당신들 착각이니 그냥 돌아가라고 소리 질러 쫓아버렸다.

그런 일이 있은 후 나는 이상한 소문을 듣게 되었다. 술집에서 들은 얘긴데 "타이거 양, 지가 무슨 왕이라고 도를 창시해 우리가 혼을 내든지 도장에 불을 질러 버린다."라고 하는 얘기를 들었다고 했다.

나는 진의를 파악할 수는 없었으나 그때 찾아와 쫓겨난 그들의 일파가 아닌가 추측하게 되었고 그 뒤부터 나의 친구들에게 얼마 전 그들이 찾아왔더라라는 사실을 얘기하고 나는 그들이라 믿었다. 얼마 후 한 통의 전화가 왔다. 다짜고짜 "당신이, 어떻게 젊은 나이에 9단이야? 당장 취소하고 도장 문 닫아라. 그렇지 않으면 그 대가를 치를 줄 알아라." 하면서 전화를 끊어 버렸다. 아무리 생각해도 전에 왔던 사범 같았다. 나는 만일을 대비해 운동화를 졸라매는데 제임스 방이 "형님 어디 가십니까? 저도 같이 가겠습니다." 하길래 아니야 나 혼자 간다 하고 차(오픈카)를 타고 도장으로 달려갔다. 도장에 들어가니 이 사범은 책상에 앉아 있고 한 사람은 수련장에 있었다. 그는 나를 보고 깜짝 놀라면서 어떻게 왔느냐고 물었다. 책상 위에는 내 도장 전화 번호가 적힌 종이가 있었다. 만일의 일을 대비해 벽을 등지고 앉으면서 "몰라서 묻느냐? 조금 전 전화하지 않았느냐? 그래서 왔으니 끝장을 보자." 했더니 절대 전화한 일이 없다고 잡아뗐다. 그럼 이 전화번호는 뭐냐 했더니 우물쭈물하면서 자기는 전화 한 일이 없다고 계속 우기길래 한번 더 비겁하게 이런 짓 하면 가만두지 않을 테니 조심하라고 호통친 후 돌아오니 기분이 상쾌했다. 그런 일이 있은 후 그들과 마찰은 생기지 않았다. 나는 홍의봉 감독의 미국 영화 《뤼츄리 붓》이라는 영화 무술 지도를 부탁받고 협조하기도 했다.

미국 영화에 주연으로 출연하다

얼마 후 테드 마이크가 제작하는 영화 《데블스 갬뱃》에 주인공으로 계약해 도장은 부사범 필립에게 맡기고 동생 제임스 방에게 부탁해 사우스 다코타로 테드 마이크 감독의 캐딜락을 타고 갔다. 촬영 팀들은 각자 다른 차에 합승하고 기제를 실은 트럭과 같이 긴 여행이 시작되었다. 라스베이거스를 지나 계속 달려가다가 일행들이 쉬게 되었다. 나는 35명 촬영팀들에게 은근히 과시하고 싶은 생각에 옆에 있는 보조 보고 엷은 돌을 주워 오라 했더니 큰 돌이었지만 둥글지 않고 두께가 2인치 정도 되는 것을 주워 왔다.

나는 내기를 했다. 만약 이 돌을 큰 돌 위에 놓고 내 수도로 깬다면 얼마씩 주겠느냐 만약 내가 3번에 못 깨면 세 배를 지불하겠다고 했더니 10불, 20불을 걸었다. 심판은 테드가 했다. 다들 불가능하다고 생각했다. 그래서 내가 깨는 동작을 취했다가 일어서고 하니 더 많은 이들이 돈을 걸었다. 나는 모두가 보는 앞에서 나의 특기인 차돌 격파를 했다. 물론 두 동강이 났다. 그들은 놀라 소리 지르고 박수 치며 환호했다. 나는 얻은 그 돈을 가지고 그날 저녁값을 지불하고 즐거운 시간을 보냈다.

사우스 다코타 주에 도착해 호텔에 여장을 풀었다. 내 방으로 지정된 문에는 별표가 붙어 있었다. 제작 측에서 나를 배려한 것이다. 그날부터 오랫동안 잠재해 왔던 나의 끼가 발동하기 시작했다. 작은 시내에는 온통 오토바이 소음으로 꽉 차 있었다. 매년 모토사이클 행사가 열리는 이곳에 촬영 스케줄을 잡은 것이다. 이미 캘리포니아에서 악명 높은 오토바이 갱 해시언스의 회장을 섭외해 출연시키기로 하고 이곳에 왔다는 것이다. 이 영화는 모토사이클 범죄 영화다. 여 주인공은 완다라는 배우였다. 예쁘고 차분했다. 나는 호흡을 맞추기 위해 식사도 같이 하고 커피도 같이 마시며 얘기를 나누고 서로 가까워지려 노력했다. 연기를 위해서다.

첫 촬영이 상점 주차장에서 두 대의 모토사이클 깡패와 싸우는 장면인데 멋지게 촬영을 끝냈다. 그날은 모토사이클 운전 연습을 했다. 내가 탔던 오토바이는 250cc였는데 할리 데이비슨이니 넘어지면 나 혼자 일으켜 세우지도 못하는 무거운 것이었다. 나는 작은 것은 많이 타보았지만 이것은 쉽지가 않았다. 그래도 얼마 동안 연습을 하니 달릴 수 있어 몇 대가 같이 달리는 신을 야외에서 찍었다. 나는 앞에서 손을 흔들기도 하고 뒤에서 따라오며 질주하는 장면인데 기분이 상쾌했다.

촬영장 스턴트맨들과 충돌

다음 날 은행 뒷골목에서 바이크 깡패들과 싸우는 신 촬영이었다. 아침 일찍 나는 현장에 나가 준비를 했다. 카메라가 설치되고 모든 촬영 스텝이 도착해 리허설을 했다. 다섯 대의 오토바이를 탄 갱들과 나의 격투 장면이었다. 그들은 스턴트맨들이 아닌 진짜 캘리포니아 해시언스라는 악명 높은 갱 멤버들이었다. 그중에서 회장은 턱수염을 하고 덩치가 크며 머리를 동여매고 있었다. 가죽 조끼에 가죽 바지, 검은 부츠 속에 감춰진 권총과 칼. 그들은 야수와도 같았다.

리허설을 끝내고 현장에 앉아 액션 동작 구상을 하고 있는데 분장사가 나보고 자기가 마련해 둔 의자에 와서 분장을 하라고 손짓을 했다. 나는 은근히 화가 났다. 나를 무시하는가? 이 영화의 스타이고 무술 감독인데 감히 특수 분장도 아닌데 오라 가라 하다니 말이 안 된다. 나는 대꾸도 하지 않고 감독을 불러 말했다. 지금 현장에 있으니 분장사에게 여기 와서 하라고 했더니 감독이 분장사를 불러 앞으로 타이거는 특수 분장이 아니면 타이거가 있는 현장에 와서 하라고 지시해 그 후부터는 그렇게 했다. 나는 동양 배우라 차별하는 것 같은 처사에는 용납할 수가 없었다.

촬영은 시작되어 세 사람이 먼저 덤벼든다. 내가 손을 이용해 일격필살로 제압하고 나니 옆에서 술을 마시던 바이크 갱 둘이 한꺼번에 달려든다. 내가 공중으로 뛰어 가위 발차기로 덩치 큰 두 놈을 쓰러뜨리는 순간 다른 놈이 쏘는 총에 팔을 맞고 땅에 한 바퀴 굴러 먼지투성이가 되어 팔에 피를 흘리며 다시 일어나 눈을 부릅뜨고 카메라 앞으로 뛰어나가는 장면인데 문제가 생겼다.

리허설 할 때 이건 진짜 싸움이 아니고 영화이니 발이 어깨에 닿으면 큰 충격이 없더라도 힘차게 넘어져야 화면이 멋있고 파워 있는 그림이 되니 그렇게 해달라 주문했더니 오케이 노 프라블럼 했다. 그런데 감독의 레디 고 지시가 떨어져 카메라가 돌아가자 나는 멋지게 뛰어올라 동작은 크게 그려도 세게 차지는 않고 살짝 어깨를 찼는데 그들이 넘어지지 않아 NG가 났다. 두 번째도 마찬가지였다. 내가 왜 그러느냐 했더니 아프지도 않는데 어떻게 넘어지느냐 그러니 세게 차라 그러면 넘어지겠다 했다. 은근히 속으로 화가 난 나는 그럼 세게 찰 테니 그렇게 알라 하고 그들을 세게 차서 넘어뜨리고 넘어져 있는 그들을 다시 돌아서면서 주먹으로 치려는 모션을 하니 그는 "돈 킬 미, 돈 킬 미." 하면서 당황했다. 마지막 그런 신은 아니었지만 나는 그런 동작을 취해 그들에게 나의 무술 실력을 입증해 그들을 겁먹게 하려 했다.

그날 저녁 촬영 때 문제가 벌어졌다. '타이거 그놈은 매일 멋있게 옷만 입고 여배우와 커피만 마시는 노란 원숭이 놈인데 그놈이 우리를 차고 때리니 우리는 그를 용서할 수가 없다. 우리의 자존심을 상하게 했다. 우리가 그놈을 없애 버리자' 하고 내가 촬영장에 나타나기를 기다렸는데 그 낌새를 눈치 챈 제작자 측에서 텍사스 벤디노 그룹에 도움을 청했다. 벤디노는 자기들 회원 재판 판결이 부당함을 항의하면서 판사를 납치해 나무에 거꾸로 매달아 살해해서 미국에서도 악명높은 그룹이다. 그들은 다행히도 영화사의 제의를 받아들여 우리를 도왔다. 영화 촬영이지 현실이 아니라는 데 공감을 하고 두어 시간 가까이 '타이거는 배우이며 무술인이지 깡패는 아니다. 그는 시나리오에 따라 연기할 뿐이다'고 설득했다. 호텔에서 촬영 시간이 넘어도 데리러 오지 않아 기다리는 나에게 조 감독이 와서 있었던 일을 설명하고 이젠 아무 일 없이 촬영에 협조하기로 했고 경찰들도 만약에 사태를 염려해 배치되어 있으니 염려하지 말라고 했다.

나는 등골이 오싹해짐을 느꼈다. 촬영 장소는 여자들이 진흙 레슬링을 하는 500명 정도 들어가는 실내 체육관인데 내가 도착하니 감독과 그 외 팀들이 나를 기다리고 있었다. 경찰들이 촬영 카메라 뒤에서 경호할 테니 안심하라 했고, 그날 나와 싸움 신을 찍었던 바이크 갱들이 나에게 악수를 청했다.

입구에 들어서니 마리화나 냄새가 코를 찔렀고 함성이 울려 퍼졌다. 나는 관중 속에 범인을 잡기 위해 침투했기에 카메라만 내 뒤를 따라오고 진흙 여자 레슬링에 흥분한 관중들은 맥주병을 들고, 또 담배를 물고 함성을 지르며 야단이었다. 나는 촬영을 하면서 모든 신경은 돌발 사고에 대비했다.

짧은 30분가량의 촬영이 마치 3시간이나 되는 것 같은 긴 시간이었다. 무사히 마치고 호텔로 돌아왔다. 그 밤은 나에겐 잊을 수 없는 긴 밤이었다.

이튿날 여주인공 완다와 나는 베드신을 찍었다. 아침 일찍 나는 완다와 같이 조깅을 한 후 식사도 같이했다. 우리는 호텔에 돌아와 감독 방에서 완다와 침대에서 장난도 치고 놀았다. 감독은 거부감 없는 베드신을 찍기 위한 전초 작업인 줄 알고 오히려 장난을 걸었다. 아무튼 그날 나는 미국 여배우와 최초의 베드신을 별 무리 없이 마쳤다. 역시 미국 여배우들은 옷을 벗는 것도 당당했다. 내가 오히려 스텝들 앞에서 부끄러웠다. 천하의 나도 알몸이 된 여배우 앞에선 별도리가 없었다. 아무튼 잘 끝마쳤다.

3일 동안 시내 온천지가 모터사이클 소리와 그들의 질주만이 보일 뿐이다. 참 대단한 나라다. 우리나라에선 감히 상상조차 할 수 없는 장면들이다.

3만 대의 오토바이 뒤에는 여자가 탔다. 거의가 다 복장은 비슷했다. 헬멧 그리고 가죽조끼, 잠바, 가죽바지 몸에 문신 긴 체인을 허리에 감든지 아니면 허리에 찬 체인, 긴 부스 속엔 칼과 권총이 숨겨져 있어 가히 무법천지 같지만 그들에게도 질서가 있고 법을 위반하지 않는 범위 내에서 모임을 가진다고 했다. 촬영하는 동안 주의 신문과 인터뷰도 하고 사우스 다코타 TV가 현장 소식을 전하기도 했다.

우리는 로케이션을 끝내고 사우스 다코타 대통령 바위 얼굴을 지나 돌아오면서 촬영을 하고 2주 후 도장으로 돌아왔다. 그 후 LA 로케이션을 하고 스튜디오에서 촬영했다. 3분의 1분량 촬영 중에 제작자의 자금난으로 촬영이 중단되어 나에게 첫 시련이 닥쳐 왔다.

《핫 투 핫》에 출연

나는 채널 2에서 절찬리에 방영 중인 연속극 《핫 투 핫》에 출연했다. 스테파니 파워 그리고 로버트 와그너가 주연하는 TV 시리즈였다. 며칠 동안 센츄리 시티에 있는 스튜디오에서 촬영했다. 그들은 나를 홍콩 무술 스타로 대우해주고 나는 스테파니 파워와 로버트 와그너에게 무술을 가르쳐 주기도 했다. 촬영 끝난 후 나는 스테파니가 살고 있는 말리부 비치 랜치에서 승마도 하고 좋은 시간을 보냈다. 특히 로버트는 멋있는 신사였고 나를 퍽 아껴주었으며 나의 무술에 심취해 열심히 배우기도 했다. 《핫 투 핫》에 특별 출연했던 카니 스티븐슨도 만났다. 나는 그의 팬이었는데 상냥하고 아름다웠다.

나는 스테파니 파워와 카니 스티븐슨의 촬영 대기실인 모빌 홈에서 커피를 마시고 휴식을 취하기도 했다. 그들은 많은 배려를 해주었다. 나는 아파트를 환경과 시설이 좋은 곳으로 옮겼다. 아래층은 리빙룸과 부엌이 있고 2층은 베드룸이 있는 아담한 곳이었다. 어느 날 반가운 이가 찾아왔다. 시카고에서 친하게 지냈던 곽응쾌 도주였다. 그는 한국에 가서 결혼을 하고 새 부인과 같이 LA에 왔다가 나를 찾아온 것이다. 우리는 서로 반가웠다. 내가 여기 있으니 시카고로 돌아가지 않고 체육관을 LA에서 하겠다 하여 우린 의기투합했다. 얼마 후 그는 리버사이드 레드랜드에 조그마한 장소를 얻어 합도술 도장을 열었다. 곽웅쾌 도주는 내가 새로운 류의 도를 개발해 가르치니 환영했다. 그도 오래전 합도술을 개발해 가르쳐 왔다. 곽 도주와 나는 의기투합해 서로 도주라 부르며 상호 협조했다.

김진환 관장이 샌디에이고에 도장을 열었고 강무영 관장도 샌디에이고에, 홍봉태 관장은 이글 마샬아츠 서플라이를 열고 도복을 공급하면서 운동도 가르치고 있었다. 김진환 관장 심사에 많이 참석했고 그의 시합에도 참석했다. 지금 그는 LA에서 성공적으로 도장을 운영하고 있다.

강무영 관장도 나에게 소중한 친구였다. 내가 협회 활동을 할 때 많이 도와 준 친구인데 지금도 열심히 도장을 운영하는 오랜 무도 경력을 가진 친구이다.

홍봉태 관장을 무덕관 동료로서 나와 가깝게 지냈고 또 샌디에이고 티화나 무예도 지관을 열 때도 도와준 친구다. 도복사를 운영하면서 교회 장로로서 근실한 기독교 인이라 무예도 남부지회장으로 임명했다. 글을 쓰는 장소현 씨로부터 여성 월간《나나》잡지사에서 인터뷰하고자 하니 응해 달라는 연락을 받고 LA식물원에 가서 여러 장의 사진 촬영을 하고 인터뷰를 했다. 그리고 얼마 후《주부 생활》잡지에서도 나의 근황에 대해 취재해 갔다. 나는 그때 가끔 김동혁 감독 댁에 놀러 갔다. 혼자 지내기가 가끔 쓸쓸하면 그 집에 들러 술도 마시고 영화 얘기를 했다. 김 감독님은 한국에서《땅, 오빠》라는 영화를 감독하신 분이고 태현실 씨를 데뷔시킨 분이시다. 영화지식이 풍부해 영화에 관한 대화로 많은 도움이 돼주셨던 분이다. 또 그분의 친구 피트 김 씨는 번역 및 공증 사무실을 운영하시며 여러 개의 면허증을 가지고 계시는 분인데 나중에 형님이라 부르면서 도움을 많이 받았으며 지금도 소식을 전하고 지낸다.

그즈음 나는 매니저로부터 시나리오 작가를 소개받았다. 작가 이름은 왁키였는데 버뱅크에 살고 있으면서 작가 활동을 하고 있었는데 큰 작품은 아니지만 몇 개의 시나리오로《정글 맨》이라는 영화를 만들어 그런대로 홍행이 되었다. 그는 나와 만나 얘기도 나누고 동남아에서 만든 영화들을 검토하며 내가 어떤 성격의 배우인지 많은 관찰을 하고 난 뒤 시나리오 작업을 했다. 가제는《타이거의 시련》이었다. 감독은 에릭 칼선(척 노리스가 나온《옥타곤》의 감독)이 맡기로 했으며 시나리오가 완성이 되고 존 샥스, 어네스트 보그나이를 캐스팅했으나 제작비 관계로 만들지는 못하고 그 후 시나리오를 가지고 다른 제작자를 물색했으나 성공치 못했다. 특별히 그 영화에는 한국에서 미스 유니버스 대회 참석차 오는 미스 코리아를 출연시키려고 했으나 뜻을 이루지 못한 아쉬움도 있었다.

미스 코리아를 만나다

한참《타이거의 시련》이란 작품이 준비가 되어 갈 즈음 미스 코리아 리가 LA에 도착해 만났는데 마침《주부생활》에 난 나의 기사를 읽고 나에 대해 많은 것을 알고 있었다. 나는 그가 뉴욕에서 참가하는 유니버설 대회가 끝난 후 LA에 다시 돌아와 어학연수 하는 동안 그의 언니 내외를 만났다. 그때 그의 언니는 임신 중이었는데 태어난 아기가 소하였다. 소하는 나중에 커서 도장에 와서 운동도 배우기도 한 예쁘고 착한 아이였다. 소하는 나를 삼촌이라 불렀고 소하 아버지는 나를 형님이라 불렀다. 나중에 소하 할아버지를 만나 라스베이가스, 샌디에이고를 여행하기로 했다. 그분은 육군 대령 출신으로 미스코리아 딸을 둔 엘리트였다. 나는 미스코리아와 나이 차이를 뛰어넘어 좋은 인연이 될 뻔했다. 나중에 소개하겠다.

니노에서 《최후의 암살자》를 촬영하다

얼마 후 테드 마이크 감독 회사에서 제작하는 《최후의 암살자(Omega Assassins)》란 영화에 출연했다. 여배우는 《마이애미 바이스》에 출연했던 재클린 아구스틴이었다. 그는 예쁘고 늘신하며 육감적인 배우였다. 리노에서 고생을 했지만 재미있는 일도 많았다. 카지노에서 촬영하는 날 일본인 관광객들이 올려와 촬영을 구경하기도 했는데 그중 몇 명의 여자들이 나이트클럽에 초대하는 것을 응하지 않았더니 호텔까지 찾아와 돌려 보내느라 매니저가 애를 먹은 일도 있었다. 리노에 사는 감독 친구 집에서 촬영을 했는데 아름다운 집이었다. 롤스로이스도 있는 부유한 집이었는데 우린 그 집에서 이틀 촬영하는 동안 많은 편의를 제공받았다. 적은 제작비로 만드는 영화라 모든 것이 풍부하지는 못했지만 야외 촬영 그리고 실내 촬영 거의 다 마친 후 LA로 돌아왔다.

첫 주연 영화 흥행 저조

얼마 후 영화를 개봉했으나 흥행은 신통하지 않았다. 나는 할리우드에서 처음 주연한 영화가 성공 못 했으니 마음이 편치 못하고 무거웠다. 한국 언론에서도 많은 기사들이 자랑스러운 한인 스타 탄생이라 했는데… 하지만 첫술에 배부르랴. 나와 제작자는 다음 작품을 구상하기로 했다. 제작자로선 비디오 시장과 해외 시장이 있으니 손해는 보지 않는다고 나를 안심시켰다. 나를 할리우드에 데리고 왔던 회사도 다음 작품에 일부를 투자하기로 했다. 이번 작품이 잘되면 원래 계획했던 《메스트 인크레블》을 제작하기로 하는 조건으로 감독과 같이하게 되었다. 작품명은 《미션 킬 패스트(살인 작전)》였다. 나에게 또 주연의 기회를 주었고 여배우는 티제후크 TV 히트 작품에 출연한 셀란 휴스로 결정되었다. 그는 모델도 하는 매력 있는 배우였다. 나는 다이몬드바에 타운 하우스를 구입했다. 이 층에 방 세 개, 아래층에는 응접실 및 부엌이 있었고 바로 앞에는 차고가 있는 집이었다. 나는 피트 김 형님의 소개로 한미 노인회 조 부회장님을 만났다. 그 할머님은 한국에 계실 때 할아버님께서 국회의원으로 재경 위원장을 지내신 분이셨는데 돌아가신 후 할머님께서 미국의 따님 따라 이 먼 곳에 와 살고 계셨다고 하셨다.

얼마 후 할머님께서 외손녀가 있고 두 사람을 짝을 지워 주고 싶으시다고 하셨는데 세상은 참 넓고도 좁았다. 그분의 사위는 내가 무하마드 알리와 서울을 방문했을 때 종로 경찰서장으로 계셨던 김덕형 박사님이었다. 그분은 그때 당시 대한민국 경찰 공무원 중에 유일하게 박사 학위를 가지신 분이셨고 교통 신호 및 고속도로 연구차 미국에 연수하시고 돌아가 3공화국 때 고속도로 공사와 교통신호 등 시설에 많은 업적을 남기신 분이란 걸 나는 알고 있었다. 그분의 따님이라니 참 묘한 인연이라 생각했고, 또 필연이 아닌가 생각되었다. 나는 그때 미스코리아와 결혼하기로 약속한 후 그가 한국으로 돌아간 뒤 TV 출연 및 연예계 활동을 하지 않고 일 년 이내 다시 돌아오기로 약속했는데 그것을 그녀는 지키지 않았다. 그런 도중 할머님으로부터 손녀를 소개받았다. 사진을 보니 참 귀엽고, 예쁘고, 세련된 사람이었다. 그녀는 대학 졸업 후 학원에서 미술 및 공예를 가르치는 강사로 재직하고 있었다. 나는 마음에 갈등을 겪었다. 그녀는 나에게 과분한 사람이었다. 김수희 씨를 소개받고부터 약속을 지키지 않는 다른 사람을 기다린다는 게 화가 났고 한편으론 그와 내가 너무 많은 나이 차이가 나니 한국에 돌아가 마음이 변해 돌아오지 않는다는 결론을 얻게 되었다. 나의 전화를 받고 머뭇거리기도 한 그 사람의 마음을 나는 그렇게 생각하고 화려한 커플보다 내실 있는 평범한 가정을 꿈꾸면서 그 사람을 포기하기로 했다.

나의 고백

마음이 정해진 얼마 후 김수회 씨에게 나의 마음을 전하는 글을 보냈다. 우리가 인연이라면 내 모든 걸 바쳐 당신을 사랑하고 아끼며 평생을 당신을 위해 살겠다는 고백의 글이었다.

나는 전화로 사랑을 고백했고 우리는 전화와 편지로 급속히 가까워졌다. 그녀는 마음씨도 곱고 음성도 매력적이었다. 한국에 있는 친구 김양호 사장이 만나보고 전화가 왔다. 그는 "성오야, 백마를 탄 공주님같이 티 없이 맑고 밝으며 아름다우신 아가씨다."라면서 칭찬을 아끼지 않아 나의 마음은 더욱 그 사람을 원하게 되었고 그 사람만 좋다면 결혼하기로 결심했다.

할머님을 만나 집안 얘기를 많이 들었고 이모님께서도 잘되시기를 바랐다. 할머님께 결혼하겠다는 의사를 말씀드리고 수회 씨 부모님 재가를 얻어달라 말씀드리고 나는 김 박사님께 전화 드려 "부족하지만, 따님을 저에게 보내주시면 평생토록 행복하게 살겠습니다."라고 말씀드렸더니 "이 사람아, 나보다 내 딸이 자네를 좋아하는 것 같으니 천생연분인 것 같아. 나는 자네를 만나 보아 알고 있으니 아마 우리는 인연인 것 같아. 내가 내 딸과 상의한 후 전화하겠네." 하신 뒤 이틀 후 전화로 허락을 받았다. 나는 날듯이 기뻤다. 비록 돈은 없지만 건강하고 젊음이 있고 앞으로 많은 행운이 닥쳐올 테고 반드시 영화배우로서 미국에서 성공해 그 사람이 걱정 없이 행복하게 살

수 있도록 최선을 다한다는 것이 나의 목표이니 모든 것에 자신이 있었다.

나는 초청장을 가지고 한국을 방문해 수희 씨를 만나고 가족을 만나 인사 드린 후 이틀을 롯데 호텔에서 묵으면서 수희 씨와 많은 대화를 나누었고 앞으로 우리들의 삶에 대해 계획도 세웠다. 직접 만나 보니 더욱 티 없이 밝은 사람이었고 미인이었다. 상냥하고 애교가 넘치는 사람. 나 같은 사람 만나려고 그 좋은 자리가 있어도 결혼하지 않고 기다렸는지 우리 둘을 하나님이 맺어준 천생연분으로 믿고 아쉬운 작별을 하며, 미국에서 만나기로 하고 돌아왔다.

기다리던 사람이 미국에 오다

수속 시작한 지 몇 개월 만에 비자를 받았다는 연락이 왔다. 비자 받았다는 전화를 받고 너무나 기뻤고 이제 만날 날을 기다리는 어느 날 미스 리에게 전화가 왔다. 언니 집에 있는데 만나자고 했다. 그날 저녁 언니와 같이 가든 그로브에 있는 식당에서 만났다. 추운 겨울이라 하얀 밍크 코트를 입은 그는 한국의 최고 미인답게 아름다웠다. 하지만 이미 우린 맺어질 인연이 아니었다. 그러나 차마 며칠 후 결혼할 사람이 한국에서 온다는 얘기를 하지 못했다. 충격을 주고 싶지도 않았고 또 이제 헤어지면 또 만날 수도 없고 자연 알게 될 것인데 굳이 얘기하지 않아도 될 것 같았는데 그것이 후에 화근이 되어 힘든 일을 겪고 아내를 오랫동안 가슴 아프게 했다.

수희 씨가 미국에 오는 날짜를 2월로 정하고 그날을 기다렸다. 친구 곽웅쾌 씨의 부인이 꽃꽂이를 하고 나는 집 안을 깨끗이 정돈하며 새로운 안주인 맞이하는 데 최선을 다했다. 며칠 밤을 뜬눈으로 지내다 게어리 학생이 벤을 가지고 공항에 같이 나갔다. 그는 노스웨스트 에어라인 비행기를 타고 도착했다. 여행에 지쳤을 텐데도 밝은 얼굴에 양쪽 손가락 마디마디마다 쇼핑백을 들고 있었다. 나는 환영 꽃다발을 선물하고 무사히 와주어 고맙다고 포옹을 했다. 짐을 싣고 나와 예비 아내는 나의 포르쉐 스포츠카를 타고 달렸다. 집에 도착하니 곽 도주 내외 그리고 할머님, 이모님께서 예비신부 맞을 준비를 다 해두시고 기다렸다. 우리는 그날 할머님 이모님께 결혼식 하기 전 예를 먼저 올렸다. 우리는 부부가 되었음을 신고한 것이다.

그로부터 며칠 후 오렌지 카운티 이민국에 가서 신고를 하고 얼마 후 영주권을 받았다. 법적으로 부부가 된 것이다. 도착한 후 얼마까지는 모든 것이 생소한 미국 생활 또 신혼 생활을 정신없이 보내고 있던 아내가 얼마 후부터 집에 혼자 있기가 퍽 적적해 하는 것 같아 도장에 데리고 나가 운동도 하며 같이 지내기도 했다.

결혼식을 올리다

2주 후 한국에서 동생 성해가 왔다. 오랫동안 떨어져 있던 동생이 와 기뻤고 우리 집에는 갑자기 식구가 셋이 되었다. 성해는 한국에서 형수가 될 사람을 미리 만났기 때문에 구면이었다. 솔직히 나는 좋았지만, 아내는 신혼 살림에 시동생이 같이 사니 불편한 점도 있었으리라 생각된다. 하지만 같이 사는 동안 잘 참고 슬기롭게 지냈다. 지금도 나는 그때를 아내에게 고맙게 생각하고 있다. 3개월 후 결혼식을 올렸다. 들러리는 동생 성해와 폴 첸 사범이 해 주었고 최청대 관장과 최용원 형님, 곽웅쾌 도주, 친구 권영문 그리고 사범님들, 지인들과 무예도 학생들이 참석해 주어 결혼식을 마치고 우리는 신혼여행을 팜스프링 힐튼 호텔에서 1박, 라스베가스 호텔에서 2박 한 후 돌아왔다. 지금 생각하면 결혼식을 화려하게 하지도 못해 아내에게 미안하고 죄스러울 뿐이다. 그래서 금혼식 땐 그 사람이 원하는 대로 멋지게 할 것이다.

신혼여행을 하고 돌아온 일주일 후에 문제가 생겼다. 생각지도 않았던 전화를 받았다. 끝난 줄 알았던 미스 리였다. 그때 그 사람은 내가 결혼한 것을 모르고 있었다. 체육관에 오늘 저녁에 언니와 같이 방문하겠다고 하여 난감했다. 나는 일단 만나서 얘길 하기로 하고 만나자고 했다. 찾아온 두 사람을 데리고 건너편 커피숍에 데리고 갔다. 집으로 전화하니 어떤 여자 분이 전화 받던데 동생 부인인가 물었다. 나는 차분히 그간의 일어났던 모든 일들을 설명하고 "우린 인연이 아닌 것 같으니 우리 깨끗이 잊어버리자. 이제는 모든 것이 끝났다." 했더니 나보고 배신자라면서 자기와 먼저 모든 장래를 약속해 놓고 그 기간을 참지 못했으니 나는 어쩌면 좋으냐면서 당장 이혼하라고 울며 매달렸다. 앞으로 3개월 기다릴 테니 이혼하고 자기와 결혼하자고 애원했다. 나는 너는 한국 최고의 미인이고 어리니까 좋은 배필을 만나 행복하게 살게 될 테니 나를 잊어 달라고 달래기도 하고 했지만, 막무가내로 이혼하기를 기다리겠다고 하면서 헤어졌다. 나는 그날 저녁 늦게 집에 돌아가 적당히 늦게 귀가하게 된 이유를 말했지만 심히 미안하고 괴로웠다. 나는 모든 것이 깨끗이 정리된 줄 알았는데 그렇게 나타날 줄이야. 그리고 아내가 임신 중이라 몹시 당황스러웠다. 나는 아무 일이 일어나지 않기를 소원했지만, 그 이튿날 미스 리가 집으로 전화해 자기 정체를 밝히면서 나와 먼저 약속한 분이니 이혼하라고 해 발칵 뒤집히고 말았다. 나는 그 큰 충격을 아내에게 주었으니 특히 마음 약하며 나 하나만 믿고 가족과 부모님을 떠나 이역만리 미국에 온 그 사람은 그 충격을 감당하기엔 너무 힘이 들었을 것이고 아무리 결혼 전의 과거라 하지만 찾아와 전화까지 하여 헤어지라 했으니 나는 평생을 두고 갚지 못할 죄를 아내에게 지고 말았다. 물론 미스 리에게도 그 사람이 약속을 지키지 않아 내가 다른 사람과 결혼했지만, 어린 나이에 충격이 클 것을 생각하니 마음이 아팠어도 이제 다 끝난 일이니 조용히 돌아가 주기를 바랐다.

나는 몇 개월 동안 아내에게 미안해했는데 또 3개월 후 전화가 왔다. 나는 단호히 내겐 아무런 변화가 없으니 잊고 돌아가 좋은 사람과 만나 행복하길 바란다고 했더니 한참 말이 없다가 한 말이 '건강하고 행복하세요' 하며 전화를 끊은 것이 그녀와의 마지막이었다. 그 후 얘길 들으니 나와의 충격을 잊으려고 결혼을 했다는 얘길 들었는데 몇 년 후 이혼했다는 소식을 들었다. 나는 그녀가 행복하기를 바란다.

나는 아내에게 운전을 가르쳤다. 다이아몬드 바에서 로컬로 체육관까지 약 35분이 소요되는 거리였다. 아침저녁으로 왕복 운전 연습, 그리고 저녁 쇼핑센터 주차장에서 주차 연습을 하여, 필기시험을 합격하고 실기 시험에도 합격해 면허증을 발급받았다. 차는 튼튼한 포드 선더 버드로 중고차를 구입했다. 얼마 후 그라나다로 바꾸었다.

또 내가 타고 있던 포르쉐를 메르세데스 벤츠 300 디젤로 바꾸었다. 우린 그 차를 타고 곽웅쾌 씨 부부 최청대 씨 부부와 같이 레이크 타오로 여행을 떠났다. 최 관장은 자기 차를 타고 곽 도주 부부가 내 차를 타고 우린 캘리포니아 1번 도로를 타고 북상해 세크라멘토를 지나 레이크 타오에 도착했다. 산에는 흰 눈이 덮여 있는 설경이었다. 우리는 호텔에서 일박한 후 샌프란시스코를 돌아 관광하고 돌아왔다.

아내는 첫 아이를 가졌다. 아무런 경험도 없고 지식도 없는 나는 임산부를 잘 돌보지도 못하고 마음 상하게도 했고 먹고 싶은 음식도 제대로 한번 먹게 한 일이 없었다. 지금 생각하면 가슴 아픈 일이었다. 타운 하우스다운 페이 2만 불을 지불하고 있었는데 갑자기 가족이 생기니 어려웠다.

식료품점에 가도 아내가 사고 싶어하는 것들도 주머니 사정에 따라 절제하기도 했으니 그 사람 마음 아프게 한 것도 생각 못 했다. 내가 하고 싶은 대로 해도 아내는 이해하고 협조한다고 생각했으니 여자의 마음을 몰라도 한참 올랐던 그 시절을 지금 생각하면 아찔하다. 나 같은 사람 버리고 도망

가지 않았던 아내에게 고맙고 고마울 뿐이다.

나는 그때만 해도 내가 하면 모든 것이 다 된다고 생각했고 나의 정직과 성실을 모든 이들이 다 믿어 주고 이해해 주기를 바랐다. 지금 생각하면 그때 나의 용기와 노력은 대단했지만 나보다 다른 이를 생각하는 배려가 부족했다. 그래서 나는 너무나 후회스럽고 미안한 마음으로 지금 살아가고 있다.

아들이 태어나다

10월 30일 애너하임 병원에서 산고 끝에 사내아이가 태어났다. 내가 아기를 보는 순간 "손이 크다."고 했더니, 아내는 손만 큰 아이가 나온 줄 알고 놀라면서 "손이 어떻게 커요." 하길래 "아니 다 잘생겼어." 대답했더니 안심하고 기뻐했다.

무사히 아이가 태어나서 너무나 기뻤고 아내에게 고마웠다. 그 아이가 제임스다. 얼마 후 며느리와 외손자를 보시러 아버님과 어머님이 오셨다. 며느리를 처음 보고 좋아하셨고 손자를 무척 귀여워하셨다. 손자를 위해 집안에서 담배를 피우지 않으시고 자제해 주셨다.

나는 라스베가스로 《미션 킬 패스트》 마무리 촬영을 위해 떠났다. 출연할 열 명의 사범팀과 제임스와 아내도 같이 열흘 예정으로 떠나 골든 나깃 호텔 스위트룸에 머물렀다. 11월 추운 날씨라 산속에서 야간 촬영 땐 여간 춥지 않아 고생했다. 산에 눈이 덮여 있었다. 머무는 동안 베가스 호텔 거물인 스티브 원을 만났다. 그 이후 서로 친분이 생겨 매년 추수감사절 저녁에 우리 부부를 초대해주었다.

나는 촬영 기간 동안 베가스 신문 TV 언론에 인터뷰 기사가 소개되어 많은 사람들이 알아보기도 했다. 날씨 관계로 촬영이 지연되어 두 주 후 돌아왔다.

동생 성해도 롤코에서 도장을 잘하면서 미국 생활에 적응해 가고 있었다. 아버님과 어머님을 가끔 주말에 모시고 가 지내기도 하며 성심을 다해줘 고마웠다. 제임스는 할머님이 보시고 아내는 전문직 기술 학교에 다니면서 공부를 했다. 일 년을 계시다 부모님은 한국으로 돌아가셨다. 아무래도 낯선 이국땅에서 지내시기가 불편하셨고 자식들이 있다고 하나 주중에는 바쁘게 생활하니 대화의 시간도 별로 없으니 얼마나 갑갑하셨겠는가. 편안하게 해드리지 못해 가슴 아팠지만, 문화와 세대 차이를 극복하기란 쉬운 일이 아니었고 고향에 돌아가셔서 친구들과 친지와 어울려 여생을 보내고 싶었던 부모님의 마음은 백번 이해가 되나 막상 가시게 되니 눈물이 앞을 가려 공항에서 돌아오는 길은 슬프고 쓸쓸했다.

나는 몇 년 동안 어떠한 단체도 가입을 자제하고 오직 미국인들과 영화 사업을 위해 일을 했고, 교포사회와는 별다른 인연을 맺지 않았다. 가끔 신문이나 TV를 통해 나의 활동 사항이 소개되기도 해 많은 이들이 나를 알아보았다. 나는 어느 정도 생활이 안정되고 도장 사업이 잘되어 마음에 여유가 생겼다. 나는 영화인이기 전에 무도인이기에 무도 발전에 기여할 수 있는 길을 찾아 구심점을 만들어야겠다고 계획하고 추진했다.

캘리포니아 플러튼에 있는 무예도 국제본부도장 건물 및 제자들과 단체 사진

한국에서 방문한 사범팀. 2005년 제자들과. 1975년 시카고 도장 무예도 본부 사범들과 같이.

출연 영화 포스터

대만 독립 기념일에 베이강에서 시범

REGISTER

Does Tiger have one more kung-fu movie in him?

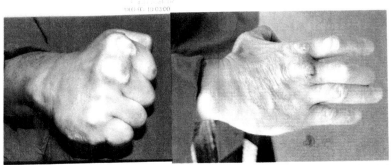

Tiger Yang, a grand master, shows off his callused hand. He has made many karate movies in the process of of making a movie on his life. He operates a studio in Fullerton.

정권과 수도

감독 테드 마이크와 촬영장에서. 원로배우 김지미, 이두용 감독에게 감사패 증정

홍콩의 친한 배우들과 함께 기자 인터뷰. 최다청, 제니왕, 젠수화와 같이 TV 출연

할리우드 영화 촬영신

영화《최후의 암살자》출연 장면

영화《망킨콰이샤우》의
출연 장면

《리틀 매드 가이》 사망탑 영화 장면

상록회를 만들다

LA 지역은 많은 무도인이 도장을 운영하고 있으나 무도인들의 구심점이 될 만한 단체가 없다. 그래서 난 일차적으로 친한 사람을 한 사람씩 만나보기로 하고 조희일 관장, 한봉수 관장(작고)을 시연 식당에서 만나 무도 단체가 아닌 친목 모임을 하자는 데 동의를 얻고 나와 곽웅쾌 도주, 박재호 관장, 조희일 관장, 신현직 관장, 한봉수 관장, 김종성 관장 이렇게 일곱 사람들이 주축이 되어 상록회라는 친목회를 만들기로 하고 영입한 회원들이 이천우, 정대연(작고) 관장이었다. 총무로 상록회를 운영하면서 한 달에 한 번씩 회원 댁에서 부부 동반으로 참석해 격의 없는 대화와 가라오케로 스트레스를 풀면서 하나둘 친목을 쌓아 가기로 했는데 나는 목적이 있었기에 나 혼자만의 계획으로 무도 단체를 만들 준비를 하나둘 해나갔다.

세계 무도인 총연합회 창립

친목회 일 년이 되는 날 나는 내가 계획했던 무도인 연합회 창립에 대해 계획을 제안했다. 회원들이 만장일치로 찬성했기에 창립 발기 위원이 상록회 회원 전체가 되어 올림픽가 크린사우에 있는 정대연 관장 도장에 모여 창립 발기인 모임을 1991년 6월에 가졌다.

단체 명칭을 세계 무도인 총연합회라 하고 각 무도를 대표하는 한두 사람씩 추대해 대표로 하고 회장 없이 사무총장이 모든 회를 총괄해 운영하

무도인 총연합회 송년의 밤 行事

태권도等 6개 분야의 무술인들로 구성된 세계 무도인총연합회는 지난 28일 한인타운의 한 식당에서 송년의 밤을 겸한 무도인 친선 모임을 갖고 앞으로 각 무술의 교류와 불우이웃돕기·사회정화등 봉사활동에도 앞장 서 나가기로 했다.

2백여명의 회원과 하객들이 자리를 함께 한 이날 모임에는 특히 앨토로 미해병기지의 기수단이 태극기와 성조기를 들고 입장하는가 하면 아서 고맨 미해병소령은 무도 총연측에 감사패를 전달, 눈길을 모았다.

지난 8월밤 태권도와 합기도, 검도, 유도, 무에도, 합도술등의 5단이상 유단자 50여명으로 발족한 무도총연의 대표위원은 한봉수, 김종성, 김찬용, 신현직, 박재호, 곽웅쾌, 조희일, 어거스틴 리, 타이거 양(사무총장)등이며 이날 행사는 양승혈, 이종구, 이천우, 임분규, 강무영, 윤귀병, 김영숙, 정종호씨등을 중심으로 준비됐다.

자는 데 의견을 모았고 창립총회를 8가에 있는 시연 회관 2층 별관에서 하기로 하여 내가 준비위원장을 맡았다. 각 무도의 대표는 태권도 조희일, 신현직. 합기도 한봉수, 김종성. 유도 박재호. 합도술 곽웅쾌. 무예도 타이거(성오) 양이었다. 창립총회에는 약 80명의 관장 사범들이 참석해 성황을 이루었다. LA의 각 무도인들이 모이기는 처음 있는 일이라 분위기도 좋았고 무도인들 꿈과 희망이 넘쳐나는 하루였다. 나는 만장일치로 사무총장으로 선출되었다. 그날부터 무도인 연합회 발전을 위해 나의 혼신을 다해 애썼다. 나는 우리 무도인들은 선배를 존경하고 선배는 후배를 사랑하고 서로가 서로를 인정해 서로 존경받는 아름다운 무도인 사회를 건설하자고 역설했고 노력도 했으나 우리 무도인들은 각 도장에서는 자기가 제자들로부터 존경받고 다른 사람들과 타협 없는 절대적인 존재이기에 다른 이들과 서로 협력하고 양보해 일보 후퇴하는 데는 인색했다. 회를 실직적으로 운영하는 사람으로서 마음 아프고 어려울 때가 많았다. 그럴 때마다 나는 한 걸음 뒤로 물러서면서 스스로를 달래며 위로하고 회의 발전을 위해 눈물도 삼켰다. 3년 동안 사무총장을 맡아 일하면서 많은 것을 배웠다. 지금 생각하면 그때가 좋았다. 내가 떠난 그 연합회가 회장을 선출하더니만 두 단체로 갈라져 지금은 무도계의 웃음거리가 되어 버렸다. 두 단체가 서로 전통성이니 뭐니 하면서 10명도 안 되는 회원을 거느리고 이름은 세계 무도인 총연합회라 하니 부끄러울 뿐이다. 그 후 양 단체에서 회장을 맡아 활성화를 시켜달라 간청했지만 내가 만든 단체가 두 동강 난 지금 내가 어느 쪽으로 가야 되겠는가? 80명 회원은 간데없고 두 단체 다 합쳐도 30명도 안 되는 단체, 그 단체를 맡아 무엇을 하겠는가. 나는 두 단체를 통합시켜 미국, 그리고 세계 여러 나라 사범들과 나의 인맥을 동원하고 싶은 충동을 느꼈지만 포기하기로 했는데 가끔 생각날 때면 가슴이 저려온다.

서울 세계 태권도 단합대회 서울 로비

우리 태권도 지도자들은 특히 해외에서 태권도의 슬기로운 정신과 실기를 세계만방에 보급하고 문화와 풍습이 전혀 다른 나라에서 태극기를 우러르며 우리 말로 민간 외교와 국위 선양에 힘써 왔고 태권도가 올림픽 종목에 채택되는 데 그 밑거름이 되었다. 그것은 각종의 도전을 극복해 차지한 우리들의 승리이며 영광이기도 하다. 그러나 우리는 그것으로 만족할 것이 아니라 무도의 기본 정신을 심고 그 긍지를 펼쳐야 한다는 사명으로 협조와 단합으로 재발굴해야 하는 시점에 와 있기에 새로운 지도자상의 확립이 필요함을 절감한 나는 세계에 흩어져 있는 지도자들과 서로 협력해 새로운 지도자상을 정립하기 위한 대회를 1995년 11월 7일부터 13일까지 서울에서 개최하기로 하고 그 작업을 시작했다.

주최는 세계 무도인 총연합회, 내가 총준비위원장으로 평소 친분이 있는 올림푸스 여행사 유 사장을 만나 사업의 취지를 설명하고 동참할 것을 제의했더니 여러 가지 사업에 수익성이 있

세계 태권도인 총단합대회
준비모임 여는 타이거 양·정종오 씨

다고 판단해 미주 지역에서 한국으로 들어가는 모든 대회 참석자들 비행기 표, 숙박 일체를 맡기로 계약했다. 그래서 유 사장과 같이 한국에 나가 관계 회사들과 협의키로 했다. 대회 기간 동안 한국에 나가는 왕복 비행기표(비즈니스 클래스)는 여행사에서 제공키로 했다.

한국에 나가 소공동 롯데 호텔에 머물면서 나는 국기원에 들려 엄운규 원장님을 만나 취지를 말씀드리고 후원 맡아 줄 것을 요청하고 세계 연맹과 태권도 협회 강원식 전무이사께 협조해줄 것을 부탁했더니, 세 단체가 내가 며칠 후 미국에 돌아와보니 공문으로 명칭 사용을 허용하며 대회 성공을 기원한다는 공문이 와 있었다. 나는 평통 사무실의 김명윤 수석 부의장을 방문해 명예 대회장을 수락받고 국회의사당의 이만섭 국회의장을 방문하고 대회장을 수락받았다.

이 의장은 나는 돈은 없지만 필요한 데 전화는 하겠다며 국기원 엄 원장께 전화를 걸어 협조를 당부하시고 또 국내 기업체에도 협조 요청 전화도 해주시는 열의를 보여주어 고마웠다. 한결 용기가 났다. 김운용 총재께 전화 메시지 남겼더니 호텔로 메시지가 왔다. 김 총재와 만나 대회 취지를 말씀드리고 대회 날에는 김영삼 대통령께서도 참석하시어 축사해 주시기로 하셨다고 하니 총재께서 "내가 호스트를 하겠습니다." 하시면서 흔쾌히 명예 고문을 수락했다.

대회 고문은 엄운규(국기원 부원장), 홍종수(대한 태권도협회 부회장), 이종우(전 지도관 총관장)와 각계 인사를 약간 추대하기로 했다. 대회 구성 조직이 대략 아래와 같이 완료되었다. 명예 대회장 김명윤(평화 통일 자문회의 수석 부의장), 명예 고문 김운용(세계 태권도 연맹 총재 I.O.C 수석 부위원장) 대회장, 이만섭(국회의장), 공동 재외 대회장 이준구, 이행웅, 대회 고문 엄운규 홍종수, 이종우와 각계 인사 약간명, 총대회 준비 위원장 양성오. 수석 부위원장 정우진, 부위원장 정진영, 김운경. 사무총장 박재호. 사무차장 김남길, 박광철. 상임 지도위원 김재준, 강명규, 조시학, 전인문, 최병호, 전계벽, 신재철. 지도위원 김상수, 김봉기, 정화, 김정은, 문대원, 박종수, 권영문, 최광조, 박동근, 정호영, 박연희, 조희일, 박원직, 양승렬, 이상철, 조영래, 안대섭, 김수, 윤학덕, 양동자, 정철호, 민경호, 고의민, 김춘식, 이관영, 정선환, 김연진, 김유진, 안양(무순). 각국 대표, 각주 대표, 지역 대표, 이사 추대(무도계 및 각계 인사 다수). 참가 회원 접수 올림푸스 여행사(미국, 캐나다, 멕시코, 유럽, 아시아, 남미, 소련) 교통 및 호텔 한국 한진 관광.

주최: 세계 무도인 총연합회
후원: 세계 태권도 연맹, 국기원 대한 태권도 협회, 한국 관광 공사, 태권도 타임스

대회 장소는 올림픽 펜싱 경기장으로 하는데 행사 일정 11월 17일부터 23일까지 대회 장소는 펜싱 경기장과 경주, 부산, 용인 민속촌으로 나누었다. 어느 정도 준비가 완료되었으나 올림푸스 여행사와 한진 관광과의 이해타산이 맞지 않아 난항을 겪게 되어 준비 기간이 짧아지는 부득이한 사정이 생겼다. 그래서 이듬해 7월로 대회를 연기하기로 하고 모든 관계자들에게 양해를 구했다. 나는 사무총장 박재호 씨를 동행해 서울에 나가 국기원을 방문하여 협조를 요청하고 평통 사무실 김명윤 의장을 예방하고 대회 연기를 설명드리고 양해를 구했다. 미국으로 돌아와 나는 뜻하지 않은 일에 어려움을 겪게 되었다. 무도인 연합회에서 주최하는 것을 몇몇이 반대한 것이다.

이유는 연합회는 그런 큰 사업을 할 힘도 명분이 없는데 사무총장이 혼자서 독자적으로 추진하니 반대한다는 것이었다. 나는 기가 막힐 노릇이었다. 전 세계적으로 무도인 총연합회가 소개될 수 있고 무도의 중심에서 역할을 할 수 있는 좋은 기회라 열심히 뛰고 있는데 반대한다니 한 푼의 재정도 요구한 일도 없었고 자비로 대회를 준비하고 있는데 화가 났다. 3년 동안 사무

총장을 지내면서 많은 일에서 벽에 부딪혀도 참아 왔으나 이번만은 비전도 없는 사람들과 함께한다는 것은 우리 무도인들에 큰꿈을 실현시키기엔 도움이 되지 않는다는 결론을 내리고 박재호 관장과 같이 사퇴했다.

세계 태권도 무술 지도자 연합회 총회장이 되다

2월경 박재원 부총재(무예도)와 같이 한국을 공식 방문했다. 방문 기간 동안 김운용 총재, 전경환 씨를 만나 대회 협조 요청을 그리고 부산 김영웅 회장을 만났다. 국기원을 방문하여 엄운규 부원장님께 전후 사정을 말씀드리고 더 이상 무도인 연합회가 주최가 아니라고 말씀드리고 가칭 단체를 만들어야 합니다 말씀드렸더니 엄 부원장님께서 단체 명칭을 세계 태권도 무술 지도라 연합회로 하는 것이 대회 규모와 맞겠다고 하시면서 나의 제안을 흔쾌히 수락하시고 그 자리에서 내가 총회장이 되었다. 세계연맹 국기원 사무실에서 국기원 부원장 및 세계연맹 김병훈 사무차장 그 외 임원들도 함께한 자리에서 단체명과 회장을 공식적으로 인정받았다. 대회를 위한 일이지만 내가 태권도를 떠나 무예도를 하고 있는데 태권도 지도자로, 그리고 단체의 총회장으로 인정해 주니 나로선 기분 좋은 일이었다.

이제 주최가 세계 태권도 지도자 연합회로 바뀌었다. 나는 서울에 있는 동안 권영문과 같이 엄운규 관장님을 모시고 엄 관장님의 단골집에 들러 밤새도록 술과 노래로 즐거운 시간도 가졌다. 관장님이 우리들에게 베풀어주심을 지금도 감사히 생각하고 있다. 국기원 방문 때마다 식사를 사주시면서 배려해주시고 격려해주셨다. 나는 방문 기간 동안 타워 호텔 스위트룸에 묵으면서 많은 사람을 만났다. 양훈 형님 그리고 전경환 회장, 김영웅 회장, 친구 김양호 등 그 외에도 박재원 부총재의 소개로 않은 지인들을 만나 대회 협조를 당부했다. 나는 삼성 이건희 회장을 이만섭 국회의장 소개로 만나 대회 취지를 설명드리고 전 세계 태권도인들이 한자리에 모인 단합 대회에 회사 홍보 차원을 넘어 지원하겠다는 약속을 받았다. 3,000명 해외 사범 초청 그리고 장소 및 대회에 소요되는 비용을 20억으로 만든 사업 계획서를 제출했다.

나는 날듯이 기뻤다. 한국 제일의 기업총수가 우리 태권도 지도자 단합 대회를 지원해 주겠다니 나는 큰 자부심을 느꼈다. 나는 스폰서가 결정된 것 같아 이제 모든 일들이 쉽게 풀려나갈 것이라 생각했고 그동안 어려웠던 일들도 다 잊게 되었다. 나는 대회 장소로 펜싱 경기장을 임대하기로 하고 2,000불을 계약비로 지불했다. 올림푸스 여행사도 참가 인원 모집에 박차를 가하고 태권도 타임스에 전면 컬러 광고를 내어 전 세계에 홍보를 하니 문의가 쇄도했다.

날짜는 7월 1, 2, 3, 4, 5일로 정하고 미국으로 돌아온 후 전 세계 지역 위원장들과 전화 회의를 매일같이 했다. 그들 중 프랑스 이관영 관장이 미국을 방문하여 나를 만나는 열의를 보여 주었다. 그 외에도 몇 분이 나를 만나려고 방미했다. 모든 일들을 완벽하게 준비하고 참가자는 무료로, 비용은 주관 부처에서 부담하게 되니 참가자 자격을 엄격히 선별하는 작업을 하게 되었다.

미국에 돌아와 대회 일정 보고 겸 세계 지도 연합회를 공식으로 인정받는 행사를 준비했다.

지도자 연합회 단합대회

장소는 LA 6가에 있는 양석규 회장 빌딩 6층 회의장을 무료로 제공받았다. 그리고 대회장으로 LA 한인회장인 서영석 회장을 추대하고 신문에 광고를 냈다. 내가 총회장으로 취임하는 날이기도 했다. 나는 무도인 연합회가 보란 듯 멋지게 행사를 준비했다. 당일 많은 화환이 들어왔고 사범 내외 귀빈이 250명 참가한 가운데 대회 사업 보고 및 행사 일정 보고를 한 LA 무도인 모임으론 처음 큰 행사를 치렀다. 모든 일들이 잘 진행되어 가는 도중 청천벽력 같은 뉴스를 접하게 되었다. 전두환 전 대통령, 삼성 이건희 그 외 몇 재벌 총수들이 비자금으로 걸려 재판 과정에 있었는데 이건희 유죄 판결을 받았다는 뉴스로 나는 큰 충격을 받았다. 아니나 다를까 모든 자금이 동결되어 대회 지원금을 지불할 수 없다는 통보를 받아 나의 모든 꿈이 한순간 수포로 돌아가 버리고 말았다.

나는 그때까지 삼성에서 후원한다고 큰소리치고 일했는데 일이 이렇게 되고 보니 다시 시작할 힘이 남아 있지 않았다. 세계 태권도 지도자가 한자리에 모여 화합하고 단결해 명실공히 세계 제일의 무도로서의 더 높은 경지를 만들고자 뜻을 함께하고자 의욕을 가지고 추진했던 일이 뜻하지 않는 사건으로 무산되어 뜻을 함께한 여러 동지들께 내가 쏟아부은 시간과 물질적인 투자를 먼저 생각하기 전에 미안한 마음 금할 길이 없었다. 비록 대회는 성사되진 못했지만 잃은 것보다 얻은 것이 더 많았다.

평화통일 자문위원

어느 날 나를 잘 아는 유의상이라는 후배가 평통 간사였는데 나의 체육관 사무실에 찾아와 형님께서 오랜 세월 동안 교포사회 봉사도 많이 했으니 평통으로 들어와 나라를 위해 일하시는 것이 어떻겠습니까. 좋으시다면 제가 추천하겠습니다라고 물었다. 나는 말은 고마웠지만, 평통이란 정부 조직이 무엇을 하는지 확실히 모르니 좀 더 시간을 두고 생각해 보자 하고 돌려보냈다. 그 당시만 하더라도 단체장들과 단체장 출신 그리고 얼굴을 내미는 인사들은 평통 위원이 돼야 행세하는 것으로 알고 위원이 되려 로비를 한다는 얘기도 많이 들어 알고 있었다.

그런데 공교롭게도 서울에서 김명윤 평통 수석 부의장께서 코리아타운 축제 참석차 방문하셨는데 의장님의 특별 보좌관이 내가 형님으로 모시는 강영기 회장이었다. 나를 부의장님께 소개시켜 주시면서 무도계에 큰 인물이며 무술 영화배우라고 소개했는데 부의장님께서 가능한 내일 퍼레이드에 동참할 수 있느냐고 제의하셨다. 나는 도시 축제에 그랜드 마샬로 10번 이상 참여한 경력이 있어 참가는 내키지 않았으나 한국 정부의 제2인자인 만큼 거절할 수가 없었다.

그 이튿날 퍼레이드에 부의장 오픈카 양옆에 박재호 관장과 내가 호위했다. 퍼레이드는 많은 관중이 참석해 성황리에 끝이 나고 그날 저녁 부의장님 일행과 같이 래돈도 비치를 관광하시고 활어회 식당에서 저녁 식사를 했다.

청와대 방문

다음 날 형님이 커피숍에서 제의를 했다. 이번 기회에 평통에 들어와 일하는 것이 어떠냐고 하면서 지난번 후배에게 제의받은 일이 있어 말씀드렸더니 그럴 필요 없이 의장님께 말씀드려 서울 본부에 직접 신청할 테니 이력서

와 사진을 준비해 달라고 하서서 나는 그동안 마음을 결정한 뒤라 이력서를 드렸다. 얼마 후 평통 7기 명단이 신문에 공고되었는데 내 이름이 있었다. 나는 평통 위원이 되어 매년 7월에 서울 전체 회의에 참석했다. 청와대를 방문해 청와대 녹지원에서 대통령 다과회에 참석할 때 신원이 확실한 위원들인데도 검문검색이 까다로웠다. 녹지원에서 다과를 들면서 대통령을 기다리면 마이크로 대통령이 오신다고 알려 주어 북쪽에서 남쪽 방향인 만찬장 쪽으로 내려오셨다. 좌우로 몇몇의 경호원들이 호위를 하고 비서실장이 모시고 오는데 대통령에 권위와 그 보이지 않는 위용이 우리를 압도했다.

김영삼 대통령은 보통 체구이지만 자신감이 넘쳐 보이고 위엄을 갖춘 분이었다. 도착하자 바로 축배를 들고 인사말을 하는데 내가 앞줄에 서 있었고 버릇이 되어 오른손을 바지 주머니에 넣고 있었더니 누가 나를 살짝 툭 치는 것이 아닌가? 나는 돌아보니 귀에 리시버를 꽂은 경호원이 서있으면서 주머니에 손을 빼 달라는 눈짓을 했다. 나는 왜 그러는지 알고 손을 빼고 미안하다는 눈짓을 했다. 대통령 인사말이 끝나고 바로 지역별로 대통령 모시고 기념 촬영이 있었다. 끝난 후 평통 위원들이 대통령 퇴장하는 길옆에서 환송하는데 일일이 악수를 해 주셨는데 나는 대통령과의 악수를 흥분해 손을 꽉 쥐어 버렸다. 나는 미안하여 얼굴을 쳐다보니 대통령께서 "반갑습니다." 하셨다.

그래서 내가 "건강하십시오." 했더니 나를 한번 더 쳐다보셨다. 대충 악수가 끝나자 뒤에서 천천히 도보 속도로 따라가던 대통령 전용차에 대통령이 타시자 경호원들이 좌우에서 뛰면서 차와 같이 사라졌다 대통령이란 하늘이 내린 인물이라 하는데 가까이서 악수도 하고 만나 보니 감개무량했다. 워커힐 호텔에서 장관들의 만찬과 오찬 그리고 국정 보고, 경제 보고, 대북 안보 보고를 듣는 시간을 가졌고 해외 평통 위원들을 위해 예술단 공연 그리고 산업 시찰 38선 비무장 지대 시찰 등 많은 것을 보았고 또 내가 떠났던 70년대 그때 모습은 어딜 가나 찾아볼 수가 없었다. 많이 발전한 대한민국이 자랑스러웠다.

나는 평통 7~11기까지 다섯 번을 지내면서 예술 분과 위원장, 체육분과 위원장은 제의가 있어도 나의 개인 사정으로 사양했는데 11기 때는 LA협의회 (회장 김광남) 고문으로 위촉받았다.

평통 고문으로 위촉받다

그리고 오렌지카운티지회(이양수 지회장) 분쟁으로 내가 운영위원장을 맡아 1년 동안 회기가 끝날 때까지 운영위원 노명수, 김진오, 정성남, 이정환, 총무 한광성과 같이 일을 했다. 나는 12기 때는 평통 운영 세칙에 3번 이상 한 위원은 추천 대상에 제외되므로 자연 물러나게 되었다. 13기 때 총영사관과 민화협 측에서 추천했으나 나는 후배들에게 기회를 주라면서 극구 사양했다. 나는 평통을 지내면서 많은 것을 배우고 견문을 넓히고 대우도 받았다. 감사한 일이었다.

핵 주먹 마이크 타이슨에 도전장을 내다

마이크 타이슨이 통합 챔피언이 된 후 그에게 도전하는 자마다 K.O 패 하여 그에게 도전할 자가 없었다. 그래서 나는 타이슨에 도전해 동양 무술의 진수를 보여주고자 했다. 어쩌면 위험한 일이지만 알리와 연습해 본 경험, 시카고 체육관에 일리노이 헤비급 챔피언과 시범 경기 해 본 경험으로 비추어 나는 승산 있다고 확신하고 프로 모터를 물색했는데 이글크니볼(오토바이 공중 묘기 세계 1인자)의 세계 투어를 맡고 있는 프로모트 밥 볼그션과 파이팅 머니 30만 불에 흥행 수입금 10%와 계약금 3만 불을 받아주는 조건으로 매니저 계약을 체결했다.

한인무술인 마이크·타이슨에 도전장

「핵주먹」혼내주겠다

쿵후에 택권도가미 양성오씨 슬리잡잘

「내셔널인파이어러」등 통해 상대자극 단·킹프로모션 "흥미없다" 일단 거절

그 후 일주일 동안 준비한 후 프로모터 회사에서 일제히 도전장을 띄었다. 《내셔널 콰이어》 신문, 미국, 일본, 홍콩 등지의 신문과 잡지에 일제히 도전장을 띄우니 인터뷰 요청을 여기저기서 해왔다. 나는 핵 주먹을 혼내주겠다, 쿵푸와 태권도의 달인이니 타이슨 버릇을 고쳐 놓겠다, 스포츠 맨십을 망각한 타이슨을 1회전에 넉다운하는 비법을 마련해 놓았다고 큰소리를 쳤다.

이 떠벌리는 수법은 알리와 동행하면서 배운 언론 플레이였다. 그런데 타이슨 측의 반응은 냉랭했다. 타이슨 흥행권을 쥐고 있는 돈킹 프로모터의 복싱 디렉터인 알버네벗 씨는 《한국일보》와의 기자 인터뷰에서 이 시점에서 타이거 양이 제의한 도전에 별다른 흥미를 갖고 있지 않다고 점잖게 도전을 사양했다. 우리 측에서 돈킹과 직접 미팅을 통해 타이거 양은 물론 무술계의 뛰어난 파이터나 세계적으로 공인된 프로 챔피언이 아니라면서 조건을 제시했다. 2천만 불 반드와 현금 백오십만 불을 자기 개인 구좌에 입금한다면 도전을 받아주겠다는 것이다. 그래서 나의 프로모터가 애너하임 스타디움을 소유하고 있는 서부 영화 배우 겸 가수 출신인 유명한 진하추릭에 스폰서를 제의했더니 그는 반드 이천만 불을 걸겠으나 현금 백오십만 불은 지불할 수 없다 했다. 왜냐하면 그 돈이 개인 구좌로 입금되면 만약의 경우 시합이 이루어지지 않는다 해도 그 돈을 돌려받을 수가 없음을 잘 알기 때문이었다. 결국 나와 나의 프로모터, 나의 매니저 밥 볼거션이 같이 라스베가스 힐튼 호텔에서 돈킹을 만나 장시간 토의했으나 타이슨하고 대전하기 전 다른 선수와 대전한 후 그 반응이 좋아 흥행에 성공하면 타이슨과 대전하자는 데 합의했다.

레온 스핑크스와 대전 합의

그래서 전 세계 헤비급 챔피언인 레온 스핑크스와 시합을 주선하겠다고 하니 나는 합의했다. 레온은 필리핀 마닐라에서 열린 세계 헤비급 챔피언 시합에 무하마드 알리와 격돌해 승리한 선수이다.

나는 타이슨과의 시합 전초전이라 생각해 레온과 시합하기로 하고 돌아와 3개월 후 11월에 서울 잠실 올림픽 경기장에서 하는 것을 추진

하기로 했다. 이블크니볼이 오토바이 점프 시범을 하기로 계약을 체결한 후 나와 프로모터가 서울에 나가 63빌딩 최 회장님과 스폰서 계약을 체결하고 돌아왔다. 각 신문에서 방송사에서 레온 스핑크스와 나의 대결을 빅 뉴스로 내보냈다. 많은 분들의 격려 전화가 쇄도했다. 나는 빅베어 캐빈을 빌려 연습 캠프를 차리고 연습 계획표를 만든 후 연습에 돌입했다. 항상 나의 매니저 밥 볼거션이 나의 연습에 지장이 없도록 옆에서 도와주었다. 나는 산을 뛰고 나무를 치면서 체력을 강화하고 지구력을 길렀다. 하체 강화운동을 위해 산을 뛰고 또 뛰었다. 나는 권투와의 결투 방법을 잘 안다.

내가 시카고에 있을 때 일리노이 헤비급 챔피언과 내 체육관에서 격투가 있었다. 그와 내가 원한 선의의 도전이었다. 그때 나의 발은 마치 주먹과 같이 빨랐다. 천하무적이라 자부할 만큼 단련에 단련을 했기에 무서움이 없었다. 그때 내 나이 28세였다. 그 선수와 마주했을 때 나는 그의 눈을 보면서 기를 제압한 후 팔꿈치 밑 옆구리와 명치를 노렸다. 내가 팔을 쭉쭉 뻗어 보니 그도 같이 받아쳤다. 나는 순간 호흡을 멈추었다. 원투를 세고 빠르게 공격해 오는 그를 맞아 몸을 뒤로 빼면서 옆차기로 그의 팔꿈치 밑을 가격한 후 흠칫하는 순간 나의 특기인 뒤차기로 복부를 가격하니 230파운드의 거구가 주저앉았다. 나는 그런 경험을 토대로 하체 운동에 집중했다.

시합은 11월 5일로 정해졌고 63빌딩이 스폰서, MBC 중계를 합의했으며 10월 중순부터 티켓 판매. 모든 것이 계획대로 잘 진행된다고 보고해 왔다. 나는 모든 일에 신경을 끊고 체력단련에만 집중하기로 하고 열심히 수련만 했다. 어느새 내 몸이 28세였던 그때와 같이 내 몸을 자유자재로 움직일 수 있었다. 내 몸은 강철 같았고 부드러움도 그 경지에 이르렀으며 스피드와 파워는 원하는 만큼 단련되었다. 꿈을 그려보았다. 내가 레온 스핑크스를 이겨 마이크 타이슨과 경기를 벌였을 때 나의 특기인 받아 차기로 제압 못 하고 무승부라도 하지 못한다면 천하의 무도인들에 지탄받아 낙인이 찍히고 말 것이다. 고로 내 모든 걸 바쳐서라도 이겨야 한다는 비장한 각오를 매 순간 순간 다짐했다. 모든 준비가 다 되어 3주 후 결전의 날을 기다렸다.

세기의 결투 무산

그런데 청천벽력 같은 뉴스를 접했다. 레온 스핑크스의 외동아들이 괴한들의 총에 맞아 죽었다는 뉴스와 함께 레온 스핑크스가 아들의 죽음에 충격을 받아 마약을 하며 격투 의지를 상실해 시합을 치룰 수가 없다는 소식이었다. 우리는 모든 행사를 중단할 수밖에 없었다. 지금도 레온 스핑크스와의 전화 음성이 들리는 것 같다. 그는 나에게 "타이거 돈 브레이킹 마이 랙스. 오케이?" 하면서 아무렇지 않게 농담을 했던 사람으로 인간미가 있는 챔피언이었다. 또 그는 우리 이번 시합을 통해 좋은 친구가 되자고 했다. 그런 그가 아들을 잃고 무너져 버렸으니 참 인생이란 내일을 모르는 소경과도 같은 존재가 아닌가. 세기의 대결, 태권도와 권투의 한판 승부. 레온 스핑크스 대 타이거 양. 태권도의 번개 같은 발 공격에 레온 스핑크스의 가공할 훅과 어퍼컷이 부딪히면 어떤 결과를 가져올 것인가? 스핑크스는 침몰한 것인가? 세계의 팬들을 주시하고 있다고 시끄럽게 떠들던 언론들은 침묵했다. 이렇게 허무하게 나의 세계 제패의 꿈이 한순간에 무너져 버렸다.

재미 영화인협회

재미 영화인협회는 한국에서 영화계에 종사하다 미국에 이민 왔거나 미국에서 영화에 관계하는 사람들이 모인 친목 단체이다. 1980년 초에 윤성환 씨를 중심으로 이동민, 양희찬, 김동혁 씨, 쟈니 윤 그 외 몇 분들이 중심이 되어 만들어진 친목 단체이다. 나는 1982년경 LA 피코에 있는 하동관에서 모임을 가질 때 처음 참석했다. 그때 기억으론 쟈니 윤 씨, 한봉수(작고) 씨, 김동포 씨, 산호세에 있던 이현진 감독 등 여럿이 참석해 그때 내가 중국, 대만에서 부르던 '매화'라는 노래를 불렀던 기억이 난다. 나는 그 뒤로 정기적으로 참석하지 못하다가 1996년경 김동포 씨가 회장으로 있을 때 김 회장의 권유로 상임 이사를 맡아 참여하기 시작해 그해 로텍스 호텔에서 각계 인사 약 150명을 모시고 연말 송년 모임 및 송년 행사를 가졌다. 1부는 가야금 연주,

그리고 고전 무용, 2부는 댄스 파티를 열어 모처럼 영화인들과 외부 인사들이 어울려 즐거운 시간을 가졌다. 나는 그날 반가운 사람을 만났다.

한소룡, 유정희와 재회

74년 영화에 같이 출연했던 한소룡(한지일)과 유정희를 만났다. 나는 처음엔 몰라보았다. 잊고 있었고 20년이 지났기에 생각하지도 않았던 나를 오빠라 불렀던 정희가 아닌가. 정희가 먼저 나에게 물었다. "혹시 양성오 오빠가 아니세요?"라고. 내가 맞다고 하니 "저 모르겠습니까, 오빠? 저 유정희입니다." 하길래 나는 얼마나 반갑고 놀랐는지 세월이 흘렀으니 그 어릴 때 청순하고 발랄했던 모습은 없었으나 분명히 내가 아는 정희였다. 정희를 만났던 70년대 나는 홍콩에서 영화를 하면서 한국 영화사와 합작 영화에 출연할 때인데 그때 영화 잡지사를 운영하던 유 사장의 소개로 만나게 되었다. 그때 정희는 한국에서 잘나가는 배우였다. 《어디서 무엇을 하리라》는 영화로 한창 주가를 올리며 많은 영화에 출연할 때였다.

부업으로 의상실을 운영했던 정희는 홍콩 영화에 출연해 아시아 스타가 되겠다는 계획을 하고 있으니 도와 달라면서 나를 친오빠처럼 잘 따랐다. 의상실에서 어머님도 뵙고 집에 초대받아 저녁도 식구들과 함께했다. 그의 아버님은 세무서 중진공무원이었다. 그런 인연으로 하여 한국에 갈 때 가끔 연락해 만나기도 했다. 정희는 순수하고 티가 없는 배우였다. 홍콩에 진출하려면 그때 한창 인기 있었던 무술 영화에 출연해야 하는데 정희는 액션 영화에 출연할 타입의 배우가 아니라서 홍콩 골든 하베스트 그리고 쇼 브라더스 등 제작자들과 나의 매니저가 상의해 봤으나 좋은 반응을 얻지 못했던 기억이 난다. 그때 나는 정말 홍콩 진출을 도와주고 싶었다. 그 이후 미국에서 우연히 만났으니 얼마나 놀랐는지. 아무튼 반가웠다.

나는 그날 행사 진행을 맡아 성공리에 잘 끝마쳤다.

재미 영화인협회 회장이 되다

나는 98년 초 정기총회 때 차기 회장으로 선출되었다. 부회장으로 권영문, 강문 씨를 임명하고 임원 편성을 마친 후 《한국일보》, 《중앙일보》 등의 신문사를 방문해 기자 인터뷰를 통해 사업 계획을 밝혔다. 영화인들의 친목 도모는 물론 일반인들이 참여하는 영화 관련 사업을 적극 추진해 나갈 것이며 청소년 대상이 아닌 중 장년층을 위한 본국 연예인 공연을 계획하고 있고 각종 행사에서 얻은 수익금은 노인 복지 기금이나 청소년들을 위한 기금으로 사용될 것이고, 흥행을 위한 공연이 아닌 사회 봉사 차원의 건전한 행사를 유치하겠으며 본국에서 개봉된 우수 영화를 동포사회에 소개하는 행사도 주최해 미국에서 한국 영화를 관람할 수 있는 기회를 만들겠다고 공언했다.

그해 5월경 첫 사업으로 문화원과 협의하여 이일목 감독의 영화 《카루나》를 상영했다. 좋은 반응을 얻어 200석이 꽉 차는 대성공을 거뒀다. 나는 미주 예술 문화 단체 총연합회 이하 예총 이병임 회장으로부터 이사장을 맡아 달라는 제의를 받고 수락했다. 예총 산하, 무용 협회, 국악 협회, 음악인 협회, 사진작가 협회, 연예인 협회, 영화인협회 여섯 개의 단체가 있었는데 그 중 제일 활발히 활동하고 있는 단체가 영화인협회였다. 이 사장은 이사들과 단체 운영 기금을 조달하는 것이 상례인데 나는 그런 능력이 없으니 기대하지 마시라고 말씀드렸더니 이 회장님의 대답이 모든 회 운영 기금은 회장인 본인이 마련할 테니 아무 염려하지 말라고 하여 다소 마음에 부담을 덜 수가 있었다. 그해 말 예총 총회를 옥스포드 팔라스 호텔 소회의 룸에서 열었다. 그날의 안건은 차기 회장 선출이었다. 음악 협회 회장 이재호 씨를 이 회장이 추천했다. 본인은 10년 이상 오래 장기 집권을 했으니 이제 다른 사람에게 기회를 주겠다는 신상발언을 했다. 갑작스러운 일이라 혼란스러웠다.

나는 이사장인데도 전혀 그런 얘기를 회장으로부터 들은 적이 없었다. 그때 예총 상황으로 보아 다른 사람이 운영하기란 쉬운 일이 아니었다. 기금이 조성되어 있는 것도 아니고 행사 때마다 마련했는데 다른 사람으론 자금을 염출하는 것이 어려울 것이다. 그래서 나는 반대 의견을 통해 다시 한번 연임해 줄 것을 요청했다. 그러나 회장은 이재호 회장과 무슨 밀약이 있었는지 극구 사양했다. 나는 이재호 씨께는 미안하지만 나의 의견에 동의 제청을 얻어 거수로 가부를 물어 이 회장이 연임하는데 삼 분의 이의 찬성을 얻어 유임을 결정지어 버렸다. 이 회장은 사정이 그렇게 되자 유임을 수락해 정기총회는 폐회했다.

한국 영화협회 김지미 이사장 예방

한국을 방문해 예총 회관 영화인협회 김지미 이사장을 예방하고 미주 영화인협회 현황을 보고하며 한국 영화인협회 미주 지회 공문을 정식으로 접수했다. 이두용 감독이 함께 배석했다. 이두용 감독은 나와 절친한 사이이므로 적극적으로 일이 잘되도록 협조해 주겠다 약속했다. 재미 영화인협회 최용원 이사장도 함께 배석했고 기념 촬영 후 김지미 이사장과 오찬을 함께하면서 여러 가지 현안에 대해 얘기하는 도중 나는 재미 영화인들이 뽑은 인기상을 대종상 시상식 때 트로피를 수여하는 것이 어떻겠냐고 제의했더니 이 사회 때 상정해 될 수 있도록 힘쓰겠다는 약속을 했다. 미국에 돌아와 인준에 필요한 서류를 한국 영화인협회 사무국에 제출한 얼마 후 김지미 이사장으로부터 인준서 및 축하 메시지가 왔다. 그로써 재미 영화인협회는 해외지회로서 지위를 획득한 명실상부한 단체가 되었다. 나의 업적이라 할 수 있었다.

마틴 루터 킹 퍼레이드 그랜드 마샬

다음 해 1월 18일 마틴 루터 킹 주니어 데이 퍼레이드에 인터내셔널 그랜드 마샬로 추대를 받았다. 행사 공동 의장인 전동석 씨의 추천으로 대회 임원 회의의 동의를 얻었다. 나는 많은 도시 축제에서 그랜드 마샬을 했지만 킹덤 데이 퍼레이드에 그랜드 마샬로 추대된 것은 본인의 크나큰 영광이고 우리 한국인들의 위상과 자부심을 심어 주는 하나의 큰 사건이었다. 홍명기 영화인협회 상임고문께서 나를 위해 3,000불을 장학금으로 대회 주관 측에 기부했다.

나는 지금도 홍 회장님의 참여가 큰 힘이 되어 주었음을 잊지 않고 있다. 퍼레이드 날 집사람은 한복으로 곱게 차려입었다. 마치 왕비가 나타난 것같이 우아하고 참 잘 어울렸다. 단연 대회장에서 꽃이었다. 제임스는 밀리터리 학교 제복을 단정히 입은 멋진 생도였다. 아침 7시 30분 행사장에 도착 조찬장에 도착하니 많은 인사들이 참석했다. 미국 측에선 당시 시의원) 안토니 비아라고사, 당시 시의원인 허버웨선 의원, 리오단 LA시장 등이 참석했고 우리 측에선 LA 한인회장 서영석, O.C 한인회장 오구, 이사장 한창훈, 그 외 다수의 무도인과 퍼레이드 참석차 권영문 관장 등이 참석했고, 우리 부부는 일일이 테이블을 돌면서 감사의 인사를 했다. 조찬 행사 때 나는 인사말을 해 감사함과 고마운 마음을 표했다.

9시에 퍼레이드가 시작되어 수많은 인파가 모인 2마일 거리를 좌우로 무에도 도복을 입은 사범들이 차 옆에서 퍼레이드를 수행했다. 나는 관중들에게 손을 흔들며 가슴 벅찬 감격을 안고 인사했다. 본부석에서 TV 기자들과 인터뷰에서 우리는 꿈을 안고 하나가 되어 행복하게 살자고 요약해 말했다. 본부석에선 나를 세계적인 무도인 마샬아트 무비스타라고 소개했다. 퍼레이드를 끝마치고 본부석에 돌아와 한국 KTAN과 인터뷰를 하고 신문 기자와 인터뷰를 했다. 그날의 행사는 미국 각 TV나 신문 그리고 한국 TV 신문에 대대적으로 소개되었다. 나는 마틴 루터 킹 퍼레이드의 그랜드 마샬로 선정되어 다시 한번 일약 유명인사로 명성을 날렸다. 그 이후 어딜 가나 내가 화제였고 한국인으로서 자랑스럽다고 했다. 수없이 신문과 TV에 나왔지만 이번만큼 가슴 뿌듯한 때도 없었다. 나에겐 재미 영화인협회장으로서 확실히 위상을 높이는 계기가 되었다.

퍼레이드에는 영화배우겸 무술인인 타이거 양씨가 그랜드 매스터로 참가해 한흑간의 화합을 도모했다.
〈전용철 기자〉

광복절 기념행사

　그해 8월 15일 광복절 행사를 LA 한인회와 미주예총의 공동 주최로 윌셔 이벨 극장에서 열기로 했다. 극장 대관료가 5,000불로 만만치 않았다. 우리 영화인협회에서 영화 제작 다큐멘터리를 상영하기로 했고 국악협회에선 국악 연주, 무용협회에선 무용 공연, 음악가협회에선 우리의 가곡을 맡았다.

　그날의 행사를 위해 각 단체에서 공연 연습과 준비를 마치고 8월 15일 1,200석이 꽉 찬 이벨 극장에서 나는 2부 순서 진행을 맡았다. 또 한인회 회장으로부터 감사패를 받았다. 나는 영화인협회 활성화를 위해 한국 영화인 80년사 사진집을 편찬한 양기주 씨를 미국으로 초청해 LA문화원, 그리고 각 주제 문화원 협찬으로 사진전을 열 준비를 했다. 양기주 영화 사진작가 초청 기금 모금을 하여 홍명기 상임고문으로부터 2,000불을 기부받았다. 홍 고문님의 부친은 홍찬 선생으로 서울 수도 극장(스카라)을 운영하셨고 우리나라 영화계에 끼친 공로가 크신 분이라 그분의 사진도 같이 전시하기로 했다. 준비는 착착 진행이 되어 갔으나 한국에서 양 작가가 비자를 받지 못해 지연되었다. 그래서 나는 12월 정기총회 때 사업을 마무리할 수 있도록 유임을 할 생각으로 김동포 씨와 몇몇 전직 회장들을 용궁 식당에서 만나 솔직한 유임 의사를 밝히고 협조를 부탁했더니 김동포 전 회장은 양 회장이 시작한 사업이 양 회장이 마무리하는 것이 좋겠다면서 유임 협조를 약속했다.

　얼마 후 총회에서 차기 회장 선거 때 과반수에서 한 표 부족으로 최무웅 씨가 회장으로 당선되었다. 나는 약속을 믿고 인원을 동원하지 않았기에 앉아서 김동포의 이중 플레이에 당하고 말았다. 김동포에게 배신감을 느꼈으나 나를 원하지 않는다면 할 수 없다고 마음을 고쳐먹고 아쉽지만 포기했다. 그래서 사진전을 포기해야만 했던 것이 아쉬움으로 남았다. 그 이듬해 3월 20일 내 생일날 신상옥 감독님과 최은희 선생님을 우리 집으로 초청해 내 친구들과 김막동 씨가 그날 재미있는 코미디를 보여줘 즐거운 시간을 가졌다. 나는 최무웅 씨가 회장으로 있으면서 나를 한번도 불러 주지도 않아 잊고 지냈는데 어느 날 윤성환 초대 회장이 만나자고 하여 강남 식당에 갔더니 최무웅 씨가 와 있었다. 윤성환 씨는 이제 지난 일은 잊어버리고 오해와 감정을 풀자면서 영화인협회를 위해 두 사람과의 화해를 제의했다. 나는 모든 것 잊은 지가 오래인데 새삼스레 무슨 말이 필요하냐 했더니 최무웅 씨가 손을 내밀면서 화해를 청했다. 나는 화해를 받아주고 웃으면서 이제 앞만 보고 갑시다라며 화답했다.

강문 씨를 영화인협회회장으로 인준하다

나는 만나기 하루 전 강문 씨로부터 전화를 받았다. 그는 차기 회장을 제의받았는데 양 회장님이 도와주지 않으시면 못 하겠으니 영화인협회를 위해 결단을 내려 달라 간곡히 부탁하는 것이었다. 나는 강문 씨를 동료 배우로서 좋아하고 또 우리 협회는 강문 씨만 한 경력 있는 여배우가 없어 항상 자랑으로 내세워 소개했던 터라 회장으로서 부족함이 없다고 생각하고 도와주겠다 약속한 일이 있었다. 그런데 오늘 은근히 윤성환 씨가 나에게 강문 씨가 차기 회장으로 적합할 것 같은데 양 회장만 좋다면 추천하겠다면서 의견을 물었다. 나는 강문 씨에게 약속한 일이 있어 찬성 의사를 밝혔다. 최무웅 씨와 나는 그동안의 불편한 관계를 청산하고 협력하자는 데 뜻을 모았다. 총회에 참석해 최무웅 회장으로부터 공로패를 받고 인사말을 통해 회원 상호 간의 결속을 부탁했다. 나는 전직 회장으로 발언권을 얻어 강문 씨를 회장으로 추천하고 회원들에게 동의 제청을 얻어 투표 없이 선임했다. 또 신임 회장으로부터 상임고문으로 추대받고 수락했다.

강문 씨가 회장 재직 때 상임고문으로 있으면서 약간의 불미스러운 일도 있었다. 나는 당시 오렌지 카운티 한인회 이사장으로 재직할 때이므로 평소 생각했던 예총회장 직을 맡을 수가 없게 되었다. 왜냐하면 겸직할 수 없는 정관의 규정 때문이기도 했지만, 두 단체의 일을 맡는다는 것은 시간상 여러 가지로 불편하기 때문에 옥스포드 호텔에서 열린 예총 총회 때 다시 한번 이병임 회장이 유임하시도록 했다. 그 후 강문 회장이 이병임 회장에게 양 이사장이 예총 회장을 승계해야 되지 않느냐고 몇 번 전화한 것이 화근이 되었다. 가만히 있어도 자연히 차기 회장이 될 텐데 강문 씨를 내가 시켜 압력을 행사한다는 오해를 이 회장이 하게 되어 복잡하게 되었다. 그 소식을 듣고 강문 씨에게 전화해 나에게 의견을 묻지도 않고 한 행위에 대해 질책을 했더니 강 회장은 너무 오래된 회장직을 이제 우리 영화협회가 물려받아야 한다는 생각이고 내가 예총 이사장으로 있으니 자연 양 이사장이 맡아야 하는 것은 당연한 일이 아니냐고 하면서 나에게 너무 오래 이 회장을 돕고 있다면서 오히려 나의 결정에 섭섭함을 말하는데 별 할 말이 없었다.

강문 씨가 임기가 끝나갈 즈음 정광석 씨가 찾아와 자기를 다음 회장으로 밀어 달라는 부탁과 그의 계획을 이야기했다. 회장이 되면 한국에 나가 신영균 씨 등을 만나 협회 기금을 약 2만 불 마련해 오겠다고 했다. 그는 회를 운영해 본 경험은 없으나 내가 자기를 도와주면 잘해낼 것이라 말했다. 협회란 친목 단체인 만큼 의욕이 있는 어느 누구라도 회장을 할 수 있기에 이것저것 따져볼 필요가 없으므로 도와주겠다고 약속했다. 나는 원로 몇 분들에게 의견을 말씀드리고 동의를 얻어 용궁에서 정기총회 때 상임고문으로서의 발언을 통해 차기 회장으로 정광석 씨를 추천해 만장일치로 선출했다.

차기 회장 정광석 씨 인준하다

　나는 정광석 신임 회장으로부터 상임고문 추대를 제의받고 수락했다. 얼마 후 정광석 회장과 김지수 부회장이 나의 사무실에 방문해 회 운영에 대한 여러 가지 조언을 부탁했다. 평소 나는 나의 스타일을 안다. 어떠한 역할을 맡아서도 집행부에서 조언을 요구하지 않으면 회 운영에 간섭하지 않는 것이 평소 스타일이다. 어떤 면에서는 무관심할지 모른다. 상임고문이 너무 나서는 것 같은 인상을 보이면 나의 이미지도 나빠지고 집행부로서도 환영받을 일이 못 된다는 것을 알기 때문에 아예 자제하는 것이었다. 그리고 나는 말 많은 예총 회장에게 나 개인 일신상의 문제로 이사장직을 사퇴하겠다고 사퇴서를 보냈는데 수리가 되지가 않아 그냥 몇 개월을 보냈다. 그런데 하루는 이 회장의 만나자는 연락을 받고 만났더니 여러 가지로 바쁜 줄 알지만, 이사장으로 조금만 지내다 회장으로 선출되어 예총을 위해 일해 달라, 지금 누구도 양 회장만큼 능력과 자질을 갖춘 사람이 없으니 협회를 위해 자기 뒤를 맡아 달라는 부탁을 했다. 나는 그 말을 진심으로 받아들이고 언제든지 때가 오면 그렇게 하겠다고 약속을 했다. 그런데 언급한 강문 씨의 전화로 마음이 상한 이 회장이 끝내 돌아서고 말았다.

　사진 협회 회장인 김택일(작고) 회장을 중심으로 산하 단체 무용, 음악, 사진, 영화, 국악협회가 주축이 되어 총회 소집을 공고하고 준비작업이 한창일 때 김준배 씨가 새로운 예총 회장으로 선출되었다는 기사가 신문에 났다. 김택일 씨가 이병임 회장과 타협했는데 이 회장이 배신했다는 것이다. 예정대로 한국 문화센터에서 총회를 열기 전 김택일 씨는 나에게 이번에 회장을 양보해 주면 차기에 회장을 맡아 달라면서 둘만의 약속으로 서약서를 써 주었다. 복잡한 일에 끼어들고 싶지도 않고 다른 일도 많아 합의해 주었다. 총회 때 나는 김택일 씨를 추천해 동의를 얻어 회장으로 선출했다. 김 회장은 인사말에서 나를 이사장으로 추대했다. 나는 수락하고 연설을 통해 두 갈래가 된 예총을 모두 힘을 합해 하나가 되도록 서로가 서로를 이해하고 양보하면서 가슴을 열자고 호소했다. 사실 김준배 씨는 서부 사진작가 협회 회장이었는데 문제가 많다는 소문이고 알려지지도 않는 사람이었다. 나중에 안 사실이지만 이 회장이 급하니 그를 찾아가 회장을 맡아 달라고 부탁했다는 얘기를 이 회장에게서 들었다.

예총이 두 단체로 갈라진 지 얼마 되지가 않아 불화협음이 일기 시작했다.

김준배 씨는 사진작가 협회, 연예인 협회 두 단체가 전부였고 김택일 씨가 회장으로 있는 우리 단체는 국악, 우용, 음악, 영화, 사진, 작가 다섯 개의 단체였으나 김택일 회장이 계획대로 회를 잘 이끌어 나가질 못했다. 이병임 전 회장도 김준배 씨에게 회를 물려준 후 활동이 없으니 후회막심하다는 얘기를 들었다.

차기 예총 회장 제의받다

단체장들이 한자리에서 만나 허심탄회한 얘기를 나눔으로 갈라진 두 단체를 하나로 만들어야겠다는 생각을 하고 나는 이병임 회장을 옥스포드 호텔에서 만나 식사를 하면서 지나간 섭섭한 얘기들은 접고, 오해를 풀고 다시 예총 발전을 위해 나서 달라고 말씀드렸더니 이 회장님도 바라던 일이라면서 예총 재건을 위해 힘을 합치자는 데 합의한 후 김택일, 이예근과도 뜻을 합하기로 하고 그 후 J.J그랜드 호텔 커피숍에서 이병임, 김택일, 이예근, 그리고 나, 네 사람이 모여 종전에 산하단체들이 모두 함께하는 예총을 재건하자는 데 합의하고 회장에는 내가 내정되었다. 나는 영화인협회 정광석 회장을 풀러튼에 있는 수라 식당에서 만났다. 김지수 부회장도 함께 왔다. 나는 경위를 설명하고 예총을 다시 재건하는 데는 우리 영화인협회가 주축이 되어야 하니 적극 협조해 달라는 당부를 했고 정 회장은 흔쾌히 직분을 다하겠다고 약속했다. 나로서는 영화인협회가 나의 모체로서의 역할을 다 해줘야 내가 힘을 펼 수 있기 때문이기도 했다.

그런데 며칠 후 전 회장이 전화로 이병임 회장과 같이하면 곤란하니 이 회장을 배제하는 것이 어떠냐고 했다.

한국 영화협회 신재철 이사장 방문

나는 사업차 한국을 방문했는데 이두용 감독이 한국 영화협회 신재철 이사장을 소개해 주어 하야트 호텔 커피숍에서 이 감독과 같이 만났다. 우린 만난 일은 없지만 서로를 알고 있어 반가웠다. 신 이사장은 유명한 배우가 이사장이 된 것이 아니어서 의외인 사람이지만 꽤 정리, 정돈되어 있는 행정가라는 인상을 받았다. 나는 깜짝 놀랄 얘기를 신 이사장으로부터 들었다. 협회 감사가 LA에 갔는데 회장과 연락이 되지 않아 이틀을 기다리다 만나지도 못하고 공항으로 돌아오는데 정광석 회장 전화를 받았으나 이미 비행기 스케줄 때문에 감사도 못 하고 돌아왔는데 이런 지회를 인정할 수가 없으니 폐쇄하겠다면서 분노하고 있었다는 것이다. 나도 몰랐던 일이라 처음에는 어리둥절했으나 나중에 그 사정을 알 것 같아 내가 상임고문으로서 그 일을 사과한다, 아마 고의가 아닌 연락상 문제였을 것이니 폐쇄하지는 말아 달라, 나는 지회 인준을 내가 받았는데 그 과정을 설명하면서 한번 기회를 주면 내가 LA에 돌아가 정 회장과 그 경위를 알아보겠다고 했다. 여기서 잠깐 LA에 감사 나간 이유를 이야기해야겠다. 예총이 두 단체로 갈라지면서 영화인협회는 내가 상임고문으로 있는 만큼 정광석 회장은 나와 같이 있겠다고 약속하고 한국 예총 미주 지회에 입회하지 않았던 것을 정통성 문제로 삼아 서울 본회에 투서를 내고 한 사람들이 있어 본국 영협 사무처에선 미주 예총(김준배)을 인정하는 분위기였다. 왜냐하면 예총(이성임)회장과 친동기같이 지내는 김진형 회장의 소개로 만나 로비를 했기 때문인 것 같다.

그래서 LA에 있는 모든 예술단체를 예총 산하에 입회시키겠다는 계획적인 작업인 것 같았다. 시끄럽고 진위를 확인할 수가 없으니 영협 행정을 바로 잡기 위해 감사를 나왔던 것 같다. 나는 신 이사장에게 제의를 했다. 전 김지미 이사장과도 협의했으나 여러 가지 사정으로 인해 실행하지 못했지만, 미주 영화인들이 뽑은 인기상을 대종상 시상식 때 트로피를 수여할 수 있도록 해 달라고 제의했더니 좋은 생각이니 검토해 본 후 연락하겠다. 긍정적인 답변과 LA에 돌아가면 양 회장이 상임고문으로 있으니 믿고 협회를 인정한다고 해도 과언이 아니니 회장을 도와 지회를 활성화시켜 달라고 당부했다. 나는 그렇게 하겠다고 약속한 후 헤어졌다. 기분이 좋진 않았다. 우리 협회가 그런 실수가 있었다니 이해할 수가 없었다. 또 나에게 아무도 그에 대한 얘기도 없었기에 전혀 몰랐으니 얼마나 당황했던지 아무튼 나는 LA에 가서 회장을 만나겠다고 생각하고 귀국했다.

한소룡, 윤여정 씨와 함께 출연한 이두용 감독의 《코메리칸의 낮과 밤》 장면

배우 홍금보, 깡도

문선명 목사와의 만남

영화《데블츠 컴뱃》

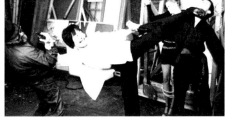

대만 TV 출연

대만 홍콩 TV 쇼 장면

◀▲ 대만에서 무술 시범
▼ 팬들에게 사인하는 모습

영화인협회와 불화

귀국한 그 이튿날 정 회장에게 전화를 걸었더니 불통이었다. 나는 간단한 편지를 보냈다. 한국에 가서 영협 신 회장을 만나고 돌아왔는데 긴급히 만나 상의할 일이 있으니 편지 받는 즉시 연락 바란다는 내용으로 보냈다. 일주일이 지난 후 회답이 왔는데 내가 영화인협회 상임고문에서 제명되었다는 공문이었다. 기가 막혀 처음에는 화가 나서 아무 생각도 없었다. 시간이 흐른 후 생각해보니 내가 영화인협회를 위해 자비를 지출하면서 한국에 나가 지회 승인도 받았고 그 외 아무도 하지 못했던 행사도 재임 시 했고 마틴 루터 킹 퍼레이드 그랜드 마샬로서 영화인협회의 위상을 얼마나 더 높였던가.

그리고『한국 영화 80년사』상하권 사진첩에 나는 당당히 미주 영화인 회장 이름으로 격려사를 싣지 않았는가. 임기 끝난 후 상임고문으로서 사심 없이 협회를 위해 노력했는데 무엇을 왜, 어떻게라는 원칙도 무시한 채 제명이라니. 제명이라는 단어조차 협회 정관은 물론, 한국 예총 미주 지회에도 없는 조항인데 임원들이 모여 내가 있으므로 다른 단체로 갈 수 없다는 결론을 내려 제명한 것 같았다. 하지만 정관에도 없는 상징적인 상임고문 제명 처분 사유는, 즉 협회 발전을 저해시키는 행위, 형사처벌 등등이 있었다면 본인을 임원 회의 및 전체 회의에 참석시켜 그 진위를 들은 후 사실과 같다면 전체 의견을 묻는 것이 순서인데 그런 모든 절차를 무시하고 제명한다는 공문을 보냈으니 나는 한편 우습기도 하고, 나의 자존심을 짓밟는 행위를 도저히 용서할 수가 없어 나는 부당한 사유를 기록해 회장과 회원들에게 보냈다.

그것을 기점으로 싸움이 시작되었다. 곧바로 협회는 정 회장 이름으로 나에 대한 인신 공격 및 명예 훼손에 해당하는 공문을 만들어 회원들에게 보냈다. 나는 그 편지를 받고 아연실색하지 않을 수 없었다. 나는 미주에서 30년을 살면서 무도인으로 국위 선양을 한 일선 외교관으로 많은 활동을 하여 그 공로를 인정받았고 영화 출연을 통해 무도인으로서, 영화배우로서도 이름을 얻었고 또 교포사회 봉사 활동을 통해 정부로부터 인정받고 교포사회로부터 인정받은 공인인데, 동포사회 악의 존재라니. 나는 격분했지만, 다시 경고장을 보냈다. 보낸 공문에 대해 공개적으로 사과하지 않으면 법적 대응도 불사하겠다는 단호한 내용이었다. 나는 배신감에 치를 떨어야 했다. 내가 만들어 준 회장인 사람이 자기와 생각이 다르다고 나를 배신하다니. 어떠한 일이 닥쳐온다 하더라도 개인으로선 용서할 수가 없었다. 정 회장이 회원들께 공개적인 회답을 보냈다. 모든 준비가 되어 있으니 마음대로 하라는 내용이었다

명예 훼손으로 영화인협회 고소

나는 곧바로 고문 변호사와 상의한 후 바로 고소장을 보내기로 했다. 공문들을 다 한글이니 영문으로 번역해 공증을 받아야 하니 시일이 걸렸지만 일은 순조롭게 진행되어 갔다. 여러 사람들이 몰지각한 배신자는 응징해야 한다고 했지만, 어떤 사람은 몰라서 그러니 용서해 주라고도 했다. 그러나 이미 마음을 굳혔기에 내 생각대로 진행해 나갔다. 여기서 김진형 회장과 나의 관계를 얘기해야겠다. 김 회장님은 내가 평소에 존경해서 형님, 동생 하는 좋은 관계를 유지해온 사이였으며 형수님 우리 내외와도 서로 오고 가는 친한 관계였는데 이병임 예총회장과 불편한 관계로 인해 나에게도 화가 미친 것이다. 김준배 씨가 예총을 맡았을 때 김 회장님이 나에게 전화를 걸어 이병임 씨와 손 떼고 김준배 씨를 도와 달라는 부탁을 하셨는데 그때 일언지하에 거절했다. 왜냐하면 김준배 씨는 그동안 예총에 관계한 일이 없는 인사인데 적합하지 않는 인물이며 또 형님이 왜 예술단체를 관계하시느냐 모

양이 좋지 못하시니 손 떼시는 것이 좋습니다라고 말씀드렸는데 그것이 화근이 되어 그분의 적이 되고 만 것이었다.

정 회장은 김진형 회장을 믿고 기고만장한다는 얘기를 들었으며 또 변호사 비용도 부담한다는 것이었다. 나는 더욱 더 화가 났다. 본인 일이 아닌 남의 일에 돈이 얼마나 많은지 모르지만 고소 사건이란 하루 이틀에 끝나는 것도 아니고 지출이 엄청 많을 수도 있는데 그럼 어디 한번 해 보자는 오기가 났다. 그렇지만 김진형 형님을 만나 오해를 풀고 정 회장과의 관계를 떼어 버린다면 모든 일들이 쉽게 풀릴 것이라 생각하고 형님과 JJ 그랜호텔 커피숍에서 만났다. 물론 이병임 회장은 내가 김 회장 만나러 가는 줄 알고 결과를 기다리고 있었다. 나는 형님에게 단도직입적으로 말씀드렸다. 형님 무엇 때문에 저하고 좋은 관계를 버리고 정 회장 편으로 돌아서십니까? 이유가 무엇입니까? 말씀드렸더니 왜 이병임 회장 본국에 보내는 투서에 양 회장이 서명을 하여 힘을 실어 주었느냐, 그것은 나를 배반하는 것이 아니야? 나를 배신하는 사람은 나의 적이다라고 말씀하시길래 내가 무엇을 형님을 배신했습니까? 이병임 회장이 어떤 내용의 공문을 보냈는지 모르며 사인을 한 일도 없다고 반문했더니 투서 카피를 보여주었다. 나는 그런 공문을 본 일도 없었다. 그래서 솔직히 모르는 일이라고 말씀드렸더니 그러면 예총 5인 정상화 위원에서 탈퇴하는 내용을 쓰고 서명을 해 주면 우리 사이는 아무 일도 없는 걸로 하겠다 했다.

그래서 나는 지금 정황상 당장은 힘들고 시간을 달라 했더니 언성을 높이시며 그럼 없는 걸로 하자고 화를 내시었으나 다시 우리 두 사람은 이성을 찾아 시간을 두고 좋은 결과가 있도록 노력하자는 데 의견을 모으고 헤어졌다. 한편 나의 아내는 형님과 나와의 관계 악화를 염려해 옥스포드 호텔 커피숍에서 기다리고 있었다. 나는 그런 아내를 실망시키지 않으려 마음을 다스렸으나 아내가 만족할 만한 결과를 얻진 못했다. 하지만 형님과 더 이상의 나쁜 관계가 안 될 것이라 믿었다. 한편 이병임 회장께 전화를 걸어 김 회장님의 바람은 예총의 대부이신 이 회장님과 양 회장 그리고 김준배 회장, 세 사람이 뜻을 합쳐 예총 활성화에 앞장선다면 김 회장은 적극 협조하겠다, 한 국 예총 이성림 회장과의 관계 정상을 반드시 이루어주겠다는 제의를 하셨다고 했더니 이 회장은 양 회장이 김진형 씨를 만났더니 회유당해 마음이 변했다고 언성을 높이시는데 말문이 막혀버렸다.

나는 우리들의 공동 이익을 위해 또 내가 처한 어려운 문제를 해결하기 위해 어렵게 자존심을 죽여가면서 만나 조금도 우리 예술인들의 자존심에 누가 되지 않도록 세심한 주의를 했는데 만약 나 개인의 문제만 생각했다면 그분이 원하는 각서 한 장만 그 자리에서 써주었어도 그 이후 엄청난 회오리바람은 몰아치지 않았을 것이었는데…. 그동안 이병임 회장을 예술계의 선배로서 또 회장님으로 예우를 조금도 결례가 되지 않도록 이사장으로서 책무를 다했고 또 한번 마음 먹은 것은 변함없이 실행하고 그 본분을 지켜나가는 것이 삶의 철칙이었다. 그런데 나를 배신하는 사람으로 보니 그동안 많은 이들이 이 회장을 비난해도 그분을 존경하고 회장으로 모셨는데 그 순간 모든 것이 싫어졌고 이제 이병임 회장이 속해 있는 오인 정화 위원회를 떠나야겠다 생각하고 그다음 날 바로 사퇴서를 작성해 이 회장 및 다른 위원들께 보냄으로 그 위원회에서 떠났다.

그리고 사본은 김진형 회장께 보내 드렸다. 그것으로 그분과 오해로 빚어진 관계를 청산하고 현재까지 그분을 형님으로 모셔서 형님 내외분과 우리 내외와는 참 좋은 관계로 지내오고 있다. 김진형 회장은 고소 사건에서 손을 떼셨다. 그래서 그것으로 모든 것이 끝이 나기를 기대했다. 하지만 그들 정 회장과 임원 일곱 사람이 다른 변호사를 선임하고 대항했다. 관선 변호사의 중재로 양측이 합의점을 찾기 위해 변호사들을 대동하고 회의를 했으나 합의점을 찾지 못했다. 정 회장은 나를 양 회장님이라 부르면서 어색한 모습을 보였다. 나는 배은망덕한 그런 사람을 만난다는 것이 기분이 좋진 않았다. 알고 보면 그도 결국은 한 사람의 개인감정에 휩쓸려 이용당한 것이었지만 그것도 모르는 그가 측은해 보였다. 나는 이미 그것을 파악하고 그 배후를 절단하지 않았는가. 그가 영민한 사람이었다면 더 수모를 당하기 전에 잘 못이었음을 인정했어야 했다. 그랬다면 나도 그 변호사 비용을 쓰지 않아도 됐고 적당한 선에서 관계 정상화를 시켰을 것이다. 영화인협회가 정상화되는 것이 나의 목표였기에 그것이 가능했을 것이다. 나는 고문 변호사와 상의를 했다. 시간을 길게 끌지 말고 빠른 시일 내에 항복을 받아내는 방법이라 해서 정 씨에게 협조하는 일곱 사람 개개인을 고소했다. 그 결과는 의외로 빨랐다. 고소장을 받은 일곱 사람은 의견 충돌이 생기고 자중지란이 일어났다는 정보가 들어왔다. 나는 그것을 바랐던 것이다

김지미 씨의 중재

김지미(전 한국 영화협회 이사장) 씨가 나를 만나자고 했다. 나는 파사디나 집을 방문해 환담한 후 일식당에 가서 점심을 하면서 영화인협회가 이렇게 분열되고 고소해 법정까지 가게 되었으니 참 가슴 아프다, 영협은 친목 단체인데 왜 이렇게 되었는가. 내가 너무 소홀하지 않나. 자책도 하시면서 양 회장은 많은 일을 한 분이고 사회에서 인정해 주는 성공한 유명인인데 어째서 정 회장과 대결하느냐. 큰 사람이 이해하고 용서하는 용기를 보여 주길 바란다면서 어른으로서, 선배로서 경륜 있는 좋은 말씀을 하시면서 고소 취하해 줄 것을 간곡히 부탁하셨다. 나는 솔직한 심정으로 그러고도 싶었지만 그동안 너무 많은 고통과 수모를 겪었기에 그를 용서하고 싶지 않다고 얘기했다. 그의 배신으로 변호사 비용으로 지출한 것만 해도 6만 불이었다. 통례로 원고에 고소취하 하는 조건으로 비용은 취하를 요구하는 피고 측에서 당연히 지불이 돼야 한다. 그런데 그들은 능력이 없다. 고소를 취하해 준다면 그

손해를 각오해야 한다. 김지미 씨는 변호사 비용이 많이 들었을 텐데 정 회장 쪽에서 성의껏 만들어 준다면 그들의 성의라 생각하고 영화인들의 명예와 자존심 그리고 협회 장래를 위해 받아주고 고소를 취하해 달라는 부탁을 받고 돌아갔다. 이제 한 달 후면 법정에 출두해야 한다. 그런데 그 다음날 정 회장이 만나자면서 전화를 했다. 내 사무실에서 며칠, 몇 시까지 일정을 정하고 정 회장 그리고 이 사장 외 임원들이 참석해야 한다고 통보했다

정광석, 지미 리, 이일목, 사무실로 찾아와 공식 사과

정광석 회장, 지미 리 이사장, 이일목 감독 세 사람이 찾아왔다. 그들은 잘못했음을 사과하면서 오천 불 수표를 내놓았다. 그 돈은 여러 지인들에게 찬조받고 김지미 씨도 상당한 액수를 낸 걸로 알고 있다. 나는 그 돈 액수를 따진다면 계산이 안 되기에 그들의 굴복으로 인정해야 했다. 머리를 조아리던 그들의 모습이 지금도 눈에 선하다. 나는 내 변호사가 준비해 준 합의 각서를 내놓았다. 그 내용은 각서 사인을 한순간 회장 및 모든 임원은 그 직책을 포기하며 상임고문에 대한 모든 잘못된 인신 공격, 명예 훼손을 본의 아니게 하게 되어 진심으로 사과한다, 회장과 그 임원들은 그에 대한 책임을 인정하고 사퇴한다는 내용의 공문을 회원들께 보내야 하며 일주일 내에 임시총회를 소집한다는 조건이었다. 그들은 서명했다.

그들은 합의된 내용과 임시총회 개최 공문을 보냈다. 나는 차기 회장 선임을 고심했다. 김지수 부회장을 차기 회장으로 생각하고 또 김지수 씨도 협조해 왔는데 나는 생각이 좀 달라졌다. 양분된 회원들을 하나로 만들려면 강력한 리더십과 어느 정도 재력이 필요하다고 생각했고 또 나의 반대편을 끌어들이려면 그쪽 사람이어야 하는데 그중에 이사장으로 있는 지미 리가 적

합한 인물로 생각하고 그에게 만나자고 하여 만났다. 나는 개인적으로 김지수 씨에게 참 미안하게 생각했으나 아무래도 여성보단 남성이 적합한 인물 같아 지미 리를 만나 봤다. J.J 호텔 특실에 가서 만난 그는 굉장히 놀라는 표정이었다. 처음에는 아직도 남아 있는 고소 문제가 있는가 염려하고 나왔다고 했다. 나의 뜻을 전했다. 협회의 결속을 위해선 당신이 맡아 줘야겠다고 했더니 그는 무척 의외라는 듯 어리둥절한 표정이었다. 얼마 전까지 자기와 법정에서 싸웠던 사이인데 모든 걸 정상화시켜 자기에게 회장을 맡아 달라니 물론 단연 놀라기도 했을 것이다. 그도 처음에는 사양했으나 나의 진심을 알고 약속했다. 대신 비밀로 하기로 했다.

법정 소송 승리로 끝나다

임시총회를 만리장성 식당에서 저녁 6시에 개최했다. 아마도 갈라진 싸움에 지친 회원들이 직접 참석은 못 하고 위임을 많이 했다. 위임한 수와 참석 인원이 회원 과반수 이상의 참석으로 성원이 되어 임시총회를 개최하게 되었다. 나는 그동안 경위를 회원들께 보고하고 본의 아니게 물의를 끼쳐 미안하게 되었음을 사과하고 앞으로 협회 활성화를 위해 우리 모두 하나가 되자고 호소했다. 차기 회장 추천에 나는 발언권을 얻어 지미 리 씨를 추천했더니 모두가 놀라는 표정이었다. 우리 협회가 치유되려면 어느 편이 있을 수 없으며 능력 있는 사람이 맡아야 한다고 추천 의견을 발표하고 동의를 얻으려 했으나 지미 리 씨가 사양해 몇 차례 멈추었다. 나의 강력한 추천 사유를 듣고 수락해 회원들께 3분의 2의 동의를 얻어 지미 리 씨를 새로운 회장으로 선임했다. 일 년 가까이 끌어온 고소 사건이 일단락이 되었다. 허탈했다. 하지만 영화인협회를 정상화시켰다는 것으로 스스로를 위로하며 모든 것을 잊고 회장에게 맡기기로 했다. 나는 또 상임고문으로 추대되었다.

O.C 한인회장 선거 후원회장 및 이사장을 맡다

나는 그동안 한인 사회와는 직접적
인 관계는 맺지 않고 지역적으로 속하
지도 않으면서 평통 및 예술, 그리고
무도 관계 일을 했다. 그런데 O.C 한
인회 회장을 지낸 닥터 오가 심심회
라는 친목회에 나를 회원으로 추천해
그분들과 만나 보니 한인회에서 봉사
하던 분들이라 얼굴을 아는 분들이고
인격을 갖춘 분들이라 나는 그분들과

뜻을 같이하며 우의를 맺기로 했다. 얼마 후 O.C 17대 한인회장 선거에 출
마를 고심하던 한인회 이사장 노명수 씨가 만나자고 하여 만났더니 내가 자
기를 도와준다면 회장에 출마할 테니 도와 달라, 나의 강력한 리더십을 발휘
한다면 반드시 당선될 수 있으니 앞장서서 도와 달라고 했다. 나는 그의 요
청을 듣고 "누구의 도움보다 본인 자신이 몸을 던져 공익을 위해, 동포사회
를 위해 헌신적인 봉사를 2년 동안 하겠다는 확고한 신념이 필요합니다. 그
결심이 섰다면 당신을 위해 당선될 수 있도록 최선을 다하겠습니다. 나는 지
는 싸움은 하지 않습니다."라고 했다. 나의 말을 듣고 노 이사장은 선거대책
본부장을 맡아 달라고 제의했다. 나는 시간을 달라고 한 후 헤어졌다. 그때
만 해도 한인 사회에 별로 관계를 하지 않아 개인적으로는 몰라도 신문이나
언론을 통해 많은 사람들이 나를 알고 있었기에 대화하기는 쉬웠다. 노명수

씨는 현 이사장으로, 또 교회 장로로서 가정과 사업에 충실하며 대인관계도 원만하다는 얘기를 듣고 회장으로 자격이 충분히 갖추어졌다는 나 나름대로의 결론을 내리고 선거대책본부장을 맡기로 수락했다. 언론에 노명수 씨 회장 출마 선언과 선거 대책 위원장을 타이거 양이 맡았다는 기사가 실리고 발 빠르게 상대 기선 제압에 박차를 가했다. 상대 후보로 초대 회장을 지낸 박진방 씨가 한인회 봉사센터 설립을 공약으로 내걸고 많은 교포 단체들과 접촉하며 세를 확장하고 있다는 얘기를 들었다. 나는 두 후보가 과열된 선거 운동으로 동포사회가 양분되는 것은 자명한 사실이며 어느 한쪽이 당선된다 하더라도 그 후유증으로 서로를 불신하는 일들이 오래 지속되어 정상적인 한인회 운영은 쉽지가 않다는 생각과 선거 자금으로 쓰는 돈을 한인회관 건립 기금 혹은 봉사 단체 기금으로 낸다면 양분되지 않는 동포사회로 또 기금이 축척되어 한인회 운영에 도움이 될 것이라고 생각했다. 나는 반드시 두 후보를 단일화시켜야겠다고 생각을 하고 박진방 회장께 전화드려 나의 사무실에서 만나자고 제의했다.

다음 날 박진방 씨와 마주 앉은 나는 평소 그분을 무도의 선배로서 가까이 지내온 분이라 속마음을 얘기하긴 어렵진 않았다. 나는 박 회장님께선 초대 회장을 지내셨고 연세도 많으시니 노명수 씨께 양보하신다면 박 회장님께서 내놓으신 봉사센터 공약을 수용하겠으며 봉사센터 운영에 필요한 기금을 내놓겠다고 제의했다. 그분께서도 "한인 사회를 발전시켜 나가시는 일이라면 누가 회장을 하더라도 좋다. 지금 말한 그 조건이라면 양보할 용기가 있다."라고 했다. 그래서 난 각서를 자필로 썼다. 내용은 봉사센터를 운영할 것, 봉사센터 운영기금으로 3만 불을 노명수 씨가 지원한다는 내용으로 박 회장과 내가 서명했다. 기분이 좋았다. 몇 번 노 회장 후보 지지 모임을 주도했고 언론과 기자회견도 했다. 그러나 이제 모든 것이 상대 후보와 합의함으로로 끝이 났다.

그 이튿날 라마다 호텔에서 기자회견을 열었다. 나는 그동안 경위를 설명하고 박진방 후보가 노명수 후보에게 양보해 단일화가 합의되었다는 기자회견을 가졌다. 그 이튿날 언론에 공개됨으로 모든 것이 내가 생각했던 뜻대로 이루어져 노명수 후보가 단일 후보로 등록해 회장으로 무투표 당선되었다. 당선된 노 회장은 나에게 이사장을 맡아 같이 한인회를 이끌어 가자고 제의했다. 처음엔 망설였으나 여러 참모들도 같은 생각이었다. 나는 조건을 제의했다. 한인 사회의 숙원 사업인 건축위원장을 겸직해 뜻 있는 일을 할 수 있도록 해준다면 하겠다고 했는데 합의가 이루어져 나는 이사장과 건축위원장을 맡기로 했다.

2000년 4월 18일 제16대 회장 및 이사장 취임식을 가든 그룹 미팅 센터에서 600명의 축하객이 모인 가운데 힘차게 했다. 나는 2년 동안 이사장으로 재직하면서 나름대로 최선을 다했다. 조직 생활을 오랫동안 해왔기에 내가 해야 할 임무와 직책을 안다. 이사장이란 이사회를 잘 운영해 회장단에서 순조롭게 안건들을 집행할 수 있도록 이사회에선 안건을 의결만 하면 되는 것이다. 그 이상 그 이하도 아니다. 그 이상 생각하면 회장과 마찰이 생기게 된다. 그 이하면 권위 없는 이 사회가 되어 모든 결의가 쉽지 않게 된다. 나는 2년 동안 그 범위 내에서 봉사했다. 후회도 미련도 없다. 그래서 그동안 후원하고 지지해 준 동지들에게 감사한 마음을 간직하고 있다.

태권도 통합 비화

나는 영화를 할 때 영화 홍보차 여러 나라를 방문했다. 가는 곳마다 반갑게 환영해 주는 태권도 형제들께 감사한 마음 지금도 변함이 없다. 그러나 어디를 가나 환영 행사가 두 파로 갈라졌다. 하나는 세계연맹 그리고 하나는 국제연맹이었다. 나는 가슴이 아팠다. 국기 태권도가 같은 이름으로 두 갈래로 갈라져 세력 다툼으로 서로를 적대시하고 있었다. 왜 태권도가 둘로 갈라졌을까? 설명하려면 복잡하니 생략하기로 하고 그때부터 하나로 통합하는 추진을 계획했으나 영화 일에 바쁘다 보니 그럴만한 시간이 없어 차일피 미루어 오다 미국에 돌아와 도장을 운영하면서 70년대 시카고에서 친구로 지냈던 아이오아 정우진(도장 및 태권도 잡지사 운영) 회장에 전화를 걸어 나의 뜻을 전하고 두 사람이 힘을 합쳐 이 거대한 두 단체를 하나로 통합하자는 데 의견을 모았다.

정 회장은 국제연맹 최홍희 총재님과의 관계가 원만하니 그쪽을 맡고 세계 연맹 김운용 총재와 한국 정부 측을 내가 맡기로 했다. 며칠 후 정 회장이 전화 회의를 요청해 세 사람이(최홍희 총재, 정우진 회장, 나) 의견을 교환하게 되었다. 나는 "최 총재님을 존경하는 무도인입니다. 저를 기억하시겠습니까?" 말씀드렸더니 양 회장은 무도인으로 성공한 사람인데 왜 내가 모르겠냐고 말씀하시면서 태권도 통합에 관심을 가져주어 고맙게 생각한다, 여러 사람들이 나섰지만 성사되지를 못해 누가 제의해도 응하지 않았는데 양 회장과 정 회장이 손잡고 일한다니 협조하시겠다고 말씀하셨다. 나는 총재님 통합은 한국 정부의 지원 없이는 불가능한 일인데 대통령으로 당선된 김대중 당선인을 어떻게 생각하십니까? 질문했더니 총재님께서 그 분은 평생 동안 조국 민주화를 위해 몸 바치신 분으로 대통령에 당선되셨으니 축하드린다고 하셨다. 다음 질문, 대한민국을 어떻게 생각하십니까. 총재님은 군사 정권 때 축출되어 미국에 망명하시고 캐나다에 정착하지 않았습니까? 그래서 이북에 가서서 태권도를 보급하시지 않았습니까. 그에 대해 한 말씀해 주십시오 했더니 긴 설명은 하지 않겠다. 나는 이북 그리고 동구권 국가에서 태권도를 보급해 국제연맹 세력을 확장했다. 그것은 단지 무도 보급이지 정치적인 이념과는 아무런 상관이 없다. 그런고로 대한민국 정부가 초청해준다면, 내 반평생을 군과 외교관으로 몸 담고 있던 내 나라 그리고 내 동료들이 국립묘지에 안장되어 있는 대한민국에서 나를 필요로 한다면 몸과 마음을 바쳐 나라에 충성하고 김대중 대통령을 돕겠다. 마지막 질문으로 김운용 총재께서는 태권도를 세계화한 정치적인 인물이었기에 그가 88올림픽 종목으로 태권도를 채택한 업적을 이루신 분이시고, 최 총재님은 몸소 전 세계를 태권도 보급을 위해 뛰셨고 또 태권도를 창시하신 분이신데 만약 두 단체가 통합이 된다면 통합총재는 어느 분이 맡아야 한다고 생각하십니까? 총재님 생각을 말씀해 달라는 질문을 받으시고 나는 통합총재가 되겠다는 욕심은 없다. 나는 태권도 창시자로 영원히 역사에 기록되고 싶다. 김 총재는 잘해 나갈 것이다. 나는 그를 믿는다. 그리고 내가 적극 협조할 것이라는 말씀으로 전화 인터뷰를 끝마쳤다. 나는 인터뷰 녹음 테이프를 가지고 LA 총영사관에서 김 부총영사 (국정원 총책)와 차후 통합 대책에 관해 나의 의견을 전하고 며칠 후 라종일 대통령 취임 준비 위원장을 서울에 나가 준비위원장실에서 만났다(나는 평소 호형호제로 지내고 있는 최용원 형님의 절친한 친구인 라종일 위원장을 소개해 주었다). 라 위원장은 조그마한 키에 학자 풍인 분이셨다. 바쁜 일정에도 나를 만나주었고 나는 태권도 통합에 중요성과 남북관계 개선에도 큰 도움이 된다는 설명을 했다. 최 총재의 이북에서 비중으로 봐도 정주영 회장이 소 떼를 몰고 방문하는 것보다 더 큰 파동이 일어날 것이고 그분이 정부에 협조한다면 대북 정책에 도움이 될 것이라고 말씀드렸더니 인터뷰한 최홍희 총재 테이프를 듣고 대통령 당선자를 만날 수 있는지 일정을 알아보고 연락할 테니 기다려 달라고 하여 롯데 호텔에서 머물면서 나름대로 계획을 구상도 했다.

○ 퍼레이드- 수만여명의 인파가 몰려든 거리에서 열렸던 퍼레이드가 17일 마틴 루터 킹 블러버드에서 월드 컬러로 거리를 타이거 양 세계예도연맹회장이 그랜드 마스터로 참가했다. 이날 춤은 타이거 양이 한인들도 많이 참가했다. 스관계기사 2 면X이승관 기자〉

영화배우겸 무술인인 타이거 양씨가 그랜드 매스터로 참가해 한흑간의 화합을 도모했다.

각 도시의 퍼레이드에 11번 그랜드 마샬로 참여

마틴 루터 킹 퍼레이드에서 LA리오단 시장, LA 시의회의장 허버 웨션

김대중 대통령을 만나다

이튿날 라 위원장 전화를 받고 위원장실에 가서 그분과 같이 일산에 가 김대중 대통령 당선자를 만나 브리핑을 했다. 녹음테이프를 들으시면서 김대중 대통령 당선을 축하하며 원하신다면 조국을 위해 몸 바치겠다는 최 총재 육성을 들으시고 참 좋은 생각을 했다, 라 위원장께서 가능한 빠른 시일 내에 서울을 방문할 수 있도록 도와주라고 말씀하셨다. 나는 미국에 돌아와 통합에 대해 구체적으로 정 회장과 전화로 상의했다. 최홍희 총재께서 정 회장과 나를 캐나다 자택으로 초청해 총재님을 방문했다.

캐나다 최홍희 총재의 자택을 방문하다

공항에는 임선아 전 육군 소장과 국제연맹 관계자가 마중을 나와 정 회장과 나는 그들의 안내를 받아 최 총재님 자택에 도착해 총재님 내외분을 만나 뵈니 존경하는 무도계의 스승이라 가슴 벅차올라 오는 말할 수 없는 감정이 교차했다. 태권도를 창시하신 분인데 정치적으로 망명해 조국 대한민국과 등을 지고 국제연맹이란 이름으로 세계 각 지역, 특히 동구권 그리고 이북에 태권도를 보급해 전 세계를 발로 뛰면서 태권도를 전파해 온 산 역사이신 총재님을 뵈오니 참 세상은 공정하지 않고 정치력 그리고 금력으로 좌지우지되는 세상이 한스러울 따름이라 눈물이 핑 돌았다.

반갑게 맞아 주시는 총재님, 군에서 뵙고 시카고에서 몇 번 뵌 후 20년 후에 만나뵙지만, 총재님께서는 건재하시고 건강도 좋아 보이셨다. 총재님께서 "양 회장, 참 반갑소. 만난 지는 오래지만, 지면을 통해 또 소식을 통해 활약상을 잘 알고 있었네. 또 이렇게 태권도 통합을 위해 나서준다니 얼마나 고맙고 믿음이 가는지 그래서 만나고 싶었어."라고 손을 잡고 말씀하셨다. 나는 "지금은 시작이지만 반드시 통합이 성사되어 태권도가 하나가 되어 총재님께서 태권도의 창시자로서 역사에 길이 남으실 수 있도록 저희들이 최선을 다할 것입니다."라고 화답했다. 사모님이 준비하신 식사를 잘 대접받고 국제연맹 현황에 대해 황 국장에게 브리핑을 들은 후 그 이튿날 LA로 돌아왔다. 그 이후 국제연맹과 최 총재님 관계는 정우진 회장이 맡기로 했고 나는 한국 정부와 세계연맹을 맡았다. 김대중 대통령 취임 후 라종일 대통령 정권 이양 인수 위원장이 국정원 차장으로 취임했다. 국정원은 최 총재 귀국에 막대한 영향력을 행사하는 실직적인 주무기관이기 때문에 나는 라종일 차장에게 여기에서 일어나고 있는 일들을 팩스로 종종 보고했다.

라종일 국정원 차장과 진행

얼마 후 나는 서울을 방문해 국정원 안가인 인터컨티넨털 호텔에서 만나 최 총재 귀국에 대해 논의했다. 먼저 정부에서는 최 총재의 이북 방문 그리고 김일정 주석 생전 공식 석상에서 찬양한 것에 사과 진술서를 제출해야만 귀국에 대한 심의를 시작한다고 했다. 그래서 나는 최 총재께서는 정치적, 사상적으로 아무런 의도가 없고 다만 잔칫집에 초대받아 손님으로 갔는데 칭찬은 할 수 있지 않느냐. 나는 태권도라면 어디라도 갈 수가 있다. 그러니 사상적으로 나를 매도하지 말라고 몇 번이나 말씀하셨다고 라 차장께 말씀드렸으나 라 차장께서는 양 회장도 비디오를 보면 알겠지만, 변명의 여지가 없으니 그렇게 해 달라. 그래서 나는 가능하면 LA영사관 국정원 담당 부총영사와 최 총재와 만날 수 있도록 주선해 달라고 부탁했다.

김천웅 부총영사 최홍희 총재 예방

나는 LA로 돌아와 김천웅 부총영사를 만나 라 차장의 메시지를 전달했다. 빠른 시일 내에 자리를 마련하겠다고 약속하고 정우진 회장과 서울 방문 결과 그리고 향후 한국 정부 세계 연맹 관계를 설명하고 정부를 대표해 부총영사가 최 총재를 만나자고 하니 장소와 날짜를 절충하라고 했다. 캐나다와 LA중간 콜로라도 산정에 있는 정 회장 별장에서 만나는 것이 어떻겠느냐고 의견을 물어 나는 참 좋은 생각이니 날짜를 최 총재님과 타진한 후 알려 달라 했는데 최 총재님은 남미순방 세미나 참석차 떠났으니 돌아오신 후 연락하겠다 하여 약 2주일을 기다려 날짜가 결정되어 김 부총영사와 같이 덴버에 도착해 정우진 회장의 영접을 받고 회의 장소인 별장으로 향했다. 약 한 시간 후 회담 장소에 도착해 먼저 와 계시는 최 총재님께 김 부총영사가 정부를 대표해 총재님을 뵈러 왔다고 소개하니 김 부총영사는 90도 허리를 굽혀 총재님께 인사드렸다. 반갑게 양측은 손을 잡았다. 사담으로 시작해서 태권도 통합 가능성 그리고 귀국에 대해 타진했다. 최 총재님은 "태권도 통합은 지금이 마지막 찬스다, 내가 죽고 난 후면 태권도는 통합되지 않는다. 지금 동구권, 특히 북한 태권도가 강해져서 어렵다. 그래서 내가 살아 있는 지금 한국 정부에서 힘을 써 달라."고 부탁하셨다. 그리고 최 총재께서는 "나는 아무런 욕심이 없다. 다만 태권도가 하나로 통합이 된다면 남북 통일도 그들이 주장하는 적화 통일이 아닌 평화 통일이 반드시 될 것이다."라고 주장하시면서 이북에서는 지금 태권 체조를 정오면 전 국민이 같이 하는데 그 태권도의 힘이 곧 통일의 물꼬가 될 것이라고 강력히 주장하시면서 대한민국 정부도 이 점을 중시해 주기 바란다고 당부했다.

일차 회의를 끝내고 만찬을 같이 하면서 임선하 장군과 육군 동지회 6.25 참전 동지회 여러 가지 애기로 두 분이 많은 애기를 나누면서 최 총재님께서 귀국하시게 되면 이북관계 개선에도 많은 도움이 될 것이란 것을 김 부총영사께서 강조했다. 이튿날 아침 2차 회의 때 최 총재님 귀국 시 신변 안전에 대해 말씀하셨다. 이미 나는 라 차장으로부터 확답을 받았는지라 확실하게 말씀드릴 수가 있었다. 한국에 도착하시면 신변에 대해 철저히 경호해 아무런 불상사가 없도록 보장받았고 총재님만 오케이 하신다면 서면으로 보장한다는 약속을 받겠다. 허나 국정원이 원하는 진술서 혹은 해명서를 써 국민에게 사과하는 조건이라고 재차 말씀드렸더니 내가 아무런 잘못이 없는데 무슨 사과를 해야 되느냐면서 강력히 반대하셨다. 그런 조건이라면 귀국을 포기하겠다, 내가 가지고 있는 북한에 대한 상식을 김대중 대통령을 만나 말씀드리고 국가가 원한다면 내 조국을 위해 헌신하기 위해 귀국하겠다는데 무슨 사과 진술이야 하시면서 거부하셨다.

양쪽 다 조금씩 양보하도록 절충하기로 하고 기념촬영을 끝낸 후 회의를 마치고 LA로 돌아왔다.

최 총재의 진술서

며칠 후 최 총재께서 진술서를 작성하시어 팩스로 보내왔다. 내용은 '본인은 오직 태권도만을 위해 살아왔다고 해도 과언이 아닐 것입니다. 오늘 이 순간까지 세계 곳곳을 비롯해 북한까지 갔었지만 정치성과는 무관한 행보였습니다. 물론 태권도 보급을 위한 것이지만 평양에서도 처음부터 태권도는 동양 정신을 바탕으로 한 순수 민족 무도임을 확실히 못 박았으며 어느 누구에게도 충성을 맹세한 일은 없습니다. 단지 로마에 가면 로마식을 따라야한다는 얘기대로 예우상 상대를 대했을 따름이며 스포츠를 벗어난 정치 측면은 내겐 관심 밖의 문제였습니다. 허나 이런 일들이 한국 국민들의 정서에 맞지 않았으며 북한 정부에 도움을 주게 되었음을 인정하고 한국 국민들께 진심으로 사과의 말씀을 드리며 남은 여생은 분단된 조국 통일과 태권도 통합을 위해 몸과 마음을 바칠 것입니다.'라고 작성해 라 차장에게 보냈다. 한편으로 최 총재 귀국이 임박해지자 임선아 장군은 한국에 있는 육군 동지회 육사 동지회. 6.25 참전 동지회에 암암리에 연락해 그 단체들이 환영 준비를 하고 있었다. 최 총재 측에선 귀국하기 위해 수행단을 10명 내외로 하고 대변인은 내가 지명되었다.

귀국 일정은 8월 15일 광복절 전후로 스케줄을 조정해 만반의 준비를 하고 있는데 한국 국정원 해외 담당 조정실에서 지난번 최 총재께서 작성해 보낸 내용이 진술서로는 충분하지 못해 질문서에 확실히 답변해 보내 달라고 했다. 아래의 내용이었다.

국정원에서 작성한 최 총재 진술서 견본

국정원에서 최 총재님께 한국 귀국을 위한 진술서 작성에 답변서 참고 내용을 보내왔다.

첫째 장기간 해외에 거주하다가 금번 귀국을 하려고 하는 목적은 무엇인지. 대통령께 보낸 편지 중에서 박정희 정권의 탄압을 받아 망명을 하게 되었다고 했는데 그 정권 차원에서 군 장성, 말레이시아 대사 등 고위 공직을 역임하는 등 많은 혜택을 입은 사람으로 해외에서 친북, 반국가 활동을 한 것이 옳다고 생각하는지. 태권도 통합을 이루어야 할 사명감을 지니고 있다고 했는데 본인이 창설한 ITF가 태권도 종주국인 우리나라가 주도하고 있는 세계 연맹(WTF)과 대립해 결국 태권도의 분파 현상을 초래한 것에 대한 견해는 무엇이며, WTF와 통합을 어떤 방식으로 하려고 하는지, 매년 북한으로부터 국제연맹 운영 자금 및 태권도 백과사전 발간 비용과 ITF총재 월급

등으로 금품을 받았다는데 그간 북한으로부터 받은 자금의 종류 및 사용처를 밝힐 수 있는지. 북한의 김일성, 김정일 부자 세습과 수령관 등 북한의 체제에 대해 어떻게 생각하며 우리 한국 정부에 대한 견해는 어떤지.

- 80년 이후 20여 차례 북한을 방문해 김일성을 만나 그들의 주체 사상과 연방제 통일에 동조해 온 것이 과연 통일에 도움이 된다고 생각하는지. 또한 지금도 그 같은 소신에 변함이 없는지.

- 94년 김일성 사망 조문 시 김정일을 모시고 통일의 길을 앞당기는 것이 위대한 수령님의 뜻인 줄 믿는다고 말한 사실이 있는 것으로 알려져 있는데 그 같은 말을 한 배경은 무엇이며 지금도 김정일 중심의 통일을 바라고 있는지.

- 98년 방북 시 김정일의 품을 떠나서는 해외교포들의 운명을 생각할 수 없으며 김정일을 위해 평생을 바치겠다고 했는데 사실 여부와 지금도 그와 같은 생각에는 변함이 없는지.

- 그동안 북한 방문 시와 해외에서 활동하면서 주한 미군 철수 주장 및 고려 연방제 통합 방안 지지 등 친북 활동을 한 것은 국내 실정법을 위반한 것인데 아직도 옳다고 생각하고 있는지.

- 귀국이 허가되면 TV 또는 신문 등 언론 매체를 통해 공개적으로 과거 모든 친북, 반한 행위에 대해 솔직하게 시인하고 속죄하는 대국민 사과를 할 수 있는지.

- 장군 출신으로 조국 국립묘지를 참배하고 호국 영령들에게 엎드려 사죄를 할 용의가 있는지.

- 귀국 시 상당 기간 수사당국의 조사에 응해 성실히 답변하는 등 적극협조할 의사가 있는지.

최 총재 귀국 무산되다

나는 너무나 구체적인 질문이라 당황스러웠다. 지난번 진술서도 우여곡절 끝에 작성했는데 내용이 너무 구체적이라 나도 몰랐던 내용들이 있었다. 나는 정우진 회장에게 팩스를 보냈다. 얼마 후 최 총재께서는 나는 이러한 매국노 취급을 받으면서 귀국하지 않겠다고 단호히 거부하셨다는 얘기를 듣고 내가 총재님께 전화를 드렸다. "총재님, 속상하시겠습니다. 하지만 총재님 귀국해 태권도 통합을 이루시려면 한국 정부에서 요구하는 조건을 들어 주어야 합니다. 물론 총재님의 입장은 충분히 납득이 갑니다만 대의를 위해 답변서를 만들어 주시고 귀국하시어 언론과의 인터뷰 시 충분히 총재님의 입장을 밝히시면 됩니다. 귀국해 신변은 책임지겠다는 약속을 서면으로 받았으니 크게 염려하실 필요가 없습니다." 간곡히 말씀드렸으나 총재님께서는 "나는 정치와 사상을 모른다. 오직 귀국해서 내 남은 여생을 조국을 위해 바치려 했는데 이렇게 귀국을 어렵게 해서 포기하겠으니 양 회장 없었던 일로 해 주시요." 하시면서 단호히 말씀하셨다. 나는 왜 갑자기 한국 국정원에서 실질적으로 귀국할 수 없는 어려운 조건을 내걸었을까? 궁금해 여러 방향으로 알아보니 최 총재가 귀국한다는 소식을 들은 당시 세계연맹 김운용 총재께서 입국할 수 없도록 인맥을 동원해 차단했다는 것이다.

당시 이 국정원장이 최 총재 귀국 사실을 얼마 앞두고 김 총재께 알렸는데 김 총재는 최 총재가 귀국하면 자기가 쌓아 올린 태권도 아성이 흔들릴까 봐 국정원 자기의 옛 부하들을 시켰다는 것이었다. 지금 생각해도 김 총재의 판단이 태권도의 통합을 방해한 결과였고 그때 최 총재가 귀국해 통합을 논의했다면 통합총재는 김운용 씨가 맡았을 텐데. 그것은 처음부터 최 총재와 약속이었으니까 그랬다면 태권도가 더 큰 힘을 발휘해 김 총재의 방패가 되어 주었을 것이며 그는 세계 통합 태권도 총재로서 역사에 남았을 것이 아닌가? 안타까운 일이었다.

정우진 회장과 당시 국제연맹 사무총장이었던 황광성 씨, LA 총영사관 김천웅 부총사 그 외에 태권도 통합을 위해 애쓰셨던 분들께 감사를 드리면서 태권도 통합 비화 공개를 끝마치겠다.

한인회장 선거후원 회장

17대 회장 선거에 이양구 전 인권 문제 연구소 소장 현 한인회 이사와 전 체육 회장이었던 안영래 씨가 출마의사를 표명하고 세 규합을 시작했다. 나는 이양구 회장 후보와 그 참모들의 요청으로 후원회장을 맡았다. 양쪽 진영에서 선거 과열 조짐이 시작되었다. 만약 선거가 끝나게 되

면 타운이 두 동강으로 조각이 나 하나로 다시 치유가 되려면 또 많은 시간이 걸리게 된다. 그러니 타운 발전과 단결을 저해하는 문제점을 해결하기 위해선 두 후보의 선거 공약이 비슷하므로 하나로 단일화하는 것이 타운을 위해 유익한 일이 되겠다는데 마음을 굳힌 나는 그때부터 단일화 작업을 하기 시작했다. 거의 매일 저녁마다 각 단체 지지자들이 모임을 갖고 선거 대책에 몰입하고 있을 때 나는 안영래 씨에게 아리아 식당에서 만나자고 연락했다. 그는 나에게 선배님이라면서 내 말을 잘 경청해 주었다. 나는 "당신은 왜 한인회장이 되려 하는가?" 질문을 했더니 그는 효율적인 봉사센터 운영과 한인 종합회관 건립 추진, 장학 재단 설립을 위해 나섰다는 변이었다. 그래서

나는 안 회장에게 그 공약은 우리 쪽(이양구)에서 내건 공약이고 이 과제는 누가 당선되든 해야 하는 숙원 사업이다. 두 진영 공약이 같은데 한쪽에서 양보해 단일화가 되고 선거에 출혈하는 선거 비용들을 그 사업에 내어놓는다면 한인 사회 발전의 밀알 역할이 될 텐데 그런 용기는 없는가. 당신은 아직 나이도 젊으니 이번에 이 회장 진영에 들어와 이사장이 되어 협력해 한인회 운영을 돕다 차기 때 회장에 출마해도 좋지 않느냐고 진솔하게 의견을 말했더니 양 회장님 의견에 동의합니다만 선거 참모들이 있으니 그분들과 상의해 결정하겠다고 시간을 달라고 했다. 이틀 후면 선거 등록인데 결심을 늦게 할수록 합의가 어렵고 또 참모들 반대와 찬성으로 합의 도출에 시간이 걸릴 테니 본인 마음이 결정된다면 앞으로 더 큰 꿈을 실현키 위해 과감히 용단하라고 조금은 강요했다. 그 후 함께 사케를 마시면서 오랜 시간 그에게 생각하는 시간을 주었다. 마침내 그는 결심을 하고 "합의하겠으니 그 절차를 부탁합니다." 하면서 나의 손을 굳게 잡았다.

나는 17대 회장 후보 등록 이틀 전 2월 6일 오전 9시 30분 가든 그로브 소재 라마다 호텔에서 이양구 씨와 안영래 씨 기자회견을 열었다. 안영래 씨 출마 포기와 이양구 씨의 한인회관 건립금 4만 달러를 약속하므로 한인회장 선출은 또 단독 추대로 선회하고 안영래 씨를 이사장으로 추천할 것이다. 안영래 씨가 마음을 바꾸도록 막후에서 협상을 중재했던 한인회 양 이사장은 안 씨가 불출마를 결심하도록 추진하는 과정이 결코 쉽지는 않았지만 양측이 합의점에 도달하고 힘을 합해 일을 하기로 결정함으로써 한인회는 더욱 성장할 수 있을 것이다. 그다음 날 일간지마다 단일화되었음을 크게 보도하였다. 나는 두 번째의 합의를 이루어냄으로써 오렌지 카운티 킹 메이커라는 칭호가 붙게 되었다.

그러나 취임 후 안영래 이사장 선임 문제가 이루어지지 않아 이양구 회장은 약속을 지키지 않는 신의 없는 사람으로 불명예를 안고 2년간 한인회를 이끌어 갔다.

제2대 한우회장이 되다

O.C 한우회를 결성하기 위해 박진방 회장과 몇 차례 만나 LA, 그리고 타 지역에는 전직 회장 이사장 모임인 한우회가 원로 단체로서 한인회를 자문하는 역할을 하고 있는데 O.C에도 그와 같은 목적으로 한우회를 결성하자는 데 의견을 같이하고 창립 모임을 2002년 3월

27일 경회루에서 가졌다. 박진방, 서영익, 이태범, 이설우, 오구, 한창훈, 김태수, 최종호, 노명수 씨 등이 참석했다. 한우회는 회칙을 통해 결성의 목적을 회원의 친목과 한인 사회의 단합을 도모하고 O.C 한인 사회 성장에 이바지하는 것으로 하고 한인 사회 주요 단체들을 후원, 자문하는 사업 등을 추진하기로 하고 초대 회장에는 한인회 초대 회장을 역임한 박진방 씨를 추대함으로써 O.C 한우회가 정식 출범하게 되었다.

창립된 지 일 년, 초대 회장 임기가 끝나갈 즈음 박진방 회장께서 2대 회장을 맡아 활성화를 시켜 달라고 몇 번 만나 부탁했다. 3월 22일 경회루에서 총회를 열어 내가 제2대 회장으로 추대되었다. LA 김영태 한우회장이 참석하고 《한국일보》 주필 이철 선생의 특별 강의도 있었다. 내가 회장으로 추대될 때 몇 사람의 반대자가 있었다. 전직 회장도 많은데 왜 전직 이사장이 맡아야 하느냐는 사건이었고 그중 한 사람은 절대 불가라고 반대했다. 나는 총회 전 그 사람을 만나 협조를 당부하면서 우리들의 지난 몇 년을 돌아봐도 당신은 나를 반대할 이유가 없다. 그러니 도와 달라고 했더니 N 씨는 자기가 반대할 이유가 없고 그것은 오해라고 하여 그와 나와의 불편함이 해소

되고 총회에서 만장일치로 내가 회장으로 추대되었다.

내가 회장으로 일하면서 들려오는 잡음도 많았지만 일축하고 한우회 친목 야유회를 부에나파크 랄프 B클락 리저널 공원에서 약 50여 명의 회원과 가족 친지들이 모여 즐거운 야유회를 가져 친목을 도모했다. 댈러스에서 열린 전 미주 체전에 참가하는 O.C 농구팀에 유니폼을 제작 후원했고, GG 시의원에 출마한 박동우 후보에게 후원금 1,000불을 지원하므로 우리 한우회는 동포사회에 알려지기 시작했다.

한우회의 위상 정립

또 한인회장(이양구)의 협조로 한인회 행사 때마다 한인회장 옆자리에 배석해 한우회의 위상을 정립했다. 또 미주 총연 선거 자금을 줄이자는 제도 개선안을 마련해 공문을 총연에 보내 적극 검토하겠다는 답변도 받았다. 내용은 전국적으로 한인 밀집 지역마다 선거 인단 구성, 이들 선거 인단이 투표를 실시하면 비행기 편과 숙식 등에 드는 경비와 시간을 크게 줄일 수 있고 절감된 비용을 총연 사업에 활용하자는 내용이었다. 각 일간지에 '한우회 선거 개선안 미주 총연에 논의키로'라는 제목으로 내가 인터뷰한 기사가 실려 좋은 반응을 불러일으켰다. 나는 연말 파티를 서울옥 이층에서 갖기로 하고 김막동 씨에게 개인적으로 사회를 부탁했고, GG 시장 그리고 경찰국장 LA 한우회장 그리고 각 단체장들이 120명 참석해 즐거운 시간 및 주류 인사와의 인상 깊은 교류를 나누었고 GG 시장에게 감사패, 박진방 초대 회장에게 공로패를 내가 수여했다.

2004년도 한인회 정기총회를 북경원에서 개최(참석 인원 250명)해 재무보고 받은 후 질의에서 문제가 생겼다. 질의 내용은 이사 친목 회비 입·출금, 정치인 후원금 등 지출 등을 지적하고 상세한 지출 내용을 질의하자 상세한 내용은 밝힐 수가 없다면서 이양구 회장이 퇴장함으로 총회가 무산되고 말았다.

한인회 감사 총회에서 전권을 위임받다

참석자 전원이 회장의 태도에 분개해 한우회장인 나에게 사후 처리 및 재무 감사를 하여 공개하라는 것에 참석 인원 만장일치로 의견을 모아 모든 전권을 위임했다. 나는 너무나 뜻밖의 일이지만 총회에서 위임한 일이니만큼 최선을 다하겠다고 수락했다. 그때부터 사이가 좋았던 이 회장과 나 사이가 불편한 관계로 발전되기 시작했다. 나는 한우 회장인 공인으로 명예를 걸고 사실을 밝혀야 하고 이 회장은 한인회 회장으로 자기의 입장을 고수해야 하니 우리 두 사람 다 본의 아니게 공인으로서 마찰을 피할 수가 없게 되었다.

나는 먼저 재무 감사를 체계적으로 할 수 있도록 1명의 계리사와 2명의 감사를 임명했다. 17대 한인회 이양구 회장의 임기가 끝나고 18대 안영대 회장이 새로 출범했으나 재무 감사를 매듭 짓지도 못한 채 5월 13일 목요일 한인회 사무실에서 재무 감사를 위한 한우회 모임을 갖고 중간 발표하는 과정에서 이양구 씨와 나 사이에 고성이 오가는 해프닝도 연출되었고 연일 신문이 이 문제로 시끌시끌 했다. '전 한인회 재무 감사 곧 매듭 한우회 모임 갖고 중간 보고 공정하게 처리 결과를 언론 공개', '이 전 회장 모든 것 투명하게 운영', '17대 한인회 재무 재감사 전 회장, 이사장 충돌', '타이거 양 이양구 씨 재무감사 배경 언쟁', '17대 한인회 재정 문제', '한우회 감사 결과 발표' 이러한 내용으로 양대 일간지에 재정 보고(한우회장 명의)를 전면 광고하였다. 다시는 이런 일이 없기를 바라는 신문 사설도 시끄러웠다.

많은 사람들이 양 회장이 총회에서 위임받은 재무감사를 원활히 수행할까 염려했지만 그 모든 난관을 극복하고 주어진 공적 임무를 소신껏 집행했다. 물론 감사 때 이양구 회장의 비협조적인 태도가 나를 더욱 자극했기에 나는 한우회의 명예, 그리고 나 개인의 자존심을 내걸고 원칙대로 수행했다.

지금도 아쉬웠던 점은 이양구 회장이 자기의 실수와 총회 결의를 인정하고, 한우회의 권한은 인정해 협조했다면, 큰 어려움을 겪지 않고 마무리되었으리라 것이고 개인적으로도 그렇게 나쁜 관계로 발전되지 않았으리라 생각하니 가슴이 아프다. 17대 한인회 재무감사를 우여곡절 끝에 한인 사회에 명명백백하게 보고함으로 나의 임무는 끝이 났다. 그러나 이 회장과의 관계는 나빴다.

제3대 한우회장으로는 이태범 씨를 추대했다. 나는 공인으로서 회의 권익을 위해 최선을 다했을 뿐 개인으로서는 그분에게 감정이 있을 수가 없었다. 임기가 끝나므로 개인적으로 그분과 만났을 때 감정이 분출되지 않기를 바랐고 또 이양구 씨를 만났을 때 먼저 손을 내밀었으나 몇 번씩이나 거절했다. 어이가 없었지만, 그분의 입장을 생각해 웃고 말았다. 그런데 그분의 부인이 한인회장에 출마했을 때 나의 사무실을 두 분이 방문했다. 그분들로선 어려운 걸음이라 믿고 환대했다.

그때 그분은 몹시 피곤해 보였지만 자기 부인을 위해 모든 걸 내려놓고 찾아온 분이라 경의를 표하고 싶었다. 영원한 동지도 적도 없다는 정치 풍토에서 나는 또 이 회장을 통해 많은 생각을 하게 했다. 아무튼 이젠 다 끝난 일들이니 다 털어 버리고 건강하고 행복했으면 하는 것이 내가 그분에게 바라는 솔직한 심정이었다

18대 회장선거 후원회장

안영대 씨와 박주철 씨와의 대결구도가 벌어졌다. 나는 또 본의 아니게 박주철 씨의 후원회장을 맡고 이상학 씨가 선대 본부장을 맡아 1월 24일 후원의 밤을 개최해 (비치식당) 300명 후원자가 모여 열렬히 후원했다. 당시 박주철 씨는 한인회 이사장이었고 안영대 씨는 서울 바비큐 대표였으며 가든 그로브 올드 타이머였다. 나는 기자회견 때 16대 한인회 이사장으로

일할 당시 후보의 능력과 인품을 높게 평가했고 이를 계기로 이번에 후원회장을 맡게 됐다. 그러나 후원회는 단순한 후원 차원을 넘어 선대 본부와 연계해 캠페인을 주도해 나갈 것이라고 말하고 또 이번 선거에서는 무엇보다 페어플레이, 돈을 안 쓰는 선거, 비방이 없는 선거, 공개적인 선거를 하도록 하여 최대한 노력하겠다고 강조를 했다. 선거 슬로건은 '정직하고 능력 있는 준비된 일꾼'으로 정했다. 우리는 박차를 가해 세를 확장해 나갔다. 그런데 후보 등록 며칠 전 문제가 발생했다. 박주철 씨의 현 거주지가 오렌지 카운티가 아닌 리버사이드 코로나라고 밝혀졌고 오렌지 카운티 얼바인은 딸 주소라고 밝혀져(이중거주지) 회장 입후보 자격인 카운티에서 2년 이상 거주해야 하는 자격을 못 갖추게 되었다. 그래서 나는 긴급히 박주철 씨를 만나 진의를 타진했더니 딸 집에서 거주하고 있으나 코로나에 새로 구입한 주택이 있다고 했다. 그럼 이중 거주지로 판명되면 더 망신스러우니 출마를 포기하라고 후원회장으로서 종용했다.

강행한다면 동포를 속이는 처사가 되고 알려지면 자격 박탈을 당하는 수모를 겪으니 그만 접는 게 어떠냐고 장기간 대화를 나누면서 그의 괴로워하는 모습에 오히려 내가 더 안타까웠다. 자기로서는 지금까지 딸 집에서 오래 거주하다 투자용 주택 구입을 해둔 것뿐인데 하면서 마음 아파했다. 선거란 없는 것도 사실인 것처럼 만들어 내고 사실도 거짓으로 홍보하는 것이니 더 휩싸이기 전에 포기하라고 진심으로 충고했다. 박 후보는 착실한 교회 장로로서 성격이 원만한 사람이라 그런 복잡한 싸움에 휘말리면 감당치 못할 분 같아 권유했던 것인데 그는 포기하겠다고 굳게 약속했다. 하지만 그날 저녁부터 전화를 꺼둔 상태라 연락이 안 되니 L 씨와 몇 분들이 그분 집을 방문해 어떻게 설득했는지 출마로 마음을 바꾸어 그 이튿날 등록비를 가지고 나하고 상의도 없이 선거대책 위원들과 선거 관리 사무실에 들러 등록을 했다는 얘기를 들었다. 그렇게 귀가 여린 사람이 또 자기 주관도 없이 어떻게 선거를 치를 것이며 회장에 당선된다 한들 의지대로 한인회를 끌어나갈 수 있을지 너무 실망스러웠다.

박주철 씨에게 전화로 당신 등록을 했다는데 후원회장인 나와의 약속은 저버리고 그렇게 해도 되느냐고 반박했더니 그렇게 된 동기를 설명하면서 사과했다. 나는 지금도 늦지 않았다. 등록비를 잘 이야기해 받아줄 테니 취소해라, 그렇지 않으면 돈 잃고 망신당한다. 상대측에서 이미 이 문제를 언론에 흘리고 선관위에서 문제 삼겠다는 위원도 있으니 지금 당장 결정하라는 나의 조언을 듣고 포기하겠다고 하여 나는 전화로 정 선거관리위원장께 전화해 박주철 씨 오늘 등록한 등록비를 반환해 주면 등록을 취소시키고 안영대 씨 단독 출마토록 하겠다, 어느 쪽이 유리한지 생각해보시오. 선거로 양측 출혈보다 조용히 끝나는 것이 여러 가지로 유리하지 않겠느냐 했더니 참 좋으신 생각이십니다, 그렇게 하겠습니다는 약속을 받고 내가 선거 관리 사무실에 들러 등록금을 돌려받고 후원회장 자격으로 출마 포기 각서에 서명하였다. 그렇게 안영대 씨 단독 후보로 18대 한인회장 선거도 나의 막후 활약으로 끝이 났고 일주일 후 박주철 씨가 내 사무실에 박카스 한 박스를 사들고 방문했기에 위로하고 등록금을 돌려 주었다. 이렇게 하여 16대, 17대, 18대 회장 선거 때 단일화 추진에 결정적인 역할을 할 수 있었던 것은 그분들의 협조와 나의 타고난 판단력, 사심 없는 결단력이 있었기에 가능했다고 생각하니 나의 생각을 믿고 도와주신 분들께 감사드린다.

O.C 경찰 후원회장

O.C 경찰 후원회는 안영대 씨를 중심 활동을 하다 몇 년 전 없어져 버린 단체인데 타운의 안전을 위해 반드시 있어야 하는 단체이니 중심인물이 없어 부활하지 못하고 있으니 앞장을 서 준다면 힘을 모아 후원회 발전에 기여하겠다면서 김진오 전 상공회의소 회장이 나를 만나 회장을 맡아달라 제의를 했다. 개인적으로 타운 발전을 위해 물심양면으로 애쓰

시는 분이라 그분의 말을 귀담아듣고 수긍했다. 딴 지역에는 경찰 후원회가 있어 주류 경찰서와 유대를 강화하고 타운 범죄를 줄이는 데 일조하고 있는데 유독 GG는 없으니 주류 사회와의 실질적인 연결고리가 될 후원회를 부활시켜야 한다는 데 동의했다. 내가 김 회장에게 회장을 맡아라 했더니 그는 극구 사양하고 타이거 양이 회장이 되어 박력 있게 추진해 나갈 수 있도

록 적극 지원하겠다는 약속을 하여 어차피 누구라도 해야 하는 일이니 수락했다.

　나는 김진오 씨를 명예회장으로 정성남 씨를 이사장으로 내정하고 11월 17일 첫 총회를 열어 O.C 한인 경찰 후원회로 명칭을 정하고 15명의 이사를 인준하는 한편 경찰국, 소방국, 시청 등 시 공무원들의 노고에 감사하는 점심 대접 행사 준비에 대해 논의하고 정식 활동에 들어갔다. 총회에서는 회장 타이거 양, 이사장 정성남, 명예 회장 김진오, 이사 최광진, 김복원, 박동우, 나규성, 이종환, 지해중, 최학성, 박병호, 진헌영, 제니 리 씨를 인준 동의하므로 경찰 후원회가 정식 출범하게 되었다. 나는 기자회견을 열고 가든 그로브 중심의 경찰위 활동을 점차적으로 풀러튼과 얼바인 등 한인이 많이 거주하는 O.C 지역 전체로 확대할 계획이라면서 한인들의 관심을 당부하고 가든 그로브 파출소가 있었기에 이곳 한인 상인들이 안심하고 생계 터전을 일궈 올 수 있었으므로 한인 상권이 번영을 누려왔다고 전제한 뒤 그러나 최근 들어 한인 사회의 관심 밖으로 멀어지면서 어려운 상황에 봉착했다고 지적했다.

　그리고 사실상 안영대 O.C 한인회장이 연방, 주정부로부터 비영리 단체 인가를 받아내는 등 8년 동안 헌신적으로 봉사해 왔고 건물주 백승선 사장의 순수한 마음이 없었다면 지금의 GG 한인 상권이 어떻게 됐을지 아무도 모르는 일이기 때문에 우리 후원회가 본격적인 활동을 개시해 첫째, GG 경찰국장과 만나 연 2회 실시해 오는 경찰국장과의 대화 시간을 더 효율적으로 활용할 수 있는 방안을 상호 모색하기로 합의했음을 공표했다. 후원회는 그 첫 사업으로 11월 22일 가든 그로브 소방국 행사에서 오전 11시 30분 소방대원 시 경찰관 시 공무원 노고에 감사하는 오찬 모임을 가졌다. 경찰 후원회가 주최하는 이웃과 함께하는 계절인 추수 감사절 연휴를 앞두고 열려 의미를 더했다. 나는 인사말을 통해 GG 시가 안전을 유지하고 보다 살기 좋은 곳으로 변모하는 것은 주어진 책임을 다하는 공무원들의 노고 덕분이며 이 모임을 계기로 O.C 한인 사회와 주류 사회와의 관계가 더욱 돈독해지길 기대한다고 했다.

모임에서 경찰국, 소방국, 공공 사업국은 주어진 임무에 충실, 타의 모범이 되는 우수 직원들에게 감사장을 전달했다. 후원회에서는 시 경찰, 소방소에서 선정한 알렉산더 포스켓, 저스틴 바렛 브렛 메이스란 3명 청소년들에게 각각 500불씩 장학금을 전달했다. 모임에는 200명이 참석했으며 아리랑 합창 단원들은 한복을 입고 참석자들에게 음식을 나누어 주는 등 수고하여 더욱 오찬 행사가 빛났다. 위원회는 2005년 사업계획을 발표하면서 첫 번째 사업으로 기금 모금 가든 그로브 시장 배 골프 시합을 4월 7일 마일 스퀘어 골프 코스에서 열기로 하고 《한국일보》, 《중앙일보》와 나규성 준비 위원장, 정성남 집행원장, 전재연 이사를 대동하고 방문해 대회 취지와 기금 모금의 필요성을 교포들에게 알리고 각 단체 그리고 일반 교포께서도 참석해 대회를 협조해달라고 당부했다.

현재 가든 그로브 한남 체인 몰에 위치한 파출소는 최근 2년간 매달 1,400달러의 임대료를 지불해 오고 있는데 그나마 간신히 지원을 해오던 주민들이 불황으로 더 돕기가 어렵다는 뜻을 전해 와 폐쇄 위기까지 몰렸다. 현재 건물 관리자 측에서는 지난 2002년까지 8년간 무상으로 장소를 빌려줬는데 2년 전부터 임대비를 받기 시작했다. 다른 인더스트리몰과 상업 지구에서는 의례 경찰 업무를 보는 연락소와 파출소들은 모두 무상으로 장소를 사용하고 있다. 나는 비록 여건상 무료는 아니더라도 현재의 1,200st 공간을 반으로 줄여서라도 파출소를 유지하는 것이 꼭 필요하다고 강조하고 또 경찰국과 교류를 증진하기 위한 장학금 전달 및 만찬 행사를 매년 해 오고 있는 경찰 후원회는 주 정부와 연방 정부로부터 비영리 단체 인증을 받았으니 기부하신 분들에게 세금 혜택이 갈 수 있도록 노력하겠으며 경찰국과 파출소 서비스를 보다 잘 알릴 수 있는 소식지 제작과 후원 모임을 해 나가겠다는 방침을 밝혔다. 그리고 한인 타운 파출소 지원을 위해 정성남 이사장과 같이 기자회견을 가졌다. 나는 "가든 그로브 한인상가의 범죄율이 낮아지는 것은 경찰국의 관심과 한인 파출소의 역할이 컸기 때문이다. 그러나 커뮤니티의 지원은 아주 미약하니 도와달라."라고 호소했다.

경찰 위원회 기금 모금 골프대회

100여 명이 참가한 마일 스퀘어 골프장에 개최한 대회는 조폴리사 경찰 국장 그리고 소방서장 팀들이 참석해 성황리에 끝마친 후 시상식은 6시 30분 가든 그로브 코리아 바베큐 식당에서 진행되었으며 윌리암 달튼 가든 그로브 시장이 챔피언에게 트로피를 수여했다. 시상을 마친 달튼 시장은 뜻깊은 행사에 오게 돼 기쁘며 앞으로 한인 커뮤니티와의 관계가 돈독해지길 바라며 특히 행사를 주선한 회장인 나에게 감사의 말을 전했다.

수상자로는 챔피언 조셉 김, 메달리스트 고오석, 1등 노명수, 2등 전재연, 3등 김창달, 장타상 김영, 근접상 한용택, 여자부 제니 리, 최학성이었다.

O.C 경찰국장에게 후원금 전달

한남 체인 내에 있는 파출소 운영기금을 줄이기 위해 건물주와 타협했으나 성사되지 않아 다른 장소를 찾던 중 정성남 이사장의 건물에 700스퀘어 피트 사무실이 계약 만료됨에 비우게 하고 저렴한 렌트비로 임대해 주기로 하여 파출소를 9681 가든그로브 BL#203실로 이전했다. 새 사무실 현판식 및 골프 대회에서 모금한 만 3천 불 중 운영기금을 제한 4,000불을 경찰국에 성금으로 조 풀리사 국장에

OC 코리아타운 경찰후원회 관계자들이 조셉 폴리스 가든그로브 경찰국장(오른쪽에서 세번째)에게 4,000달러를 전달하고 있다.

OC 코리아타운 경찰후원회
GG 경찰국장에게 4천달러 전달

게 전달하는 행사를 5월 7일 오후 1시에 가졌다.

나에게 성금을 전달받은 조 폴리사 국장은 최근 들어 지역 사회로부터 후원금을 전달받은 것은 아마도 한인 사회가 처음인 것 같다며 한인 경찰관 채용 및 살기 좋은 가든 그로브 시를 만들기 위해 소중하게 사용하겠다고 하며 감사의 마음을 표했다. 나는 답사로 "이번을 시작으로 한인 사회와 경찰국 간의 관계가 더욱 긴밀해질 것으로 믿어 의심치 않습니다. 특히 후원금을 전달할 수 있도록 힘을 모아준 한인 사회 모든 분들께 너무 고맙습니다." 라고 했다. 김진오, 박동우, 전재연, 지해중, 나규성 등이 참석했다. 신년 하례식 겸 조 폴리사 경찰 국장과 경찰인 임원과 상견례를 가든 그로브 서울옥에서 2월 28일 오찬 형식으로 열려 경찰 위원회 임원들과 가든 그로브 한인 파출소 후원회장으로 일해 온 바 있는 안영대 한인회장, 한인회 박동우

이사장, 제니 리 O.C 한미 연합회 회장, 박기홍 천하 보험 대표 등 20여 명이 참가해 타운 치안과 경찰 업무에 대해 다양한 대화를 나눴다.

폴리사 서장은 "한인 커뮤니티의 지원에 힘입어 가든 그로브 치안 업무가 원활하게 돌아가고 있어 고맙게 생각한다. 이번 파출소 이전에도 큰 역량을 발휘해 준 위원회 임원들께 감사드린다."라고 말했다. 그는 또 최근 가든 그로브 경찰국은 대규모 인사 개편을 통해 쇄신을 거듭하고 있다며 부르크 크스트를 중심으로 서쪽과 동쪽으로 전임 담당자를 배치하고 주민 안전과 범죄 예방에 만전을 기하고 있다고 강조하고 특히 이 모든 일에 앞장서 수고하고 있는 회장인 나에게 감사의 마음을 표했다.

나는 경찰국을 방문해 국장과 그 외 간부들을 만나 대화를 나누며 긴밀한 협조체제를 구상해 나 나름대로 코리안 커뮤니티와 GG시와 큰 그림을 그리며 열정적으로 일했다. 그런데 문제는 내가 골프대회에 수고한 위원회 위원들에게 시장이 감사장을 수여하겠으니 명단을 제출하라는 보고를 받고 총장에게 지시해 제출했는데 누락된 자가 있어 경찰국에 전화했다. 그러자 국장 비서가 자기에게 말하지 말고 한국인 리에게 하라는 얘기에 의아하게 생각해 내가 회장인데 회장이 직접 국장과 대화하겠다는데 무슨 문제냐 했더니 코리안 문제는 그를 거쳐야 한다는데 어이가 없었다. 나는 비서를 질타하고 이렇게 한다면 급한 행정은 어떻게 하느냐고 호통을 쳤더니 국장과 연결시켰는데 국장이 미안하다고 하여 일단락되었다. 이렇게 중간에서 대화를 막았는지 한국인들이 주류 사회에 공무원으로 일하면서 모든 문제를 자기들을 거쳐야 한다는 사고방식이 어떻게 보면 월권행위이고 교포들을 무시하는 처사인 것 같아 퍽 마음이 불편하고 서운해 이러한 패단을 없애야겠다고 생각했다. 그가 누구인지 아는 나는 퍽 유쾌하지는 못했다.

경찰 후원회 회장을 사임하다

시장 감사장 수여와 그동안 위원들의 노고를 경찰국 시장실 사람들과 대화 및 친교 시간을 갖는 행사를 가든 그로브 비치식당(용궁)에서 가졌다. 경찰국에선 부국장과 캡튼 그리고 시장실에서 비서가 참석했다. 부국장이 시장을 대신해 임원에게 감사장을 전달하고 골프 대회 때 노고를 치하했다. 공식적인 감사장 전달은 끝나고 우리 위원들만의 회의 시간을 갖는 도중 나의 생각과 회원 몇몇의 생각이 불일치해 곤혹스러웠지만 모든 회의란 만장일치가 어려운 일이나 오늘같이 좋은 날 주류인사들과의 교류 및 수고의 고마움을 표시하기 위해 모든 위원들에게 시장 감사장을 수여받도록 주선했으니 그들이 회장인 나의 마음을 이해해주고 더불어 감사하게 생각해 줄 것이라 생각했다. 하지만 그들 몇몇은 감사장의 이름 스펠링이 틀렸다고 트집을 잡았다. 나는 타이핑 과정에서 실수한 것이니 다시 상신해 고쳐주겠다고 했는데 그들은 회장의 불성실로 몰아붙이니 기가 막혔다. 나는 어렵게 경찰 위원회를 출범시켜 나름대로 명분을 내세워 열심히 일해 교포사회에 경찰 후원회의 필요성을 알리는 데 주력해 많은 홍보를 하고 기초를 다졌다고 생각했는데 아무것도 아닌 일로 불쾌한 언동을 하는 것에 참을 수 없는 모욕을 느꼈고 이런 상식 없는 사람들과 나의 시간과 정력을 쏟아부을 아무런 가치가 없다고 생각되어 회장을 그만두기로 결심했다. "사람이란 일하는 수고보다 다른 사람이 그의 노고를 인정하고 칭찬할 때 일하는 보람을 느끼는 것인데… 나는 여러분들과 같이 일해야 하는 명분을 잃었습니다. 여러분들과 내가 혼연일치가 되어 일해야 하는데 오늘의 분위기로는 기대하기 어렵습니다. 그리하여 나는 회장에서 물러날 테니 다음 회장을 선출해 주기를 바랍니다." 라며 회의장을 떠났다. 그 후 몇 분이 전화로 만류했으나 한번 결정한 문제를 되돌려 놓진 않았다.

몇 달 동안 위원회가 고착 상태였는데 하루는 김진오 회장에게 연락해 만나 checking acount와 서류를 전달했다. 그는 명예 회장이고 실질적으로 운영에 많은 도움을 주는 분이었다. 그도 극구 만류했지만 나는 그것으로 경찰 위원회 회장직을 떠났다.

하나님의 은혜

나는 독신한 불교 가정에서 태어났다. 어머님께서 아들을 낳게 해 달라고 부처님께 간절히 빌어 나를 낳으셨다고 말씀했다. 나의 어릴 적 기억으로 경주 남산 아래 삼체 석불에 4월 초파일이면 어머님께서 어린 나를 데리고 30리 길을 걸어 부처님께 공양드리던 모습이 지금도 눈에 선하다. 그렇게 부처님께 빌면 모든 소원이 이루어진다고 생각하셨던 부모님을 따라 불교를 접했다. 하지만 학교에 다니면서 동네마다 기독교가 소개되고 가까운 거리인 모량에 교회가 생겨 일요일이면 종소리가 울려 어린 마음을 궁금하게 만들었다. 그래서 가끔 친구들과 예배에 참석해 소개 책자도 받고 찬송가도 불러 그때 어린 마음에 주님이 누구신지 잘 몰랐지만 즐겁고 신기해하며 다녔던 기억이 난다. 그 후 나는 중학교에 들어갈 때까지 교회에 다녀 세례를 받았다. 하지만 그 후 열심히 교회에 다니지 못했다. 1969년 말 대구 서문안 교회 예배에 참석해 들은 설교를 나는 지금도 잊지 않고 있다. 목사님께서 '오 분 전 자정'이라는 제목으로 설교하셨는데 그 말씀이 가슴에 달았다. 그때 나는 성령을 받았다. 그 말씀은 40년 넘은 지금도 내 가슴에 남아 있으니 그 말씀은 하나님이 주신 말씀이었기에 힘들고 어려운 고비를 만날 때마다 멈추지 않고 해결해 내는 용기와 지혜를 가지게 되었다. 이것이 바로 하나님의 은혜가 아닌가. 그 후 미국에 와 시카고에서 생활하면서 교회에 나가 가끔 예배도 드리곤 했으나 친교에 더 많은 비중을 두었다.

한창훈 강도사를 만나다

　많은 세월이 흘러 나는 좋은 친구를 만났다. 그는 교회를 위해 헌신하며 선교에 힘쓰고 또 한의학 박사로서 한의원을 개원해 수많은 사람들의 건강을 살펴주는 친구였다. 또 신학 대학을 졸업하고 목사안수를 받으려고 하다가 여러 가지 사정으로 포기하고 강도사로서 하나님 말씀을 전하고 많은 영혼을 구원하는 분이었다. 그 친구의 안내로 오렌지 카운티 한인교회에 출석하게 되어 오늘에 이르렀다. 내가 믿음이 약할 때 그는 나에게 하나님의 복음을 전도하면서 용기를 주고 교회에서 많은 도움을 주었다. 우리 부부가 지금까지 약 5년 동안 꾸준히 교회에 나가 영혼을 맑게 하고 성령을 받게 물심양면으로 인도해 준 한창훈 강도사께 진심으로 감사하게 생각한다. 그리하여 나는 신앙이 자라 하나님께 기도드리며 찬송가도 열심히 부른다. 그렇게 좋아 부르던 유행가 대신 요즘은 찬송가를 흥얼댄다. 내가 생각해도 신기할 정도로 하나님을 믿게 된 것 같다. 이제 떳떳이 기독교인이라 말할 수 있다.

IMF 자금 한국 정부 측과 협의

　IMF가 터지자 전 국민의 불안한 아우성 속에 정부관계자들은 사상 처음 겪는 일이라 무척 당황하고 있다는 기사가 연일 보도되고 있어 해외에 있는 우리들도 접할 수가 있었다. 어느 날 우리 연맹부총재인 앤디 콰이가 면담을 요청해 만나보니 자기가 잘 아는 사람 중에 미국 정부에서 비공식으로 자금을 비축해 경제적으로 어려운 동맹 국가에 낮은 이자로 빌려주는 기관에 일하는 간부를 잘 알고 있어 소개해줄 테니 만나보라는 것이었다. 만약 그 일이 잘 성사가 되면 공식적인 커미션이 총액의 5%이니 우리도 돈을 벌고 국가에도 도움을 주어서 일거양득이 아니겠느냐는 것이었다.

　나는 한국 정부가 달러 부족으로 겪은 위기인 만큼 조국을 위해서도 좋은 일이라 생각하니 망설일 이유가 없었다. 그날부터 한국에 있는 지인들과 연락하기 시작했다. 먼저 현 정부와 가까운 분인 부산에 있는 김창수 회장님과 친구 김영웅 회장에게 연락했다. 필요한 서류를 준비해 나갈 테니 검토해보자고 했더니 한국 정부 관계자들과 연결해 줄 테니 빨리 만나서 얘기하자고 했다. 마침 룰라 국장이 샌디에이고에 출장을 와있어 부총재와 같이 샌디에이고에 있는 하야트 호텔에서 만났다. 우리는 가능한 여러 가지 가능성을 두고 논의했다. 첫째 한국 정부 부처의 자금 요청이 있어야 하고, 청와대나 경제부장관, 아니면 산업은행 총재 결제가 있어야 하며, 미국에선 백악관 국가 안보 담당(클린턴 대통령) 특별 보좌관의 비상 지원 대출 결제가 있어야 하는데 한국에서 필요한 조건이 갖추어진다면 염려할 사항은 아니고 일을 성사시키기 위해 도움 요청을 한국의 정부 관계자가 직접 보좌관에게 전화로 상의할 수 있도록 주선하겠다고 약속하고 저녁식사 후 헤어졌다. 그 후 룰라 국장으로부터 필요한 서류를 팩스로 전송받아 한국을 방문했다.

김창수 형님과 친구 영웅이를 만나다

　프라자 호텔에서 창수 형님과 친구 김영웅, 후배인 김안식 대한 스테인리스 회장을 만났다. 김창수 형님은 부산에서 건설 회사를 운영하시고 전국 조직을 운영하시면서 선거 때나 국가 비상시에 영향력을 행사하는 실력자로 김영삼 대통령 때에는 최형우 내무부 장관과 쌍두마차로 군림했던 분이었고 친구인 김영웅 회장은 형님의 오른팔로 부산 연제 지역구의회 의장으로 활동하면서 오랜 기간 동안 장애우를 후원하는 자선 사업가로 결혼 예식장과

뷔페 식당 그리고 부동산을 갖고 있고 대통령 영부인 이희호 여사를 양어머니라 부르며 둘째 아들 홍업이의 대학 유도 사범이었다.

창수 형님께서 현 정부실세인 장 회장을 소개해주셨다. 장 회장은 김대중 대통령 당선 일등 공신이었다. 장 회장은 이인제 씨가 대통령에 출마할 수 있도록 선거 자금을 후원해준 분이었기에 그의 사무실은 국회의원, 장관들, 현 정재계인사들 방문으로 문전성시를 이루고 있어 만나기엔 어려웠다. 하지만 형님의 부탁으로 만나 나의 제안을 받은 장 회장은 국가 비상시국이니 국가에 도움이 되는 일이라면 돕겠다면서 청와대 경제수석을 소개해주었고 경제 수석이 직접 산업은행 총재를 같이 만나 소개해주었다. 그러나 정부 관계자, 그리고 산업은행 총재께서도 전례가 없는 일인 데다, 그 당시 재벌 총수들, 그리고 두 전직 대통령이 구속되어 있을 때라 몸을 사리는 것 같았다.

나는 산업은행 총재에게 원하신다면 백악관 안보 담당 보좌관과 통화할 수 있도록 연결해드릴 테니 모든 문제들을 상의해보라 했지만, 그들은 부정이 아닌 미 정부 비상 대책 위원회의 합법적 달러인데도 전에 없던 일이라면서 몸을 사렸다. (김영삼 대통령 때 재계인사들이 부정 비리로 재판을 받고 형무소에 가는 시기) 나는 장 회장의 소개로 M.B.A 닥터 윤을 그의 사무실에서 만났다. 그는 현 정부 청와대 경제 특별팀에서 일하는 분이라 얘기가 잘 통했다. 다음 달 김대중 대통령 미국 방문 시 경제팀으로 수행하게 되니 그때 관계자들을 만나보겠다고 약속했다. 나는 미국으로 돌아와 한국의 경제팀이 미국방문 시 I.M.F 비자금 팀과 만나 회의할 수 있도록 관계자들을 만나 조율했다. 얼마 후 대통령 일행이 워싱턴에 도착해 정상회담을 하는 사이 나는 닥터 윤과 경제팀이 미국 측과 장시간 미팅을 했지만, 한국 측에선 국가와 국가 간의 차관이 아닌 아이엠에프 비자금 구조를 이용해 본 사례가 없다고 난처해 하며 한국에 돌아가 정부에 보고해 연락 드릴 테니 기다려 달라는 결론이었다. 나는 LA로 돌아와 김대중 대통령의 LA 교민 환영 만찬에 참석했다.

닥터 윤이 대통령에게 나를 특별히 소개를 해주어 두 번째 만나 뵙게 되었다고 인사를 드렸더니 나를 기억하시고 "요즘 태권도 통합 일은 잘되어갑니까."라고 물어보셨다. 나는 "예, 대통령님." 하고 대답 드리고 물러났다. 만찬이 끝나고 닥터 윤과 나는 엔디 콰이 부총재와 한국 식당에서 저녁 식사 후 산타 모니카 해변을 드라이브하면서 즐거운 시간을 보냈는데 닥터 윤이 무척이나 좋아했다. 그 후 그와 좋은 관계를 유지했다. 나는 그 일로 몇 달 동안 한국을 두 번 방문하고 워싱턴을 오가며 조율했지만, 한국 관리들의 무식한 몸사림으로 필리핀과 폴란드 같은 나라에서는 자금을 지원받아 아이엠에프를 극복한 예가 있는데도 그 자금을 활용하지 못하는 결과를 초래했다. 나는 몇 달 동안 내 조국 대한민국의 경제난에 도움을 줄 수 있다고 생각이 되어 열심히 뛰었지만, 결과는 허무하게 되었다. 그러나 나는 값진 경험을 했으니 후회하지는 않는다.

개척자 상을 받다

나는 2007년 11월 16일 로스앤젤레스 한인회가 매년 한인사회 발전에 공로를 끼친 인사들에게 수여하는 개척자상 후보로 제이 박 회장의 추천을 받았다. 심의를 거쳐 로텍스 호텔에서 경제, 문화, 사회, 종교 분야에서 개척자 공로를 인정받은 인사들과 함께 나는 무도계 개척자로서 영예로운 상을 받았다. 나 개인의 영광이며 자랑스러운 일이었다. 나는 내 아내와 친구 한창훈 씨 그리고 많은 분들과 기쁨을 나누었고 기자 인터뷰와 각종 기념촬영을 했다.

미주 한나라 포럼 상임고문으로 추대받다

한나라당에서 김진형 회장(엘에이 축제 재단 명예회장)님을 미주 한나라 포럼 미주 총회장으로 임명하고 미주 한나라 포럼을 발족시켰다. 발족한 목적은 해외교포들의 규합과 상호협조 및 나라 사랑 그리고 앞으로 해외교포들에게 주어지는 투표권 참여 유도를 위한 목적과 이제 조국의 세계 속에 커진 위상에 맞추어 국회에서 해외동포법 개정을 통해 일어나는 모든 일들을 관장하기 위한 것이라 생각됐다. 조국을 사랑하는 동포의 한 사람으로 관심을 갖게 되었고 개인적으로 존경하는 김진형 회장님으로부터 전화를 받고 집사람과 만나보았더니 동생이 좀 도와줘야 되겠다고 부탁하시면서 양 회장 격에 맞는 직책을 만들 테니 나서줘야 힘이 되겠다고 말씀하셔서 형님과 같이 하기로 약속했다.

그 이후 김진형 총회장님께서 오렌지 카운티 대표를 추천해달라는 부탁을 받고 안영대 회장 그리고 한광성 회장을 추천해드리니 고구려 식당에서 김 회장님께서 두 분을 만났다. 나는 주로 한나라 미주 포럼과 김 회장님의 리더십을 홍보했다. 한국의 여당이 후원하는 포럼이라 미국 각 지역에서 가입 신청이 쇄도했다. 특히 한 지역에서 몇몇이 대표가 되겠다고 혈안이 되기도 해 본부에서 곤란하다는 입장 표명을 하기도 했다. 그것으로 한나라당 정권인 여당의 힘이 얼마나 큰지 새삼 느끼게 했다. 순조롭게 준비 작업을 끝내고 월서이벨극장에서 창단식을 하기로 결정했으며 행사 내용의 일부는 취임식 2부는 연예인 초청쇼(가수 혜은이 씨)를 하기로 했다.

나는 상임고문으로 추대되어 아내와 같이 취임식에 참석하였는데, 앞자리에 김 회장님 내외분, 그리고 옆자리에 우리 부부 그외 주요 인사들이 자리를 같이했다. 600명 좌석을 꽉 메운 행사장은 축제 분위기였고 우리 동포사회에서 일하는 인사들은 거의 다 모였던 것 같았다. 식이 시작되기 전 사회자가 단상에 올라가 자리를 한 인사들을 호명했다. 나는 단상에 올라가 중앙 앞줄에 좌석이 배정되어 앉았다. 내가 단상에 앉자 식이 진행되어 이 행사를 통해 한나라당 포럼을 중심으로 우리 교포들이 한 목소리를 내어 조국 발전에 기여하게 되기를 염원했다. 무사히 끝내고 한나라당 중앙위원회 의장이신 국회의원 이균현 부부 초청 만찬장인 로텍스 호텔로 옮겨 저녁 만찬과 기념 촬영도 하면서 화기애애한 시간을 가졌다. 특히 의장 사모님은 내가 영화배우임을 알고 평소 무술영화를 좋아하신다면서 무척 반가워하시고 기념 촬영도 했다.

특히 나의 아내는 어느 파티에 가더라도 인기가 있었다. 예쁘고 상냥하고 대인관계는 타고난 것 같다.

만약 아내가 외교관이 되었더라면 나라를 위해 큰일을 했을 것이다.

풀러튼 랜드마크인 건물을 구입하다

나는 1996년 9월에 플러튼 다운타운 하버가에 있는 101번지 하버 블루버드와 카멘 웰스 코너에 있는 전 뱅크 오브 아메리카 빌딩을 구입했다. 이 건물을 사기 전 이 건물을 지날 때마다 저 건물을 소유했으면, 하고 생각하며 지나다녔던 건물이 매물로 나왔던 것이다. 은행이 한 블럭 북쪽으로 새로운 건물을 짓게 되어 이사를 했기 때문이었다.

그때 상업용 건물 시세가 바닥을 칠 때라 가격이 낮아져 있었지만 나는 그 많은 현금을 가지고 있지 않았다. 그동안 영화 출연을 하면서 모아둔 돈,

그리고 체육관 운영 수입을 다 합해도 은행에서 요구하는 액수를 만들 수가 없었다. 한국에 계시는 아버님께 말씀드렸더니 마침 산을 매매한 돈을 주려고 했으니 가져가라고 하셨다. 한국에서 미국으로 송금을 하려니 어려움이 많았다. 그때는 해외

송금을 정부에서 규제할 때라 여간 어려운 일이 아니었다. 그래서 평소에 알고 지내던 지인들의 도움으로 순조롭게 미국으로 아무 제제 없이 가져왔었다. 이름은 밝힐 수는 없지만 잊지 못할 고마운 분들이었다. 내가 은행 건물 소개인과 만났더니 세 사람으로부터 오퍼가 들어왔는데 110만 불 중 현금을 많이 내는 사람에게 팔겠다고 하니 그중 내가 제일 많은 현금인 60만 불을 낼 수 있어서 살 수 있다고 했다. 몇 년 동안 건물을 지나칠 때마다 꿈꾸었던 건물이 내 소유가 된다고 생각하니 꿈만 같았다.

아내와 같이 브로커 사무실에 가서 매입 계약서에 사인을 하고 나니 믿어지지가 않고, 꿈을 꾸고 있는 것만 같아 아내와 나는 껴안고 기쁨의 눈물을 흘렸다. 그동안 고생하면서 노력했던 결과가 이루어졌다. 그동안 고생한 아내에게 감사했다. 그렇게 어렵게 구입한 건물인데 체육관 사업 허가가 까다로웠다. 리모델링하는 기술자와 계약을 했는데 그가 풀러튼 시티 홀에 가서 한 공사 허가를 신청이 나오지 않아 내가 직접 시티 홀에 찾아가 국장을 면회했다. 그때 시장이 중국계 줄리샤였다. 물론 시청 사람들은 다 나를 알아봤다. 지난 15년 동안 시 축제에 그랜드 마샬도 했고 그 외 퍼레이드 행사에 참여해 신문과 방송을 통해서도 잘 알려져 있으니 국장을 만나기가 쉬웠다.

나는 국장에게 단도직입적으로 말했다. 지난 15년 동안 많은 지역 청소년

들을 위해 일을 했고 또 어려운 어린이들을 위한 무료 지도 및 세미나를 통해 선도 사업을 해왔는데 업적과 공로를 생각해서라도 허가를 내주지 않으면 600명의 학생들은 어디에서 수련을 해야 하는가 질문을 했다. 2주 내에 공청회를 열어 반대가 없으면 허가를 할 테니 기다려 달라 했지만 나는 만약 당신들이 협조하지 않는다면 건물을 그대로 방치하겠다, 그래도 좋으냐 나는 그렇게 할 수 있다고 농담 반 진담 반으로 웃으며 국장에게 얘기를 했다. 그로부터 이틀 후(그날은 O. J. 심슨 재판판결 날이라 기억을 하고 있다) 국장이 만나자고 하여 시청에 갔다. 국장은 그랜드 마스터는 우리 시민들을 위한 좋은 일을 많이 한 것을 참작해 공청회 없이 허가하기로 방침을 세웠으니 앞으로도 계속 협조를 해달라고 손을 내밀었다. 너무 감사했다.

건물 보수 공사 국장과 담판

사무실에 돌아오니 바로 팩스로 허가장이 왔다. 이렇게 하여 다른 사람들은 공청회를 거쳐 빨라도 두서너 달이 걸리는 것을 2주 만에 받았다. 건물 수리과정에서도 시에서 요구하는 코트가 까다로워 일이 엄청 많았다. 그런데도 큰 하자가 없는 일에는 결제를 해주어 공사가 거의 다 끝나갈 때 추수감사절 며칠 전 이사해 운동을 시작했다. 공사가 다 끝난 후 최종 심사 판정을 받아야 영업을 할 수가 있는데 시 관계자들이 편리를 봐주어 국제무예도 본부가 플러튼 다운타운 제일 중심에 우뚝 서게 되었다.

무예도 본관으로 우뚝서다

나는 그 이후 벽을 잘라 창문을 만들어 지나가는 차량과 행인들이 볼 수 있도록 했다. 체육관 안 삼면을 유리로 정면에 무대를 만들어 명실공히 최고의 도장을 만들어 자랑스러웠다. 학생들도 많이 입관해 사업이 날로 번창했다. 내가 많은 무도인들의 꿈의 대상이 되었다는 얘기를 들었다. 꿈을 가지고 끊임없이 노력하면 반드시 꿈을 이룰 수 있다는 것을 보여준 것이다. 단돈 이십 불을 가지고 미국으로 건너와 백만 불이 넘는 빌딩을 구입했으니 모든 것에 감사할 뿐이었다. 내 사진을 대형으로 만들어 바깥 정문 위에 걸어 24시간 조명을 밝혔다. 그 사진으로 나의 얼굴을 모르는 사람이 없을 정도로 큰 효과를 봤다. 어느 날 시장인 단 뱅크가 지나가면서 나를 만나 "마스터 타이거, 당신이 시장이야? 저렇게 큰 사진이 걸려있으니." 하면서 농담을 하기도 했다. 나는 플러튼 상공회의소 아침 조찬모임 연사로 초빙되었다. 오렌지 카운티 상공인들이 모인 자리에 내가 어떻게 해서 플러튼 히스토리칼 빌딩을 구입했는지 이야기를 해달라는 부탁을 받았기에 지난 무도인의 생활, 영화 출연, 그리고 오늘에 이르기까지 때론 진지하게 때론 농담을 하면서 말했다. 마지막으로 내가 이 건물을 구입한 것은 당연한 일이 아닌가 했더니 참석한 모든 인사들이 박수를 치면서 환호했다. 나는 플러튼 히스토리칼 빌딩을 구입해 더욱 유명해졌다.

건물을 팔다

2007년 7월 1일 세계 태권도연맹 총재 환영 행사에 참석한 오랜 친구 정우진 회장이 나의 도장을 방문해 너무나 좋은 건물을 체육관으로 운영하고 있으니 자랑스럽다. 하지만 이 좋은 건물을 도장만 하기에는 너무 값어치가 많으니 팔아서 딴 건물에 투자하는 것이 재산을 늘리는 좋은 기회가 될 듯하니 빠른 시일 내에 정리하는 것이 좋을 것 같다고 조언했다. 여러 사람들이 건물을 팔라고 얘기했지만, 생각을 하지 않았는데 친구 얘기에는 귀를 기울였다. 그는 부동산 사업도 성공한 친구라 많은 노하우를 가지고 있었기 때문이다. 마침 말크스 밀러쳅 부동산 회사에서 일하는 에이젠트 피드가 나에게 와 건물을 팔 생각이 없느냐고 물었다. 나는 부동산에 관해 많은 지식이 없으므로 1031 익스쳰지에 관해 질문하고 건물을 팔면 원하는 다른 건물을 살 수 있는지에 대해 묻고 필요한 정보를 얻고 난 후 아내와 상의해 건물을 팔기로 했다. 490만 불에 부동산 시장에 내놓기로 말크스 밀러쳅 에이전트와 계약을 했다. 건물을 시장에 내어놓은 후 내가 필요로 하는 건물을 물색했으나 마땅한 건물이 없었다. 내가 필요로 하는 체육관은 약 오천 스퀘어 피드가 있어야 하는데 플러튼에서는 찾기가 어려워 가까운 인근 지역에도 알아보았으나 썩 마음에 드는 건물이 없었다.

벌써 3개월이 지났는데 구매하는 사람이 없었다. 코드웰뱅크에 지사장으로 근무하는 장성길 회장에게 연락해 한국에서 온 투자자들에게 팔아달라는 부탁을 한 후 몇 번이나 투자자들을 만나보았으나 매매는 이루어지지 않았다. 평소에 그분을 좋아해서 부탁했고 그분도 많은 수고를 하셨는데 그분과는 계약 기간이 끝나고 다시 말크스 밀러쳅과 재계약한 얼마 후 오퍼가 들어왔다. 470만 불에서 조절해 450만 불에 계약했다. 운이 좋으려니 쉽게 매매계약이 이루어졌다. 그때부터 적극적으로 구입할 건물을 찾아나섰다. 플러튼에는 도장을 할 만한 크기의 건물이 나오지 않았다. 비치블러 버드와 인프리얼 사이에 은행을 운영하던 건물이 나왔는데 마음에 들었지만, 인연이 아니었다. 도장에서 서쪽으로 약 오백 미터 떨어진 포드 자동차 딜러 옆에 단독 건물이 매물로 나와있었는데 도장하기엔 좋은 크기이고 건물 뒤 주차공간도 크고 하여 오퍼를 넣었는데 가격이 맞지 않아 아쉽지만 포기했다. 유크릿 거리에 있는 작은 쇼핑몰의 약 오천 스퀘어 피드를 세를 준다는 간판을 보고 알고 지내던 뱅가드 부동산 사장인 카메론에게 연락을 해 건물을 살 수 있도록 교섭하라 했더니 건물 주인이 반응이 좋아 6개의 점포가 있는 쇼핑 센터를 295만 불 현금으로 구입하고, 나머지는 가지고 있던 땅을 팔고 하여 타스틴 왜스튼 메디컬 센터 앞에 있는 메디컬 빌딩에 있는 다섯 유닛을 건물 팔아 남은 돈과 땅을 판 돈과 은행 융자를 얻어 600만 불에 계약했다. 1031 익스체인지는 순조롭게 잘 되었다. 도장 5,000스퀘어 피드를 수리하는 데 25만 불이 들었다. 내가 얼마나 행

운아였는지 좋은 건물을 구입하는 등, 이 모든 것이 다 하나님의 은혜인 것 같다. 매매가 다 끝날 때까지 어려운 고비도 넘겼다. 에스크로를 열고 기다리는 동안 좋지 않은 소리가 들려왔다. 건물을 사려고 투자하는 사람이 이혼을 하게 되어 에스크로를 파기할지도 모른다는 얘기를 전해들은 나는 당황했다. 계약을 위약하면 다운페이를 한 30만 불은 받겠지만, 전액은 보장할 수가 없고 다른 바이어를 놓쳤으니… 잘되게 해달라는 기도밖에 아무 일도 할 수가 없었다. 다행히 기도로부터 응답을 받았는지 에스크로가 끝나 한 고비를 넘기기도 했다.

건물을 구입한 회사에서 리모델링을 하여 분양한다 했는데 일 년이 지날 때까지도 건물이 비어있어서 지날 때마다 마음이 아팠다. 건물매매가 이루어진 얼마 후 부동산 파동이 일어나 전 미국에서 투자가 중단되다시피 되었

으니 그 영향을 받은 것 같았다. 들은 얘기로는 벌써 백만 불 손해를 보았다고 했다. 나는 좋은 타임에 팔았지만 산 사람은 손해를 보게 된 것이다.

로즈볼에서 태권도 시범 사회를 보다

2009년 1월 17일 LA 파사디나에 있는 로즈볼 스타디움에서 미국재향군인회에서 이라크로부터 돌아오는 군인들을 환영하기 위해 대대적인 행사를 개최하는데 태권도 시범을 하기로 해 최청대 관장이 총괄을 하니 시범 진행 사회를 맡아달라는 부탁을 받고 수락했다. 경희대학교 태권도 시범 팀이 한국에서 오기로 결정되어 만반의 진행 준비를 했다. 누구나 한번은 서 보고 싶어하는 꿈의 무대 로즈볼이 아닌가. 그런 역사적인 날 생각보다 관중이 많이 모이지가 않아 실망스러웠지만, 무대에 올라가 최선을 다해 진행했다. 시범단의 멋진 시범으로 장내는 함성과 박수 갈채로 온통 정신이 없을 정도로 관중들이 열광했다. 나의 진행은 멋졌다고 많은 사람들이 칭찬을 해주어 기뻤다. 멋진 시범과 나의 매끄러운 진행으로 행사를 성공리에 끝내게 되었고 사회하는 나의 모습이 로즈볼 대형 스크린에 비추어진 것을 사진에 담아 잊지 못할 기억으로 남기게 되었다.

화재로 마을이 불타다

2008년 4월 26일 나는 체육관에서 심사를 하다 동쪽 하늘에서 시커먼 연기가 솟아올라 하늘을 뒤덮고 있는 것을 보았다. 우리 집이 있는 쪽인데 화재가 났구나 하는 순간 비서가 사모님의 급한 전화라 하여 받아보니 우리 동네 전체가 불바다이니 빨리 오라는 다급한 목소리였다. 나는 아내에게 빨리 집에서 나오라고 하면서 전화를 끊고 다급히 집으로 차를 달렸다. 91 프리웨이로 들어가니 꽉 막혀 로컬로 빠져 달렸다. 그래서 조금 나은 편이었다. 우리 집 근처에 솟아오르는 불길, 그리고 검은 연기. 나는 마음이 다급하고 초조해 연신 주님에게 중얼거리면서 기도했다. "주님 저희를 보살펴 주시옵소서. 주여 저의 아내가 무사할 수 있도록 도와 주시옵소서." 눈에서 연신 눈물이 흘러내렸다. 들려오는 소방차, 경찰차 사이렌 소리, 하늘에는 헬리콥터, 그리고 불 끄는 비행기 등으로 온통 하늘이 새카맣게 되어 버렸다. 평소 15분이면 가던 거리를 45분가량 걸려 집 아래 마을에 도착하니 경찰이 도로를 막아 통제하고 있었다.

그들은 들어가는 차를 막고 나오는 차만 허용했다. 옆 알버선 마켓 주차장에 간신히 도착해 아내에게 전화하니 불통이었다. 아들 제임스는 파트타임 일을 하다 나의 전화를 받고 급히 집으로 오는 중이었다. 내가 다시 전화로 마켓 주차장으로 오라는 얘기를 하고 차에서 내려 우리 집이 있는 동쪽 언덕에 가서 보니 검은 연기와 불꽃이 튀고 있었고 강 건너 에너하임 힐에도 불이 붙어 타고 있었다. 하늘에서 내려오는 잿가루, 뜨거운 바람. 그야말로 지옥과 같았다. 나는 언덕에 서서 아내가 있는 집을 바라보면서 하나님께 기도했다. "주여. 저희 불쌍한 아내를 이 환란으로부터 구해주시옵소서. 저희 아내가 무사하도록 주여 보살펴주시옵소서." 나는 내 자신도 놀랄 만큼 나는 주님을 부르며 주님께 매달리는 연약한 인간이 되었다. 평소에 그렇게 강하고 자신만만하던 내가, 그리고 나의 힘, 오직 내 주먹만 믿고 거친 세상을 헤쳐 나와 나의 힘이 오늘 나 타이거 양을 있게 했다고 자부했건만 나는 그 힘은 간데없고 나는 오직 주님에게만 매달리고 있었다. 내 스스로도 놀랄 만큼!

얼마 후 제임스가 왔다. 제임스는 아빠, 우리 집은 이제 분명히 타버렸어.

엄마는 어떻게 됐어요? 하면서 초조해 하길래 "아들아, 걱정 마라 엄마, 우리 집도 무사하게 하나님이 지켜준다고 약속하셨다. 기도하면서 기다리자."고 했다. 얼마나 시간이 흘렀을까, 집 사람이 실내복 차림으로 실내 슬리퍼를 신고 온통 초주검이 다 되어 나타났다. 우리는 서로 끌어안고 무사함에 고마워하고 주님께 감사드렸다. 나중에 들은 얘기지만 갑자기 집 창밖이 시커멓게 되고 불길이 가까운 거리에서 솟아오르며 경찰차, 소방차, 사이렌 소리가 갑자기 요란하게 들리더니 경찰들이 확성기로 빨리 집을 비우라고 소리치고 다녀 당황해 가족사진 앨범 그리고 명품 몇 가지를 들고 뛰어나오는데 이제 마지막이구나 하면서 차고 문을 내리면서 눈물이 흘러내렸다고 했다. 당황해 길을 잘못 찾아 불타는 곳으로 차를 몰아 혼이 나서 차차 정신을 차리고 동네 아래로 내려오니 산불 그리고 집들에 불이 붙어 타는 속에 많은 차들이 엉켜 아수라장이 되었고 길옆에 불이 붙어 차 창문까지 불길이 덮쳐오고 또 불똥이 튀어 차를 때리고 하여 5분 거리를 한 시간이 넘게 걸려 우리와 만났다고 한다. 우리는 얼싸안고 무사히 불을 피할 수 있도록 돌봐주신 주님의 은혜에 감사했다. 아내는 말로 표현하기 어려울 정도로 겁에 질려 온몸이 땀으로 젖어 있었다. 우리는 인근 에스프란자 하이스쿨로 모이라는 안내 방송을 듣고 각자 차를 타고 떠났다. 그때 그 기분은 말로 표현할 수가 없었다. 집은 무사한지 하는 생각에 눈물이 났다. 우리는 빈 손이 아닌가? 나는 하나님께 간절히 기도드렸다. 우리 세 식구가 다시 집으로 돌아갈 수 있게 해달라고….

　대피소에는 벌써 음료수, 그리고 간단한 식사가 준비되어 있었다. 적십자사의 발 빠른 대비를 통해 미국의 봉사 제도가 세계 어느 나라보다도 잘되어 있다는 것을 몸소 실감했다. TV 쪽으로 모든 사람들이 모여 앉아 불의 진화 과정을 보면서 애태워야 했다. 얼마 후 여기도 위험하니 에너하임 디즈니랜드 쪽의 고등학교 대피소에 이동하라는 안내 방송을 듣고 우리는 약 8마일가량 떨어진 그곳으로 향했다. 그곳에도 많은 재난민이 모여 있었다. 큰

강당에 야전 침대가 놓여 있고 음료수, 식빵, 피자 등 많은 식료품이 준비되어 있었다. 우리는 식빵으로 허기진 배를 채우고 TV 앞에 모여 앉아 불의 진화과정을 보면서 불안해했다. 불은 거센 바람으로 번져 큰 불꽃이 일고 집이 타고 건물이 탄다는 TV방송이 나와 초조했다. 모두가 근심 어린 표정으로 우왕좌왕들 하는데 《중앙일보》 기자가 인터뷰를 요청했다. 나는 다른 사람과 하라고 거절했으나 기자가 재차 요청해 인터뷰에 응했다. 아내는 라디오 프로그램 생중계 방송과 인터뷰를 해 그 후 우리 가족은 지인들로부터 많은 전화가 걸려와 해명하느라 힘들었다. 제임스가 좋은 제안을 했다. 집에 전화해서 벨이 울리면 집이 타지 않은 것이니 전화해 보자는 거다. 그래서 전화해 보니 신호도 가고 응답기도 반응을 했다. 집은 무사한가 보다. 안심이 되었다. 다른 사람들에게도 가르쳐 주어 너도나도 집에 전화해 확인하느라 분주했다. 제임스가 좋은 생각을 해내 모든 이들에게 희망을 주었다.

밤 11시가 가까워 오자 많은 사람들이 야전 침대에서 잠이 들었었다. 솔직히 나도 그들과 같이 하고 싶었으나 가족이 너무 힘들어해 가까운 호텔에 갔다. 호텔에서도 할인은 해주었다. 그날 밤은 뜬눈으로 새우고 나는 새벽 5시경 일어나 집으로 차를 달렸다. 새벽 동이 튼 우리 집 쪽은 간간이 연기가 피어 오르고 있었다. 프리웨이는 차량 통행이 해제되었다. 나는 차를 달리면서 무사하기를 기도했다. 프리웨이는 통제가 풀렸으나 주택가로부터 일정 거리까지는 통제가 되어 들어가지 못한다. 그래서 프리웨이에서 우리 집 쪽을 바라보니 집이 보였다. 기뻤다. 바로 아내에게 전화를 걸어 소식을 알렸다. 집 아래 골짜기에서는 아직도 연기가 피어오르고 있었고 거의 다 나무와 풀은 타버렸다. 짚선케넌으로 돌아와 갔으나 다리 끝에서 통제를 했다. 산타아나 강에 있었던 나무는 다 타버려서 그야말로 처참한 현장이었다. 그래도 우리 집은 무사하니 하나님께 감사 기도를 드렸다. "하나님 감사합니다. 저희 집을 지켜주시고 더 큰 재난을 막아 주신 주님 은혜 고맙습니다." 차를 돌려 호텔로 오는데 5시 30분경 한창훈 강도사로부터 전화가 왔다. 어떻게 되었냐고 그래서 "우리 집은 괜찮습니다. 지금 확인하고 가는 길입니다." 하고 "할렐루야. 주님, 감사합니다." 했다. 5분 후 닥터 오에게서 온 가족, 그리고 집이 무사한 것 참 다행이고 고마운 일이라는 위로의 전화가 왔다. 그 외에도 종일 많은 전화가 걸려와 걱정해 주었다. 호텔에 돌아와 가족들과 기쁨의 포옹을 하고 감사의 기도를 했다. 8시경 호텔을 나와 대피소에 갔다. 모든 이들이 여기저기 TV 앞에 모여 앉아 있었다. 아침 식사가 시작되어 모두가 질서 있게 줄을 서서 급식을 받았다. 불길은 잡혔으나 다른 지역으로 번져 타고 있었다. 오후 1시경 귀가할 수 있을 거라는 뉴스를 듣고 TV를 보다 신문을 읽으면서 우리 가족은 시간을 보냈다.

아놀드 슈워제너거 주지사와 재회

TV를 보고 있는데 갑자기 아놀드 주지사가 들어왔다. 모두가 놀라 일어서 인사를 하는데 그가 앞으로 나와 악수를 했다. 지사도 피곤한 모습이었다. 산불 난 지역을 여기저기 방문하고 대피해 있는 주민들을 방문해 위로하느라 그럴 것이다. 경호원, 경찰관들에 둘러싸여 많은 사람들과 인사를 하고 밖으로 나갈 때 나는 주지사를 다시 만났다. 그는 나를 보고 당신 무도인 같은데 화재로 얼마나 힘이 드냐면서 말을 걸어 주지사에게 나는 평생 무도를 했고 무술 영화도 많이 찍은 배우이기도 하다고 했더니 그는 반가워하며 언제 우리 다시 만날 날이 오면 그때 멋진 영화 만들어 보자면서 같이 사진을 찍고 집사람에게는 다정한 포즈를 취해 주었다. 아내는 외교관이 되었더라면 좋았을 탤런트를 가졌다. 그 정도로 아내의 사교술은 타고 난 것 같다.

주지사 일행이 떠난 후 잠시 나는 주지사를 생각했다. 그는 나만 한 키에 얼굴은 작은 편이고 아직도 팔뚝은 엄청 컸다. 세계적인 스타이고 주지사인 그를 만나 그래도 얼마만큼은 위로가 되었다. 얼마 후 벽보에 화재 난 집 주소가 붙었다. 집을 잃은 몇 사람은 얼굴을 감싸고 눈물을 흘리는 모습이 안타까웠다. 오후 4시경 집으로 돌아가도 된다는 뉴스를 접하고 집으로 갔는데 푸른 산은 온통 타버리고 나무들도 타버렸는데 아직도 여러 군데서 검은 연기가 피어오르고 있었다. 우리 집으로 올라가는 길은 통제가 되어 주민이 아니면 통과할 수가 없었다. 주민의 안전을 위해 대비하는 경찰관들의 배려였다. 집으로 올라가는 길옆 나무가 타고 산 풀이 다 타 잿더미가 되었는데 운 좋게 불을 피한 집들, 그리고 전소된 집 두 채가 마음을 아프게 했다. 집에 도착하니 우리 집은 아무 일도 없었다. 우리 집은 산 언덕 위 경관이 좋은 위치에 있는데 바람이 불면 휘몰아치는 바람 소리에 잠 못 자는 날도 있을 정도로 골짜기 언덕 집이어서 집 뒤 골짜기와 야산 언덕은 불에 타지 않았다. 그래서 무사했던 것이다. 나는 하나님이 지켜주셨다고 굳게 믿었다. 다른 골짜기 언덕은 다 탔는데 어떻게 우리 집 뒤쪽은 불이 붙지 않았단 말인가? 하나님의 사랑과 은혜에 감사 기도를 드렸다. 이 화재로 신문 방송에 영화배우 타이거 양 화재로 대피했다고 기사화가 되어 다른 주에 있는 친구들이 전화로 안부를 물어와서 얼마 동안 답변하느라 시간을 보내야 했다. 우리 가족이 화재의 주인공이 된 이번 화재는 많은 사람들의 가슴 아프게 한 악몽 같은 일이었다.

동포 후원재단 이사로 가입

나는 동포 후원 재단(이사장 이민휘)에 이사로 가입했다. 전 미주 전현직 단체장들이 모인 재단으로 사업 목적은 우리들의 헌신적인 희생의 발자취와 경험을 바탕으로 향후 보다 건전하고 활기찬 사회를 만드는 데 다음과 같은 봉사로 뒤에서 후원 역할을 하는 것이다. 한인 사회의 협력 경험을 바탕으로 비전을 제시, 후세 한인 지도자 육성과 한인 사회의 역사를 바로잡고 후세들에게 올바른 유산을 물려주는 데 협력하자는 취지에 나는 동의했으나 이사 가입 절차가 퍽 까다로웠다.

내가 이민휘 이사장님께 전화로 가입 의사를 밝혔더니 운영위원회 전원

이 찬성해야 가입시키는 제도이
니 조금만 기다려 달라고 하셨
다. 며칠 후 이사장으로부터 연
락이 왔다. 양 회장의 이사 영입
이 만장일치로 가결되었으니 운
영위원들과 만나 추후 가입 절
차를 상의하라고 하시면서 같
이 일하게 되어 반갑다고 하셨
다. 며칠 후 운영위원들과 만
나 환영 오찬을 베풂받고 간단
한 입회원서와 일 년 이사회비

1,200불을 냈다. 얼마 후 운영위원회 오찬 및 회의에 참석해 재단 운영에 관
해 소개받았다. 나도 나름대로 의욕이 솟아 앞으로 재단 사업에 적극 동참
하고 싶었다.

오찬 후 사무실에 들려 이사장님으로부터 이사패를 증정받았다. 그런데
얼마 후 문제가 생겼다. 내가 재단 이사가 되었다는 얘기를 이 모(전 O.C 한
인회장) 씨가 알고 적극 반대해 운영위원회 입장이 난처하게 되었다. 이 씨는
나보다 먼저 이사로 가입했으니 자기의 기득권을 주장하면서 내가 이사가
되면 자기는 사퇴하겠다 하니 어렵게 되었다.

운영위원회에서 둘 중 누구를 택하겠느냐의 의논 끝에 나를 택하겠다는
결론이 나 이 씨에게 통보했으니 그 사람의 거취를 보자고 하여 일단락되었
지만 그 사람은 나를 반대하다 오히려 입장이 난처하게 되어 버린 것 같았
다. 그분을 이해하려고도 했지만 쉽지가 않았다. 좋지 못한 감정들은 단체
장을 맡아서 일을 할 때 단체의 권익을 위해 공인으로서 쌓았던 것이고 장
에서 물러나 그 모든 것을 내려놓고 개인으로 돌아가면 무슨 감정이 남아 있
겠느냐만 그분은 나하곤 다른 인생관과 그리고 성품이라 그런 것 같아 하늘

을 쳐다보고 허허 웃고 말았다.

총영사 관저 오찬

어느 날 최 총영사께서 방일영 변호사를 통해 이민휘 재단 이사장님과 나를 총영사관 오찬에 초대하고 싶다는 부탁을 받고 그에 응해 관저에서 총영사와 교포사회 제반에 관해 의견을 교환하였다. 나는 이민휘 이사장님을 중심으로 원로들이 함께 힘을 합쳐 교포사회 발전의 원동력이 되어야 하며 방 변호사와 같은 유능한 변호사가 중간 역할을 하는 것이 바람직하다고 나름대로 의견을 피력했다. 오찬 후 이민휘 이사장 그리고 제임스 방 변호사와 같이 내 차를 타고 이 사장님 댁으로 모셔 드리면서 "우리 재단이 영구히 번창해 지금과 같은 목적을 수행하려면 재단 비전팀을 만들어 연구하게 하고 앞으로는 이사회비 찬조금에만 의지하지 않더라도 운영할 수 있는 제도를 마련해야 합니다. 왜냐면 이사장님이 은퇴하시고 다른 분이 맡으시면 전국적인 조직도 불투명하고 현재 이사들의 참여도 불확실하니 빠른 시일 내에 제도 마련을 해야 합니다. 방 변호사를 중심으로 제도 마련해 착수하시는 게 좋겠습니다."라고 말씀드렸더니 긍정적으로 받아주셨고 방 변호사도 동의했는데 그 이후 아무런 진전이 없었다.

이 이사장님, 장 부이사장과 불화

장성길 부이사장이 이민휘 이사장님과 재단 운영 문제로 심각한 대립관계가 되어 모든 이사들의 마음을 안타깝게 했다. 나는 깊은 내용은 몰랐지만, 장성길 씨와 같은 분이 꼭 재단에 필요한 분이라 생각하고 있었다. 왜냐면 그분은 LA 한인회장도 지냈고 영어도 잘하시며 운영 경험도 많고 재단을 만드는 데 일등 공신으로 비영리 단체 등록 모든 행정을 맡아 하시며 재단을 누구보다 사랑하는 인격자인 줄 알고 있었기 때문이다. 그래서 불화협음 소식에 나는 가슴이 아팠다. 누구 한 분이 옳고 그름을 떠나 이는 재단을 위해선 매우 불행한 일이라 생각되어 중재 역할을 해야겠다는 생각에 장성길 회장에게 전화해 이유가 어떻든 재단을 위해선 불행한 일이니 부이사장으로서의 도리로 이사장과 화해해 주심이 바람직하다고 했더니 그분이 생각하고 있는 또 지난 일들의 자초지종 얘기하면서 이는 도저히 용납할 수가 없어 모든 이사들에게 사건 내용을 상세히 적어 우편으로 보낼 준비가 다 되었으며 고소하겠다고 분노하셨다. 부이사장님의 말씀을 다 듣고 난 후 위로의 말씀을 드리면서 그 길만이 승리의 길이 아니니 우리 재단 이사들의 권익과 품위를 생각하시고 이사장님과 오해가 커진 것도 직접 만나 대화하시면 풀릴 것이니 마음을 진정하시고 기도합시다고 말씀드렸다. 그분과 여러 차례 대화를 통해 그분의 마음이 조금씩 안정되어감을 느꼈다.

나는 재단의 위신과 이사들의 권익, 그리고 이사장을 평소에 존경해 왔기 때문에 그분에게 누가 되지 않고 조용히 해결되길 바라며 나름대로 최선을 다해 최악의 고소 및 이사들에게 이사장님의 인신공격 편지 보내는 것을 막아야겠다고 생각했다. 장 부이사장이 FAX로 이사들에게 보내겠다는 여섯 페이지의 내용을 읽어 보았다. 그 내용이 진실이든 아니든 모든 이사들이 보았다면 큰 파장이 일어날 것은 자명한 일이었다. 나는 처음에는 이사장님에게 전화드려 내용을 말씀드리고 한번 만나 오해를 푸시는 게 좋겠다는 건의를 했고 박진방 회장, 최용원 회장과도 의견을 나누었다. 그분들도 동일한 생각이었다. 임태랑 운영위원과도 의견을 나누며 운영위원들의 분위기도 파악했다.

하지만 모든 내용을 다 밝힐 필요가 없어 생략하기로 하고 장 부이사장은 결국 제명 처리가 되고 말았다. 정기총회 때 그는 입장을 밝힐 준비를 다 하고 있었는데 제단 전체의 불명예보다 한 사람의 희생으로, 장 회장님이 뒤로 물러섬으로 모든 것이 해결이 되니 어려운 결정을 해주시기를 부탁했다. 장 회장님의 결정을 모든 이사들이 감사하게 생각할 것이라는 확신을 갖고 나는 총회 전날 전화로 극구 만류했다. 그다음 날 정기총회 때 아무런 사고 없이 잘 끝이 났다. 나는 눈에 띄게 장 회장님이 옆으로 밀려나 홀대를 받고 있는 것을 보고 가슴이 아팠다. 저분은 대를 위해 자기를 희생했는데⋯ 이사장님께서 큰 아량으로 가슴을 여시고 잡아주기를 기대한 내가 오히려 부끄러웠다. 내가 지금까지 보아도 재단 운영을 위해선 그만한 인물이 없었다. 우리 재단에 꼭 필요한 인물이시기에 그분과 같이 일하고 싶었고 또 개인적으로 이사장님을 존경하기 때문에 재단을 위하는 것이 이사장님을 위하는 것이라 생각했는데 오히려 공은 없고 이사장님께 오해를 받는 결과를 낳게 되었다.

중간 소금 역할을 하다 보면 좋은 또는 나쁜 결과를 가져올 수도 있다. 나쁜 결과면 당연히 오해가 따르게 되어있다. 하지만 나는 떳떳하게 최선을 다했다. 내가 중재를 하지 않았다면 이사장은 망신을 당하고 위신이 추락했을 것이다. 이후 장 부이사장께서는 "양 회장의 적극적인 만류로 모든 것을 내려놓고 교회 장로로서, 또 아내의 권유로 기도로 마음을 다스리고 모든 것을 내려놓으니 마음이 편안합니다. 양 회장님 그동안 정말 감사했습니다." 라고 전화했다. 그 전화를 받고 나는 그분의 인격을 다시 한 번 생각하게 되었고 장 회장님의 건투와 행운을 빌었다.

세계 태권도 연맹 조정은 총재 환영 만찬

월서 그랜드 호텔에서 세계 태권도 연맹 조정은 총재 환영회를 재미 태권도 단체들이 주축이 되어 최청대 관장이 주도하는 행사에 나는 환영사와 무도세미나를 부탁받아 준비했다. 약 350명의 무도인들이 미 전국에서 참석해 먼저 세미나를 개최했다. 나는 강사로 무도인들의 지도자 자세란 제목으로 약 20분 동안 영어와 한국으로 강의했다. 세미나가 끝나고 조 총재가 도착해 나와 정우진 회장이 영접을 맡아 호텔 로비에서 총재를 만나 인사하고 총재를 중심으로 우린 좌우에서 복도 양옆으로 정렬해 환영하는 무도인들을 지나 본 회의장에 들어가(모든 무도인들은 도복을 착용) 내가 조 총재 옆자리에 앉고 좌측 옆자리는 미국 태권도 협회장이 앉았다. 그리고 양 옆자리는 고단자들이 순서대로 앉았다

조 총재에게 명예 9단 띠를 매어주다

순서에 의해 나는 조 총재에게 도복 상의를 입혀 검은띠를 매여 드리고 전 무도태권인을 대표해 명예 9단을 드린다고 선포하였다. 모든 사범들은 예를 갖추어 축하해드렸다. 총재께서는 처음 입어보는 태권도복이라 감개가 새로우셨으리라 믿는다. 조 총재는 환영회장으로 이동하면서 도복을 착용하고 있다 한참 후 벗었다. 환영회식장 나의 좌석은 총재 옆자리로 무예도 총재 내외의 좌석표가 있고 총영사, 경찰 커미셔너(김진형) 왼쪽 옆 좌석은 최청대 행사위원장 한인회, 회장 배무한 후원회장의 지정석을 마련해뒀다. 나는 환영사를 영어와 한국말로 해서 많은 박수갈채를 받았다.

나는 조 총재로부터 감사패를 받았고 조 총재는 태권도 발전을 위해 도움

을 주신 교포 단체장 중 내가 추천한 몇 분에게 태권도 명예 단증을 수여하였다. 그야말로 축제 분위기였다. 나는 그 행사를 통해 교포인사들 그리고 무도인들에게 깊은 인상을 준 것 같아 기분이 좋았다. 40년을 미국의 태권도 무도 개척자 한 사람으로 노력해온 것이 헛되지 않은 것 같고 동료 무도인들의 배려에 감사했다. 특히 최청대 선배님과 40년 친구인 정우진 회장에게 감사한 마음이다. 나는 무도인의 긴 세월 여기까지 오기엔 결코 짧지만은 않은 세월이었는데 시작이 있었으니 이런 좋은 날도 있는 것 같아 한 번 크게 웃었다. 그리고 오늘이 있게 지켜주신 전능하신 하나님께 감사 기도를 드렸다.

체육학 명예 박사학위를 받다

2008년 6월 28일 오후 3시 300여 명의 축하객들이 참석한 가운데 런던 교육대학교 캘리포니아 분교의 대학강당에서 졸업식이 열렸다. 나는 총장 토마스 베컴 박사로부터 명예박사학위를 받았다. 명예 박사학위를 받기 전 나는 많이 망설였다. 왜냐하면 대학에서 학위를 주겠다는 연락이 왔기 때문이다. 대학에서 선교과를 창설해 해외에 나가는 선교사들에게 무도와 선교를 접목해 선교사들을 교육시키고자 하는 목적으로 대학 측에서 명예 체육 선교학 박사를 수여한 후 초빙교수로 초빙하고 싶다는 제안을 받았다. 며칠 후 대학 총무과장을 만났는데 최청대 관장도 배석한 가운데 취지와 목적을 들었다. 해외에 나가는 선교사들이 간단한 무도를 익혀 현지에 나가 선교활동을 할 때 어린아이들에게 간단한 무도의 동작을 가르쳐준다면 많은 아이들이 모일 수 있는 동기가 되어 선교 활동을 하는 데 큰 도움이 될 수 있다고 설명했다. 나는 그 취지와 목적에 공감을 했다. 선교사들에게 무도를 가르쳐주는 수고를 한다면 하나님 사업에 도움이 된다고 생각하니 뜨거운 마음이 달아올랐다. 부족한 나를 주님 사업을 위해 쓸 기회를 주시는구나 생각하고 나의 신앙을 이끌어준 친구 한창훈 강도사와 상의했더니 그도 하느님 선교 사업에 쓰시기 위해 주시는 것이라 대찬성이라며 기뻐했다. 나는 아내를 납득시켰다. 아내는 박사학위를 받는 날 기뻐하며 축하해 주었다. 한창훈 강도사와 동생 방일영 변호사 내외가 참석해 축하해주었고 다른 이들은 초청하지 않았다.

미주 한국예술문화단체 총연합회(미주예총) 11대 회장 취임

나는 예총 이병림 회장께 만나자는 연락을 받고 옥스포드 팰리스 호텔 식당에서 점심시간에 만났다. 예총 차기회장을 맡아 달라는 부탁이었다. 하지만 수락할 수가 없었다. 아내와 어떤 공직도 맡지 않겠다고 약속했기 때문이다. 이 회장에게 내 입장을 말했더니 본인이 아내를 설득할 테니 맡겨달라고

►◄한국일보 A9

11대 미주 한국예총 타이거 양 회장 취임

제11대 미주 한국예술문화단체 총연합회 회장 이취임식이 31일 오후 6시 옥스포드 팰리스 호텔에서 열린다. 이날 행사에서는 이병림 전임회장이 이임하고 타이거 양(사진) 신임회장이 새로 취임한다.

양 신임회장은 앞으로 한류의 미주 진출을 적극 지원할 계획이며 특별히 타민족과의 문화예술 교류에 힘을 쓸 것이라고 밝히고 오는 10월 한국의 날 축제기간에 한국의 중견작가 30명을 초청, 머레이드 참가 및 작품 전시회를 열 계획이며 내년에는 한국 영화 80년사 사진전시회를 LA 한국문화원에서 개최할 예정이라고 말했다. 국제무예도연맹 총재이기도 한 타이거 양 신임회장은 오렌지카운티 한인회 이사장, 한우회 회장, 범통 고문, 새

계무도인협회 회장 등을 역임했다.

문의 (213)435-4466, (714)397-2875

했다. 이 회장께서 아내를 설득한 후 나는 몇 번이나 고사한 끝에 11대 예총 회장을 맡기로 하고 임원 및 산하가맹단체 영입 작업을 시작한 후 국악협회 지윤자 회장, 무용 협회 김응화 회장, 미주 한국 사물놀이 협회 임주영 회장, 세계 선교 태권도 협회 정종오 회장, 미주 영화인협회 권영문 회장, 미주 한국 라인댄스 협회 김옥규 회장, 남가주 사진작가 협회 김상동 회장, 미주 한

국 우리 춤 보존회 이병임 회장, 미주 한국 판소리 협회 서훈정 회장, 미주 연극 협회 박만순 회장, 미주 연예인 협회 김막동 회장의 11개 단체를 영입하고 2012년 3월 31일 옥스포드 팔라스 호텔에서 오후 6시에 취임식을 갖기로 하여 행사. 공연. 만찬을 각 협회에 맡기고 나는 필요한 비용을 마련하기로 했다.

홍명기 회장, 김진오 회장 그리고 많은 지인들께서 도와주셨다.

특히 워싱턴에서 체육관을 운영하고 있는 나의 오랜 친구 권호열 총재도 금일봉을 축하금으로 보내왔다. 내 동생 양성해 관장도 축하금을 가지고 왔다. 일일이 도움 주신 분들을 나열 못 하지만 진심으로 감사를 드린다.

취임식 날 초청하지 않은 분들께서 신문기사를 보고 축하하러 참석해서서 급히 자리를 만들었으나 자리가 모자라 돌아가신 분들이 많았다는 얘기를 듣고 죄송한 마음이 들었다. 축하 화환이 48개가 들어와 2층 로비, 그리고 입구가 화환으로 꽉 찼다. 많은 분들이 어느 행사에도 이렇게 많은 화환은 본 일이 없었다면서 놀라워했다는 얘기를 행사가 끝난 후 전해 들었다. 화환을 보내주신 분들께 진심으로 감사를 드린다. 초청한 인사는 다 참석했다. 총영사, 평통회장, 한인회장, 상공회의 회장. 칼슨 시장. 얼바인 시장. 서리토스 시장. 잉글우드 시장. 마트 루터 킹 퍼레이드 창시자, FBI LA 국장. LA 오렌지 카운티 주요 단체장들이 참석했다. 그 외에도 많은 단체장들이 참석했고 무도인 최청대 관장, 고창세, 김진환, 인대식, 김영숙 관장 등이 참석했다. 특히나 한국, 홍콩에서 활약했던 배우 서영란 씨가 참석해 너무나 고마웠다. 일부 사회는 방일영 변호사가 맡아 진행했다. 나는 감격스러운 취임사를 마치고 많은 인사들로부터 축하를 받았다. 그리고 홍명기, 김진형, 박진방, 김진오, 상임고문으로 최용원, 임태랑, 한창훈, 양석규, 안영대 회장들에게 고문 추대장을 수여했다.

2부 순서는 김막동 씨의 사회로 무용, 창, 성악, 그리고 코미디 순서로 진행되었으며 특히 왕년의 청춘배우로 70년대 인기 절정을 이루었던 남석훈 씨가 노래 그리고 피아노 연주로 박수갈채를 받았다. 성황리에 취임식을 마쳤다.

미주예총 행사로 한국 미술가 53명을 초청 작품 전시회를 열다

미주예총, 한국 문학
원 LA 한인축제재단
이 공동주최하고 미주
예총이 총괄 주관하며
《한국일보》, 한미 동포
재단, LA 한인체육회 월
드 크리스천 유니버스

미주예총-한국 기로 미술협회, LA시에 그림 기증

티, 후원하는 행사가 2012년 10월 4일부터 6일까지 3일 동안 왜스튼 갤러리
에서 개최하기로 했다. 10월 4일 오전 10시에 개막식을 갖기로 하고 행사 준
비에 들어갔다. 한국에서 작가 53명 외의 임원까지 58명이 공항에 도착하면
100여 점 작품을 운반, 그리고 58명을 호텔까지 가는 버스를 3일간 세를 내
어 운용키로 했고 갤러리에서 유홀 벤을 빌려 운반키로 계획을 세웠다. 10
월 3일 도착해 모든 일들이 순조롭게 잘 진행되었다. 많은 인원과 작품이 한
꺼번에 공항에 도착해 힘들었으나 사고 없이 모든 임원들의 수고로 잘 끝났
다. 그날 저녁 월드 크리스천 대학 초청으로 작가들 환영 만찬에서 나는 환
영사를 하고 또 대학으로부터 체육 및 무도 발전의 공로로 명예 체육학 박사
학위를 총장으로부터 받았다. 제1회 한미 미술 전시회를 53명의 많은 작가님
들을 초청해 전시회를 갖는 것은 미주동포사회에서 처음 있는 일이라 나는
자부심도 대단했고, 각 신문사를 방문해 인터뷰를 하여 교포님들이 많이 전
시회에 참관할 수 있도록 알렸는데 언론과 방송에서도 큰 관심을 가지고 크

게 지면을 할애해주었다.

행사하는 날 아침 일찍 전시장에 도착하니 들어가는 입구부터 2층 전체에 전시하니 조금은 비좁은 편이지만 전시장 직원과 연예협회 김막동 회장의 감독으로 잘 전시가 되어 있었다. 많은 단체장들과 인사들 그리고 관람객으로 전시장은 발 디딜 틈도 없었다. 문화원장은 타 주 행사를 취소하고 참석했다. 10시부터 정종오 사무총장사회로 개막식 행사를 진행했다. 환영사 김진형 축제 재단 명예회장. 기념사는 회장인 나의 인사 말씀에 한국기로미술협회 윤부남이 사장. 축사 김영산 문화원장. 배무한 한인회 회장. 오득제 오렌지 카운티 회장. 한광성 오렌지 샌디에이고 평통회장의 격려사가 있었다. 김영 한미 동포 재재단 이사장. 이병임 명예회장. 그리고 나는 LA시로부터 감사장을 받았다. 오후 1시에는 LA 시청을 방문하였는데 시장은 해외 출장 중이라 허브왜선 시의회 의장을 예방하였다. 작가 협회에서 한국 산수화를 시에 기증하고 시의장은 예방한 7명의 임원들에게 감사장을 수여하며 기념 촬영을 한 후 시청 내부를 돌아보게 안내해주었다. 그날 저녁 우리 예총에서 베푸는 환영 만찬으로 한국회관에서 다수의 교포 단체장을 초청해 김막동 씨 사회로 진행해 즐거운 시간을 가졌다. 다음날 5일은 LA 축제날이라 퍼레이드에 작가 53명이 참가하기로 일정이 되어있어 아침부터 나는 퍼레이드 참가 순서를 조절하느라 《한국일보》 담당자를 만났다. 행사 진행도 찬조금을 받아 진행한다는 얘기를 듣고 나는 금일봉을 전달해 격려해주었다. 퍼레이드를 교포들의 환영 속에 무사히 마친 후 체육회에서 준비한 만찬에 참석한 후 버스를 타고 시내 관광을 마치고 그 이튿날 아침 관광으로 라스베이가스로 떠나 보냄으로 공식행사일정은 모두 성공리에 끝마쳤다. 행사 기간 동안 언론에서 기사로 다루어주어 교포들에게 예총을 알리는 데 큰 역할을 했다. 특히나 이 행사를 위해 수고하신 나의 친구 권영문 회장께 감사를 드린다.

한국 영화배우협회 공로상을 받다

한국 영화배우협회로부터 1970년
중반부터 미국과 대만, 홍콩에서 액션
배우로 활동한 공로를 인정받아 공로
패를 받았다. 공로패 수상 축하 행사
를 예총과 무도협회, 그리고 한인회 전
직 회장들이 주축이 되어 가든 스위
트 호텔에서 가졌다.

김진오 상공회의소 전 회장이 한인회장에 출마하다

김진오 씨가 나의 사무실을 방문해 21대 회장에 출마해 당선이 되면 종합
회관 건립과 봉사센터를 활성화할 생각인데 양 총재가 선거 대책 본부장을
맡아 선거를 총괄해주신다면 결심을 굳히겠으니 도와달라고 간곡히 부탁
했다.

오랫동안 우리 부부와도 가까이 지내온 김 회장께서 지난 30여 년 동안
동포사회를 위해 기여한 공로를 알고 있었기에 그의 출마결심을 환영하며
본부장을 수락했다. 나는 우선 한인회 전직 회장들의 전폭적인 지지로 회장
을 추대한다는 형식을 갖추어야겠다고 생각해 전직 회장들에게 전화로 혹
은 만나서 동의를 받고 공동 후원회를 조직했다. 공동 후원회장은 박진방 초
대 회장, 김원회, 김태수, 최종호, 이태범, 노명수, 오구, 안영대, 정성남, 웬디
유, 한창훈 씨 등 전직 한인회 인사들로 구성했다. 1월 17일 공동 후원회장
들과 같이 김진오 씨가 출마 선언을 하면서 기자회견을 했다. 나는 다른 출

마자가 나오지 못하도록 후원회의 밤 그리고 기자회견을 열어 왜 김진오 씨가 회장이 되어야 하는가를 연설했다. 그런데 전 캘리포니아주 중부 상공회의소회장 헨리 박이 출사표를 던졌다. 김광남 전 평통 회장이 후원한다는 얘기를 듣고 김 회장과 헨리 박을 조선옥에서 만났다.

나는 왜 김진오 후보가 회장이 되어야 하는가를 설명하고 헨리 박에게 한인회에 들어와 봉사경험을 충분히 쌓은 후 차기에 출마한다면 도와주겠다는 조건으로 불출마를 권유했다. 며칠 후 25일 아무 조건 없이 불출마를 선언하면서 흑색선전이 난무해 순수하게 봉사하려는 선의가 왜곡되는 모습을 보고 불출마하게 되었다고 말하며 한인회에 들어와 같이 일하자는 권유도 있었지만 차후 생각하겠으며 김진오 후보를 지지하겠다고 밝혔다. 이제 단일 후보가 되었는데 가까운 사람들로부터 흑색선전이 난무했다. 여자가 있다, 갬블을 카지노에서 정기적으로 한다느니 나에게 제보 전화가 오고, 직접 내 사무실에 와서 재고해달라고 부탁하는 사람, 참 여러 사람들을 친구로 가지신 분이구나 생각이 들어 씁쓸했다. 선거 3일 전 김진오 후보 요청으로 나의 사무실을 방문한 박진방 회장, 노명수 회장 입회하에 김 후보가 사퇴하겠다는 의사를 밝혀 당황스러웠다. 그동안 친한 지인들의 배신으로 마음에 상처를 받고 많은 고민 끝에 내린 결정이니 이해해 달라고 노 회장도 김 후보를 동조해 나는 무슨 약한 소리를 하십니까 우리가 다 이긴 선거인데 그런 유언비어와 시기 질투에 물러나서야 어떻게 큰일을 할 수 있겠느냐며 그런 문제들은 내가 다 해결할 테니 아무 염려 마시고 앞으로 한인회 운영에 필요한 계획을 세워야 한다고 강력히 주장했고 박진방 회장도 같은 생각이니 아무 염려 말고 양 총재에게 맡기면 된다고 했다. 김 후보를 설득해 잃어버린 자긍심을 찾아주고 다시 뜻을 모으기로 했다. 어려운 고비를 넘겼다. 무사히 단일 후보로 선거 없이 무투표로 21대 회장에 당선이 확정되었다. 힘들었지만 보람 있는 일을 해냈다. 취임식은 2010년 4월 8일 하얏트 호텔 볼룸에서 각계 인사 500명을 초청해 성대히 거행했다. 나는 부탁을 받고 사회를 맡아 잘 진행했으며 김진오 회장으로부터 감사패를 받았다.

O.C 한인 종합 회관 건립 재단 초대 이사장이 선임되다

나는 회관 건립 이사장으로 선임된 후
오랫동안 계획했던 사업을 추진하기 위
해 위원들로 분야별로 활발히 활동하고
있는 분들을 섭외한 후 한인회관에서 출
범회의를 하고 위원회 출범을 언론 회견
을 통해 알렸다. 나는 캘리포니아 주 정
부에 건축재단설립을 변호사를 통해 신
청했다. 2년 내내 350만 불로 회관을 지
을 목표를 세우고 현 한인회관 자리에
지하주차장 1층 로비에 기념관을 설치
해 한인회와 동포사회를 위해 헌신한 인

"종합회관 5년내 완공"
타이거 양씨, 건립재단 이사장 맡아

사 및 회관 건립에 도움을 주신 분들의 공적을 남기기 위한 공간을 마련하
고 각종 전시회를 할 수 있는 공간 마련과 한인회 사무실을 설계하였다. 2층
은 500명을 수용할 수 있는 문화 공간을 마련해 각종 회의 및 공연 장소로
쓰고 3층은 여러 개의 사무실을 마련해 각 단체들이 활용하여 교포들이 편
리하게 원스탑 방문이 될 수 있는 프로젝트를 설계해 조감도를 만들었다. 그
리고 기금 모금 계획, 행사를 준비하는 과정에서 나는 이 모든 계획을 포기
하고 이사장 자리에 사표를 내고 활동을 중단했다. 왜냐하면 김진오 한인회
장이 건강이 악화되어 회장을 사임하고 정성남 씨에게 남은 임기를 맡겼는
데 정기 이사회에서 분리하기로 결정되었던 종합회관 건축위원회를 다시 한

인회로 귀속시키기로 이사회에서 결정했다는 통보를 받은 것이다. 잘못된 한인회의 결정이지만 내 집 짓는 것도 아니고 시간과 사비를 들여 열심히 뛰는 우리가 재단과 협력해 회관을 짓는 데 힘을 모아 건축이 완성되면 한인회가 운영하는 재산이 될 텐데 한인회가 원하지 않는 결정을 내렸으니 재단을 운영할 명분을 잃어서 내린 결정이었다.

김진오 회장의 잔여 임기를 요청받다

김 회장께서 불편하신 몸으로 나의 사무실을 방문했다. 도저히 몸이 불편해 임기를 마칠 수 없으니 잔여 임기를 맡아달라는 간청을 했다. 나는 맡지 못하는 이유를 간단히 말씀드렸다.

첫째. 나의 협회 그리고 사업 관계로 봉사할 충분한 시간이 없다.

둘째. 내가 적극적으로 도와 김 회장이 회장 추대된 것은 언론을 통해 많은 동포들이 알고 계신데 이건 도리가 아니다. 말씀은 감사하지만 사양합니다 하고 말씀을 드렸더니 실망을 하시면서 다른 분을 추천해달라고 부탁하셨다. 몇 분이 거론되었지만 정성남 씨가 인품으로 보아 적합한 인물이라고 추천을 해드렸는데 며칠 후 신문에 정성남 씨가 회장이 되었다는 기사가 났다. 참 다행이라고 생각했다.

무술인 타이거 양 씨, 일생 담은 영화 준비

《오렌지 카운티 레지스터》 신문에서 70년대 최고의 무술 스타였던 브루

YANG: Traits of the father are bestowed upon the son

Tiger Yang appears before several posters from karate movies he has made over the years. The 10th-degree black belt operates a martial arts studio in Fullerton.

스 리의 영화에 출연하며 한때 최고의 무술인으로 승승장구했던 타이거 양씨가 자신의 일생을 담은 영화 제작을 준비하고 있다고 소개했다고 《한국일보》와 《중앙일보》 등 각 언론이 일제히 보도했다. 《레지스터지》는 20 일 1면에 플러톤에서 무예도 도장을 운영하는 타이거 양 총재가 헐리웃 파이브스타 영화사와 자서전 영화 제작을 논의하고 있다고 보도했다.

이 신문은 또 브루스 리 영화에 단골로 출연했으며 정무문 및 생애 마지막 영화작품 《사망탑》 등에서 브루스 리와 대련하는 동영상 장면은 현재 미국 최대의 동영상 사이트인 유튜브에 올라와 50만, 그리고 투원드 링 타이거 35만, 그 외 타이거 양 영화, 인터뷰, 시범 동영상 사이트 방문이 백만을 넘었다고 소개했다. 이 신문에 따르면 한때 한국 군인들에게 무술을 가르쳤던 양 총재는 지난 1969년과 1970년에 열렸던 세계 무술 선수권 대회에서 2연패한 후 워싱턴 D.C로 거주지를 옮겨 C.I.A 요원들을 상대로 무술 교육을 실시했다. 이후 시카고에 경찰 아카데미 에서도 교련을 맡았던 그는 브루스 리가 사망하자 이를 대처할 무술 배우를 찾던 홍콩의 골든 하베스트 영화사에 의해 발탁, 《워리어스 투》 등의 영화에 출연하는 등 홍콩과 타이완에서 명성을 날리며 최고의 스타 대우를 받았다.

이후 1980년 할리우드 모 영화사로부터 출연 제의를 받고 다시 미국으로 돌아와서. 영화 《리틀 매드 가이》, 《미션 킬 패스트》, 《오메가 어세션》과 당시 최고의 토크쇼였던 《쟈니 칼슨》 쇼에 출연해 각종 무술 시범을 보였으며 80년대 초 최고의 묘기 TV쇼 프로그램이었던 《댓츠 인 크레블》에 출연, 8톤 트럭에 50명을 태우고 입으로 끌고, 200파운드 바벨을 입으로 물고 걸으며 7장의 얼음 격파하는 등 무술인으로 그의 명성은 식을 줄 몰랐다. 현재 양 총재는 플러튼에 본부를 두고 시카고, 파키스탄, 멕시코 등 총 39개의 무예도 도장을 운영 중이며 플러튼 본관에는 600명의 제자들이 무예도 수련을 하고 있다고 했다. 양 총재는 일본에서 열린 무하마드 알리와 일본 세계 헤비급 레슬링 챔피언 이노키의 시합을 앞두고 알리의 실전 연습을 도왔으며 일본 시합에도 동행했다. 1980년 미국으로 돌아온 그는 태권도, 쿵푸, 합기도를 종합해 새로운 무술 무예도를 개발해 후진을 양성하며 할리우드 영화에 출연했다. 그의 영화들이 인터넷 유튜브에 올라와 있다고 소개하며 오늘이 있게 해주신 아버님께 깊은 감사를 드린다고 타이거 양이 말했다며 끝을 맺었다. 이 기사가 나가자 한국 각 신문사에서 인터뷰 요청이 있었고 라디오 방송과 TV에서도 뉴스로 내보내고 인터뷰를 했다.

MOOKAS 뉴스와 인터뷰하다

태권도 및 무도에 관한 소식을 전하는 무카스 뉴스에서 미국에 무도 개척자로서 성공한 다섯 사람을 취재하기 위해 한국에서 미국에 와 워싱턴 준리(이준구), 아이오아 정우진, 세크라멘토 강명규, 오크라호마 잭 황 등과 인터뷰를 마치고 나와 인터뷰를 하기 위해 LA에 왔다. 여섯 시간 동안 인터뷰를 하면서 미국에 오게 된 동기를 일 부로, 이 부는 영화 출연으로 나누어 했다.

내용: 타이거 양 무술 수련기. 영화와의 인연. 미국에 온 동기. 미국 생활 중 가장 기억에 남는 일이 있다면? 사범이라는 직업 미국 초창기에 힘들지 않았나요? 당신의 교육 철학은? 죽기 전에 해보고 싶은 일에 관해 기자와 인터뷰했다. 내용은 나의 일생이니 다시 쓰지는 않겠다. 무카스에서 소개한 서두만 여기에 옮겨 쓴다.

'엄청난 왕 주먹'이었다. 취재진에게 악수를 청해 움켜쥔 그의 손 위로 내 손가락 마디 부분의 정권은 무술 단련의 결과물이자 수련의 계급장이었다. 양성오, 미국명 타이거 양과 취재진의 만남은 그렇게 시작됐다. 현재는 미국 오렌지 카운티 플러톤에서 무예도 도장을 운영하며 국제 무예도 연맹 총재로 활동하고 있지만, 그의 뿌리는 한국의 무덕관 태권도였다. 이소룡의 《사망유희》, 《정무문》에서 비중 있는 조연을 맡으며 그 외 홍콩, 대만, 한국, 미국에서 30여 편의 영화에 출연하며 1970년대 글로벌 액션 스타로의 꿈에 다가섰던 그의 인생 역경을 들여다봤다고 소개했다. 취재한 동영상은 인터뷰 그리고 중간마다 영화 신을 삽입해 흥미 있게 만들어 한국 무주태권도 전당에서 정기적으로 소개하고 있으며 신문과 잡지 그리고 인터넷 그리고 YouTube에 올려 수많은 사람들이 동영상을 보고 있다.

무술계 양대 거인으로 추대되다

세계 무술고단자연맹 권호열 총재와 나는 무술계 양대 거인으로 무예 조선의 엄격한 심사에 따라 인증서를 받았다. 인증 내용은 위의 두 사람은 1960년대부터 같이 운동을 시작했으며 권호열 총재는 1968년 서울에서 체육관을 운영했고, 양 총재는 1970년 미국으로 떠났다. 1983년 미국으로 간 권 총재는 워싱턴에서 종합 무술 활동 연맹을 운영. 양 총재는 LA에 국제 무예도 연맹 총본부를 두고 있으며 이 두 사람은 최고 D.V.D, 영화 세미나 등을 통해 무술계 발전에 공이 크므로 2015년도 무예조선에서 양대 무술계 거인으로 선정했음을 인증합니다라고 했다. 권호열 총재와 나는 같이 무술을 연마하는 죽마고우로 재미있는 에피소드가 많다. 그중 한 가지만 소개한다. 내가 종로 6가 청계천 평화 상가 3층 무덕관 동대문 본관 수석 사범으로 있을 때 일이다.

무도인의 전설 양성오의 주먹

천호동 야외 운동장에 특설링을 설치하고 프로레스링 김일 선수 대 천기득 선수 대회를 열었다. 주최는 레슬링 협회와 주관은 김봉철 관장님이 하셨다. 나는 내 친구들과 장내 질서를 맡았다. 권투선수 박 조(아시아 웰트급 챔피언), 조자룡 그리고 친구 권호열 사범과 같이 관객들이 입장하는 입구에서 문제가 생겼다는 얘기를 듣고 달려가 보니 깡패 같은 주먹들이 한 열다섯 명 정도가 소란을 피우고 있었다. 입장권을 사지 않고 입장하겠다고 책임자 나오라고 소리소리 지르고 행패를 부리고 있길래 내가 책임자라고 좋게 말했더니 "야, 돈 없으니 그냥 들어가야 되겠다. 우리 지역 천호동에 와서 돈

을 벌면 당연히 세금을 내야지. 야." 하면서 나의 어깨를 치길래 내가 순간적
으로 오른 주먹을 날려 상대를 제압하니 여러 명이 덤벼들었다. 나는 윗옷
을 벗어던지고 발로 차고 주먹을 휘둘러 꺼꾸러뜨리며 벽력 같은 고함 소리
와 같이 상대들을 제압하면서 다섯 명을 날려버리니 다른 놈들은 겁을 먹고
우왕좌왕할 때 친구가 달려와서 도와주려고 나를 불렀다. "나는 괜찮아 친
구, 내가 한다."고 소리쳤다. 나머지 놈들이 겁에 질려 벌벌 떨면서 무릎을 꿇
고 나에게 "형님, 몰라봐서 미안합니다. 용서하십시오. 형님으로 모시겠습니
다." 했다. 내가 갑자기 천호동 주먹들의 형님이 된 사건, 열다섯 명을 혼내주
었던 일이 오랫동안 무도인들에게 화제가 되어 전설같이 되었던 일을 친구
는 지금도 기억하고 무도인들의 모임에서 가끔 나를 자랑 삼아 그때 일을 얘
기하기도 한다. 권호열 총재는 서로 아끼는 형제 같은 인생 동반자이다. 그
때 일을 생각하면 겁 없고 대책 없었던 그 시절에 대한 웃음이 난다.

데뷔 50년 무술 영화계의 거장

《한국일보》와 2015년 10월 12일 인터뷰한 타이틀이다. 인터뷰한 내용 일
부를 여기에 옮긴다.

　타이거 양 국제 무예도 총재, 그에게서는 상대를 압도하는 듯 감히 범접하
기 힘든 무도인의 기운이 느껴졌다. 매서운 눈매에 70세 나이를 무색하게 만
드는 굳게 다져진 주먹의 굳은살. 6피트의 신장과 군살 하나 없이 탄탄하면서
도 건장한 체구는 마치 표효하는 타이거를 보는 듯했다. 지난 수십 년간 누구
도 대체하기 힘든 자신만의 독보적인 영화 무술인으로 입지를 다져온 국제무
예도 연맹 타이거 양 총재가 바로 그 주인공이다.

한국, 홍콩, 할리웃 등 영화 40여 편에 출연, 70에도 현역으로 "펄펄"---왕성한 후진양성

미주 한인 무술계는 물론 할리웃 무술 영화계의 대부로. 한인으로서는 입지적인 영화 무술인의 삶을 살아온 타이거 양 총재가 영화계 데뷔 50주년을 맞았다. 70 세 고희를 맞는 올해 영화 데뷔 50주년이 된 그는 여전히 나이를 무색케 할 정도로 현역 무도인으로 맹활약 중이다. 부산대학 재학시절 《암살자 063》으로 영화계에 첫발을 들인 이후 1976년 《천하 제일 추명권》(홍콩 골든하베스트)으로 홍콩 영화계에 입문한 데 이어 1981년 테드 마이클 감독의 《데블스 겜뱃》으로 할리웃 무대에 입성해 그만의 독보적인 입지를 구축해왔다. 홍콩 영화계에서는 홍금보, 성, 양가위, 황정리, 원표, 이해상, 허종도, 추룡, 황가달 등의 스타와 어깨를 나란히 했고 할리웃 에서는 브루스 리와는 또 다른 무술 스타일을 개발하며 40여 편의 영화에 출연했다. 양 총재는

한국영화 출연을 시작으로 홍콩, 대만 영화계를 거쳐 할리우드까지 지난 50년을 돌아보면 내 삶 자체가 영화 같다는 생각이 들 때가 있다며 끊임없이 도전해온 삶이었다고 감회에 젖었다. 화려한 무술 영화 스타로 살아온 그가 어느 날 갑자기 뜻밖의 행운으로 스타가 된 것은 아니었다. 뜻밖의 행운이 난무하기도 하는 영화계이지만 비정하기 짝이 없는 것이 영화계이기도 하다. 까닭 없는 행운이 있을 리 없었다며 영화 무술인으로서의 삶은 끝없는 노력과 단련의 과정 이었다고 설명한다. 하지만 그는 스타로서의 여러 조건을 갖추고 있었다. 검증된 뛰어난 무술 실력과 뚜렷한 개성과 소신을 가지고 있었기 때문에 무술 배우 타이거 양은 자신만만할 수 있었고 홍콩, 대만은 물론 할리우드에서도 자신의 존재를 부각할 수 있었을 것이다. 특히 양 총재는 올해는 영화 인생 50년에 버금가는 뜻깊은 한 해, 전문 무술 매거진 '무예조선'이 양 총재와 세계 고단자연맹의 권호열 총재를 함께 세계 무도의 양대 거인(top 2 Grandmasters of Martial arts)으로 선정했기 때문이다.

세계 태권도연맹 김운용 총재와의 의견 차이로 1970년대 태권도를 떠나 태권도와 쿵푸, 합기도를 합친 종합 무술 '무예도'를 창설해 무도계 이단아 취급을 받았던 양 총재가 무도 거장으로서 인정을 받게 된 것이다. 양 총재는 무술영화인의 삶을 살아왔고 태권도계는 떠났지만, 정통 무도인임을 한시도 잊은 적이 없다. 1980년에 무예도를 창설해 그간 수만 명의 제자들을 길러냈고 나만의 무술 세계를 구축해왔다며 올해 내 나이 70세가 됐지만 그간 단 하루도 무예 수련을 거른 적이 없는 나는 현역 무도인이라고 자부심을 감추지 않는다. 여전히 청년 같은 모습의 70세 현역을 자랑하는 양 총재는 여전히 도전을 멈추지 않고 있다. 영화보다도 더 영화 같았던 자신의 삶을 영화화하는 타이거 양 일대기를 할리우드 파이브스타 프로덕션에서 테드 마이크 감독이 준비 중이다. 양 총재는 지난 5월 워싱턴에서 세계무도인 컨벤션을 개최해 무예도의 위상을 과시했고, 플러톤 무예도 본관을 비롯해 수십 개 도장에서 제자들을 육성하고 있다면서 "영화 같았던 내 인생을 영화로 제작되는 것이 마지막 꿈"이라고 말했다. 무도 거장으로서 화려한 무술 스타로 화려한 인생을 살아온 타이거 양 총재의 끝없는 도전이 기대된다 그가 오늘에 있기까지 뒤에서 묵묵히 내조한 부인 양수희 여사와 아들 제임스가 있다(김상목 기자).

무도 명예의 전당(Hall of Fame)에 입성하다

미국 예술의 전당과 미주 태권도 무예 고수 총연맹(총재 권호열)이 공동 주최한 제1회 무도 명예의 전당에 나의 생애 최고의 영광인 최고의 상을 받게 되었다는 통보를 받고 정말 기뻤다. 60년 무도 생활 한눈 팔지 않고 고난과 역경을 견뎌내며 걸어온 나의 외길 인생이 그 많은 무도인들 속에 선정되었다는 것에 나의 감정은 놀라움과 다른 많은 동료들과 무도인들에게 미안한 마음이었다.

주최 측은 각 단체 무술 관련 인사 등의 추천을 받아 태권도와 무예 분야에서 가장 높은 단 소지자, 최고의 실력을 지녔으며 운동을 지속하고 있는 고수, 태권도 및 무예 발전, 지역 사회에 한 공헌도와 주위의 신망 등을 기준으로 수상자를 선발했다고 했다. 양 총재는 태권도와 쿵푸, 합기도를 종합한 무예도를 1980년대 초 창시했으며 지금까지 후진을 양성 중인 양 총재의 뿌리는 한국의 태권도 무덕관에서 수련한 태권도다. 태권도 공인 9단과 무예도 10단 이기도 한 양 총재는 지난해 무술매거진 '무예 조선'이 선정한 무도인 양대 거인에 세계무술고수연맹 권호열 총재와 선정된 바 있다고. 수상 인물을 소개하며 특히 양 총재는 타이거 양이란 이름으로 많은 무술 영화에 출연해 태권도의 위상과 무술을 전 세계에 알리는 데에 큰 공헌을 했다고 소개했다. 미국태권도의 대부이신 이준구 총재를 포함 평생을 무도를 위해 헌신해온 정우진(태권도 잡지사 회장), 고재득, 바비 김, 강명학, 동성규, 박천재, 최응길 관장과 함께 수상의 영광을 안았다. 수상은 2016년 9월에 미 국회의사당에서 하기로 일정이 조율되었으나 국회 일정으로 날짜를 연기해오다 워싱턴 주변에서 테러 사건이 일어나고 불안한 정세로 국회 출입을 일반인들에게 방문 허용을 불허하므로 장기간 행사일정을 미룰 수가 없어 워싱턴 디시 매리어트 호텔에서 12월 3일 2016년 개최하기로 했다는 통보를 받았다. 나는 비행기 탑승권과 초대장을 받고 12월 2일 워싱턴에 도착해 그 이튿날 많은 인사들과 축하객이 함께한 가운데 미 예술의 전당 회장과 미주 태권도 무예고수 총연맹 총재가 공동 수여하는 명예의 전당에 입성했다. 미국 언론과 한국 각 언론에서 무도인들의 명예의 전당 입성을 알렸다.

오렌지카운티 Orange County

타이거 양 '무도 명예의 전당 입성'

미주 태권도·무예고수 총연맹 '자랑스러운 최고의 상' 시상

타이거 양 국제무예도 총재가 '무도 명예의 전당'에 입성했다.

양 총재(한국명 양성호·71세·10단)는 미주 태권도·무예고수 총연맹(이하 연맹, 총재 권호열)이 지난 3일 워싱턴DC의 메리엇 호텔에서 개최한 '제1회 미국을 빛낸 자랑스러운 최고의 상(Hall of Fame)' 시상식에서 미국 태권도의 대부 이준구(10단) 선생을 포함, 평생을 무도에 헌신해 온 고수 11명과 함께 수상의 영예를 안았다. 풀러턴에서 무예도 도장을 운영하는 양 총재는 지도 대상을 받았다.

연맹 측은 회원과 무술 관련 인사들의 추천을 받아 ▶태권도 및 무예 분야에서 가장 높은 단 소지자 ▶최고의 실력을 지녔으며 운동을 지속하는 이 ▶태권도 및 무예 발전, 지역사회에 대한 공헌도와 주위의 신망 등을 기준으로 수상자를 선발했다고 밝혔다.

태권도에 쿵푸, 합기도를 조합한 무예도를 1980년대 초 창시했으며 지금까지 후진을 양성 중인 양 총재의 뿌리는 한국의 무덕관에서 수련한 태권도다. 태권도 공인 9단이기도 한 양 총재는 지난해 무술 매거진 '무예 조선'이 선정한 '톱 2 무술 그랜드마스터(Top 2 Grandmasters Of Martial Arts)'에 권호열 국제활도연맹 총재와 함께 선정된 바 있다.

양 총재는 1969년 24살의 나이에 일본에서 열린 세계무도 챔피언십 대회에서 우승하고 이듬해 필리핀 대회에서 타이틀을 방어한 뒤 도미, 중앙정보국(CIA)과 시카고 경찰국 무술교관을 지냈다. 1972년 영화 '캘리포니아 90006'(California 90006)을 통해 은막에 데뷔했으며 전설적인 스타 이소룡과 영화 '사망유희' '정무문' 등에 함께 출연하며 존재감을 키웠다. 이후 자니 카슨쇼에 출연, 얼음 격파를 선보이는 등 미국의 유명인사로 발돋움했다.

그는 한국, 미국, 홍콩 등지에서 40여 편의 영화에 출연한 영화인이기도 하다.

양 총재는 이번 수상에 대해 "매우 영광스럽다"며 "앞으로도 무예도 보급에 정진하겠다"는 소감을 밝혔다.

임상환 기자

지난 3일 워싱턴DC 메리엇 호텔에서 열린 '제1회 미국을 빛낸 자랑스러운 최고의 상'을 수상한 타이거 양 총재. [타이거 양 총재 제공]

장로협회 김종대 회장 O.C 한인회장 후보 중재위원장

닥터 김이 나의 사무실에 찾아와 회장에 출마할 테니 도와 달라는 부탁을 하러 왔다. 나는 김종대 씨와 같은 모임의 멤버로서 오랫동안 친분을 나누어 온 사이로서 솔직히 출마를 권유하고 싶진 않았다. 그 자리는 봉사하는 자리인데 잘해도, 못해도 말이 많은 자리라서 본인이 원하지 않는 상처를 입을 수 있는 힘이 드는 자리이기 때문이다. 그리고 김가등 현 회장이 전화를 해와 다시 한번 출마해 회관 건립을 마무리할 테니 도와달라 부탁해와서 나와 박진방 회장은 돕기로 했는데 입장이 곤란하게 되었다. 나는 나의 입장을 말하고 생각해볼 시간을 달라고 했다. 나는 즉시 한창훈 씨에게 전화를 걸어 의견을 물었더니 나와 같은 생각이었다. 그래서 그도 친구가 출마하는 것을 원치 않았다. 나는 박진방 회장에게 전화를 걸어 상의했다. 박 회장은 우리가 김가등 씨를 도우기로 했는데 뭐 특별한 게 있느냐고 물었다. 그건 내가 방법을 생각해 보겠다고 해서 일단은 박 회장도 거부하지는 않았다.

나는 김가등 회장에게 전화를 걸어 김종대 씨가 출마한다고 하는데 김 회장의 선거전략을 물었더니 경선을 하게 되면 인원 동원 및 여러 가지 계획 얘길 듣고 김 회장이 종합회관 건립을 완수하기 위해 출마한다면 김종대 씨가 건축 헌금을 많이 낸다면 양보하겠느냐고 긴급제의를 했다. 그는 김종대 씨와 같이 한인회에서 일을 하고 있기 때문에 너무나 잘 알고 그런 능력이 없는 걸로 안다면서 그에 대해 많은 얘기를 해주었다. 나는 그의 말을 여기에 쓰고 싶지가 않다.

헌금 얼마를 내면 되겠느냐고 재차 물었더니 15만 불 정도면 양보할 용의가 있다는 확답을 받았다. 그 다음날 김종대 씨를 내 사무실에 불러 건축 헌금을 15만 불을 내면 김가등 회장을 불출마시키고 단일 후보로 경선을 치르지 않고 단일 후보로 회장이 될 수 있다고 제안했더니 그는 경선한다고 하길래 쉬운 방법을 두고 경선을 한다는 것은 능력이 없는 것이 아닌가, 경선하게 되면 더 많은 돈이 들고 동포사회가 둘로 나뉘어 서로 반목하며 깊은 상처만 남게 되고 화합하는 데 오랜 시간이 걸리니 바람직한 일이 아니라고 설명하고 김 회장 쪽 선거 계획 및 협조 단체들 오렌지 카운티에서 제일 큰 단체들을 이미 그쪽에서 접수했으니 나머지 단체들로는 이길 확률이 없다고 분석해 설명했더니 그는 10만 불을 건축 헌금으로 내겠다고 나와 약속을 했다.

나는 먼저 단일화 중재 위원회를 구성했다. 박진방 초대회장, 한우회 이영희 회장, 오구 전 회장, 한창 훈 전 한우회장으로 구성 했다. 김가등 회장을 내 사 무실에서 만났다. 그도 반

신반의하면서 김종대 씨가 그만한 돈을 건축 헌금으로 정말 낼 수 있느냐고 물었다. 15만 불이 아닌 10만 불은 내가 책임지고 받을 테니 나를 믿고 약속을 지키라고 했더니 결정하기가 어려우니 며칠 시간을 주면 참모들과 상의한 후 결정하겠으니 며칠 여유를 달라고 했다.

며칠 후 김 회장과 만났다. 참모들이 경선하기를 원하니 결정하기가 쉽지 않다고 난색을 표했다. 경선을 피할 수 없다면 당연히 해야지요. 그러나 경선하게 되면 소요되는 선거비용 선거 후 후유증으로 오렌지 카운티 동포사회가 둘로 나누어져 그 상처를 봉합하기란 오랜 세월이 걸릴 텐데 그럼에도 불구하고 출마해 경선하신다면 지난 이 년 동안 회장으로서 동포사회를 위해 헌신하며 봉사한 업적이 퇴색됩니다. 새로운 인물이 한인회를 새로운 비전으로 활성화시킬 수 있고 10만 불 건축 헌금을 등록과 같이 낸다면 역대 어느 누구도 미리 헌금하지 않았던 거액을 내므로 동포사회에 김종대 씨에게 신선한 이미지를 만들어주고 김 회장님도 후배에게 양보하시고 동포사회의 염원인 종합회관 건축위원회를 맡으신다면 충분한 김 회장님의 체면과 명분이 됩니다. 결정하기가 쉽진 않지만, 결단을 내려야 한다고 설득했더니 그럼 그렇게 하겠다, 약속은 반드시 수표는 캐시 책으로 만들어 내가 보관해야 한다는 조건이었다. 다음날 내 사무실에서 김 후보에게 김 회장과의 합의를 설명하고 책을 만들어 달라고 했다. 그는 흔쾌히 나의 제안에 응했다. 나는 그 이튿날 내 이름으로 된 책 십만 불을 받아 보관했다. 모든 일들이

순조롭게 잘 되어가고 있는데 김 후보 측에서 후원회 밤을 계획한다는 보고를 받고 왜 단독후보인데 후원회 밤이 필요하냐, 후원해 주시는 분들에 도움을 받으면 언젠가는 돌려줘야 하는 부담을 안게 되지 않느냐고 했더니 그렇지만 후원해주시는 분들이 주선해 만드는 자리이나 거절할 명분이 없으니 꼭 참석해 달라고 요청해서 내가 중재위원회 위원장이니 불참하는 것이 좋겠다면서 사양했는데 그 후원회가 문제가 되어 어려운 일이 발생했다.

　김종대 씨가 등록을 하지 않았는데도 신문 광고에 후보라 했으며 후원회 밤 행사 개최 시 반드시 선관위에 보고하고 허가를 받아야 하는 선거법을 위반했으며 특히 선거 공고 이전에 후원회 밤 개최는 명백한 선거법 위반이라며 김가등 회장을 지지하는 분들의 강력한 반발과 법적 대응도 불사하겠다는 통보를 받았다. 나는 김 회장과 통화에서 이미 우리는 단일화하기로 합의를 했는데 무슨 문제가 되느냐 물론 조금은 실수가 있었다 하더라도 김 회장께서 문제 삼지 말게 설득해달라고 강력히 요청했다. 나는 그와 장시간 동안 전화를 하면서 언성을 높여 가며 그를 설득했다. 통화 내용은 여기 기록하지 않겠다.

　중재 위원회 이영희 회장께서 김가등 회장과 몇 차례나 통화하며 그를 설득하느라 많은 수고를 했다. 박진방 회장님도 많은 분들과 접촉하시면서 많은 수고와 그리고 이영희 회장의 헌신적인 협조를 감사하게 생각한다. 이제 내일이면 등록날인데 단일화를 못마땅하게 생각하는 사람들과 김 회장이 법정에 티알을 신청한다는 소문에 나는 놀라고 긴장이 되었다. 티알을 신청하면 김 후보는 후보 등록을 할 수가 없으니 김가등 회장이 재선되는 건 자명한 사실이라 김 회장과 전화 통화를 하면서 우리 동포사회를 위해 하지 말아야 할 일들을 입에 올리고 있으니 심히 불쾌하며 이런 식으로 선거를 치른다면 당신 설 자리를 잃게 된다고 강력히 반발했다. 그 이튿날 등록 마지막 날 한인회 사무실에는 기자들과 양 팀 다수 참모들이 참석했다. 나는 마지막까지 김 회장에게 그들이 주장하는 문제를 제의하기 전에 나와 한 약속을 지켜달라고 강력히 주장하면서 그들에게 틈을 주지 않았다. 마지막에도 목소리가 높아지는 일도 있었고 반대하는 인사들도 있었지만 그분들의 인격을 존중해 밝히지 않겠다. 힘들었지만 끝까지 인내해 잘 마무리되고 등록 시간 12시가 넘어 김종대 후보가 단일 후보로 확정되어 언론사들과 기자회견을 하고 사진 촬영을 중재위원들과 함께함을 끝으로 종료되었다. 나는 기자의 질문에 김종대 회장이 한인회 사업을 위해 헌신해주길 바라며 우리들의 숙원 사업인 종합회관 건립 추진을 김가등 회장과 함께 꼭 이루기를 바란다고 했다. 그동안 함께 해주신 중재위원들에게 믿고 함께 해주신 데에 깊은 감사를 드리며 개인적으로 김가등 회장께 미안하고 감사한 마음이다.

11대 미주예총회장 취임식

최석호 얼바인 시장. 이병임 전임 회장. 남석훈, 김막동 2부 진행

미총예총 한국 미술작가 53인 초청 전시회 LA.시의회 방문 작품전달 및 교류

김명윤 평통 수석부의장께서 본인 자택을 방문. 평통위원들 모임

에디로이스 외교위원장 미주 한나라 포럼 상임고문 취임

미주동포후원회 창립기념기념식. 신상옥 감독, 최은희, 양훈 씨.
플러튼 시 초청 조찬강연회. 홍명기 회장

김연아, 한우회, 송연회.
《미션 임파서블》배우
피드 루패스
파이브 프로덕션(영화) 그룹

친구 김영웅 회장, 제임스 방 변호사, 김영숙 관장

아버님 그리고 가족들과 함께

시카고 한인회 부회장 당선 소감 발표

김희배 회장당선자

이문용 시카고 총영사

창수 형님 딸 미선 가족 미국 LA에 오다

창수 형님은 김영삼 문민 정부 때 최형우 내무부 장관과는 친한 친구 사이로 두 분이 손잡고 문민 정부가 탄생하는 데도 공헌하신 분이다. 경상남도 강의 모래 채취권을 독점해 엄청난 수익을 얻어 회사를 운영하시면서 정치 자금을 마련하셨다. 전국에 있는 주먹들이 형님에게 많이 몰려들었다. 창수 형님께서는 외유내강 타입이시다. 친절하고 매너 있는 좋은 분이시지만 어떤 이권이 개입되었을 땐 냉정하신 분이었다. 그래서 나는 그런 형님을 좋아했다. 김영삼 정부 때 I.M.F가 터졌을 때 나는 미국 I.M.F 돈을 한국에 들어가기 위해 작업을 한 일이 있었다. 그때 청와대 경제 수석을 소개시켜 주시어 산업은행 총재, 필요한 부서 정관들을 만나는 데 도움을 주셨다. 한국 정부 각료들이 처음 당하는 일이라 우왕좌왕하면서 서로 책임을 회피하려는 눈치작전에 나는 그 일을 포기하게 되었다. 그때 그 형님께서 많은 애를 쓰셨지만 성공하지 못해 항상 미안한 마음이었다. 내가 한국을 방문할 땐 언제나 형님께서 나의 친구 김영웅 회장을 동행하시고 서울에 올라오셔서 필요한 것을 도와주셨다.

미국에도 자주 오셨지만 2000년 말경에 영웅이와 동행하시고 LA에 오셨다. LA 시청을 방문해 시장을 예방하시고 시장으로부터 감사장도 받았었다. 그때에는 김진형 LA 축제재단 회장님도 함께하셨다. 그다음 날 저녁 오렌지카운티 한인회장 부부와 우리 부부 그리고 친구 영웅이와 형님을 모시고 한인회장이 준비한 만찬을 하고 내 후배가 형님이 모시는 귀한 손님이 오셨으니 오늘 저녁은 제가 모시겠습니다 하고 요청해 그가 하는 노래방에 갔다. 형님은 많이 들었던 나의 노래인데 그날 밤은 "성오가 나훈아보다도 더 노래를 잘 부른다."면서 과분한 칭찬도 하시면서 무척 좋아하셨다. 형님께서는 '명동의 블루스'를 정말 가수 못지않게 구수하게 잘 부르셨다. 형님은 기분이 좋아서 나의 어깨를 감싸며 "성오야, 오늘 참 동생이 있어 기쁘고 제수 씨에게 고맙다."라고 말씀하셨다.

　그다음 날 나는 형님을 모시고 친구 영웅이 그리고 집사람과 같이 라스베이거스에 갔다. 박제원 회장과 스타다스트 김 사장과 합류했다. 김 사장을 호스트로 우리 일행은 이틀 동안 쇼 그리고 라스베이거스 일대를 리무진을 타고 관광하며 형님과 그리고 친구 영웅이와 좋은 추억을 남기고 자동차로 돌아오면서 구경도 하며 많은 얘기들을 나누었다. 그것이 형님과 마지막 여행이 될 줄은 꿈에도 몰랐다. 이번에 만났을 땐 그 전과 달리 형님께서 다정다감한 정을 주셨는데 생각해보니 그것이 형님이 이승에서 동생에게 베풀어주신 마지막이었다. 한국으로 돌아가시고 얼마 후 심장마비로 돌아가셨다는 비보를 듣고 비통함이 얼마 동안 나를 힘들게 했는지… 그 형님이 좋아하시던 이 세상 부귀영화 다 버리시고 어떻게 그렇게 떠나실 수 있었는지…. 지금도 그 형님이 눈에 선하며 보고 싶다. 그 형님이 가장 아끼고 사랑하셨던 형님의 분신인 딸 미선이가 어린 딸 리안이를 데리고 큰딸이 공부하고 있는 여름방학 기간을 이용해 딸 제나를 보기 위해 LA에 왔다. 미선이는 일본에서 유학해 일본어도 유창하게 구사하는 예쁘고 품행 단정한 조카다.

　90년대 미국에 와서 얼마 동안 머물며 적성에 맞는 사업을 만들어 주려고 형님께서 노력하셨다. 그 기간 집사람과 언니 동생으로 가까워져 친하게 지내게 된 사이였다. 형님이 돌아가신 후 몇 번 제나 학교 관계로 왔다 가면서 집사람과 만났다. 제나는 중학생 때 유학을 와 지금 고등학교 2학년인데 예쁘고 공부도 잘하는 재원이라 자랑스럽다. 미선이가 그 딸을 위해 헌신하는 노력에 제나도 그 엄마 아빠에 감사한 마음을 잊지 않고 한눈팔지 않고 열심히 공부해 올 에이를 받아 그 부모의 헌신에 보답하는 모습이 장하고 자랑스럽다. 그리고 이번에 데리고 온 리안이는 너무 귀엽고 깜찍한 아이인데, 장래 희망이 연예인이며 춤도 잘 추고 노래도 잘하며 끼가 많은 아이다. 부모가 리안이의 재능을 살려 줬으면 좋겠다. 리안이가 있는 곳은 항상 웃음꽃이 핀다. 집사람은 리안이라면 죽고 못 산다. 지금 리안이는 가고 없지만

창수 형님   미선이와 아내

맨하탄코리아 채성준 대표

조카 미선 가족과 함께

리안이 사진을 보면서 보고 싶어 하고 가끔 페이스톡을 하곤 한다. 회사 대표로서 바쁜 일정으로 늦게 미국에 와 합류한 미선이 남편(채성준), 그러니까 나에게는 채 서방이 되는데 도착한 그다음 날 가족들과 같이 인사차 우리 집을 방문했다.

식구를 함께 만나니 마치 꿈만 같았고 형님이 생각났다. 채 서방은 미남이고 외유내강의 인품을 가진 사람 같아 미선이는 참 좋은 남편을 섬기고 있구나 하는 생각에 집사람과 나는 같은 마음으로 종일 기분이 좋았다.

나는 채 서방 사업에 관해 얘기를 들었다. 한국에서 도시개발 사업을 하는데 여느 개발사업가하고는 다른 사고를 하고 있었다. 보다 창의적이고, 진취적이며 공공의 이익을 중시하고 더불어서, 팀플레이를 잘하는 사업가 같았다. 채 서방은 보기와는 달리 공과 사를 분명히 할 줄 알며 어려운 일을 과감히 용단할 줄 아는 결단력을 갖고 있었다. 이런 사람이야말로 크게 성공할 수 있는 덕목을 가진 사람이다. 나는 채 서방에게 "채 대표, 나는 주먹 하나로 천하를 제패했지만, 나의 주먹 1㎜ 앞을 제압 못 한다네. 하지만 지혜는 천하를 제패할 수 있으니 채 대표가 가지고 있는 꿈이 있는 지혜로 반드시 이루어야 한다. 물론 가는 길이 순탄하지는 않겠지, 순탄하다면 누구나 다 할 수 있어. 그러므로 각고의 인내와 앞을 내다보는 통찰력과 앞과 뒤 좌우를 살피면서 가는 주의력을 갖추어야 한다네."라고 조언해줬다. 우리의 첫 만남은 퍽 인상적이었다. 이탈리아 식당에서 식사를 하고 뉴포트 비치, 너구나 비치로 갔다. 특히 뉴포트 비치는 미선이가 처녀 때 와서 살던 곳이라 언니와는 추억이 많은 곳이어서 두 사람이 자주 가던 곳을 둘러보며 촬영도 하고 두 사람이 좋아하는 것을 보는 채 서방과 나는 흐뭇했다. 팻선 아일랜드 쇼핑몰에 들러 구경도 하고 아이스크림도 먹었다.

늦게 디즈니랜드 극장에 친구들과 같이 구경 간 제나 시간에 맞추어 제나를 만난 미선이 가족은 우버를 타고 LA숙소로 돌아갔다. 미선이 가족은 그 이튿날 샌프란시스코로 3일간 관광여행을 떠났다. 돌아온 후 그다음 날 라스베이거스 3일 관광에서 돌아와 베버리 힐 힐튼호텔에 숙소를 정하고 그다음 날 호텔에서 만나 점심식사를 프라임 립으로 유명한 윌서가에 있는 로리스 식당에 갔다. 식당은 흔히 볼 수 없는 고풍으로 된 건물 그리고 우아하고 품격 있어 나는 꼭 미선이 그리고 채 서방과 식사를 같이하고 싶어 왔는데 미선이 부부도 좋아했다. 우린 기념사진도 찍고 프라임 립 식사를 하고 와인을 마시면서 내일 헤어져야 하는 이별의 전야제와 같이….

그런데 내가 식사를 사고 싶었는데 굳이 채 서방이 자기가 대접을 해야 마음이 편하겠다고 부부가 난리를 쳐서 양보를 했다. 마음의 빚을 졌다.

식사 후 우리는 헐리웃으로 드라이브하면서 다운타운으로 구경갔다. 고층 건물들이 빽빽이 늘어선 도시 풍경들. 채 사장은 건축사업가답게 여기에도 자기 회사 건물을 지었으면 좋겠다는 생각을 얘기했다. 꿈이 있으면 이룰 수 있는 가능한 일이다라고 그의 원대한 큰 꿈이 이루어지길 기원해본다. 우리는 재팬 타운, 그리고 차이나 타운을 거쳐 영화에서만 봐왔던 할리우드 거리 그리고 스타들의 손과 발자국이 찍힌 차이니즈 극장에 갔다. 그곳은 발디딜 틈도 없이 수많은 관광객들로 붐볐다. 바로 그 옆 매년 오스카 시상식을 하는 코닥 극장을 지나 헐리웃 거리는 관광객 인파로 붐비었고 화려한 조명은 헐리우드의 명성답게 현란했다. 우리는 관광지로 유명한 헐리우드 산 위에 있는 일본 식당 야마시로에 갔다. 식당에서 내려다보면 LA 시가지를 한눈에 볼 수가 있어 항상 관광객으로 붐빈다. 식당 안에도 볼거리가 많다. 영화 촬영 장소로도 유명하다. 채 서방은 영화 《킬 빌》한 장면을 떠올리면서 촬영장 현장을 보고 좋아했다. 우리는 가족 사진 촬영도 했는데 리안이와 제나가 좋아하는 모습이 나는 참 기뻤다.

호텔에 돌아와 가든 식당에서 아이들이 수영을 하는 동안 우리는 간단한 식사와 와인을 마셨다.

우리는 피곤하신데 호텔에서 자고 가라는 채 서방의 말을 사양하며 내일 공항에서 만나기로 하고 아쉽지만 헤어졌다. 다음날 공항 로비에 가니 벌써 수속을 마치고 우릴 기다리고 있었다. 시간이 아직 많이 남아 있으니 까페테리아에 갔다. 공항은 구조가 많이 바뀌어 있었다. 이층이 아닌 일층 카페였다. 마침 자리가 있어 앉아서 식사 및 음료수를 마시면서 많은 얘기를 나누었다. 비록 채 서방과는 짧은 만남이었지만 정이 들었다. 나는 채 서방의 바른 품행이 좋았다. 요즘 젊은 사업가들은 조금만 잘되면 거들먹거리도록 사회가 그렇게 만들었는데 채 서방은 달랐다. 가정에 충실하고 아내와 자식들을 사랑하며 자기 일에 열중하는 멋진 품성을 가진 사나이, 채 서방이 나는 좋았다.

그런데 만나자마자 헤어진다니 무척 서운하고 아쉬웠지만, 다음을 기약할 수밖에….

미선이와 집사람은 두 달 동안 있으면서 친자매같이 의지하며 매일 같이 했는데 얼마나 서운한 마음이었을까? 요즘은 미선이와 자주 페이스톡을 하며 지내는 모습이 참 좋다. 보딩 시간이 되어 바깥에 나오니 바로 이층으로 올라가는 수속 입구라 우리는 준비 없이 바로 헤어져야 했다. 올라가는 모습들을 보고 나는 그들의 무사 도착을 기원했다. 이 글을 쓰는 지금도 헤어지는 그때 모습들이 떠오른다 제나가 여기 공부하고 있어서 겨울 방학 아니면 내년 여름에 올 테니 그때를 기약해본다.

샌프란시스코에 아들 제임스를 만나러 가다

미국에 노동절을 맞아 아내와 나는 샌프란시스코에서 직장생활을 하고 있는 아들 제임스와 2박 3일을 머물 것을 계획하고 제임스와 상의했다. 제임스는 아파트에 머물기를 원했지만 아무래도 따로 지내는 것이 좋을 것 같아 아내가 호텔을 예약하고 우리는 차로 가기로 했다. 제임스가 샌프란시스코에

간 지 일 년이 넘도록 룸메이트를 하다 새로운 자기 아파트를 얻어 이사하게 되었다고 무척 좋아했다. 샌프란시스코는 방값이 비싸지만, 직장인들이 그에 비해 돈을 많이 받는다고 하여 젊은이들이 살기 좋아하는 도시, 그리고 항상 활기차고 생동력이 넘쳐나는 곳이라고 했다.

그래서 제임스 엄마는 새로운 아파트에 필요한 물건들을 구입하느라 신이 났다. 하지만 늘 걱정이다. 제임스는 자기가 필요치 않은 물건은 아무리 좋아도 받지 않는다. 몇 번이나 가져간 물건을 도로 가져오는 일이 많았기 때문에 아내는 늘 걱정이었다. 나는 사용치 않는다면 도로 가져오면 되니 심려하지 말라 했더니 용기를 내어 몇 주 준비한 물건들이 트렁크와 뒷좌석에 꽉 찼다. 제임스는 1985년 10월 30일 오렌지 카운티 에너하임 휴마나 병원에서 심한 산고 끝에 태어났다. 아내와 나는 정말 행복했다. 기다리고 기다려 왔던 우리 아기가 아들이라니. 아내는 한없는 기쁨의 눈물을 흘렸다. 그런데 갓 태어난 제임스는 몸이 약해 인큐베이터에서 며칠을 지낸 후 집으로 왔다. 그렇게 축복받고 태어난 우리 아기는 어릴 적부터 몸이 약해 천식과 감기로 늘 고생을 하며 자랐다. 엄마의 지극정성으로 많이 좋아져 아주 멋진 청년으로 성장했다. 나는 늘 아내에게 고맙고 감사하게 생각한다.

힘들고 어려울 때 제임스가 우리 둘의 연결고리가 되어주었기 때문에 멋지게 성장해 엄마 아빠를 지극히 사랑하는 제임스를 보며 우린 이렇게 행복해하고 있지 않은가. 이만큼 성장할 때까지 엄마는 제임스를 유치원 그리고 사립학교 중학교는 미니타리 어린이 사관학교에 보내서 강한 체력, 강한 정신력을 키웠다. 무예도를 열심히 해 유단자가 되었다. 영화《린자토로》제2편에 아역으로 출연할 기회가 있었는데 영화사 사정으로 인해 출연하지 못해 못내 아쉬웠다. 제임스는 타고난 끼가 있다. 내가 TV에 인터뷰할 때면 꼭 내 옆에서 아들 노릇을 멋지게 해냈다. 아들이 나의 사업을 물려받는다면 내 평생 이루어놓은 나의 공적과 업적이 남게 되고 그것으로 제임스는 크게 성공하리라 확신했기 때문에 환영했다. 대학에 들어가 공부하면서 운동하기란 쉬운 일이 아닌 것 같았다.

얼마 동안은 운동하려 다니다 횟수가 줄어들기 시작하더니 공부가 너무 많아 쉽지 않다고 했다. 그래서 나는 너의 장래 문제는 네가 알아서 결정할 문제니 걱정하지 말고 용기를 가지고 열심히 노력해 네가 하고자 하는 목표를 두고 멈추지 말고 달려가면 반드시 소기의 목적을 달성한다고 격려했다.

제임스는 학교 성적도 좋았고 학생회 대표를 하면서 리더십을 발휘해서 클린턴 대통령 표창도 받은 모범생으로 졸업식에서 최고의 명예인 총장 메달을 받았다.

제임스는 정직하고 성실하다. 어떤 면에서는 고지식한, 답답한 면도 있지만 남을 속일 줄도 모른다. 예를 들면 필요한 물건을 구입한 후 거스름돈은 정확하게 가지고 온다. 언제나 똑같다. 그리고 불평하지 않는다.

3년 전부터 혼자 방을 얻어 혼자 살면서 분명 불편한 것이 많은데도, 또 샌프란시스코에 혼자 살면서 힘들고 어려운 일이 많았을 텐데도 한 번도 엄마 아빠에게 불평하는 일이 없었다. 샌프란시스코 다운타운 비즈니스 지역에 위치한 팩셋에 500대 1의 경쟁률을 뚫고 몇 번의 인터뷰를 통과해 최종 세 사람으로 남았다는 얘기를 듣고 기쁘면서도 불안했다. 한 사람은 하버드대학 그리고 다른 사람은 UC 버클리를 나온 수재들이라 했다. 그런데 제임스 너는 워낙 언변과 인물 그리고 사람을 끄는 카리스마를 가지고 있으니 희망을 가지라고 격려했다. 최종 인터뷰는 LA 산타모니카 사무실에서 한다는 통보를 받고 제임스는 그에 대한 만반의 준비를 마치고 인터뷰에 임해 당당히 두 재원을 제치고 4개월 만에 최종 합격하는 영광을 안았다. 우리는 너무 기뻤다. 바늘구멍에 들어가기보다 힘들다는 금융업에 취직했으니 많은 친구들로부터 축하를 받았다. 나는 제임스가 자랑스럽고 대견했다. 한 달 후 샌프란시스코 회사에 출근하자마자 뉴욕 본사에 가 트레이닝 받아야 하는 스케줄로 제임스는 바쁜 일정을 보내야 했다.

모든 것이 새로운 환경 그리고 업무 트레이닝. 회사에서 15만 불을 제임스

아들 제임스 사이클 대회에서 일등으로 우승

에게 투자해 투자상담 그리고 금융 관계 기관과의 계약체결에 미스가 없게 하기 위한 트레이닝이란 회사 방침 얘기를 듣고 힘이 들어 잘 견디어낼까 걱정이었다. 한 달 뉴욕 트레이닝을 마치고 회사로 복귀해 열흘 후 LA에 있는 자회사 투자상담을 위해 팀장과 같이 내려와 호텔에 묵고 있었다. 하루가 지난 후 집에 와서 만났다. 꿈만 같았다. 힘은 들지만 해볼 만한 회사라고 했다. 그 후로도 두 번 자회사에 와서 집에 들렀다. 모든 경비는 회사에서 일체 부담한다고 했다. 6개월 후 제임스 생일 날이라 우리가 가서 축하해 주기도 했다. 제임스가 회사를 구경시켜 주었다. 25층 높은 건물에 화려하게 꾸며진 장식들이 금융가의 위용을 뽐내는 것 같았다.

우리는 근무하는 사무실에 가서 기념사진도 찍었다. 얼마 후 자기 현 포지션이 전공과는 다르게 컴퓨터 프로그램으로 모든 금융 흐름을 파악하는 최고 수준의 기술을 요하는 일이라 자기가 자신 있는 프로그램 금융 세일즈 부서로 옮겨달라고 요청했다고 한다. 얼마 후 제임스가 원하는 버클리에 있는 자회사로 자리를 옮겨 새로운 아파트를 얻었다는 얘기를 듣고 우리는 부부는 메모리얼 데이 연휴를 맞아 아들이 있는 버클리로 가면서 지난 일들을 회상하였다. 새로 뽑은 집사람 벤츠를 내가 운전하며 보고 싶고 그리워했던 우리 아들 제임스를 만난다는 기쁨으로 8시간 운전이 피곤한 줄도 몰랐다. 버클리에 도착해 아파트에서 아들을 만났다. 너무나 반가웠다. 아들은 가지고 간 물건들을 보고 엄마 뭐 이렇게 많이 가지고 왔어요 하면서 놀라는 표정이었다. 필요한 것들을 준비해왔는데 네가 보고 필요한 것은 옮기라 했더니 생각 외로 몇 개만 남겨두고 다 옮겼다. 제임스가 필요한 가전제품이라 하니 아내는 너무 좋아했다. 몇 번이나 가져가도 필요 없다 했는데 이번은 달랐다. 아파트 주위 환경도 주택가라 좋았고 들어가보니 깨끗하고 잘 정리되어 있었다. 모든 가구를 새로 구입해 보기가 좋았다. 우리는 제임스와 같이 호텔로 가 체크인을 했다. 호텔은 잘 정돈된 버클리에서 제일 좋은 호텔이라는데 주차장이 길 건너 떨어져있어 좀 불편했다. 저녁은 아내의 61회 생일이라 디너를 하기로 했는데 제임스가 바닷가 고급식당을 예약해 두었다. 제임스가 사귀는 여자친구를 데리고 와 소개했다. 한국에서 UC버클리 대학원에 와서 공부하는 학생인데 키도 크고 미인은 아니지만, 개성 있고 상냥하며 교양 있는 아가씨였다. 우리 부부는 제임스의 여자친구를 만나니 기분이 좋았다. 그래서 아내의 생일 만찬으로 멋지고 행복한 시간을 아들과 함께 보냈다.

평창동계올림픽 조직위원회 자문위원 및 홍보대사로 위촉받다

《한국일보》와《중앙일보》에 실린기사를 소개한다(2018년 1월 18일).

타이거 양(양성오 10단) 국제무예도연맹총재가 평창동계올림픽 조직위원회 자문위원 겸 홍보대사로 위촉됐다. 양 총재는 지난 12일 미국태권도무예연맹(총재 최웅길)과의 태권도 발전을 위한 업무협약체결과 평창동계올림픽 홍보차 미국을 방문한 대한민국 국회 태권도연맹 이동섭 총재(공인9단)로부터 홍보 행사장에서 위촉장을 전달받았다. 태권도 공인 9단이기도 한 양 총재는 1980년도 태권도, 쿵푸, 합기도를 종합한 무예도를 개발하여 플러튼에 무예도본부를 두고 39개의 지관을 운영하고 있다. 그는 무술영화배우로 한국배우협회로부터 공로패를 받은 데뷔한 지 50년 된 무술영화 거장이다.

나의 인생 동반자, 사랑하는 나의 아내 수희씨

아내는 나와 결혼한 35년 동안 어렵고 힘든 일도 많았다. 결혼 전 아내는 좋은 가정, 좋은 환경 속에서 공주같이 자랐다. 아버님께서는 경찰 최고 간부이신 치안감을 지냈고 박정희 대통령 때는 미국에 연수를 와 미국 교통 법규를 배워가 한국 경부고속도로 교차로 신호등을 만드신 분이셨다. 고려대학 대학원을 졸업한 정치학 박사로 경찰 공무원 박사 1호였다. 여동생은 서울대학을 수석으로 졸업해 국비 장학생으로 미국에 와 박사학위를 받고 한국에 적당한 자리가 없어 미국화학 연구실에서 재직하고 있으며, 둘째 처남은 미국에 유학 와 박사학위를 받고 한국 LG에서 스카웃되어 근무하다 지금은 연세 대학병원 사무총장으로 있다. 부인도 아동학 유아박사로 활동하고 있는 형제들이다. 아내는 어린 시절 특히 아버님의 극진한 사랑을 받고 자라 내가 처음 만났을 때 아내는 마치 백마를 탄 공주와 같이 품위 있는 아가씨였다. 대학 졸업 후 취미생활로 박공에 강사로 활동하다 나와 결혼하고 미국에 왔다. 한국에선 부족함 없이 지내다 온 이곳은 모든 게 절제되어 생활하며 문화권이 완전히 다른 곳에서의 결혼 생활이라 힘들었을 것이다. 나는 무도인으로 누구에게도 져서는 안 된다는 강한 정신으로 미국 무도계를 호령했고 영화를 하면서 스타로서의 자존심이 나를 독선적으로 만들었다. 그래서 공식 석상에서 환영받고 어딜 가나 타이거 양 부인으로 대우받는 것이 그 사람의 행복이라 생각했다. 지나고 보니 아내를 많이 배려하지도 못한 못난이가 되어있어 후회하고 뉘우치지만 지나간 세월을 아내에게 돌려줄 수 없으니 회개하고 아내의 건강과 남은 인생 지난 잘못을 돌려줄 수 있는 기회를 달라고 매일 새벽 기도를 드리고 있다. 부족한 나를 믿고 35년 지난 세월 동안 희노애락을 함께해준 예쁜 아내가 없었다면 모든 일들이 불가능했을 것이다. 힘들 때마다 나의 장자방이 되어 많은 지혜를 준 아내는 나의 인생에 내가 편히 기대고 쉴 수 있는 언덕이고 희망이었다. 당신이 있었기에 오늘의 내가 있습니다. 여보, 정말 고맙습니다. 그리고 진심으로 당신을 사랑합니다.